AF534240

Über den Autor

Knut E. Ries, viele Jahre Berufsoffizier der deutschen Luftwaffe, war berufsbedingt während seiner aktiven Dienstzeit zwar an vielen Orten tätig, blieb aber stets seiner ‚zweiten Heimat' Neuburg an der Donau treu. Nach seiner Pensionierung wanderte er jedoch nach Niederbayern aus, um in einem kleinen Ort im Bayerischen Wald, zusammen mit seinen drei Hunden, ein neues Zuhause zu finden.

Über das Buch

IT-Dozent Karl wird in seinem bayerischen Heimatdorf in eine Ransomware-Attacke auf das Rathaus verwickelt, bei der eine Mitarbeiterin plötzlich verschwindet. Zeitgleich entdeckt die junge Texanerin Hannah Snider Hinweise auf ein jahrhundertealtes Geheimnis rund um Kaiserin Sisi und begibt sich auf Spurensuche nach Südtirol. Als sich ihre Wege kreuzen, beginnt ein spannendes Rennen gegen die Zeit – zwischen Cyberkriminalität und kaiserlichen Verschwörungen.

KNUT RIES

Karerpass

Krimi

Edition Kulturbüro8

Bibliografische Information der Deutschen Nationalbibliothek:
Die Deutsche Nationalbibliothek verzeichnet diese Publikation
in der Deutschen Nationalbibliografie; detaillierte bibliografische
Daten sind im Internet über dnb.dnb.de abrufbar.

Impressum

Erschienen in der Edition Kulturbuero8
Lenbachstr. 18 * 86529 Schrobenhausen
www.kulturbuero8.de

Erste Auflage 2025

Bearbeitung und Lektorat:
Covergestaltung:
Satz: Sabine Beck

Verlag: BoD · Books on Demand GmbH, Überseering 33, 22297 Hamburg,
bod@bod.de
Druck: Libri Plureos GmbH, Friedensallee 273, 22763 Hamburg
ISBN: 978-3-8192-6554-9

3. Juni

Oh nein!
Doch!
Dieser idiotische Wecker ist schon wieder nicht Karls Meinung und veranstaltet lautstark eine Party auf Karls Nachtkastl. Draufhauen und Ruhe. Das nutzt aber irgendwie nichts, weil dieses unbelehrbare Gerät nach wenigen Minuten wiederum anfängt, einen Höllenlärm von sich zu geben, offensichtlich mit dem Ziel, das ganze Dorf aus dem Schlaf zu reißen. Okay, es nutzt alles nichts. Karl schaltet diese asoziale Kiste aus. Um fünf Uhr morgens schleicht Karl langsam ins Bad. Gott sei Dank ist das nicht weit entfernt. Die nächste Tür ist die richtige.

Kurze Zeit später scheint er ansprechbar zu sein. Nach der viel zu frühen Badorgie, dem erfolgreichen Kampf mit der elektrischen Zahnbürste, dem Nassrasierer und der Dusche geht Karl einen Stock tiefer ins Wohn- und Esszimmer. Kaffee! Ohne den geht gar nichts! Und leckeres, selbst gebackenes Brot mit bester, italienischer Salami. Ja, Karl ist verwöhnt! Und lässt sich diese erste Mahlzeit schmecken. Noch einen konzentrierten Fruchtsaft (aus Italien, sie haben es sich sicher schon gedacht!), ab ins Auto und dann zur Akademie bei Regensburg. Drei Hörsäle mit interessierten Studenten warten heute auf Karl.

Der Weg führt Karl zunächst etwas bergab dann in einem steten Wechsel von Berg und Tal durch den oberen Bayrischen Wald nach Norden. Er ist etwas eigen in seiner Routenwahl. Die Aussicht auf eine vielleicht fünf Minuten kürzere Strecke lockt ihn – wie manche andere – keineswegs auf die Autobahn. Er ist sich sicher, dass die A3 auch heute morgen wieder ein Garant für den ein oder anderen Stau ist und somit die von ihm gewählte Strecke die schnellere ist. Und natürlich bestätigen ihn die nächsten Verkehrsmeldungen in seiner Ansicht: Stau zwischen Bogen und Wörth an der Donau in Richtung Regensburg.

Im Regental hinter Cham fällt ihm dann wieder diese interessante Burg auf dem Pfahl in die Augen. Sie ist noch bewohnt, kann daher wohl nicht besichtigt werden. Direkt unterhalb der Burg ist eine kleine Brauerei zu sehen; Karl überlegt, ob man diese nicht einmal besuchen und das dortige Bier probieren sollte. Na ja, eigentlich hat er, wie immer, viel zu viele Ideen im Kopf und wenn's denn darum geht, sich auf den Weg zu irgendetwas Interessantem zu machen, siegt dann doch auch mal gern die Bequemlichkeit.

Mehr oder weniger immer am Regen entlang kommt Karl seinem Ziel immer näher. Die geliebten Berge werden weniger und niedriger, nicht unbedingt ‚seine' Gegend. Ist er doch immer froh, wenn er dem Tal entfliehen kann und es wieder bergauf geht. Schließlich erreicht er die Akademie, fährt in die Tiefgarage und geht zum schwarzen Brett, um herauszufinden, in welchem Raum die ersten drei Stunden zu unterrichten sind.

»Heute ist – mal wieder – Welt-Update-Tag«. Wirklich? Ja klar, jedenfalls, wenn man seine Studenten nach einer langweiligen Vorlesung (irgendwas Betriebswirtschaftliches?) aufwecken will. Damit sie sich anschließend mit Interesse mit den wirklich wichtigen Dingen des Computerlebens, sie wissen schon, die richtigen Passwörter, das tägliche Backup und so weiter beschäftigen. ‚Admin-Show' sozusagen. Langweiliger Frontalunterricht war vorgestern, selbst üben gestern, heute ist das Erlebnis, die Show mit angepassten Unterhaltungseinlagen in. Machen Sie das einmal neun Stunden hintereinander, dann wissen Sie, wie das Dozentenwesen heutzutage den ‚Eintänzer' doch beansprucht.

Die leider viel zu kurze Mittagspause naht, die Augen der Studenten werden, allen Bemühungen zum Trotz, kleiner und das Smartphone vibriert auch noch nachhaltig. Fünf Minuten später haben es die Studenten geschafft, zumindest für diesen Vormittag. Die Mensa wartet auf die hungrigen jungen Leute. Zeit für einen Cappuccino, eine mitgebrachte Semmel und, ja, muss sein, das lästige Smartphone. E-Mails checken, dem Chat etwas Aufmerksamkeit schenken. Nichts los in der großen weiten Welt. Der Cappuccino könnte auch besser sein – in Italien oder, noch besser, in Südtirol schmeckt der schon ganz anders. Dafür entschädigt die »Semmel«, ein Vinschgerl, im letzten Urlaub in Südtirol gekauft, nach Bayern mitgebracht und eingefroren, um in der viel zu langen Zeit zwischen zwei Urlauben nicht auf die Genüsse aus dem Süden verzichten zu müssen. Natürlich ist der Leckerbissen vom Stampfl, Karls Lieblingsbäcker, ordentlich mit Südtiroler Speck belegt, es muss ja schließlich Energie für den Nachmittag liefern.

Dann stört doch die neue Mail die mittägliche Ruhe: Johannes, Bürgermeister von Karls Heimatgemeinde bittet ‚dringend' um einen Anruf. Es gebe ein Problem, bei dessen Lösung Karl behilflich sein könne. Nun gut, so dringend wird's schon nicht sein, denkt Karl und verschiebt den Anruf auf die Zeit nach der nächsten Vorlesung.

Die Mittagspause ist schnell vorbei, leider. Systemadministration für künftige IT-Spezialisten ist angesagt. Warum muss man das machen, wie muss man das regeln, was kann passieren? ‚Bedrohungen von Computersystemen und Netzwerken' steht auf dem Stundenplan. Ein immer aktuelles Problem. Die Studenten sensibilisieren, Gefahren zu erkennen, zu vermeiden und notfalls zu beseitigen ist das Ziel. Wie erkennt man Bedrohungen, Fake-News oder Spionage-Tools? Wo bekommt man aktuelle Informationen zu diesen? Was tun, wenn der berühmte Fehler 40 (der etwa 40 Zentimeter vor dem Monitor sitzt) wieder einmal erbarmungslos, komplett unwissend und natürlich ‚schuldlos' zugeschlagen hat? Lösungen für all das müssen die künftigen Fachleute finden und anwenden können.

Endlich, es ist 15.30 Uhr, die letzte Vorlesung ist geschafft. Noch ein paar Fragen der durchaus sehr interessierten Studenten beantworten, dann geht's auf den Heimweg. Aus dem Regensburger Umland heim in den Woid, den Bayrischen Wald. Ach ja, Johannes wollte noch etwas. Es lebe das voll vernetzte Auto – ein Klick auf »Johannes« und das Auto wählt in einer wirklich effektiven Kooperation mit dem Smartphone automatisch die Nummer des Bürgermeisters.

Johannes, bereits seit zwölf Jahren Bürgermeister in Karls Heimatgemeinde, ist sofort am Apparat: »Karl, eine Katastrophe, du musst sofort kommen, im Rathaus ist die Hölle los. du musst uns helfen…« – »Moment mal Johannes«, sagt dieser ruhig, »was ist denn passiert?«. Die Rechner, erklärt dieser, die Rechner spinnen, nichts mehr würde funktionieren. Eine Katastrophe für eine der vollvernetzten Gemeinden, die ihren Bürger eine Vielfalt von Onlinediensten anbietet. Fragen nach Details der ‚Katastrophe' erscheinen Karl sinnlos. Johannes ist kein Fachmann für Informationstechnologie und zudem gerade viel zu aufgeregt. Aber, er ist ein Meister in der nützlichen Verwendung von Zuschüssen, die er sehr erfolgreich beim Freistaat erbeuten kann. Zum Beispiel für eine Infrastruktur, die es jedem Einwohner ermöglicht, einen Breitbandanschluss mit bis zu 250 Megabit Datenrate zu nutzen. Wohlgemerkt, in einem Dorf im Bayrischen Wald und nicht in der großen Stadt. Karl versucht ihn zu beruhigen: »Johannes, schau, ich bin einer Stunde bei dir im Rathaus. Fass bis dahin keinen Rechner an! Warte einfach bis ich da bin. Dann schauen wir weiter, es wird schon wieder.« Johannes stimmt, obgleich nur wenig optimistisch, dann zu.

Die Fahrt zurück, von Norden nach Süden durch den Bayrischen Wald, genießt Karl. Wenig Verkehr, kaum Lkws und die Sommerplagen, die für die Einheimischen gewinnbringenden Urlauber, sind wohl auch schon zurück in Ihre Hotels gefahren. Über weite Strecken entlang des Regens führt die Strecke zumeist ohne besonders große Steigungen oder enge Kurven durch die beeindruckende Landschaft zurück zu Karls Heimatdorf.

Mitten im Dorf befindet sich in einem ansehnlichen Altbau die Gemeindeverwaltung. Obwohl heute Samstag ist, stehen doch Autos auf dem Parkplatz des Rathauses. Karl betritt es durch die zum Parkplatz gelegene Hintertür und hört sogleich ein aufgeregtes Stimmengewirr. Im Büro von Kathrin, dem Einwohnermeldeamt, scheint es hoch herzugehen.

»Ja, was habt's denn?«, fragt Karl, nicht aus der Ruhe zu bringen, die Anwesenden. Johannes, der Bürgermeister und Hans, seines Zeichens Standesbeamter, fangen sofort an, in wildem Durcheinander ihre jeweilige Interpretation des Problems lauthals kund zu tun. Leider nicht sehr erfolgreich, weil Karl dieses lautstarke Gebrüll einfach nicht versteht. Also noch mal: »Bitte nur einer, nicht zu aufgeregt, sondern vielleicht a bisserl sachlicher!«, versucht Karl die aufgeregten Herren zu beruhigen. Das klappt sogar, oh Wunder. Johannes berichtet nun: »Karl, eine Katastrophe, die Kathi ist verschwunden und seitdem klappt hier nix mehr! Die Rechner spinnen, irgendwelche Idioten wollen Geld von uns, sonst wird alles gelöscht, da sind komische Zeichen auf den Rechnern und ich hab keine Ahnung, was ich tun soll, das darf doch nicht wahr sein, welcher Depp macht denn so was?«

Nun, die Antwort wäre ziemlich einfach: Der, der Euch abzocken will. Aber, das nutzt jetzt nichts. Okay, Karl ergreift die Initiative. »Erstens: Ihr lasst ab sofort die Finger von allen Rechnern im Rathaus. Zweitens: Das Beste wäre, wenn ihr euch einfach zum ‚Brunner' schleicht und ein Bier kauft. Ich komm dann nach.« Der ‚Brunner' ist das zentral im Dorf gelegene Hotel, in dem die Dorf-Chefs gewissermaßen einen Stammtisch haben. Also, eigentlich nicht, aber dann doch.

Okay, Johannes und Hans verschwinden schnell. Wenn der einzige, ihnen vertrauenswürdig erscheinende, mit »Computern« wohl vertraute, ihnen empfiehlt, erst mal eine Pause einzulegen, dürfte das ja nicht schlecht sein.

Derweil schaut sich Karl erst einmal den Rechner des Einwohnermeldeamts an. Okay, das Problem ist auf dem Bildschirm präsent: ‚Zahlen Sie 250 000 Euro in Bitcoins an Krokus37852Check, dann sende ich Ihnen den Code, mit denen Sie Ihre Daten wieder entschlüsseln können.' lautet die eindeutige Botschaft auf dem Bildschirm. Karl handelt schnell und zieht zunächst den Stecker für die Netzwerk- und damit auch die Internetverbindung ab. Nun kann es nicht noch schlimmer werden. Und diese ominöse Schadsoftware kann sich nicht so einfach weiterverbreiten. Okay. Weiter geht's. Karl geht nun von Büro zu Büro. Läuft da etwa ein Rechner? Hat dieser dann eine Verbindung nach draußen? Entwarnung: Alle anderen Rechner sind ausgeschaltet, also hoffentlich noch nicht infiziert. Sicherheitshalber trennt Karl noch alle Netzwerkverbindungen.

Zurück in Kathrins Büro hat sich die Bildschirmanzeige nicht verändert. Karl ist klar, dass hier kaum eine Möglichkeit besteht, einen gravierenden Schaden zu vermeiden. Aus vielen Berichten in den einschlägigen, qualifizierten Fachzeitschriften weiß er, dass man weder durch eine Zahlung an den Erpresser, noch durch irgendwelche Kniffe hier einen Datenverlust vermeiden kann. Sicherheitshalber – es könnte ihm ja noch etwas einfallen – lässt er Kathrins Rechner weiterlaufen, verlässt das Rathaus und geht über die Straße zum ‚Brunner'.

Dort trifft er erwartungsgemäß die beiden sehr aufgeregten Rathausmitarbeiter. Beruhigen kann er sie nicht. Verständlicherweise. Denn wer rechnet in einem kleinen Dorf im Bayrischen Wald schon damit, Opfer eines Online-Erpressers zu werden. Ja, wer außer Karl, der berufsbedingt natürlich über ein ‚wasserdichtes' Netzwerk mit Sicherungen gegen alle möglichen Angriffe verfügt. Und der auch ständig alle vor diesen hinterlistigen Attacken warnt. »Emotet, so nennt man diese Schadsoftware, hat wohl auch Euch erwischt, Johannes«, berichtet Karl dem Bürgermeister. »Dieser Virus verbirgt sich in Makros, die in beliebigen Office-Dokumenten enthalten sein können. Die Dateien kommen angeblich von Absendern, mit denen ihr in regelmäßigem Kontakt steht. Wenn jemand dann diese an eine Mail angehängten Dateien öffnet sowie auch noch die Ausführung von Makros erlaubt, und darum bitten diese depperten Anhänge, dann war's das. Emotet installiert sich auf dem befallenen Rechner und kann beliebige Schadsoftware nachladen. Ende. Die Kiste ist dann tot. Und vielleicht auch alle anderen Rechner in Eurem Netzwerk. Punkt. Aus – Äpfel – Amen!«

»Aber… was jetzt?« Johannes und Hans werden kleinlaut. Karl überlegt noch, hat aber schon eine Idee: »Alle Rechner bleiben erst einmal aus. Ich prüfe morgen jeden einzelnen, ob er vom Virus befallen ist. Dann schauen wir weiter.« Hans sinniert, überlegt »Wie könnten wir uns den Schmarrn eingefangen haben?« – »Mitarbeiterfehler!«, lautet Karls eindeutige Antwort. »Irgendwer hat nicht aufgepasst.« – »Oder irgendwer wollte nicht aufpassen!« schreit Johannes raus. »Da könnte uns doch einer den Schmarrn untergejubelt haben, um abzusahnen; einer oder eine von uns! Und die Kathi und ich haben erst kürzlich gewaltig rumgestritten! Das wär‘s doch!« Johannes ist kaum zu beruhigen.

Zwei Bier später ist Johannes noch immer nicht zu beruhigen. Kathi ist sein (persönlicher) Bösewicht. Sie ist schuld, schließlich ist ihr Rechner befallen. Karls Einwand, dass ein solcher Fehler praktisch jedem passieren könnte, kann hier auch nicht helfen. Und so löst sich die Runde kurze Zeit später auf und jeder geht nach Hause, nicht ohne sich für den nächsten Vormittag, Sonntag, im Rathaus zu verabreden.

Zu Hause angekommen denkt Karl weiter darüber nach, wie denn diese ausgefeilte, große Schäden verursachende Software ihren Weg ins Rathaus gefunden haben könnte. Eine zündende Idee fehlt dazu ihm jedoch und so geht der Abend doch noch gemütlich mit einem Glas Sauvignon aus Südtirol zu Ende.

4. Juni

Sonntag. Im Bayrischen Wald heißt das oft noch Frühstück, Kirche, Stammtisch, Mittagessen. Und dann schauen wir weiter. Wenn‘s denn noch eine funktionierende Dorfwirtschaft gibt. Karl gönnt sich erst einmal ein ausgiebiges Frühstück, auch mit leckerem, gebeiztem Saibling aus der hiesigen Fischzucht. Kirche fällt heute aus (er ist kein großer Kirchgänger – Karl meint, er wäre dazu noch zu jung), so steht dann erst mal die Katastrophenbewältigung im Rathaus an. Aber nicht vor dem dritten Cappuccino!

Nach dem Frühstück sucht Karl sein Werkzeug zusammen: Die DVD und den USB-Stick mit dem sicheren Linux-Betriebssystem und einer Sammlung von aktuellen Virenscannern, startfähige USB-Sticks mit kompletten Systemen und oft benötigten Werkzeugen. Natürlich auch noch eine Auswahl von Betriebssystemen für eine eventuelle Neuinstallationen. Also praktisch einen Notfallkoffer für Informationstechniker. Und macht sich, nicht unbedingt optimistisch, auf den Weg zum Rathaus. Kein unangenehmer Weg, zu Fuß ist Karl in gut fünf Minuten am Ziel angekommen.

Dort trifft er wieder auf Hans und Johannes. Während Johannes, ganz anders als am vergangenen Abend, sich sichtlich ruhig verhält, ist Hans jetzt richtig nervös. Okay, es trifft ja auch seinen Aufgabenbereich als ‚nebenberuflicher' IT-Verantwortlicher. Wie so oft ist auch Hans kein ausgebildeter IT-Fachmann, sondern hat diese Aufgabe durch einfaches Handauflegen, also mit einem freundlichen »Du machst das schon«, erhalten. Im Falle eines Problems ist das nicht mehr witzig. Auf gut Deutsch: Hans ist mit diesem komplett überfordert. Aufmuntern? Schwierig, denkt sich Karl und geht an die Arbeit.

Schrittweise arbeitet sich Karl voran. Der garantiert befallene Rechner bleibt erst einmal so, wie er ist. Ohne Verbindung zum Netzwerk oder gar dem Internet kann er warten. Die weiteren Rechner im Rathaus werden nun mit einem von Karl mitgebrachten garantiert sauberen Betriebssystem, einer Linux-Variante gestartet und bekommen Arbeit. Mindestens zwei Überprüfungen mit verschiedenen Virensuchprogrammen müssen auf jedem System gemacht werden. Auch der einzige Server im Netz bleibt von dieser ‚Arbeit' nicht verschont.

Noch ein Kaffee wäre jetzt recht, überlegt Karl. Doch weder Johannes noch Hans scheinen sich für das heiße Getränk zu interessieren und so muss Karl noch auf sein ‚Doping' warten. Nun denn, auf geht's mit der Untersuchung des schwierigsten Patienten. Eine startfähige Linux-DVD, nicht mehr beschreibbar und damit auch vor dem Befall mit Schadsoftware sicher, ins entsprechende Laufwerk stecken, Rechner einschalten und sofort das BIOS mit der altbekannten Tastenkombination aufrufen, um den Start des PCs von der DVD zu ermöglichen. In kurzer Zeit ist das sichere Betriebssystem gestartet und Karl kann mit seinen Untersuchungen anfangen. Der erste Virenscanner wird von Karl aufgerufen. Läuft.

Nun heißt es warten. Von Zeit zu Zeit kontrolliert Karl die Arbeit auf den Rechnern – die Überprüfungen brauchen Zeit. Hans trommelt mit den Fingern auf seinem Schreibtisch. Bürgermeister Johannes, ja da schau, ist auf einem Schreibtischstuhl eingeschlafen.

Karl schaut sich derweil einmal die Kaffeemaschine an. Diese steht noch arbeitslos in einer Ecke auf einem Regal. Immerhin ein Vollautomat. Der Kaffee? Na ja, nicht Karls österreichische Lieblingssorte, aber wohl trinkbar. Tassen sind auch da. Ja, wenn ihr nicht wollt, denkt Karl, ich schon. Einschalten, och, tut mir aber leid, dass der übliche Maschinenlärm jetzt Johannes aufgeweckt hat, kurz warten, Tasse hinstellen und dem Gerät mit einem Tastendruck mitteilen, dass man einen ‚caffé', also einen Espresso wünscht. Wieder eine Lärmorgie, diesmal vom Mahlwerk der Maschine verursacht, dann läuft Karls Dopingmittel schwarz und kräftig duftend in die Tasse. »Noch jemand?«, fragt Karl und erntet von Hans einen verstörten Blick und von Johannes nur ein kurzes Knurren. Na, ob Johannes gestern vielleicht noch Ludwig, dem Wirt beim ‚Brunner' in die Finger gefallen ist? Egal, der Espresso ist nicht übel.

Nach einiger Zeit ist der erste Rechner überprüft. Alle Virenscanner melden, dass dieses Gerät frei von Schadsoftware ist. Gut. Das ging recht schnell, denn auf diesem Rechner sind nicht allzu viele Dateien gespeichert. Johannes grinst zufrieden, ist das doch sein persönliches Gerät. »Na ja«, sagt ihm Karl, »hast ja vielleicht auch nicht so viel gearbeitet.« Er erntet einen bösen Blick. Johannes schießt zurück »Du hast mir ja erklärt, ich solle alles auf dem Server speichern!« Braver Johannes.

Stunden später. Die meisten Rechner sind noch dabei, nach schädlicher Software zu suchen. Der kleine Hunger in Karls Magen meldet sich. Ein kleiner Blick in die Runde zeigt ihm, dass es den beiden anderen ähnlich geht. »Brunner?«, fragt Karl und erntet ein zweifaches zustimmendes Nicken. Eigentlich gibt's ja beim Brunner weder eine Speisekarte, noch einen normalen Wirtshausbetrieb. Ist ja »nur« ein Hotel, ein gutes, immer ausgebuchtes. Aber, genau, für die Freunde des Hauses gibt's da noch ein kleines Nebenzimmer und dort nicht nur etwas zu trinken, sondern für ‚Notfälle' natürlich auch immer etwas Leckeres zu Essen. Heute ein Lachsforellenfilet von der örtlichen Fischzucht mit ausgesuchtem Beiwerk.

Eine gute Stunde später trifft das Trio gestärkt wieder im Rathaus ein. Mittlerweile sind weitere Rechner fertig überprüft, alle scheinen ‚sauber' zu sein, also nicht von irgendwelcher Schadsoftware betroffen zu sein. Hans wird etwas ruhiger. Karl versucht, ihm jetzt Informationen zum Vorfall zu entlocken. Kathi und Hans hatten am Freitagnachmittag noch länger als die anderen Mitarbeiter der Gemeindeverwaltung gearbeitet. Kathi wollte ja am Samstag in Urlaub gehen und vorher noch schnell die letzten Reisepassanträge fertigstellen. Als Hans dann Feierabend machte, war Kathi wohl auch kurz davor, ihre Arbeiten abzuschließen.

»Habt ihr denn nicht versucht, Kathi am Samstag, nachdem ihr das Problem erkannt hattet, anzurufen?«, fragt Karl die beiden. Ja, antwortet Johannes, aber er hätte sie einfach nicht erreicht. Gleich, nachdem er gestern ein paar Daten des Einwohnermeldeamtes auf Anfrage der Polizei verifizieren wollte und von der Erpressung überrascht wurde, hätte er versucht, sie anzurufen. Kathis Handy sei aber ausgeschaltet gewesen und zu Hause war sie auch nicht zu erreichen. Karl wundert sich ein wenig. »Was wollte die Polizei denn wissen?«, fragt Karl. »Och, Meldedaten von irgendwelchen aus Südosteuropa stammenden Mitbürgern, die aber schon wieder wo anders wohnen; nix wildes«, antwortet Johannes.

Karl schaut zum Server, der mit einem allgemein als sicher bekannten Linux-Betriebssystem arbeitet. Auch hier bislang kein Befall durch Schadsoftware. Ganz anders schaut es auf Kathis Rechner aus. Kaum hat Karl hier einen ersten Suchlauf gestartet, schlägt die Prüfsoftware bereits Alarm. Zuerst identifiziert der Scanner den »Emotet«-Virus, der der Verbreitung weiterer, schädlicher Software dient. Kurz darauf folgt die nächste Meldung. Es wurde weitere Schadsoftware gefunden; eine sogenannte Ransomware mit Namen »Locky«, die die Daten auf der Festplatte verschlüsselt, um dann den Besitzer des Rechners zu erpressen. Karl wendet sich an Johannes und Hans: »Das war's mit diesem Rechner. Der ist jetzt erst einmal nicht mehr zu gebrauchen. Ich baue jetzt die Festplatte aus und nehme sie mit, um später vielleicht noch etwas zu retten. Ruft am Montag den Andreas an, er soll eine neue Platte einbauen und das Backup draufspielen. Dann könnt Ihr wieder gefahrlos damit arbeiten.«

Karl geht an die Arbeit und kurz drauf liegt die ‚verseuchte' Festplatte auf dem Tisch. Die Überprüfung des Servers ist mittlerweile wie auch bei allen anderen Rechnern beendet. Dieser war ebenfalls frei von schädlicher Software, so dass die Arbeit im Rathaus am Montag wieder weitergehen kann. »Ich muss jetzt noch versuchen festzustellen, wie die Viren auf den Rechner gekommen sind«, informiert Karl die beiden anderen.

Karl geht zum Mailserver des Rathauses und lässt sich von Hans den passenden Zugang freigeben. Interessant sind für ihn natürlich die letzten an Kathis Rechner übermittelten Emails. Aber da ist nichts Auffälliges festzustellen. Dann findet Karl das Schreiben der Polizei aus Straubing, die auf der Suche nach zwei Südosteuropäern ist. Instinktiv druckt er die Mail aus und nimmt den Ausdruck mit in Kathis Büro. Dieser und die befallene Festplatte wandern in Karl Aktentasche, ohne die er ‚das Haus nicht verlässt'. Karl nimmt ein zerknülltes Papier, das er wohl nach dem letzten Unterricht in die Tasche getan hat wieder aus dieser heraus und wirft es in Kathis Papierkorb.

Kaum ist das Papier dort gelandet, ist Karl plötzlich unsicher, ob er es nicht doch noch braucht, beugt sich zum Papierkorb, um es wieder herauszufischen. Beim Blick in diesen fällt ihm ein wohl achtlos in diesen hineingeworfener USB-Stick auf. Sofort verliert Karl das Interesse am Altpapier und er nimmt den USB-Stick an sich.

Er betrachtet den mobilen Speicher, ein älteres Modell mit nicht allzu großer Speicherkapazität. »Ist das ein Stick von Euch?«, fragt Karl die anderen. Hans antwortet »Nein, wir haben keine USB-Sticks im Rathaus. Wegen der Sicherheit. Und Kathi hat auch noch nie einen benutzt.« Karl beschließt, diesen mitzunehmen, um feststellen zu können, was sich darauf befindet. Dann ist die sonntägliche Arbeit im Rathaus erledigt. Karl, Johannes und Hans machen sich auf den Heimweg.

Hannah Snider sitzt am Schreibtisch ihrer vor einigen Tagen verstorbenen Großmutter. Sie war, nach dem tödlichen Autounfall ihrer Eltern, bei ihr aufgewachsen und hatte stets ein inniges Verhältnis zu ihr gehabt. Angelica Snider, geborene Liechtenstein, war eine resolute Frau gewesen, die immer genau wusste, was gerade jetzt zu tun ist. Zu ihrer Enkeltochter hatte sie jedoch immer ein von Nachsicht geprägtes, fürsorgliches Verhältnis, so dass Hannah wohlbehütet in New Braunfels aufwachsen konnte. Sie hatte nach der Schulausbildung an der University of Texas in San Antonio Architektur studiert und arbeitet mittlerweile dort als Dozentin.

»Wenn ich einmal nicht mehr bin, musst du in meinem Schreibtisch in der großen Schublade in das Geheimfach schauen«, hatte die Großmutter Hannah schon früh eingebläut. Und nun will Hannah diesem Wunsch der Oma nachkommen. Sie ziehtdie große Schublade fast ganz heraus und findet so an deren Ende einen Mechanismus, der zu einem Geheimfach gehören könnte. Hannah legt einen kleinen Hebel um und kann so eine ziemlich breite Klappe öffnen. Dahinter findet sie ein Bündel von Schriftstücken, die zum Teil recht alt zu sein schienen.

Vorsichtig zieht Hannah das Bündel aus dem Fach, schließt die Schublade wieder und betrachtet die Schriftstücke. Zuoberst findet sie einen an sie adressierten Brief, den sie öffnet.

»Liebste Hannah,

jetzt, da ich nicht mehr lebe, muss ich Dir hier Einiges mitteilen, was vielleicht Dein Leben komplett verändern könnte. Es betrifft Deine, nein unsere Abstammung und auch ein paar Dinge, die der Welt, der Öffentlichkeit so nicht bekannt sind. Aber, ich glaube, es ist an der Zeit, nach vielen Jahrzehnten, dass die Welt durch Dich erfährt, was vor mehr als hundert Jahren – auch unter Mithilfe unserer Familie – geschehen ist.«

So begann Angelica Sniders Brief an ihre Enkeltochter. Hannah, die ihre Großmutter stets als sehr unkomplizierte, warmherzige Frau kennengelernt hatte, fühlte sich zunächst von den Mitteilungen ihrer geliebten Oma fast überfordert, las jedoch weiter.

»Vor vielen Jahren, seit 1879, war meine Urgroßmutter, Mathilde von Liechtenstein, Zofe bei Kaiserin Elisabeth von Österreich-Ungarn, und

damit auch eine Vertraute der Kaiserin, die kaum Geheimnisse vor ihr hatte. Im Jahr 1897 reiste die Kaiserin mit einigen, wenigen Bediensteten, darunter auch Mathilde, nach Tirol. Offiziell fühlte sie sich unwohl und wollte ihr vorgebliches Lungenleiden dort mit der heilsamen Bergluft von Meran kurieren.

Tatsächlich aber war ihr Ziel ein einsam gelegenes Luxushotel in den Dolomiten, das Hotel Karerpass am gleichnamigen Pass in den Dolomiten. Dort wollte sie sich mit einem heimlichen Vertrauten, Graf Johann von Pfalz-Neuburg, treffen, um Trost wegen der Beziehung ihres Mannes mit der Schauspielerin Katarina Schratt zu suchen. Der Graf vermied jedoch eine Reise an der Karerpass, so dass Elisabeth vergeblich auf ihn wartete. Enttäuscht wartete sie im Hotel.

Elisabeth schrieb Briefe an Johann, deren Inhalt nicht bekannt wurde. Sie übergab auch einen an unsere Vorfahrin Mathilde, mit dem Auftrag, diesen heimlich an Johann zu senden. Mathilde tat das nicht, sondern versteckte diesen Brief in ihrem Zimmer, da sie überzeugt war, dass eine Beziehung von Elisabeth mit dem von ihr als Hallodri eingeschätzten Bayern von großem Schaden für Elisabeth und Österreich sein würde. Nun, dieser Brief wurde nie gefunden; genauso wenig Aufzeichnungen von Mathilde über eine Wanderung mit der Kaiserin, auf der sie angeblich Schmuckstücke für ihren Verehrer aus Neuburg, vielleicht zur Linderung von dessen gewaltigen Schulden, am Nordhang des Latemars deponiert haben soll.

Mathilde schrieb dieses alles nieder und gab ihr Wissen an die Nachfolgenden und damit von Generation zu Generation in unserer Familie weiter, so wie ich das hiermit auch an Dich weitergebe. Ich kann nicht sagen, ob Du mit diesem Wissen etwas anfangen sollst, kannst oder es auch nur schlicht an Deine Nachkommen weiterleiten müsstest. Es liegt in Deiner Verantwortung, was Du tun wirst.

Ich liebe Dich!

Deine Großmutter Angelica von Liechtenstein«

Uff. Hannah sitzt wie erschlagen am Schreibtisch ihrer Großmutter. Was genau hat sie da gerade erfahren? Eine Vorfahrin aus ihrer Familie, deren direkte Nachkomme sie ist, stand in engem Kontakt mit Kaiserin Elisabeth, genannt Sisi, genoss deren Vertrauen und verfügte über Informationen über die Kaiserin, wie sie wohl noch keiner besaß. Was tun, überlegt Hannah. Noch einmal viele Jahre abwarten, ob man einfach etwas ‚hörte'? Oder doch selbst die Initiative ergreifen und diesen ‚Geheimnissen' um die Kaiserin auf den Grund zu gehen?

Nun, Herumsitzen und Sinnieren waren noch nie Hannahs ‚Ding'. So forscht sie zunächst weiter nach nützlichen Informationen im Schreibtisch der Großmutter, natürlich auch im besagten Geheimfach. Leider ohne Erfolg. Keine weiteren, neueren Schreiben ihrer Großmutter außer dem Testament der Oma, mit dem diese all ihre Besitztümer Hannah vermachte.

Hannah Snider sitzt noch gut eine Stunde vor den Hinterlassenschaften der geliebten Großmutter. Sie überlegt, wie es weitergehen soll. Soll sie ihr kleines Apartment in San Antonio aufgeben und ins geerbte Haus ziehen? Oder den bequemen Weg wählen, einfach alles hier verkaufen und weiterleben wie bisher? Nein, Hannah war noch nie Veränderungen gegenüber abgeneigt und schließlich hatte sie hier, im gemütlichen Haus der Oma, ihre behütete Kindheit verbracht.

Also, die erste Entscheidung ist getroffen: Sie zieht wieder zurück nach New Braunfels und gibt ihr Apartment in San Antonio auf. Schließlich ist es auch von New Braunfels nicht besonders weit zu ihrer Arbeitsstelle an der Universität in San Antonio.

Aber soll sie sich auch jetzt noch um die Informationen der Ahnin Mathilde von Liechtenstein kümmern? Hannah verschiebt ihre Entscheidung darüber auf einen späteren, aber nicht allzu fernen Zeitpunkt und deponiert die Schriftstücke aus dem Geheimfach wieder darin.

5. Juni

Die Nacht wird unruhig für Karl. Diese Emotet-Infektion kann er sich nicht erklären. Genauso wenig das Verschwinden von Kathrin. Sie, die sie so zuverlässig und manchmal schon penibel genau arbeitet. Auch schon zu Karl Leidwesen. Ein Passbild für Karls neuen Reisepass passte nicht ganz in das vorgegebene Schema und Karl durfte noch einmal zum Fotografen gehen.

Klar. Da stimmt irgendetwas nicht, aber Karl kann trotz ausdauerndem Grübeln keine Erklärung dafür finden.

Vier Uhr in der Früh, immer noch keine Idee. Oder? Karl steht auf und geht ins Nachbarzimmer, sein häusliches Büro, jetzt auch Homeoffice genannt. Einer der Rechner wird aus dem Tiefschlaf geweckt und Karl beginnt zu recherchieren: Kathrin war doch bestimmt auch in irgendeinem sozialen Netzwerk vertreten. Da muss doch was zu finden sein. Das WasIsLos-Netz braucht Karl nicht zu besuchen. Da wollte Kathrin eigentlich »nie und nimmer« mitmachen. Also probiert er es auf gut Glück beim Letschnbücherl. Und siehe da, schon hat er Kathrin gefunden. Ja klar, sie ist jetzt nicht online, um vier Uhr 30 morgens. Aber, da schau, da gibt's doch was Neues: Ein Foto von Kathrin mit einem durchaus nicht unattraktiven jungen Mann. Aha! Nett. Und, Karl schaut sich das Foto näher an, ja, klar, er kennt die Gegend. Das Foto ist doch eindeutig bei der »Maria« in der Gaststube aufgenommen worden. Die »Maria« ist eine Gaststätte direkt am Brenner, schon in Südtirol. Karl kennt sich da aus, die Specksemmeln bei der Maria sind legendär! Und der Cappuccino auch.

Aha. Die Kathrin hat wohl einen neuen Freund gefunden. Und genießt mit diesem das Wochenende in Südtirol. Aber, warum geht sich dann nicht ans Handy? Wie kommt dabei der »Emotet« auf ihren Rechner? Zurück ins Bett gehen und schlafen kommt für Karl jetzt gerade immer noch nicht in Frage. Aber er kann auch noch nicht weiter forschen. Die »Maria« öffnet erst um neun Uhr. Und nur dort kann er wohl weiter nach Kathrin forschen. Also doch noch ein wenig schlafen? Karl probiert's, schläft auch prompt ein, um dann erst kurz nach neun Uhr wieder wach zu werden.

Kaffee – die Idee von frisch zubereitetem Kaffee lockt Karl stets aus dem Bett. Er kann einfach nicht widerstehen! Also raus aus den Federn, Bademantel überwerfen und einen Stock tiefer in die Küche. Der Tag ist gerettet, schnell eine Tasse Kaffee herrichten, die Zeitung »lesebereit« auf dem Esstisch platzieren und ach ja, morgen geht's in den Urlaub. Besser kann's nicht sein. Oder? Ah, da fällt Karl wieder dieser USB-Stick aus dem Papierkorb im Rathaus ein. Nein, der hat noch Zeit. Was muss alles für den Urlaub eingepackt werden? Na die Wandersachen für Hochgebirgstouren und auch a bisserl was zum Ausgehen, das wär's. Karl denkt, das schaff ich später immer noch – bin doch ein Packprofi!

Also erst frühstücken, dann der USB-Stick. Diese wichtige Reihenfolge hält Karl jetzt ein. Ja, die leckeren Dinge – Eigenimporte aus Südtirol und auch dem Veneto – halten Karl dann doch für einige Zeit am Frühstückstisch gefangen. Er denkt dabei an das, was ihm wiederum bevorstehen dürfte: Weinprobe bei Arthur am Kalterer See, Salami und Käse bei Luigi und Aurora in einem kleinen Ort bei Verona, Speck vom Bauernhof und auch vom Lieblingsmetzger im kleinen Dorf auf dem Berg. Ja, Einkaufen südlich des Alpenhauptkamms hat schon etwas. Und vielleicht braucht's auch wieder Schuhe, was bedeutet, dass er zu Annemarie oder auch zu Gianna gehen müsste. Ja, Bella Italia und Südtirol haben schon Vorteile für den Genießer.

Also morgen geht es wieder los, über die Alpen. Aber heute, trotz allen Genüssen beim Frühstück, muss noch der USB-Stick aus dem Papierkorb im Rathaus untersucht werden. Nein! Gewiss nicht mit einem Standard-Rechner mit Windows als Betriebssystem, sondern mit einem speziellen Linux, dass quasi immun gegen Angriffe der bösen Buben ist, die immer wieder versuchen, Rechner zu hacken, um so mit ihrer Schadsoftware Gewinne zu erwirtschaften oder auch nur brave Nutzer zu ärgern.

An die Arbeit. Karl liest den Stick aus, untersucht jede darauf gespeicherte Datei und muss erstaunt feststellen, dass hier doch recht merkwürdige Dinge zu finden sind. Klar, den geschickt versteckten Emotet-Virus hatte er schon dort vermutet. Er war in einem Schreiben, verfasst mit der Standard-Textverarbeitung, verborgen; eine nicht unübliche, durchaus verbreitete Methode, unbedarfte User zu überrumpeln und zu unvorsichtigen Handlungen zu verführen. Aber alle anderen Dateien sind auch recht ‚brisant', beinhalten sie doch recht freizügige Fotos von Kathrin und ihrem Ex Hubert. Ein Grund mehr, sich das Textdokument genauer anzusehen. Dabei findet Karl jedoch nichts wirklich Auffälliges. In – zugegeben – nicht besonders gutem Deutsch wurde schlicht verkündet, dass die beigefügten Fotos die Empfängerin wohl doch interessieren könnten. Okay, damit war klar, wie die Infektion auf Kathrins Rechner kommen konnte. Der Stick wurde ihr zugespielt, ihre Neugier war geweckt, sie steckte den Stick in die USB-Schnittstelle ihres Rechners, schaute in die Textdatei, wobei dann auch auf die angeblich unbedingt erforderliche Aktivierung von Makros hingewiesen wurde. Mit dieser Freigabe konnte Emotet aktiv werden und zunächst Kathrins Rechner infizieren. Nachdem sie dann feststellen musste, dass wohl irgendjemand mit diesem Stick ihr Fotos geschickt hatte, die sie gewiss nicht mehr sehen wollte, landete das Corpus Delicti schließlich im Papierkorb. Problem erkannt und die Gefahr im Rathaus war ja jetzt ohnehin schon gebannt.

Kathrin ist jedoch immer noch nicht zu erreichen. Aber wenigstens Johannes ist natürlich immer für seine Bürger zu sprechen. Schon vor dem zweiten Rufzeichen ist er am Telefon und kann seine Neugier verständlicherweise nicht verbergen. Karl erklärt ihm die Situation und merkt schnell, dass beim Bürgermeister die Anspannung nachlässt. Als Karl im erklärt hat, dass er natürlich bei einem Notfall auch in Südtirol stets für ihn erreichbar sein werde, ist Johannes dann offensichtlich wieder die Ruhe selbst und wünscht Karl einen erholsamen und hoffentlich ungestörte Urlaub.

6. Juni

Reisetag! Karl startet den Tag mit einem ungewohnt schnellen Frühstück. Dann schnell reiseschick anziehen. Die letzten Dinge einpacken, alles in den Kofferraum legen und so ist er bereits eine knappe Stunde nach dem vom Wecker erzwungenen Wachwerden reisefertig. Telefon umgestellt, Zeitung und Post abbestellt? Ja. Alle Geräte, soweit nötig, ausgeschaltet? Ja. Lust auf Urlaub? Sicher!

Los geht's. Der Sprit reicht noch für ein paar hundert Kilometer, so dass sich ein kurzer Stopp an der Tankstelle nicht rentiert. Nach einer dreiviertel Stunde ist das Donautal erreicht und weiter geht die Fahrt Richtung Brenner auf Karls unorthodox gewählter Route über eine Mischung aus Bundes-, Landstraßen und Autobahnen in Richtung Brenner. Noch schnell das im Handschuhfach vergessene Pickerl für Österreich an die Windschutzscheibe kleben und bald wird nach störungsfreier Fahrt Tirol erreicht. Auch hier gibt es keine Probleme. Den norddeutschen Schnellfahrer – ja, auf der Inntalautobahn darf hier maximal 100 gefahren werden – ereilt recht bald sein Schicksal in Form einer Zivilstreife der österreichischen Polizei. Das wird teuer für ihn.

Bei Innsbruck verlässt Karl die Autobahn und folgt der Brennerbundesstraße. Auf der Autobahn staut sich hier der Verkehr oft und Karl ist ohnehin ein Kurvenfan, zumal wenn es bergauf geht. Bei ihm meldet sich jetzt auch schön langsam die Kaffeesehnsucht. Einen Cappuccino muss es am späten Vormittag bald mal geben. Jetzt nur noch, kurz vor der Passhöhe den Tank füllen, noch ist's relativ günstig, und dann in einem ersten Endspurt direkt auf den Parkplatz nach der italienischen, oh sorry, der südtiroler Grenze. Glück gehabt, Karl kann das Auto ziemlich genau vor der »Maria« abstellen.

Hannah hat Nägel mit Köpfen gemacht. Sie ist bereits mit ihrem beweglichen Hab und Gut ins Haus der Großmutter umgezogen. Bislang ohne ihre Möbel aus dem Apartment, bei denen sie noch überlegt, ob sie diese nicht einfach verkaufen sollte. An der Uni stehen sie Semesterferien kurz bevor und so braucht Hannah vor diesen nur noch ein- oder zweimal nach San Antonio fahren.

Am Nachmittag setzt sie sich wieder einmal an Omas zierlichen Schreibtisch und schaut noch einmal in die drei Schubladen. In den kleinen rechts und links von der zentralen, größeren Schublade findet sie nichts Ungewöhnliches. Ein paar Briefmarken, Nähzeug für eine schnelle Reparatur, Fotos oder einen Schraubenzieher für alle Fälle. Hannah öffnet noch einmal das hinter einigen kleinen Souvenirs versteckte Geheimfach. Beim Herausnehmen des Schreibens ihrer Großmutter entdeckt sie im Geheimfach noch einen alten, kleinen Zettel, der ihr vorher noch nicht aufgefallen war.

Der Zettel war wohl aus einem Notizbuch herausgerissen worden und in einer Hannah nicht geläufigen Schrift einseitig beschrieben. Die Ziffern 125 kann sie problemlos erkennen, doch der Rest ist schwierig, Kurrentschrift. ‚... hinter der Wandverkleidung rechts neben der Tür‘ – Hannah überlegt kurz, dann fällt ihr ein, dass dieser Zettel den Eindruck erweckt, älter zu sein und daher wohl in einer früher üblichen Schrift beschrieben wurde.

Online kann sie schnell feststellen, dass im deutschsprachigen Raum im 19. Jahrhundert die Kurrentschrift üblich war. Eine Buchstabentabelle findet sie auch. Sie vergleicht die Zeichen auf dem Zettel und findet alle in der Tabelle wieder. In die aktuelle Schrift übertragen lautet der Vermerk so: ‚125 hinter der Wandverkleidung rechts neben der Tür'.

Schrift und das offensichtliche Alter des Papiers könnten auf das Jahr 1897 hinweisen. Aber, wozu hat das jemand damals auf den Zettel geschrieben? Wer war das? Und was bedeutet ‚125‘? Hannah denkt fieberhaft nach. Das müsste etwas mit dem, was ihr von ihrer Großmutter schriftlich hinterlassen wurde, zu tun haben. Hannah gehört nicht zu denen, die früh aufgeben. Ihre Neugier ist geweckt.

Und sie fängt an zu forschen: Wo bitte ist der Karerpass? Gibt es dort ein Hotel gleichen Namens? Existierte dieses auch schon Ende der 19. Jahrhunderts?

Sie beginnt im Internet nach Antworten zu suchen. Erst der Karerpass: Er verbindet das Eggental mit dem Fassatal, wo immer das sein mag. Aufschluss darüber gibt die Kartenapp, mit der man schnell weltweit alle möglichen Orte finden kann. Dort findet sie auch schnell ein Hotel gleichen Namens. Und eine Südtiroler Webseite bietet ihr dann auch die gesammelten Informationen über das 1893 gebaute, unter Denkmalschutz stehende Hotel, bei dem die derzeitigen Eigentümer nicht mit Sicherheit bekannt sein sollen.

Das wäre doch ein Ziel für den anstehenden Urlaub, denkt Hannah und beginnt zu forschen, wie man denn zum Karerpass kommen könnte. Ziemlich schnell muss sie feststellen, dass dieses nicht ganz einfach ist. Einen passenden Flughafen gibt es dort offensichtlich nicht. Zwar ist wohl ein regionaler Airport in Bozen vorhanden, doch dieser wird nicht angeflogen. Was bleibt? Verona mit mehrfachem Umsteigen und langer Flugzeit oder München, das mit nur einem Umstieg wesentlich schneller erreichbar wäre. Hannah denkt, dass München wohl besser wäre, da sie dorthin unter anderem auch mit der deutschen Lufthansa fliegen könnte. Das würde bedeuten, dass sie an Bord den guten Service und die leckere Bordverpflegung genießen könnte und ziemlich sicher auch pünktlich ankommen würde. Und mit einem Mietwagen könnte sie den Karerpass dann auch gut erreichen.

Ihr Plan beginnt konkreter zu werden. Fehlt noch ein Hotel. Vom Grandhotel Karerpass kommt sie schnell wieder ab. Einfach zu teuer, das passt nicht in ihr Budget für den Urlaub. Und die Anforderungen eines Grandhotels an seine Gäste schrecken sie zusätzlich ab. Nein, sie wird sich keine Abendgarderobe und auch keine Schweizer Luxusuhr nur für diesen Urlaub zulegen. Nach kurzer Suche findet sie dann ein sie durchaus ansprechendes 4-Sterne-Hotel in einem kleinen Dorf in der Nähe. Eggen heißt die Ortschaft. Hannah überlegt kurz, woher dieser Name wohl kommen würde. Ein landwirtschaftliches Gerät vielleicht? Nein, sie gibt das Raten schnell auf und beschließt, im Urlaub auch dieses zu erforschen.

Sie bucht kurzentschlossen Hinflug, Mietwagen und Hotel, lässt dabei aber den Termin für den Rückflug noch offen, um notfalls auch noch länger in Südtirol bleiben zu können. Man fliegt ja nicht jedes Jahr nach Europa und dieses wird zudem Hannahs erste Reise über den Atlantik werden.

Cappuccino bei Maria. Endlich! Karl macht es sich im Café am Brenner erst einmal gemütlich und genießt den ersten wirklich italienischen Kaffee des Urlaubs. Und eine Specksemmel gehört natürlich auch dazu. Und die ist genauso gut wie immer. Ja, die Maria ist a bisserl älter geworden, kümmert sich aber immer noch gern und viel um ihre Gäste. Sie kommt jetzt zu Karl, freut sich ganz offensichtlich, dass der gern gesehene Stammgast auch in diesem Jahr wieder vorbeischaut und begrüßt ihn herzlich.

Nach dem unvermeidlichen »wie geht's, wie steht's?« versucht Karl herauszufinden, ob in den letzten Tagen Kathrin bei Maria war. Maria hat ein ausgezeichnetes Gedächtnis und kann nach Karls genauer Beschreibung der jungen Frau auch mit Sicherheit sagen, dass die »Gitschn«, also Kathrin, in Begleitung eines, wie Maria sagt, »Dschamsterers« bei ihr zu Gast war. Aha, das muss der Begleiter auf den Fotos im Netz gewesen sein. Näheres konnte Maria aber nicht mitteilen.

Gestärkt verabschiedet sich Karl von Maria, die ihm bei dieser Gelegenheit noch erzählt, dass sie in das Café am Ende der Sommersaison an einen Mitarbeiter übergeben wird, weil sie - mit knapp 80 Jahren - nun endlich in den Ruhestand gehen möchte.

Karl fällt auf dem Weg zum Auto ein, dass er eigentlich noch ein paar Kleinigkeiten brauchen würde und so geht er über die Straße zum Outlet-Center-Brenner um dort zielsicher zuerst den Shop der italienischen Marine anzusteuern. Ja, am Brenner gibt's einen solchen. Ein Geschäft der Luftwaffe wäre Karl lieber, aber ein solches hatte er bislang nur am Flughafen in Neapel gesehen. Aber ein neuer, auffälliger Schlüsselanhänger muss erworben werden und diese gibt's auch bei der ‚Marina Militare'. Schnell hat Karl einen solchen gekauft und wandert weiter zum Trachtengeschäft am Ende des Einkaufszentrums. Ja, ihm war auf der Fahrt eingefallen, dass er vergessen hatte, die passenden Strümpfe zur Lederhose einzupacken. Und da man ja nie genug Strümpfe haben kann, war hier die Problemlösung nahe. Mit einer Rolltreppe fährt Karl ins Obergeschoss, um dort zielsicher das hier ansässige Trachtengeschäft anzusteuern.

Beim Betreten des Ladens kommt ihm ein junges Paar entgegen, diese junge Frau kennt Karl gut. »Hallo Kathrin!« grüßt er sie freundlich. Erstaunt, hier ein bekanntes Gesicht zu sehen, stutzt Kathrin kurz um dann Karl mit »Ja, was machst denn du da?« zu begrüßen. Dann stellt Kathrin Karl ihren Begleiter vor: »Des is übrigens der Luigi, der arbeitet beim Hotel ‚Pfalz am Berg' in Roamstoa und macht Urlaub mit mia.« Karl erklärt Kathrin, er müsse kurz mit ihr sprechen und sucht ein ruhiges Plätzchen im Café Loacker einen Stock tiefer. Cappuccino kann man ja nie genug trinken und in der entspannten Atmosphäre redet sich es auch leichter. Kurz fasst Karl die an Kathrins Rechner aufgetretenen Probleme zusammen. Kathrin ist entsetzt. Sie erklärt Karl, dass sie weder von der Schadsoftware, noch von der Verschlüsselung der Festplatte etwas mitbekommen habe.

Sie hatte kurz vor Feierabend noch einmal den Briefkasten am Rathaus geleert, in diesem aber nur einen an sie adressierten Umschlag gefunden, in dem sich nur der USB-Stick befand. Kein Schreiben mit einer Erklärung dazu, nichts. Um herauszufinden, was das bedeuten sollte, steckte sie den Stick kurz am Rechner ein, schaute mit dem Explorer nach dem Inhalt und fand nur Bilddateien. Eine öffnete sie, sah das anzügliche Foto mit ihrem Ex-Freund und zog den Stick sofort wieder ab und ‚pfefferte' ihn dann in den Papierkorb.

Karl fragt sie, ob sie denn die Verarbeitung von Makros irgendwie zugelassen habe. Kathrin überlegt kurz. Irgendwas war ungewöhnlich, sagt sie. Beim Öffnen des Bilds sei ein Fenster aufgepoppt, mit dem sie aufgefordert wurde, durch Drücken des Okay-Buttons zu bestätigen, dass sie das Bild anschauen wollte, was sie dann auch getan hatte. »Ist dir dann noch was am Rechner aufgefallen?«, fragt Karl. »Nein«, antwortet sie, »ich hatte dann einen Zorn und hab den Rechner einfach stumpf ausgeschaltet. Hauptschalter gedrückt, fertig.« Klar, denkt Karl, den Rechner nicht korrekt runtergefahren, dann konnte Kathrin auch nicht mehr sehen, dass da irgendwas nicht in Ordnung war. Ob Kathrin sich denken könnte, woher der Stick gekommen wäre, will Karl noch wissen. Aber sie kann es sich nicht vorstellen. Ihr Ex und sie hatten sich freundschaftlich getrennt, weil sie unbedingt Kinder haben wollte, er aber nicht. Streit hatten sie deswegen auf jeden Fall nicht, stellt Kathrin fest.

Karl ist mit diesen Auskünften noch nicht zufrieden. Das Woher und Warum" bei diesem Stick ist so immer noch nicht geklärt. Vielleicht müsste er diesen noch einmal näher untersuchen, um hier noch eine Antwort zu finden. Aber jetzt hat er ja erst einmal Urlaub. Kathrin erzählt noch, dass sie ja erst einmal in Sterzing gewesen wären, Verwandte von Luigi besuchen, jetzt aber weiter ins Eggental fahren würden. Im Outlet hätten sie nur noch kurz eine Regenjacke gekauft, die Kathrin noch für die geplanten Wanderungen fehlte. »Ja«, bemerkt Karl, »da treffen wir uns dann ja vielleicht noch mal. Ich fahre auch da hoch.« Sie verabschieden sich voneinander, Karl kauft schnell noch die Strümpfe und geht zum Auto zurück. Auf der Fahrt entlang des Eisacks überlegt er, warum Luigi, offensichtlich Kathrins neuer Freund, denn während der ganzen Unterhaltung so still war. Wollte er nur nicht stören? Oder? Karl kommt zu keinem Ergebnis.

In Bozen-Nord verlässt Karl die Autobahn und biegt kurz darauf in die Eggentaler Straße ein. Tunnel reiht sich an Tunnel. Ja, die neue Route ist schon einfacher zu fahren, aber die alte mit vielen Kurven durch das enge Eggental, dort praktisch ein Canyon, hatte ihm immer besser gefallen. Dann biegt er in Birchabruck noch rechts, einen knappen Kilometer später links ab und fährt nun bergauf bis zum Ort Eggen. Fast in der Ortsmitte parkt er jetzt vor dem Hotel Maria, einem seiner Lieblingshotels in Südtirol. Das Zimmer ist reserviert, das Gepäck schnell ausgeladen und so kann er nach der freundlichen Begrüßung im Hotel sein Zimmer beziehen.

8. Juni

In Rabenstein hat der Inhaber des Hotels »Pfalz am Berg« seine Frühschicht an der Rezeption des noblen 5-Sterne-Hotels beendet. Ja, auch hier fehlt es an geeigneten Fachkräften und so muss auch der Besitzer mal die Vertretung eines im Urlaub befindlichen Mitarbeiters übernehmen. Max von Pfalz hatte das ehemalige Schloss eines hiesigen Glasbarons vor einigen Jahren gekauft, erweitert und zu einem Luxushotel umgebaut. Mit Erfolg; das Hotel war fast das ganze Jahr über ausgebucht. Auch dank der einzigartigen Lage am Fuß eines Berges direkt am Waldrand, des verfügbaren Hubschrauberlandeplatzes und der exklusiven Ausstattung des Etablissements.

Max geht in sein Büro, schaut, ob ihm sein Computer neue Termine für den Nachmittag beschert. Nein. Gut, denkt er, endlich Zeit, nach dem Tagebuch des Urahnen zu schauen. Dort wollte er ein paar für das Haus Habsburg wohl interessante Stellen scannen und dann nach Wien senden. In der kleinen Bibliothek neben seinem Büro geht er zielstrebig zu einem Regal, in dem er das Tagebuch deponiert hatte. Nur ist dieses nicht da, wo er es einsortiert hatte. Max wundert sich, denn außer ihm betritt eigentlich niemand die Bibliothek. Dieser Bereich des Hotels sollte zudem bekanntermaßen nur von Angehörigen der Familie, dem Service – wenn Getränke zu bringen wären – und dem Reinigungspersonal betreten werden.

Max sucht, doch das Tagebuch ist in der Bibliothek nicht auffindbar. Sollte es noch im Büro sein? Nein, auch dort bleibt er erfolglos. Aber wer könnte mit dem alten, in Kurrentschrift geschriebenen Buch etwas anfangen? Die Seiten, die Max an die Habsburger übermitteln wollte, enthielten ja eigentlich auch nichts Wichtiges. Ja, Johann jammerte auf einigen über seine finanziellen Probleme, die er wohl selbst durch seinen luxuriösen Lebensstil verursacht hatte. Kurz darauf sah er wohl ein Licht am Ende des Tunnels und schrieb aufgeregt über ein im Jahr 1897 bevorstehendes Treffen mit Kaiserin Sisi von Österreich in Südtirol, das ihn erlösen würde. Nun, Johann kannte Sisi bereits lange, er hatte sie in jungen Jahren im Schloss Unterwittelsbach einige Male getroffen. Aber wie sollte sie ihn »erlösen«? Max konnte sich dazu nichts vorstellen. Das Treffen fand jedoch nicht statt, weil Johann kurzfristig vom damaligen Familienoberhaupt zum Rapport ins Schloss in Neuburg an der Donau beordert wurde. Dieser direkten Anordnung musste er damals unbedingt folgen.

Hannah hatte in der letzten Nacht nur wenig geschlafen. Sie war, für sie unüblich, sehr aufgeregt. Lag es an der bevorstehenden ersten Reise in die Heimat ihrer Familie oder dem nicht unbedingt klaren Vermächtnis ihrer Großmutter, dessen Rätsel sie lösen will? Diese Gedanken ließen eine geruhsame Nacht nicht zu. Nun, tröstete sie sich selbst, nach dem Umsteigen in Chicago würde sie ja einige Stunden im Flugzeug schlafen können.

Im Internet hatte sie sich schlau gemacht: Wie wird das Wetter in Südtirol sein? Welche Bekleidung wird nötig sein? Was isst oder trinkt man dort. Sie denkt, dass sie alles Nötige eingepackt hat, checkt noch einmal die Papiere, Karten und das fremde Bargeld - Euro, na ja, denkt sie. Frühstück? Nein, nur einen Kaffee, es gibt ja notfalls auch auf dem Flug nach Chicago etwas zu essen.

Wie in den USA üblich, ist es auch in Texas außerhalb der Großstädte schier unmöglich, mit öffentlichen Verkehrsmitteln zum Flughafen zu gelangen. Also muss Hannah nun zunächst mit dem Auto nach San Antonio fahren. Dort parkt sie ihre Corvette bei einer Freundin in Flughafennähe. Von hier aus kann sie nun den Flughafen mit dem Bus erreichen. Ja, Hannah schaut auch ein wenig aufs Geld.

Am nicht unbedingt sehr großen Flughafen angekommen, gibt sie ihren Koffer auf und begibt sich gleich zum Gate. Sie hatte am Abend vorher bereits online eingecheckt und hat so ihre Bordkarten für die Flüge nach München bereits auf dem Handy gespeichert. Bis zum Abflug nach Chicago bleibt ihr noch Zeit und sie nutzt die Gelegenheit, ihr Frühstück nachzuholen. Die Aufregung ist jetzt der Routine gewichen. Schließlich ist Fliegen für Hannah, wie für viele Amerikaner, so etwas wie Busfahren für einen Europäer.

Entsprechend wenig passiert auch auf dem Inlandsflug, den jetzt am frühen Nachmittag nur wenige Passagiere nutzen. In Chicago angekommen, hat Hannah eine Stunde Zeit, um nach kurzem Fußweg das Gate des Anschlussfluges zu erreichen. Sie kann dort bereits kurz darauf an Bord des Airbus A350 gehen und es sich auf dem gebuchten Platz gemütlich machen. Gut achteinhalb Stunden Flug durch die Nacht liegen vor ihr. Und nach dem schnell nach dem Abflug servierten Abendessen kann sie nun endlich den fehlenden Schlaf der letzten Nacht nachholen.

Pünktlich um 09.40 Uhr landet ihr Flug in München. »Jetzt wird's interessant« denkt Hannah. Fremder Flughafen, ungewohnte Umgebung und Sprache und dann Autofahren in Deutschland. Davon hat sie schon einiges gehört. Schnelle Autos, unhöfliche Autofahrer, schmale, kurvige Straßen. So stellt sie sich alles hier vor.

Der Weg vom Gate zur Einreisekontrolle ist dann für Hannah unerwartet einfach zu finden. Und die Beamtin, die den Pass kurz anschaut und mit dem Einreisestempel versieht, ist sehr freundlich. Schnell erreicht Hannah nun das Gepäckband und hat Minuten später ihren Koffer gefunden. ‚Doch nicht so kompliziert in Deutschland', denkt sie erfreut. Und nur wenige Meter nach dem Verlassen des Terminals erreicht sie schon die Filiale des Mietwagenanbieters, bei dem sie ein Auto bestellt hat. Und es geht unkompliziert weiter. Die Papiere sind schnell unterschrieben, der Wagen steht für sie bereit und in weniger als einer Stunde nach der Landung sitzt Hannah in ihrem Auto.

Jetzt geht's los. Das große Erlebnis ‚Autofahren in Europa'. Zuerst muss sie dem Navigationssystem ihr Ziel »beibringen«. Nicht ganz so einfach, weil das Gerät bei Zielen außerhalb Deutschlands eine umständliche Eingabe fordert, statt wie sonst üblich, einfach eine Sprachanweisung zu akzeptieren. Aber es klappt doch alles recht schnell und schon ist Hannah unterwegs. Sie ist froh, einen Wagen mit automatischem Getriebe bekommen zu haben, da sie noch nie einen mit Schaltgetriebe gefahren hatte. Das Navi lotst sie erstaunlich schnell und präzise nicht direkt auf die Autobahn, sondern auf eine gut ausgebaute Nebenstraße in Richtung Süden. Ein Blick auf den Bildschirm zeigt ihr den Grund: Auf der von ihr bereits zu Hause ausgesuchten Strecke scheint ein Stau zu sein, der vom Gerät auch angezeigt wird. Nun, so schlecht ist es vielleicht nicht, erst einmal sich auf der wenig befahrenen Landstraße an den deutschen Verkehr zu gewöhnen.

‚Nach kurzer Zeit erreicht sie dann die Autobahn rund um München. Das Navi führt sie auf die A99 in Richtung Süden und leitet so das Erlebnis ‚deutsche Autobahn' erbarmungslos ein. Hannah hat größten Respekt vor diesem, hat sie doch schon oft gelesen, dass auf deutschen Autobahnen mit sehr hohen Geschwindigkeiten auch jenseits der 200 Kilometer pro Stunde gefahren wird.

Ach ja, sie muss daran denken, dass hier nicht Meilen, sondern Kilometer pro Stunde genutzt werden! Nun, Hannah hat Glück. Auf diesem vielbefahrenen Autobahnabschnitt ist meist, wie auch jetzt, eine Beschränkung auf 130 km/h oder weniger zu beachten. Und ja, sie ist in Texas auch schon mit ähnlichen Geschwindigkeiten auf einer Interstate unterwegs gewesen.

Sie beginnt die Fahrt zu genießen. Autobahnfahren gefällt ihr. Bald erreicht sie Österreich und darf nun nur noch mit 100 km/h in Richtung Innsbruck fahren. Das für Österreich obligatorische Pickerl hat die Autovermietung spendiert und so - und auch weil die das Tempolimit konsequent einhält - bleibt sie von Kontrollen der Polizei verschont. Nicht so – schon wieder - ein deutscher Autofahrer, der meint, dass er es sehr eilig hat und mit hoher Geschwindigkeit an Hannah vorbeischießt. Sekunden später wechselt ein unscheinbares, ziviles Auto auf die linke Spur hinter den Verkehrssünder, eine Hand setzt ein Blaulicht auf das Dach an der Beifahrerseite und eine Sirene ertönt. Keine Chance auch für diesen Temposünder. Hannah sieht noch, wie dieser am nächsten Parkplatz durch die Polizei von der Autobahn gelotst wird. Ob das teuer wird, fragt sich Hannah.

Bei Innsbruck fährt sie auf die Brennerautobahn. Es geht bergauf und bei Schönberg passiert sie die Mautstelle, nichts Neues für Hannah, diese sind in den USA ja auch üblich. Ereignislos geht's über den Brenner und dann immer weiter in Richtung Süden. Wie in den Rockies kommt es ihr vor, nur etwas ‚ordentlicher' denkt sie. Bei Bozen verlässt sie die Autobahn und das Navi führt sie zielsicher zum gebuchten Hotel in Eggen. Ein Vier-Sterne-Hotel in einem so kleinen Dorf? Das hatte sie nicht erwartet. Aber das Hotel macht einen sehr guten Eindruck. Schnell kann sie einchecken. Die Sprache der jungen Dame an der Rezeption ist für sie etwas schwieriger zu verstehen als das Deutsch, dass sie in München gehört hatte. Ja, ist wohl der einheimische Dialekt, denkt sie. Aber kein Problem. Sie geht auf ihr Zimmer und ist von diesem nicht enttäuscht.

Modern aber mit »viel Holz« eingerichtet hat das Zimmer eine angenehme Größe. Das Bett zieht Hannah an. Sie ist nach langen Flügen und anschließender etwa vierstündiger Autofahrt doch etwas müde. Ein Nap – ein Nickerchen – wäre doch noch möglich. So stellt sie ihren Wecker und schläft erst einmal ein paar Stunden.

9. Juni

Das mit dem Wecker hat nicht funktioniert. Hannah wacht erst gegen sieben Uhr auf, als die Sonne sie durch das Fenster anstrahlt. Nach dem morgendlichen Badbesuch, bei dem der Spiegel ihr Äußeres durchaus positiv anzeigt, steht sie vor der Wahl des Outfits. Eher elegant oder besser sportlich? Sie entscheidet sich für »sportlich«, hat sie doch gestern beim Check-In andere Hotelgäste in Wanderbekleidung bemerkt.

Nun gilt es, dem hungrigen Magen etwas Gutes zu tun. Hannah geht zum Fahrstuhl, um dort fast mit einem aus der entgegengesetzten Richtung das gleiche Ziel anstrebenden Mann zusammenzustoßen. Man sollte vielleicht nicht dauernd versuchen, alles in der Umgebung während des Gehens zu registrieren. Komischerweise dachte Karl in diesem Moment genau das gleiche. Auch er hatte versucht, auf dem Weg zum Fahrstuhl – den kennen die Füße sowieso auswendig – noch mit einem Blick durch eines der Fenster seine Wetterprognose zu bestätigen. Und nun wäre er fast mit dieser durchaus attraktiven Frau zusammengestoßen.

»Oh Entschuldigung«, sagt er, »ich war irgendwie in Gedanken.« Hannah erwidert: »Oh, das macht doch nichts, ich habe auch nicht aufgepasst.« Beide lachen und Karl lässt sie zuerst in den Fahrstuhl einsteigen. »Auch zum Frühstück unterwegs?«, fragt er und Hannah nickt. Sie ergänzt: »Ich habe richtig Hunger, weil ich das Abendessen gestern verschlafen habe. Ich bin schon gespannt, was hier morgens angeboten wird.« Karl erklärt bereitwillig: »Da kann ich sie gerne beraten. Sie kommen aber von weiter her, oder?« – »Ja, aus San Antonio, USA.« Karl erfreut: »Schön, eine tolle Stadt. Ich konnte sie vor einigen Jahren genießen.«

Der Fahrstuhl hält im ersten Stock und Karl geleitet Hannah hinaus, die ohne ihn wohl weiter ins Erdgeschoss gefahren wäre. Doch im Hotel Maria befindet sich der Speisesaal für die Gäste im ersten Stock.

Das Frühstücksbuffet bietet neben den unvermeidlichen, international üblichen Dingen die Hannah unbekannten Südtiroler Spezialitäten. Karl bemerkt ihre leichte Unsicherheit, was diese betrifft und erläutert ihr die leckeren Dinge wie Speck, Kaminwurzn, italienische Salami oder Buchteln. Hannah kann hier kaum widerstehen und beschließt, heute einen Sporttag einzulegen, um ihr schlechtes Gewissen wegen des voll beladenen Tellers zu beruhigen.

Nicht ungern folgt sie Karls Einladung, ihm an seinem Tisch Gesellschaft zu leisten, verspricht das doch ein kurzweiligeres Frühstück als sich allein an einem Tisch zu langweilen.

Eine Kellnerin kommt zu ihnen und fragt Hannah, welchen Kaffee sie gerne hätte. »Oh«, Hannah ist etwas unsicher, hat sie doch nicht damit gerechnet, dass hier unterschiedliche Kaffeesorten angeboten würden. »Karl, welchen bevorzugen Sie?«, fragt sie ihren Gegenüber. Karl, ein wenig zum Scherzen aufgelegt, antwortet: »Nun, den gleichen wie immer.« Hannah spielt mit und bestellt »den gleichen wie mein Nachbar bitte.« Karl lacht, auch die Kellnerin kann sich ein Schmunzeln nicht verkneifen. Und kurz darauf bringt sie zwei Cappuccini zum Tisch. Hannah probiert diesen und lobt Karl »Eine gute Wahl. Aber wieso fragte die Kellnerin sie nicht, was sie möchten?« – »Nun, ich bin hier Stammgast, sie kennt mich und meinen Geschmack schon länger.« Karl wird diese Frau immer sympathischer. »Wir befinden uns hier übrigens in einer Höhe von über 1000 Metern und da ist es in Südtirol üblich, dass man sich duzt. Wie wär's? Ich heiße Karl.«

Hannah willigt sofort ein, ist es in den USA sowieso üblich, den Gesprächspartner mit dem Vornamen anzusprechen. Karl stellt sich, wie Hannah auch kurz vor. Erstaunt nimmt sie zur Kenntnis, dass Karl als Privatier freiwillig und zum Vergnügen noch als Dozent arbeitet. Zwei weitere Cappuccini später sind die Teller geleert, aber die Unterhaltung hat noch kein Ende gefunden. Karl, der diese gerne fortsetzen möchte, fragt nun, was Hannah heute unternehmen möchte. Die Antwort: »Mal schauen« gefällt ihm. Und so fragt er »Wenn du Lust hast, ich gehe heute zum Karersee, da könntest du mich gerne begleiten.« – »Gehen?« fragt nun Hannah. »Ja, oder besser gesagt wandern – hiking. Diese Gegend ist ideal dafür.« Ja, Hannah würde gerne mitgehen. »Was brauche ich dafür?« – »Nun«, antwortet Karl, »Deine Bekleidung passt. Wanderstiefel wären gut und auch etwas zum Trinken solltest du auch mitnehmen. Eine Brotzeit bekommen wir auch am Karersee.«

Gesagt, getan. Kurz drauf treffen sich die beiden, gut für die Wanderung ausgerüstet, wieder. Die Route geht zunächst leicht ansteigend um den Hausberg von Eggen herum, um dann relativ eben in Richtung des Karersees zu führen. Hannah ist nun wissbegierig, möchte vom »Stammgast« Karl mehr über Land und Leute erfahren. Nun, da gibt's ja viel zu berichten. Über die Dolomiten oder den Karersee, der weder einen Zu- noch einen Abfluss hat. Er wird im Frühjahr vom Schmelzwasser gefüllt, dass den Sommer über verdampft. Dann kann man auch die steinerne Nixe am Seegrund wieder sehen. Karl beschreibt Hannah die Landschaft rund um den Karerpass und vergisst dabei auch nicht die Baudenkmäler in der Gegend. Dabei fällt ihm auf, dass Hannah bei seiner Beschreibung des Grand-Hotel-Karerpass auf einmal hellhörig wird. Karls Neugier ist geweckt und er fängt nun an, die Geschichte Südtirols zu erklären. »Mal schauen, woher das Interesse am Hotel am Karerpass herkommt«, denkt er sich.

Ja, Südtirol war ja eigentlich ein Teil Österreichs, der Graf von Tirol residierte bis ins 15. Jahrhundert im Schloss Tirol im Dorf Tirol bei Meran. Aber auch Sisi, die berühmte österreichische Kaiserin liebte Südtirol sehr und verbrachte einige Zeit hier, meistens in Meran. Wieder bemerkt Karl ein besonderes Interesse bei Hannah, das aber nachlässt, als Karl dann zum Ersten Weltkrieg und dessen Folgen kommt.

In dem Moment steht – wie aus dem Nichts erschienen –- plötzlich ein Reh vor Ihnen auf dem Weg. Es erschrickt nicht mal, als sie näherkommen, sondern schaut gelangweilt zu ihnen, um dann, als sie nur noch ein paar Meter entfernt sind, langsam in den Wald zu wechseln.

Der Karersee ist nun nicht mehr weit – die zwei Stunden bis dorthin vergingen für beide wie im Flug. Sie gehen nun etwas oberhalb der Straße zum Karerpass, müssen dann nur noch ein paar Meter hinunter zum Südost-Ufer des Sees gehen. »Du wirst dich gleich wundern, wen du hier alles treffen wirst«, warnt Karl Hannah, die ihn erstaunt fragend anschaut. »Wart es einfach ab«, bemerkt er. Kaum sind sie am Rundweg um den See angekommen, kann Hannah nun mit eigenen Augen sehen, was Karl meinte: Unmengen Touristen, die meisten wohl aus China, wandern in größeren Gruppen um den See. Nicht ohne gelegentlich stehen zu bleiben, natürlich mitten im Weg, um ein unheimlich wichtiges Foto zu schießen. Also ein Rundweg mit erhöhter Staugefahr.

Hannah und Karl schreckt das nicht ab. Sie sind beide fasziniert von den Farben des Sees, mal eher grün, dann wieder türkis und manchmal auch einfach blau. Noch ist genug Wasser vorhanden, so dass Hannah auf den Anblick der Nixe verzichten muss. Karl berichtet ihr noch von der Sage über den Zauberer, der die Nixe gern entführen wollte und, als ihm dieses nicht gelang, einen Regenbogen zerbrochen hätte, um dessen Einzelteile in den See zu schleudern. Daher wird der Karersee auch Regenbogensee genannt.

Kurz drauf erreichen die beiden Wanderer den Parkplatz am See, an dem sich auch ein Café befindet. Zeit für eine Brotzeit. Während Hannah sich mit einer Buchtel mit einem Cappuccino begnügt, hat Karl wieder (richtig geraten!) eine Specksemmel und ein Weißbier vor sich. Das muss einfach sein, schließlich war er wieder ein Jahr nicht hier gewesen. Am Nachbartisch sitzen zwei Männer, die Karl aus irgendeinem Grund auffallen. Bloß warum? Aus dem Augenwinkel versucht er sie zu beobachten. Nun, wohl keine Einheimischen, nicht die ‚richtige' Bekleidung, sie sprechen eher hochdeutsch mit leichtem bayrischem Unterton. Vielleicht Isarpreißn. Der eine sagt Karl nichts. Beim anderen ist er sich nicht sicher. »Der erinnert mich an…?«, denkt er. Aber wen? Nicht mehr allzu schlank, um die vierzig. Ein irgendwie aufgedunsenes Gesicht, hoher Haaransatz, die Augen in schmalen Schlitzen fast verborgen. Karl überlegt. »Ach«, denkt er »das ist wohl ein Pärchen« als er das Streicheln des einen an Hand des anderen bemerkt. Na gut, kann ja jeder tun und lassen, was er will. Karl merkt, dass Hannah ihn fragend anschaut und entschuldigt sich für seine geistige Abwesenheit.

Hannah möchte nun mehr aus der Geschichte erfahren. »War die Sisi eigentlich auch mal hier in der Gegend?«, fragt sie. Karl überlegt kurz. »Ja, zumindest einmal. Das muss in den 1890er Jahren gewesen sein. Müssten wir im Internet noch mal forschen.« Hannah schaut nun auf einmal wissend und lächelt verschmitzt. Karl wollte gerade herausbekommen, warum, als ihm auffällt, dass derjenige, der ihm irgendwie bekannt vorkommt, anscheinend plötzlich ein größeres Interesse an ihrer Unterhaltung zu haben scheint. »So nicht, Freundchen«, denkt Karl und lenkt das Gespräch in eine andere Richtung. Sofort scheint auch das Interesse am Nachbartisch abzuebben. Karl und Hannah reden jetzt nur noch über die wirklich wichtigen Gerichte der Südtiroler Küche, bis endlich die zwei Männer vom Nachbartisch zahlen, aufstehen und gehen.

»Möchte wissen, was die am Nachbartisch an unserem Gespräch über Sisis Besuche hier in der Gegend so interessant fanden«, sinniert er laut. Hannah erwidert »Ist mir auch aufgefallen, besonders der mit den Schlitzaugen. Der hat dich sowieso sehr interessiert angeschaut.« Komische Geschichte finden beide.

Auf dem Rückweg ist jedenfalls genügend Gesprächsstoff für die beiden vorhanden. Sisi, KuK-Monarchie, Wien, Ungarn und so weiter. Die Zeit vergeht wie im Flug. Nur zweimal wird dieses Thema kurz unterbrochen. Einmal als Hannah feststellt, dass in einem Marterl am Wegesrand eine Flasche Obstler nebst einem Glas deponiert ist, fragt sie natürlich warum. Für Karl ist das klar: Stärkung für müde Wanderer. Ist ja logisch. Die nächste Unterbrechung ruft ein Haflinger auf der Weide neben dem Weg hervor. Offensichtlich in Hannah schockverliebt bettelt der junge Hengst doch dringend um Streicheleinheiten, die er natürlich erhält.

Zurück im Hotel machen beide erst einmal eine Pause. Nach der Wanderung bei bestem Wetter ruft die Dusche. Und ein wenig die Beine hochlegen tät auch nicht schaden. Sie verabreden sich zum Abendessen und gehen zu ihren Zimmern.

Karl überlegt wieder, woher er das »Schlitzauge« kennen könnte, wo er dieses doch auffällige Gesicht schon einmal gesehen hat. Keine Idee, noch nicht. Dann denkt er an Hannahs deutliches Interesse an Sisis Besuch am Karerpass nach. Warum gerade an diesem Urlaub von Sisi in den Dolomiten? Auch hier hat er noch keine zündende Idee. Vielleicht sollte er ihr einfach mehr Informationen zu Sisi vermitteln, dann würde er schon den Grund dafür finden. Eine gute Idee, denkt Karl. Max von Pfalz hat das vermisste Tagebuch immer noch nicht gefunden. Gestohlen? Wer sollte daran ein Interesse haben.

Das Anrufsignal seines privaten Handys reißt ihn aus seinen Überlegungen. Der Anruf kommt von einer Neuburger Nummer. Max geht dran »Hallo.« – »Grüß dich Max, hier ist Volker, wie geht's?« – »Nicht schlecht, mein Lieber«, antwortet Max, »was gibt's Neues in Neuburg?« Volker Müller, Journalist im Unruhestand aus Neuburg an der Donau kommt gleich zur Sache »Du, ich wollte doch mal das Tagebuch von Johann von Pfalz-Neuburg anschauen, weil ich daraus ja durchaus etwas für meine Neuburger Chroniken brauchen könnte. Kriegen wir das in der nächsten Zeit mal hin? Würde mich eh freuen, dich mal wieder zu sehen.« – »Ja gern, ich find bloß im Moment das Buch nicht. Wahrscheinlich hab ich es verlegt. Da bin ich grad am Suchen. Weißt du, ich habe auch einem der ‚Habsburger Geschichtswissenschaftler' aus Wien auch versprochen, ihm ein paar Scans aus dem Tagebuch zu schicken. Der wartet bestimmt schon drauf. Einfach blöd.« Volker erstaunt: »Komisch, du bist doch so ein Ordentlicher! Ist der Geschichtler etwa der Leopold Nagl?« – »Ja«, antwortet Max, »kennst du den etwa auch?« – »Jaja, ich habe ihn vor ein paar Jahren im Urlaub in der Steiermark getroffen. Pfiffiges Bürscherl.« Wen kennt Volker eigentlich nicht, denkt

Max. »Du, Volker, ich such weiter und melde mich bei dir, sobald ich das Buch gefunden habe. Muss jetzt schnell den Nagl in Wien anrufen. Gut, dass du mich an den erinnert hast!« Die beiden verabschieden sich und Max von Pfalz sucht die Nummer vom Wiener Wissenschaftler in seinem Telefonbuch. Ja, er notiert Telefonnummern immer noch in einem Buch aus Papier, obwohl ihm seine Tochter schon oft gesagt hat, er solle sie im Rechner oder auf dem Handy speichern, damit er bei einem Anruf gleich sehen könnte, wer ihn sprechen möchte.

Beim Tippen der langen Nummer merkt Max, wie recht seine Tochter hat. Diese Arbeit könnte er sich dann sparen. Geschafft. Und schon nach dem zweiten ‚Klingeln' meldet sich der Wiener »Nagl, hallo.« Max erklärt ihm, dass er das Tagebuch von Johann von Pfalz-Neuburg im Moment einfach nicht finden kann und dass es daher noch etwas dauern würde, bis er die Scans schicken könnte. »Das ist aber komisch, wissen Sie. Mir hat nämlich gestern ein Anrufer just dieses Tagebuch zum Kauf angeboten, weil's ja von Interesse für das Haus Habsburg wäre«, erklärt Leopold Nagl dem erstaunten Anrufer. »Könnt ja durchaus sein, dass Ihnen das einer gemopst hat.« Max erschrickt. Gestohlen, aus seiner Bibliothek? »Wer hat Ihnen das denn angeboten?«, fragt er seinen Wiener Gesprächspartner. »Kann ich nicht sagen. Mit Namen gemeldet hat er sich nicht und auf meine Frage, mit wem ich denn das Vergnügen hätte, hat er nur gesagt, er melde sich wieder.« Er empfiehlt Max, den Verlust zur Anzeige zu bringen. Beide kommen überein, den anderen jeweils sofort zu informieren, sobald sich etwas Neues ereigne.

Max überlegt. Polizei im Haus – das würde nicht zum noblen Hotel ‚passen'. Aber er ist ja mit dem örtlichen Polizeichef befreundet, sie spielen ab und zu miteinander Golf. Er beschließt diesen zu einer Runde beim örtlichen Golfclub einzuladen und ihn bei dieser Gelegenheit quasi nebenher um einen Ratschlag in dieser Angelegenheit zu bitten.

Abendessen. Hannah und Karl treffen sich an ‚ihrem' Tisch im Speisesaal. Ihr Gespräch beim abendlichen Vier-Gänge-Menü dreht sich natürlich wieder um Sisis Urlaube in Südtirol. Hannah fragt immer wieder nach, wenn ihr etwas unklar erscheint und Karl – er hat nicht nur Geschichtsbücher »gefressen«, sondern sich auch vor Ort stets über die Donau-Monarchie informiert – gibt bereitwillig Auskunft. Beide verstehen sich offensichtlich sehr gut und richtig fertig werden sie mit ihrer Unterhaltung an diesem Abend nicht.

Karl hat dann einen Vorschlag, den Hannah sofort begeistert annimmt. Und so vereinbaren sie, am nächsten Morgen nicht allzu spät einen Ausflug zu unternehmen, der sie zuerst in ein privates KuK-Museum bei Onkel Taa (Hannah kann mit diesem Namen nichts anfangen, denkt aber, Karl wird's schon wissen) und dann nach Meran führen wird. Hannah freut sich auf diese Tour und ist froh, dass Karl fahren wird; die engen und kurvigen Straßen in Südtirol sind für sie ungewohnt und schwierig zu fahren.

10. Juni

Samstag. Nach dem Frühstück machen sich Hannah und Karl auf den Weg zu Onkel Taas Museum. Zunächst geht's die Eggentaler Straße bergab bis kurz vor Bozen. Obwohl das Navi der Meinung ist, sie sollten in Bozen Nord auf die Autobahn in Richtung Süden fahren wählt Karl den Weg durch die Außenbezirke Bozens. »Ist kürzer, mautfrei und beim Auffahren auf die Schnellstraße in Richtung Meran unkomplizierter«, erklärt er Hannah. Tatsächlich sind sie nach dem Passieren eines Tunnels recht schnell auf der Schnellstraße MeBo, die durch das Etschtal nach Meran führt. Obstbäume, Unmengen Obstbäume stehen rechts und links der Straße. Karl berichtet, dass hier im Etschtal fast schon mediterranes Klima herrscht, das für den Obstanbau ideal ist. Wenig später passieren sie Meran und die vierspurige Schnellstraße endet hier. Deutlich langsamer fahren sie weiter das Etschtal entlang. Hannah bemerkt direkt an der Straße eine große Brauerei. »Forst«, das Bier, das sie gestern Abend probiert und für gut befunden hat.

Nur ein paar Kilometer weiter biegt Karl nach Bad Egart ab, fährt dann kurz an der Eisenbahn entlang und parkt das Auto.

Durch einen, sagen wir es mal so, interessant gestalteten Park gehen beide nun zum alten Badehaus von Bad Egart, in dem sich jetzt Onkel Taas Museum befindet. Bad Egart ist bereits seit 1430 Kurort. Die schwefelhaltige Heilquelle befindet sich in einer Quellgrotte im ehemaligen Badehaus. Und Kaiserin Sisi soll auch hier gebadet haben, berichtet Karl.

Das Museum »erschlägt« Hannah. Unmengen von Bildern, Haushaltsgeräten, Möbeln, Schmuck, Kleidung und vieles mehr aus der KuK-Zeit sind hier ausgestellt. Auch gerade, weil es wirklich sehr viele Ausstellungsstücke sind, die hier zusammengetragen wurden, gibt das Museum doch einen guten Einblick in die Zeit, in der Kaiserin Sisi oft in Südtirol weilte. Hannah versucht, sich ein Bild von der Kaiserin zu machen. War sie »schwierig« oder »offen und lebenslustig«, glücklich oder voller Sorgen? Können die vielen Bilder von ihr da Hinweise geben?

Dann treffen sie Onkel Taa. Als dieser merkt, dass Hannah aus den USA kommt und sie ihm noch erzählt, dass sie österreichische Wurzeln hat, ist er nicht mehr zu bremsen. Eine Flut von Informationen über Sisi, Kaiser Franz Josef und ihre Kinder bricht über die Besucher herein. Beide sind kaum in der Lage, alles was sie jetzt zu hören und zu sehen bekommen abzuspeichern. Nach einer guten Stunde beendet Onkel Taa seinen Vortrag; er ist auch ein wenig heiser jetzt.

»Kommt, gehn wir zu die Madln«, meint er. Hannah schaut Karl fragend an, der lächelt und errät offensichtlich Onkel Taas Absicht. Sie gehen zur Gaststube im Badehaus, auch dieses Restaurant hat eine lange Geschichte. Mittlerweile führen es die Frau, die Tochter und die Enkelin von Onkel Taa gemeinsam, wobei Tochter Janett als Köchin doch auch die Chefin im Haus ist. Auf der Terrasse finden sie einen schönen Tisch und schon werden die beiden mit Speisekarten versorgt und nach ihren Getränkewünschen gefragt. Onkel Taa nicht. Er erhält automatisch sein Schlotzerl, ein kleines Glas hiesigen Weißwein. Hannah möchte das ebenfalls probieren und Karl, als Fahrer, darf mit einem Mineralwasser vorliebnehmen. Die mit Spezialitäten der KuK-Zeit gefüllte Speisekarte macht die Auswahl schwer. Die Besucher wollen jedoch nicht zu viel essen, steht ihnen doch am Abend noch ein umfangreiches Menü bevor. Hannah begnügt sich daher mit »Kaiser Franz Josephs Lieblingssuppe«, einer feinen Weißweinsuppe mit weißem Trüffel und Blüten während Karl sich für Pfifferling-Schlutzer entscheidet. Onkel Taa hat derweil sein Glas geleert und verabschiedet sich von den beiden – er muss noch »etwas erledigen«.

Kurz darauf werden ihre Gerichte serviert und sie genießen die hervorragende Südtiroler Küche von Janett Platino. Gestärkt beschließen sie, nun den nächsten Punkt auf der heutigen To-Do-Liste anzugehen und machen sich auf den Weg nach Meran.

Unterwegs lassen sie Onkel Taas Museumsführung noch einmal Revue passieren und merken dabei, dass es für diesen Tag genug »Sisi« war. Karl meint »Ein wenig geht schon noch, aber entspannend!« Hannah darf überlegen, was Karl damit meint und beschließt, sich überraschen zu lassen. Karl fährt nun in Meran von der Hauptstraße ab und steuert das Auto zielsicher zur zentralen Tiefgarage an der Therme Meran, was Hannah zum Anlass nimmt, darauf hinzuweisen, dass sie ihre Badesachen nicht dabei hat. Karl lacht. Entspannt verlassen beide das Parkhaus und nutzen die dortige Fußgängerbrücke, um die Passer zu überqueren. Auf der Passerpromenade gehen beide am Kurhaus vorbei, kommen zur Postbrücke, die sie nutzen, um auf die andere Seite des Flusses zu kommen. Denn dort will Karl seiner Begleiterin das Sissi-Denkmal im Elisabeth-Park zeigen. Ja, erklärt er nun, nachdem Hannah schon bei Onkel Taa etwas erstaunt auf die hier genutzte Schreibweise des Kurznamens der Kaiserin reagiert hatte, in Südtirol nutzt man eigentlich immer das eigentlich historisch nicht korrekte ‚Sissi', weil's ja durch die Sissi-Filme so populär geworden war.

Sie gehen zurück zur Passerpromenade und schlendern an kleinen Geschäften vorbei, wo Hannah in einem Schaufenster zahlreiche elegante Handtaschen entdeckt. »Sind das wirklich Handtaschen aus Krokodilleder?«, fragt sie Karl. »Ja, sicher«, antwortet dieser. Er kennt das Geschäft schon länger und ist jetzt nicht böse, dass es gerade für die hier übliche, längere Mittagspause geschlossen ist. Nur wenige Meter weiter erreichen sie Karls Ziel: Ein Café, bei dem man auch praktisch auf der Promenade Platz nehmen kann. Eine »Aufmunterung«, bevor sie dann durch die Laubengasse gehen und dort wahrscheinlich auch das ein oder andere Geschäft besuchen werden.

Genau so kommt es dann auch. Beladen mit einigen Einkaufstaschen gehen sie zurück zum Parkhaus. Auch Karl hat Beute gemacht: Zwei Bücher aus dem Shop des Athesia-Verlags musste er unbedingt noch haben. Ihr Hotel ist nun das nächste Ziel. Diesmal fährt Karl aber bei Bozen über die Autobahn und erklärt seiner verwunderten Begleiterin, dass in Richtung Norden die Autobahn der schnellere Weg sei.

Auf dem Weg von Birchabruck nach Eggen sieht Karl ein ihm bekanntes Auto vor sich. Nicht sehr schnell, mit Regener Kennzeichen fährt das mit zwei Personen besetzte Auto bergan, biegt dann nach Eggen ab. »Auch unser Weg«, denkt Karl, »Mal schaun, wo Kathrin hinfährt«, murmelt er. Hannah schaut erstaunt zu ihm »Welche Kathrin?«, fragt sie. »Oh, das Auto da vor uns, das gehört einer Bekannten, die bei uns im Dorf bei der Gemeindeverwaltung arbeitet«, klärt er sie auf. In der Mitte des Dorfes biegt Kathrins Auto rechts ab. Karl, neugierig geworden, folgt mit etwas Abstand. Dann biegt das Auto vor ihnen nach links in eine Hotelgarage ab. Dabei kann Karl dann Kathrin am Steuer erkennen. Mit befriedigter Neugier dreht er um und fährt zu ihrem Hotel. Hannah möchte nun aber gern wissen, warum Karl dem Auto gefolgt ist. »Neugier, und vielleicht auch irgendwie eine Intuition«, meint Karl, obwohl er eigentlich gar nicht weiß, warum er das tat.

Kathrin und Luigi sind wieder in ihrem Hotel angekommen, haben das Auto in der Tiefgarage abgestellt und fahren mit dem Lift direkt auf die Etage, in der ihr Zimmer liegt. Einen Stopp im Erdgeschoss vermeiden sie gern, da sie keine Lust haben, auf die stets meckernde, zickige Hotelchefin zu treffen. Sie hatten heute eine Wanderung am Latemar gemacht, so dass Kathrin zielstrebig sofort ins Bad entschwindet. Duschen muss sein, ist ihre Devise.

Luigi greift nach seinem Handy, wählt eine Nummer, die wohl nicht im Telefonbuch des Geräts enthalten ist und wartet kurz auf eine Antwort. »Ja!« bellt die Stimme des Gesprächspartners. Luigi erwidert »Ich bin's. Bin mit der Ware vor Ort angekommen. Wann soll ich sie übergeben?« Der andere überlegt wohl kurz und antwortet dann »Ich melde mich deswegen in den nächsten Tagen« und beendet das Gespräch. Luigi ist offensichtlich nicht wirklich begeistert.

Kathrin kommt aus dem Bad zurück ins Zimmer, wundert sich über den gerade etwas miesepetrigen Gesichtsausdruck Luigis und bemerkt ablenkend »Nicht viele Neuankömmlinge heute im Hotel.« Ja, es sind einige Plätze in der Teilgarage noch frei. »Da werden einige wohl mitbekommen haben, dass die Chefin nun nicht gerade ein Sympathiebolzen ist. Und das Essen soll auch schon besser gewesen sein. Heute morgen hat mir auch einer am Buffet erzählt, dass der beliebte langjährige Kellner aus der Slowakei heuer nicht mehr hergekommen sei«, bemerkt Luigi. Und Kathrin denkt sich »Aha, wieder normal.«

11. Juni

Sonntag. Karl schaut noch etwas verschlafen aus dem Fenster. Na ja, Outdoor Activities kann man heute wohl vergessen, es regnet in Strömen. Also erst einmal ins Bad gehen und dann beim Frühstück mal schauen, was Hannah so meint. Die beiden verstehen sich hervorragend. Karl kommt es auch so vor, als ob Hannah sogar manchmal direkt weiß oder zumindest ahnt, was er denkt und als Nächstes machen wird. Er erinnert sich gern an das längere Gespräch mit ihr über die Politik in Ihren Heimatländern, bei dem sie vollkommen einer Meinung waren. Okay, mit einer Ausnahme: Hannah ist der Meinung, dass sie auch in Europa ihren Revolver immer in ihrer Handtasche mitnehmen sollte und das auch erlaubt sein müsste. Ja, Südtirol ist aber nicht Texas.

Kurz drauf verlässt Karl sein Zimmer und trifft schon wieder Hannah, die wie er zum Aufzug strebt. Kaffee? Ja, reichlich, dann kann man weiterreden, ist beider Meinung. So ganz klappt das heute nicht: Eine kleine Sahnetorte mit einer Kerze drauf steht an Karls Platz. Der zuvorkommende Kellner, nein, sagen wir besser Ober, der früher auch in einem anderen Hotel am Ort gearbeitet hatte, kommt auch sofort zu Karl und gratuliert ihm herzlich zum Geburtstag. Hannah lacht Karl an, umarmt ihn und küsst ihn auf den Mund »Happy Birthday my dear!«, sagt sie. Karl, scheint etwas verwirrt, erwidert aber sofort Hannahs Umarmung und lässt sie auch nicht los. Er küsst sie vorsichtig auf die Wange und erwidert »Many thanks. I love your birthday congrats!« Ja, die beiden wechseln manchmal urplötzlich und oft ohne ersichtlichen Grund vom Deutschen ins Amerikanische und umgekehrt. Nun bringt Peter, der Ober, auch schon ihre Cappuccini. Sie setzen sich und Peter fragt sie »Erst Torte und dann etwas vom Buffet?« Hannah meint, umgekehrt wäre der Magen wohl eher zufrieden. Und beide genießen nun das Frühstück sichtlich.

»Was wünschst du dir eigentlich zum Geburtstag? Was möchtest du machen?«, fragt Hannah. »Wenn ich aus dem Fenster schau, ist das heute kein Tag für eine Unternehmung im Freien.«, antwortet Karl. Ja wirklich, es regnet heftig und im wahrscheinlich recht kühlen Regen draußen herumlaufen ist bestimmt kein Vergnügen. »Wir könnten vielleicht nach einem gemütlichen Vormittag etwas anschauen fahren«, schlägt Hannah vor. »Ja, und erst ein bisserl schwimmen gehen«, meint Karl, seit seiner Kindheit eine ‚Wasserratte'. Gesagt – gemacht.

Karl zieht erst einmal seine Bahnen im gar nicht kleinen Pool. Hannah kann da nicht mithalten, hätte auch nicht erwartet, dass Karl doch so schnell schwimmen kann. Als er endlich genug davon hat, geht er zu Hannah, die es sich auf einer Liege gemütlich gemacht hat. »Wie wär's mit dem Whirlpool? Wir müssen es doch ausnutzen, dass heute keiner Lust auf Wellness hat.« Hannah ist nicht abgeneigt, gönnt sich aber die Frage »Bist du noch nicht komplett aufgeweicht?« Karl lacht und folgt ihr zum Whirlpool, dass sie mit angenehm warmem Wasser verwöhnt. Er denkt ‚Sie sieht gut aus und hat den richtigen Humor. Mmmh.' Weiter will er jetzt nicht irgendwelchen Überlegungen nachhängen.

Sie machen es sich gemütlich und genießen die Unterwassermassage sichtlich. »Wie kommst du eigentlich darauf, ausgerechnet hier Urlaub zu machen?«, fragt Karl. Er erntet ein Lächeln. Hannah überlegt kurz und beginnt dann ihre Geschichte von ihrer Großmutter und deren Erbe, wegen dessen sie hier in den Dolomiten gelandet ist, zu erzählen. Karl hört gespannt zu, unterbricht sie nicht. Ihre Schilderung lässt auch keine Fragen offen. Als sie fertig ist, pfeift er kurz und erklärt ihr, dass er sie gern bei ihren Forschungen unterstützen würde und meint »Dann gehöre ich ab sofort zu deinem Team! Möchtest du mal das Hotel, in dem Sisi wohnte anschauen?« Sie antwortet »Ja, unbedingt. Ich bin mir nur noch nicht sicher, ob das überhaupt noch ein Hotel ist. Die Webseite ist da nicht sehr aufschlussreich.« – »Na, dann sollten wir mal nachforschen. Jetzt wissen wir auch schon, was wir heute Nachmittag machen.«

Der Regen hat sich gegen Mittag endlich verzogen. Die beiden fahren nach einem Mittagssnack im Hotelrestaurant zum Karerpass. Karl kennt das Hotel oder was es sonst sein mag vom Vorbeifahren, hat auch schon einmal auf dem daneben liegenden Parkplatz geparkt. Für eine Wanderung auf dem Agatha-Christie-Weg zum Labyrinthsteig. Hannah fragt sogleich, was sich hinter diesen Namen verbirgt. »Nun«, erklärt Karl, »das Ende eines Krimis von Agatha Christie spielt am Labyrinthsteig, deswegen hat der Wanderweg dorthin ihren Namen bekommen. Und der Labyrinthsteig, ja das ist wirklich ein Labyrinth, in dem man sich zwischen den dort wild durcheinander liegenden Felsen leicht verirren kann, wenn man nicht alle Wegmarkierungen genau beachtet. Das Ganze ist ein großer Felssturz, der sich wohl schon vor vielen Jahren ereignet hat.«

Mittlerweile passieren sie Welschnofen, wo Hannah sich wundert, was denn die dort an der Straße befindlichen orangen Säulen für einen Zweck habe. »Radaranlagen, die die Geschwindigkeit der vorbeifahrenden Autos messen und dann auch schöne

Fotos von diesen machen, wenn sie zu schnell unterwegs sind. Kostet gutes Geld«, erzählt ihr Karl. Er erwähnt auch, dass man wohl nur so den Drang zum sehr ‚flotten' Fahren bei manchen Einheimischen und auch Touristen eindämmen kann. Kurz darauf passieren sie den Karersee. Der dortige Parkplatz ist wieder gut gefüllt und auch die chinesischen Touristen scheinen schon wieder alle hier zu sein.

Es geht nun stetig bergauf. Als sie nach wenigen Kehren aus dem Wald kommen, erreichen sie einen kleinen Ort. Karl bremst ab und biegt dann links ab auf einen von Bäumen umrahmten ziemlich leeren Parkplatz. Vor ihnen liegt nun ein imposantes, offenbar schon älteres Gebäude. »Ich habe schon mal im Internet nach dem Hotel geschaut. Es wurde 1896 eröffnet, ein Jahr bevor Sisi hier war. 1910 hat es dann einmal gebrannt, wurde aber wohl nicht komplett zerstört«, meint Hannah.

Sie verlassen das Auto und gehen zum Hotel. Ja, es steht auch noch am Gebäude »Grand Hotel Karerpass«. Allerdings mit dem Zusatz »Residenz.« – »Ein Schloss?«, überlegt Hannah. Karl klärt sie auf: »Nein. Das kennzeichnet Ferienwohnungen, die zu vermieten sind.« Es ist schon komisch, dass ein solcher Prachtbau, in dem früher reichlich Prominenz den Urlaub verbrachte, nun als Ferienwohnung für jedermann dienen soll. Beide gehen zum Haupteingang, möchten hineingehen. Doch das Portal ist abgeschlossen. Ein Zettel hängt hinter einer Scheibe. »Wegen Renovierung geschlossen«. Pech! Am Sonntag arbeitet natürlich auch kein Handwerker im Gebäude, der ihnen Einlass gewähren könnte. »Metzgersfahrt«, stellt Karl fest. Hannah blickt ihn fragend an »Hier ist doch kein Metzger.« – »Nein, sagt man bei uns, wenn man vergeblich irgendwohin gefahren ist«, lacht Karl.

»Aber komm, der Sonntag ist noch lang, ich hab da eine Idee!« Sie steigen wieder ins Auto und Karl fährt nur wenige hundert Meter weiter bergauf. Dann biegt er links ab auf einen großen Parkplatz. Er stellt das Auto ab und lädt Hannah ein, ihm zu folgen. »Du hast hoffentlich keine Höhenangst?«, fragt er Hannah, die dieses sofort verneint. Karl lächelt, geht zu einer Art Kiosk, kauft dort zwei Tickets und führt Hannah weiter zu einem Vierer-Sessellift.

So schnell wie sie nun in diesem neben Karl Platz genommen, er den Sicherungsbügel geschlossen hat und die Fahrt bergauf beginnt, kann Hannah kaum schauen. Sie genießt die Aussicht und das Gefühl, frei bergauf zu schweben. Viel zu schnell erreichen sie die Bergstation. Bügel hochklappen, dann ein kleiner Sprung und schon haben sie wieder festen Boden unter den Füßen. »Nein«, meint Karl, »weiter hoch können wir leider nicht gehen, falsche Bekleidung und absolut falsche Schuhe. So jetzt bergauf zu wandern wäre einfach zu gefährlich.« Er berichtet Hannah noch kurz, dass man etwas oberhalb der Bergstation eine Art Rundweg um den Rosengarten erreichen könne, an dem man auch ein Denkmal für den großen Förderer des Tourismus in den Dolomiten und Ideengeber des Grandhotels am Karerpass Theodor Christomannos besucht werden könne, einen etwa 2,70 Meter hohen Bronzeadler, der über den Karerpass ins Fassatal blickt.

Als Entschädigung kehren die beiden nun in der benachbarten Hütte ein. Genauer gesagt finden sie noch Plätze auf der Terrasse, die einen grandiosen Ausblick auf Welschnofen und den Latemar bietet. Sie genießen die Nachmittagssonne und überlegen, wie sie trotz der Schließung des Hotels doch in dieses gelangen konnten. Hannah meint, sie könnten in den nächsten Tagen (sie meint damit natürlich ‚am nächsten Tag') wieder zum Hotel fahren und versuchen, von dort arbeitenden Bauarbeitern eingelassen zu werden, falls kein Hotelmitarbeiter dort wäre. Karl findet die Idee gut, vor allem, weil sie dann eher ungestört das Zimmer von Hannahs Urgroßmutter untersuchen könnten.

Hannah genießt nun ihren Prosecco, der mittlerweile zu ihren Lieblingsgetränken gehört und Karl trinkt wieder einen Cappuccino. Ja, er weiß natürlich, dass man im Süden diesen eigentlich nur am Vormittag trinkt, aber... Karl wird wieder einmal zum Fremdenführer und weiht Hannah in die ‚Geheimnisse' der Gegend ein. Natürlich darf dabei die Sage um den Zwergenkönig Laurin und den Rosengarten nicht fehlen.

Nach einem kurzweiligen Aufenthalt auf der Hütte geht es nun wieder mit dem Sessellift talwärts und dann fahren sie zurück zum Hotel.

Hannah bemerkt auf der Fahrt noch, beim nächsten Mal könne sie ja hier herauffahren, was Karl nicht für eine gute Idee hält. »Heute ist hier ja wegen des schlechten Wetters am Vormittag nicht viel los gewesen. Aber normalerweise sieht das anders aus.« Er berichtet noch, wie ihm am Ausgang einer Kehre vor ein paar Jahren einmal ein stürzender Motorradfahrer auf seiner Spur entgegen schleuderte und bemerkt dazu »Kein Spaß. Damit muss man hier rechnen.« Wieder eine Geschichte, die Hannah nicht motiviert, doch in den Bergen selbst zu fahren. Karl hat da wohl schon langjährige Praxis.

12. Juni

Volker Müller sitzt wieder einmal an seinem Schreibtisch und versucht, an seinen Neuburger Chroniken weiterzuarbeiten. So richtig kommt er nicht voran und so greift er zum Telefon und ruft noch einmal Max von Pfalz an. »Hallo Max, hast du das Tagebuch wiedergefunden?« Wie immer kommt Volker, immer noch ganz Journalist, direkt zur Sache. Aber leider erfolglos. Max berichtet, er habe alles abgesucht, aber das vermisste Büchlein nirgends gefunden. Volker entgegnet »Das wird dir jemand gestohlen haben, der es zu Geld machen will!« Aber Max glaubt nicht so recht daran und bemerkt »Wer soll das denn gemacht haben. Es kommt ja auch kein Fremder in meine Räume herein.« Nun, Volker ist da anderer Meinung, hat aber gleich eine Idee »Ich frag da mal einen alten Freund von mir, der ist Spezialist für solche komischen Fälle. Ich melde mich wieder.« Max schüttelt ungläubig den Kopf.

Kaum hat er aufgelegt, wählt Volker schon wieder eine Nummer. Diesmal die seines Freundes Karl. Doch, der geht nicht an den Apparat. Volker denkt, du kannst dich verkriechen, wo du willst, ich find dich trotzdem und wählt nun Karls Mobilfunknummer. Und schon hat er ihn erwischt. »Stör ich dich gerade mein Lieber« beginnt er das Gespräch, obwohl Karl sich noch nicht einmal richtig gemeldet hat. Dieser schluckt erst einmal seinen Bissen vom feinen Vinschgerl mit Speck herunter, um dann zu erwidern »Na ja, bin gerade beim Frühstück. Grüß dich, mein Lieber.«

Volker kommt direkt zur Sache und berichtet vom Verschwinden des Tagebuchs Johanns von Pfalz-Neuburg, das er jetzt dringend benötigen würde, um mit seinem Buch weiter zu kommen. Interessiert fragt nun Karl zurück »Du meinst den Johann, der im 19. Jahrhundert mit Sisi befreundet war?« Hannah blickt auf und versucht dem Gespräch Karls irgendwie zu folgen. »Ja, genau«, antwortet Volker. »Hmm, ich bin eigentlich gerade im Urlaub in den Dolomiten, ich bin da mit einer Freundin.« Karl erntet ein freundlichstes Lächeln, »Bin aber an einer Sache dran, mit der Johann auch was zu tun haben könnte.« Volker findet das sehr interessant und bittet um mehr Informationen. »Zu früh, mein Lieber. Und außerdem sind wir gerade nicht unter uns.« Ein leicht böser Blick wandert über den Tisch. »Hier sitzen zu viele Hotelgäste um uns herum, da kann man nicht frei reden.« Entspannter Blick von gegenüber. »Aber Volker, wir bleiben da in Verbindung. Ich forsche mal.« Genau das wollte Volker auch erreichen. Er kennt Karl gut und weiß genau, wie er ihn zu etwas ‚überreden' kann.

Kaum hat Karl aufgelegt und den nächsten Bissen von seinem Vinschgerl im Mund läutet sein Handy schon wieder. Bürgermeister Johannes aus der Heimat ist dran. »Du, Karl, könnt dich interessieren, da hat irgendjemand in den Meldedaten herumgepfuscht. Da gibt's a komische Eintragung. Könnt das was mit der Infektion am Rechner zu tun haben?« Karl braucht nicht lange zu überlegen: »Durchaus möglich, wenn das Programm des Einwohnermeldeamtes noch aktiv war, als der Angriff losging, dann konnte das durchaus passiert sein. Kann ich dir aber erst mit Gewissheit sagen, wenn ich den USB-Stick nochmal im Hinblick auf weitere Schadfunktionen untersucht habe«.

Johannes, ein bisschen stolz auf seine Entdeckung, fährt fort »Es scheint, als ob die Meldedaten von einem gewissen Luigi Cantunato geändert wurden. Was da genau mit passiert ist, keine Ahnung. Ich hab das aber zur Sicherheit alles nochmal kopiert.« ‚Braver Bürgermeister!‘, denkt Karl und erwidert »Ja danke, ich kümmer mich darum, wenn ich zurück bin.« – »Hast schönes Wetter?« will Johannes dann noch wissen. »Ja schon, aber sei mir nicht böse, ich muss weiter frühstücken.« – »Oh, du Langschläfer! Schönen Urlaub noch«, wünscht Johannes und legt auf.

Komisch. Karl nimmt abwesend sein Croissant halbiert es und streicht dann etwas Butter auf die eine Hälfte. Stockt dann in der Bewegung des Leckerbissens zum Mund. ‚Heißt nicht Kathrins Neuer Luigi?‘, fällt ihm jetzt ein. Hannah räuspert sich, möchte an seinen Überlegungen teilhaben. Karl erschrickt fast und berichtet ihr, das Croissant vergessend, von den Gesprächen. Beide sehen jedoch keinen Zusammenhang zwischen den in den beiden Gesprächen geschilderten Dingen.

Beide tauschen nun Überlegungen aus. ‚Wie kommen wir, oder zumindest einer von uns, in das gesuchte Zimmer, um dort die Wandverkleidung zu untersuchen?‘ Ihre Ideen reichen von Überredung über weiblichen Charme bis hin zu einfacher Bestechung. Aber, auf etwas festlegen können sie sich natürlich jetzt noch nicht. Sie müssen erst einmal sehen, wen sie im Hotel antreffen. Wenn überhaupt jemand da sein sollte.

Sie machen sich auf den Weg zum Karerpass. Hannah ist sichtlich nervös und scheint sich mit einer ihr eigenen Methode beruhigen zu wollen. Sie beginnt im Auto eine Unterhaltung, die nichts mit dem, was sie verunsichert, zu tun hat.

»Du bist aber nicht verheiratet?«, fragt sie Karl. Der, beschäftigt mit dem Einfädeln auf die am Ort vorbeiführende Landstraße, antwortet nur kurz »Nein, nicht mehr.« – »Geschieden?« Hannah scheint neugierig zu sein. Das Auto rollt nun bergab und Karl antwortet »Früher, ja, in meinem ersten Leben war da ’ne dumme Geschichte. Meine zweite Frau litt an einer unheilbaren Erkrankung des Nervensystems und ist daran vor noch nicht allzu langer Zeit gestorben. Aber aktuell nein.« Hannah ist es ein wenig peinlich, dieses für Karl wohl nicht so angenehme Thema angeschnitten zu haben. »Aber, mach dir da keine großen Gedanken. Ich muss dieses Kapitel abschließen und bin damit auch schon recht weit gekommen«, erklärt Karl.

‚Uff, gerade noch mal gut gegangen', denkt Hannah und erzählt jetzt doch lieber etwas Belangloses, also, was Wunderliches sie gerade im letzten Dorf bemerkt hatte. Sie mag jetzt nicht schweigend herumsitzen und so bombardiert sie Karl mit Fragen über alles mögliche, was sie gerade sieht. Was ist ein Fleischhauer? Wieso steht da schon wieder so ein orange lackierter Blitzer? Welche Bäume sind das da? Ja, Hannah ist wissbegierig und möchte viel über die Gegend lernen. Und außerdem lenkt sie dieses von den, wie sie meint, unpassenden Fragen an Karl ab.

Bald erreichen sie das Hotel. Ein Kastenwagen einer Baufirma steht vor dem Haupteingang. Karl bittet Hannah nun ihr Handy auszuschalten und unsichtbar in ihrer Handtasche zu verstecken. Auf ihren fragenden Blick meint er schlicht »Ich hab da eine Idee.« Sie steigen aus und gehen zum Eingang, bei dem sie einen Arbeiter treffen, der gerade Werkzeug aus dem Transporter holt.

»Grüß Gott. Vielleicht können Sie uns helfen. Wir, oder besser gesagt meine Frau hat da ein Problem. Sie hat beim letzten Urlaub hier im Haus ihr Handy vergessen. Das muss wohl irgendwo nicht sichtbar rumgelegen haben. Jetzt sind wir endlich wieder hier und möchten gern mal schaun, ob wir es vielleicht finden.« Hannah gefällt das. Karl bezeichnet sie als seine Frau, sie könnte sich daran gewöhnen. »Mmmh«, der Arbeiter ist wohl noch nicht ganz wach, »dann schaun's hoit amoi. Aba nix von unser Sach olanga!« – »Danke!« antwortet Karl, nimmt Hannah an der Hand und geht mit ihr ins Hotel. Hannah gefällt das.

So, jetzt Zimmer 125 finden. Eine sportliche Aufgabe, wie sie sehen, denn die Zimmernummern haben sich wohl gravierend geändert. Kryptisch muten die neuen Bezeichnungen an. »Jetzt dürfen wir Zimmernummern schätzen. Eine 1 am Anfang ist dann wohl der erste Stock«, sagt Karl und folgt Hannah, die schon zur Hauttreppe unterwegs ist. Aber was nun? Wie sind die Zimmer früher nummeriert worden? Alle der Reihe nach, oder die Geraden auf der rechten Seite des Gangs, die ungeraden auf der linken? Oder umgekehrt? Mal schauen. »Es wird wohl ein größeres Zimmer gewesen sein, kaiserlich angemessen«, meint Hannah. »Und da können wir uns vielleicht nach dem Abstand der Türen richten.«

Karl findet die Idee gut. Der Türabstand ist auf der rechten Seite meist größer als auf der linken. Ist wohl dadurch zu erklären, dass die beste Aussicht für die Gäste von den Zimmern auf der linken Gangseite möglich sein müsste. Karl probiert die nächste Tür auf dieser Seite – nicht abgeschlossen. Glück gehabt. Aber das Zimmer hat keine Wandverkleidung aus Holz. Hannah hat offensichtlich keine Lust, jetzt Klinken zu putzen und zählt die Zimmer ab. Sie öffnet das fünfundzwanzigste. Hierin befindet sich eine Wandverkleidung aus Eichenholz. Das könnte das gesuchte sein.

Das nächste Problem ist zu lösen. Wo könnte der gesuchte Zettel hinter der Verkleidung sein? Und wie könnte man ihn dann herausbekommen? Sie hören Schritte im Gang. Schwere Schritte, vielleicht von Stiefeln. Eine ihnen schon bekannte Stimme brummt »Na, scho g'funna?« Karl antwortet »Nein, leider noch nicht. Das Mistding hat sich wohl extra gut versteckt«, und erntet ein grunzendes Lachen, während sich die Schritte entfernen. Hannah mutmaßt: »Das Versteck müsste von meiner Urahnin ja ohne Probleme und Hilfsmittel erreichbar gewesen sein. Sie war bestimmt etwas kleiner als ich.« Beide konzentrieren sich auf den »greifbaren« Bereich an den einzelnen, über Holzschienen verbundenen Holzplatten.

Karl findet eine Unregelmäßigkeit an einer der Schienen. Irgendwie ist an der linken Seite einer Platte die Kante leicht eingedrückt. Er untersucht die Stelle näher, hat eine Idee und zeigt Hannah seine Entdeckung. Er drückt an der Unregelmäßigkeit der Schiene zuerst die Schiene nach rechts zur Seite und versucht dann, als die Schiene sich bewegte, Druck auf die Platte auszuüben. Dabei passiert allerdings nichts. Nächster Versuch: Schiene nach links drücken und dann versuchen, sie von der Wand weg zu ziehen. Tatsächlich bewegt sich diese nun etwas von der Wand weg.

Hannah sieht nun unter der Schiene etwas Helles, dass offensichtlich nicht dort hingehört. Karl hält die Schiene, Hannah versucht das Objekt herauszuziehen, was nicht sofort gelingt. Karl greift mit der freien Hand in seine Hosentasche und zieht ein Messer heraus, dass er Hannah gibt. Sie lacht »Aha, bewaffnet heute!«, nimmt das Messer, klappt es auf und fährt mit der Spitze vorsichtig unter den Fund, den sie so etwas anheben und soweit unter der Verkleidung herausziehen kann, dass sie mit der freien Hand dieses Stück Papier greifen kann. Karl bittet sie nun, nicht lange zu zögern »Meine Fingerspitzen werden langsam taub.«

Hannah zieht das Papier ganz hinaus, so dass Karl erlöst ist. Sie faltet das Papier auseinander und die beiden können die alte deutsche Kurrentschrift, mit der es beschrieben ist erkennen. »Oh, da müssen wir erst einmal entschlüsseln«, meint Hannah. Karl schaut noch mal auf das Papier und findet eine Unterschrift, die durchaus ‚Elisabeth' darstellen könnte.

Schnell lässt er das Papier in der Innentasche seiner Jacke verschwinden und bitte Hannah nun um ihr Handy. Er nimmt dieses und nutzt den überall befindlichen Staub, um das Gerät ordentlich zu verdrecken. Hannah schaut indigniert, so dass Karl ihr erklärt »Dein Handy lag doch über ein halbes Jahr da unter dem Schrank!«

‚Aha, falls jemand dumm fragt', denkt sie. Beide verlassen das Zimmer und treffen schon wieder auf den bekannten Bauarbeiter. »Na g'funna?«, fragt dieser. Hannah lacht, halt das verdreckte Gerät hoch und bemerkt »Hatte sich unterm Schrank versteckt.« – »Dann passt's ja«, lautet die Antwort des Arbeiters, der schon wieder verschwunden ist.

Beide gehen nun ohne Eile zurück zum Auto. Einsteigen, Motor starten und los geht's zurück zum Hotel. Die Anspannung lässt nach, es bleibt aber die Neugier, was denn nun auf dem Papier steht. Hannah fragt »Brauchen wir jetzt einen Dolmetscher für diese Schrift?« und beginnt nebenbei, ihr Handy vom Staub zu befreien. »Ich glaube, das können wir auch so. Es gibt Buchstabenlisten im Internet, in denen alte und aktuelle Schreibweisen gegenübergestellt sind. Und die Schrift auf dem Zettel erscheint mir ganz ordentlich zu sein. Sollte nicht allzu schwierig werden«, antwortet Karl.

Nun ja, da hatte sich Karl wohl getäuscht. Die deutsche Kurrentschrift bietet dem Betrachter in der heutigen Zeit einige Rätsel, so im Vergleich zur aktuellen Schrift doch wundersame Buchstaben oder undurchblickbare Buchstabenkombinationen. Und der Text füllt auch fast zwei Seiten. Das Entschlüsseln könnte etwas länger dauern.

Die erste Zeile ist schließlich ‚übersetzt': Lieber Johann, beginnt der Brief. Karl versucht sich nun an der letzten Zeile, da er nun wissen möchte, von wem dieser Brief stammt. Sie lautet: Deine Elisabeth. Nun ist es offenkundig, dass dies ein Brief von Elisabeth von Österreich-Ungarn an Johann von Pfalz-Neuburg, ihren Jugendfreund ist.

»Da haben wir dank deiner Oma ja einen interessanten Fund gemacht«, meint Karl und Hannah pflichtet ihm bei. Sie ist jetzt schon ein wenig nervös. Wer weiß, welche Überraschungen sich noch in diesem Brief verbergen. Karl schaut kurz auf die Uhr und stellt fest, dass sie jetzt eigentlich zum Abendessen gehen sollten. Hannah nickt, der gute Wein zum Essen sollte doch beruhigend wirken. Karl fotografiert noch den Brief und schließt ihn im Tresor des Zimmers ein. Sicher ist sicher.

Beim Essen vermeiden beide, über das Schriftstück zu reden. Andere, Fremde, sollen nicht wissen, welche Entdeckung sie gemacht haben. Hannah möchte nun noch wissen, wer denn der Anrufer beim Frühstück gewesen sei. »Oh, das war der Volker, ein alter Freund aus Neuburg. Früher haben wir ihn gern mal als ‚Reporter des Grauens' betitelt, weil er immer und überall war, wenn in der Gegend etwas passierte. Er hat damals gern über die Luftwaffe in Neuburg berichtet und so haben wir uns kennen- und schätzen gelernt. Ah ja, er ist auch ein leidenschaftlicher Fotograf«, Hannah lacht »Ja, wie du!« Sie wird jetzt ruhiger, das gute Abendessen und der Südtiroler Wein wirken wohl so, wie sie es erhofft hatte.

Gegen neun Uhr kehren beide wieder in Karls Zimmer zurück. Frei nach dem Motto ‚A bisserl was geht noch' setzen sie die ‚Übersetzung' des Briefes fort. Buchstabe für Buchstabe, Wort für Wort arbeiten sie sich voran. Als sie etwa die Hälfte des

Papiers geschafft haben, kann Hannah ein Gähnen nicht mehr unterdrücken und auch Karls Augen wollen wohl nicht mehr einen kryptografischen Brief anschauen. Feierabend, es ist ja auch schon nach Mitternacht.

13. Juni

Kathrin schreit. Laut. Luigi, mit dem sie ihr Zimmer teilt, schaut sie verständnislos an. »Hast du mich nur gebraucht, um bei der Gemeinde irgendetwas zu drehen?«, brüllt sie ihn an und wedelt ein Stück Papier herum. »Bin ich nur ein Mittel zu irgendeinem Scheiß-Zweck?« – »Hältst du mich für blöd?« Kathrin ist außer sich. Luigi wagt es, kurz einzuwerfen »No, Bellssima, naturalmente nicht. Ich liebe dich doch.« Keine Chance. Kathrin ist sauer, richtig sauer. Sie steckt das Papier ein, greift sich ihren Koffer und wirft wütend ihre Sachen einfach hinein. Dann nimmt sie Koffer, Handtasche, Autoschlüssel und Handy und keift ein giftiges »Ciao« in Richtung Luigi bevor sie die Zimmertür aufreißt und durch sie verschwindet.

Sie geht zu ihrem Auto in der Tiefgarage, ist froh, dass sie mit dem Lift direkt hinunterfahren kann und so die miesepetrige Hotelchefin nicht mehr sehen muss. Im Auto überlegt sie kurz – Kathrin ist eine Frau, die gern mal einen schnellen Entschluss fasst – und ist sich dann sicher, dass sie ihren Urlaub weiter genießen möchte, jetzt eben allein und in einem anderen Hotel. Also verlässt sie die Tiefgarage und fährt zum Dorfzentrum. Dort fällt ihr ein Hinweisschild auf das Hotel Maria ins Auge. »Das ist doch das, zu dem Karl fahren wollte. Kann nicht schlecht sein!«, denkt sie und biegt rechts ab zu diesem Haus.

Sie parkt vor dem Hotel und geht zielsicher zur Rezeption, fragt dort nach einem Einzelzimmer. Sie hat Glück, es ist noch eines frei. Kathrin bekommt die Schlüsselkarte, bedankt sich bei der netten jungen Frau an der Rezeption und holt ihr Gepäck aus dem Wagen. Als sie dann in der Lobby auf den Lift wartet, steigt aus diesem Karl mit einer Begleiterin aus. »Ja, Kathrin, was führt dich denn hier her?«, fragt er erstaunt. »Frag mich nicht«, antwortet sie, »mir ist da grad was passiert, frag mich nicht.« Karl schaut sie besorgt an »Hast du denn schon gefrühstückt?« – »Nein, ich bin heute Morgen gleich abgehauen.« Kathrin ist sichtlich erregt. »Dann bring doch dein Gepäck schnell aufs Zimmer und geh mit uns etwas essen.

Der Speisesaal ist gleich über diesem Raum.« Karl zeigt nach rechts. »Und ich regle das mit der Rezeption.« Kathrin scheint ein wenig erleichtert. Gut, dass sie Karl getroffen hat. Sie fährt mit dem Lift nach oben, während Karl zur Rezeption geht und mit der jungen Frau abspricht, dass Kathrin am Frühstück auf seine Rechnung teilnehmen kann.

Hannah und Karl nehmen im Frühstücksraum im ersten Stock an ihrem Tisch Platz und warten erst einmal auf Kathrin. Hannah nutzt die Zeit, um Karl zu fragen, wer denn diese junge Frau sei, woher er sie kenne und was sie hier wohl mache. Karl lacht »Ja, ich kenne sie praktisch schon ewig, als kleines Kind also. Sie wohnt in meiner Nachbarschaft und arbeitet bei uns in der Gemeindeverwaltung. Ich habe ihr früher ab und zu auch mal bei den Hausaufgaben helfen dürfen.«

Kathrin kommt zu ihnen, immer noch aufgeregt. Alle drei gehen nun erst einmal zum Büfett. Kathrin ist begeistert vom Angebot »Wow, da kannst das andere Hotel aber vergessen!« und lädt sich einiges auf den Teller. Zurück am Tisch wartet erst mal ein Cappuccino auf die drei. Karl verkneift sich seinen uralten Lieblingsspruch und nimmt fast schon gierig einen kräftigen Schluck des Wachmachers. Er merkt, dass sie nachts doch noch etwas zu lang geforscht hatten.

Hannah ist neugierig und fragt Kathrin »Was treibt dich so in dieses Hotel?«. Kathrin schluckt das Stück Kuchen, dass sie gerade im Mund hat herunter und antwortet, jetzt viel ruhiger, »Ich wollte weg von diesem Typ, der hat mich einfach nur ausgenutzt, für den war ich irgendwie nur eine Taxifahrerin mit Auto.« Karl horcht auf:»Ihr wart aber am Brenner noch ein Herz und eine Seele.« – »Da schon, noch«, sagt Kathrin, »dann hab ich einen Notizzettel bei seinen Sachen gefunden.« Sie zieht einen gelben

Zettel aus der Hosentasche und gibt ihn Karl. ‚Such dir jemand, der dich nach Südtirol fährt. Bring das Buch mit. Ich melde mich bei dir. M.' Karl erstaunt »Hmm, konnte er nicht selbst fahren?« Kathrin bemerkt »Nein, sein Führerschein macht Pause bei der Polizei.« – »Heißt er nicht Cantunato?« möchte Karl wissen. »Ja, doch. Warum möchtest du das wissen?« kommt prompt die Gegenfrage. »Och, bin nur neugierig«, antwortet Karl.

Kathrin ist nun wieder in ihrem Normalzustand angekommen. Das bedeutet, sie redet am laufenden Band, will wissen, was Hannah und Karl so treiben. Hannah erklärt, sie würden Geschichtsforschung betreiben, was ja auch den Tatsachen entspricht. Kathrin lacht: »Ja, ja, das ist halt Karls Hobby, oder eins davon. Aber gibt's hier denn überhaupt Festungen aus dem Ersten Weltkrieg?« Karl erklärt Kathrin nun ausgiebig, wo in der Gegend Überreste dieses Krieges zu finden sind. Es wirkt, das Thema ist erledigt. Kathrin bemerkt gegen Ende des Frühstücks, dass sie sich erst einmal von dem Schock am frühen Morgen erholen will. Hannah empfiehlt ihr, ausgiebig den Wellnessbereich des Hotels zu nutzen und Kathrin nickt »Gute Idee, das werd ich genießen!« Und schon ist sie verschwunden. Karl hat den Zettel unauffällig eingesteckt. Irgendetwas an diesem macht ihn neugierig, er weiß aber noch nicht was.

Zurück auf Karls Zimmer holt er das Schreiben von Kaiserin Elisabeth aus dem Safe. Weiter geht die ‚Entschlüsselung'. Nach vielen Stunden gemeinsamer Arbeit, nur unterbrochen durch einen kleinen Snack im Restaurant des Hotels, haben sie endlich eine Fassung in lateinischer Schrift erstellt.

Lieber Johann,

ich habe hier wie vereinbart auf Dich gewartet. Leider kamst du nicht zur vereinbarten Zeit hierher und ich kann nun nicht länger auf Dich warten, sondern muss wieder zurück nach Meran reisen.

Dein Pech mit Deinen Finanzen macht mich jedoch sehr betroffen und ich möchte gerne helfen. Daher hinterlasse ich Dir diese Zeilen. Nehme sie als einen Wegweiser, der Dich vielleicht retten könnte.

Ich rate Dir, sogleich eine Wanderung zu unternehmen. Denke aber an festes Schuhwerk! Gehe vom Hotel aus über die Straße und nehme den Weg in den Wald. Dieser führt stetig bergauf. Nach ein paar Fuß zweigt ein Weg nach links ab, den du nicht nehmen solltest. Bleibe auf diesem Weg, bis er aus dem Wald herausführt und gehe an seinem Ende dann nach rechts und nach wenigen Fuß wieder auf einen schmalen Pfad nach rechts. Folge diesem etwa einen Klafter weit und wähle dann den nach links führenden Pfad. Nach einem halben Klafter gehe dann einen schmalen Pfad nach rechts bergauf.

Du wirst nun in ein Gelände, in dem viele riesige Felsen liegen kommen. Der Weg ist markiert, verlasse ihn nicht, es wäre Dein Verderben. Nach 300 Fuß wirst du linker Hand direkt am Weg einen riesigen Fels bemerken. Er ist sicherlich mehr als 10 Fuß hoch und seine Färbung ist einzigartig. Oben ist er grau, dann folgen von oben nach unten Farbbänder in rot, orange, gelb und weiß. Vor ihm wächst eine Tanne, die aber noch niedriger als der Fels ist. Verlasse den Weg nach diesem Fels und umrunde ihn, um an seine Rückseite zu gelangen. Direkt hinter ihm liegt am Boden ein kleinerer Fels. Hebe diesen fort, denn unter ihm wirst du eine Lösung Deines Problems finden.

Ich hoffe, Dir damit geholfen zu haben.

Deine Elisabeth

Hannah und Karl blicken sich gegenseitig erstaunt an. Hat Elisabeth dort etwa etwas Wertvolles für ihren Jugendfreund Johann hinterlegt? Hannah meint »Gut, nun wissen wir ja, was wir morgen machen werden« und lacht Karl dabei an. Dieser nickt. »Aber jetzt gönnen wir uns erst einmal einen guten Tropfen!«, antwortet dieser, nimmt die Papiere und schließt sie im Safe ein. Die Hotelbar ist das nächste Ziel der beiden und ein hervorragender einheimischer Lagrein wird ihnen dort munden.

Luigi hat den ganzen Tag das Hotelzimmer nicht verlassen. Antriebslos wartet er auf den angekündigten Anruf seiner Kontaktperson. An Kathrin verschwendet er keinen Gedanken mehr. Sie hat wohl ihren Zweck erfüllt – seine Daten im Melderegister sind so angepasst, dass seine wirkliche Identität wohl kaum noch nachvollzogen werden kann, das Ganze war als Hackerangriff getarnt und ein »Taxi« für die Fahrt hierher hatte er quasi nebenbei erhalten. Nach seinem Deal würde ihn jemand aus der Familie abholen, kein Problem.

Als er sich gerade überlegt, ob er nun zum Abendessen gehen sollte, klingelt sein Handy. Auf dem Display wird weder eine Nummer noch ein Name, sondern lediglich ‚unbekannt' angezeigt. Luigi nimmt das Gespräch an. Der Anrufer meldet sich nicht, sondern fragt nur »Sie haben es?« Luigi antwortet ebenso kurz mit »Ja.« – »Dann treffen wir uns morgen um 12:00 Uhr auf dem Parkplatz am Karersee. Ich fahre einen grauen Ford Mondeo mit deutschem Kennzeichen; ND-ME 2. Alles klar?« – »Ja«, sagt Luigi. Der Anrufer legt ohne Gruß auf. Kein Grund für Luigi, sich zu wundern. Er ist solche Telefonate gewohnt.

14. Juni

Relativ früh treffen sich Hannah und Karl, wie fast immer, am Fahrstuhl. Beide tragen Wanderbekleidung, nur die festen Schuhe bleiben einstweilen noch auf den Zimmern. Heute frühstücken sie ohne Kathrin, die wohl noch schläft. So können sie auch in Ruhe den Plan für den Tag besprechen. Karl war vor einigen Jahren schon einmal in dieser Gegend. »Der beschriebene Weg im Brief von Sisi muss wohl der Labyrinthsteig sein. Und zu ihm führt der Agatha-Christie-Weg«, erklärt er Hannah. Als sie kurze Zeit später gerade gehen wollen, kommt Kathrin in den Frühstücksraum. »Geht's heut in die Berg?«, fragt sie die beiden, was Hannah bejaht. Kathrin wünscht viel Spaß und meint, dass das Wetter wohl gut sein wird.

Nur wenig später erreichen sie den schon bekannten Parkplatz beim Grand Hotel Karerpass. Beide nehmen ihre Rucksäcke mit dem Wasservorrat und ihre Wanderstöcke, die immer gute Dienste leisten und machen sich auf den Weg. Noch sind hier keine weiteren Wanderer unterwegs und so können sie ungestört die Natur genießen. Auf dem Agatha-Christie-Weg gehen sie bergwärts durch den dichten Wald. Plötzlich steht ein kapitaler

Hirsch mit mächtigem Geweih vor ihnen am Rand des Weges.

Karl signalisiert Hannah, sie möge still sein. Sie nähern sich dem beeindruckenden Tier, dass sie neugierig beäugt um dann, als sie sich schon einige Meter an es angenähert haben, gemütlich ins Unterholz zu schreiten. Dann ist der Hirsch wieder verschwunden.

Hannah ist beeindruckt. »Ich kenne so etwas gar nicht. Diese riesigen Elks haben wir in Texas nicht einmal im Zoo. Gibt es die in jedem Wald?« möchte sie wissen. Karl erklärt »Nein, die meisten findet man in dichten, größeren Waldgebieten. Bei mir daheim gibt es auf jeden Fall sehr viele.« Weiter gehen sie bergauf, überqueren eine Wiese. Hannah ist dort vom Duft der vielen Blumen, die sie noch nie vorher gesehen hatte, begeistert.

Dann wandern sie wieder im Wald bergauf bis sie plötzlich vor einem Berg von ungeordnet irgendwie dorthin gefallenen Felsen stehen.

»Ein Felssturz, also vom Berg dort, dem Latemar, heruntergestürzte Felsen«, erklärt Karl. »Und durch diese führt der Labyrinthsteig hindurch.« Hannah schaut ihn fragend an. »Ja, das ist ein Weg, auf dem man dieses Gebiet aus heruntergestürzten Felsen durchqueren kann. Man muss nur unbedingt auf dem Weg bleiben und daher die Markierungen beachten«, teilt er ihr mit. »Also, rein ins Vergnügen.«

Na ja, Hannah ist das etwas unheimlich. ‚Ob diese riesigen Steine wohl liegenbleiben, so wie sie jetzt sind? Komm ich da wirklich durch? Verlaufen wir uns vielleicht?‘, diese Fragen gehen ihr durch den Kopf. Aber, sie will ja nicht als Feigling angesehen werden, also geht sie schweigend weiter.

Dann kommen sie an eine Stufe, mindestens 50 Zentimeter hoch. Da müsste man, um einfach hoch zu steigen, schon etwas größer als Hannah sein. ‚Und nun?‘, lautet die nächste Frage für sie. Aber, Karl hat da offensichtlich Erfahrung und bietet ihr eine Räuberleiter an. Ja, er verschränkt seine Hände, lässt Hannah dann zuerst auf diese steigen bevor sie dann doch recht problemlos die Felsstufe überwinden kann. Ja, Karl muss noch ein wenig nachhelfen: Er schiebt Hannah noch sanft auf den Felsen hinauf. Er macht sich auch keine Gedanken darüber, dass er dazu ihren Hintern anschieben muss. Hannah auch nicht. Es ist ihr nicht im Geringsten unangenehm. Im Gegenteil, sie freut sich, gemeinsam mit Karl Hindernisse überwinden zu können.

Weiter geht's, dann auch einmal unter einem riesigen Felsen leicht gebückt hindurch. Der Steig fasziniert Hannah. Karl blickt forschend um sich, sucht ständig die nächste Markierung, stilisierte Südtiroler Flaggen und natürlich auch einen Felsen, der Sisis Beschreibung entspricht. Dann bleibt Karl stehen, zeigt auf einen drei vielleicht auch vier Meter hohen Felsen und fragt Hannah »Dieser könnte der sein, den die Kaiserin beschrieben hat, meinst du doch auch?« Hannah ist ebenfalls dieser Meinung. Die Farben stimmen und auch wächst eine Tanne direkt vor dem massiven Stein.

Sie lehnen ihre Wanderstöcke an den Felsen und gehen an dessen Ende um ihn herum. So, wie es im Brief beschrieben ist. Nicht ganz einfach, hinter den Felsen zu gelangen, aber sie schaffen es. Hannah bleibt etwas oberhalb auf dort liegendem Schotter stehen.

Karl untersucht nun einen größeren, etwas flachen Stein, der direkt hinter dem Felsen liegt. Er probiert, diesen anzuheben, doch der Stein ist nicht so einfach zu versetzen. Dann bewegt er sich doch. Karl atmet schwer. Er ist froh, dass er seine Wanderhandschuhe trägt, denn der Stein hat durchaus scharfe Kanten. ‚Und den soll Sisi hochgehoben haben?' zweifelt er.

Doch dann löst sich der Stein. Anscheinend wurde er durch eine Baumwurzel gehalten, die jetzt doch nachgab. Ein kräftiger Ruck und er liegt nun oberhalb seiner ursprünglichen Position. Jetzt ist ein Hohlraum, der von dem Stein verdeckt war, zu sehen. Ein kleinerer Karton, etwas verdreckt, befindet sich dort. Karl hebt ihn heraus, wendet sich zu Hannah hin.

Da hören sie auf einmal andere, sich unterhaltende Wanderer. Karl ist vorsichtig. Er fordert Hannah durch intensiven Blickkontakt auf, jetzt zu schweigen, nimmt seinen Rucksack und verbirgt den Karton in ihm. Beide gehen zurück zur Vorderseite des Felsen.

Dann kommen die anderen Wanderer hinter dem nächsten Felsen hervor. Hannah trinkt einen Schluck, beide erwecken den

Eindruck, sie würden einfach eine Pause einlegen. Man grüßt sich, wie es unter Wanderern üblich ist, dann entschwindet das andere Pärchen hinter einem weiteren Felsen. Karl geht noch einmal hinter den Felsen, um den Stein, der den Hohlraum verdeckt hatte, wieder an seine ursprüngliche Position zu legen. Dann begeben sich Hannah und er auf den Rückweg, zunächst zu Parkplatz und Auto und dann zum Hotel. Beide sind angespannt und neugierig, was sie in dem kleinen Karton entdecken werden.

Rechtzeitig hat sich Luigi auf den Weg zum Karersee gemacht. Da er nun nicht mehr über ein Auto mit Chauffeurin verfügt, muss er notgedrungen öffentliche Verkehrsmittel nutzen. Das ist aber hier kein Problem, ein Bus bringt ihn ins Eggental hinunter, ein weiterer hinauf zum Karersee, den er doch eine halbe Stunde vor dem vereinbarten Zeitpunkt erreicht. So bleibt für ihn noch Zeit für einen Espresso im Café am Parkplatz.

Kurz vor der vereinbarten Zeit geht er auf den Parkplatz und schaut sich um. Er findet das beschriebene Auto noch nicht. Doch kurz nach 12 Uhr fährt der angekündigte graue Ford mit dem deutschen Kennzeichen auf den Platz und hält vor Luigi. Die Scheibe an der Beifahrerseite wird heruntergefahren und eine nicht unbedingt sympathisch klingende Stimme bellt »Einsteigen!«. Luigi folgt der unhöflichen Aufforderung. Der Fahrer, wohl in den Vierzigern, beginnende Stirnglatze, dunkle Haare und mit aufgedunsenem Gesicht schließt das Fenster wieder und fragt Luigi, immer noch kurz angebunden. »Haben Sie es?«

Luigi bejaht die Frage nach dem Tagebuch Johanns von Pfalz-Neuburg und klopft auf seine Umhängetasche. »Haben Sie das Geld?«, fragt er zurück. Vom Fahrer des Wagens kommt ein Brummen, was wohl ein ja darstellen soll. »Nicht hier«, sagt dieser und fährt vom Parkplatz zur Karerpassstraße zurück.

Hannah und Karl sind mittlerweile wieder in ihrem Hotel angekommen. Auf ein Mittagessen verzichten sie beide heute, sind sie doch zu aufgeregt und neugierig auf den Inhalt des Kartons. Schnell gehen sie zu Karls Zimmer, schließen ab, ziehen nur noch die Wanderjacken aus und schon holt Karl das Packerl aus dem Rucksack.

Im Karton finden sie etwas, das in Seidenpapier eingewickelt ist und eine kleine, handgeschriebene Karte. Sie erkennen Sisis Unterschrift, beschließen die Schrift später zu entziffern und Hannah faltet vorsichtig das Seidenpapier auseinander. Was sie dort nun entdecken verschlägt ihnen zunächst kurz die Sprache. Dann folgt ein »Wow!« von Hannah und ein »Oh mein Gott!« von Karl.

Auf dem Tisch vor ihnen liegen jetzt, noch auf dem Seidenpapier, zwei silbern glänzende zehnzackige Sterne, die wie jeweils zwei übereinander liegende fünfzackige Sterne wirkten. Beide Sterne sind dicht mit Diamanten besetzt, in der Mitte jeweils eine große Perle, auf den Zacken kleinere.

»Sisis berühmte Sternbroschen«, sagt Karl. »Oder jedenfalls zwei davon. Die galten als verschwunden. Ich glaube, es sind nur noch wenige in Wien zu sehen.« Er betrachtet nun noch die Rückseiten. Ja, beide enthalten die alten Marken, es ist Weißgold.

Nun kümmern sie sich um die Karte. Nach der Übertragung der alten Schrift in die aktuelle ergibt sich der Inhalt:

»Verkauf sie bitte. Ich trage sie nicht mehr und dir wird der Erlös sicher guttun. Liebe Grüße Sisi«

Uff. Beide sind sicher, dass sie hier einen einmaligen Fund gemacht haben. Was tun? Karl schließt auch diese Preziosen erst einmal in seinem Safe ein. Beide sind froh, dass wohl noch kein anderer von all diesen Dingen weiß. Zeit für eine Pause. »Komm, ich möchte jetzt was trinken«, meint Hannah und beide gehen zur Hotelbar.

Eigentlich wäre jetzt Zeit für einen Aperitif, doch weder Hannah noch Karl sind Freunde von alkoholhaltigen Mixgetränken. So gönnen sich beide ein »Schlotzerl« einheimischen Rotwein. Hannah hat wieder einmal eine neugierige Phase »Was machst du jetzt wirklich beruflich?« Karl lacht, da Hannah ihm mit ihrer Frage die Gelegenheit für einen unendlichen Monolog zugespielt hat. Doch er will sie nicht langweilen. »Eigentlich nichts, ich bin Privatier. Aber, weil mir das ‚Nichts‘ doch zu langweilig ist, arbeite ich gelegentlich als Dozent bei einer privaten Akademie.« Hannah, selbst Dozentin an der University of Texas, hat schon wieder eine Übereinstimmung mit Karl gefunden und bohrt weiter »Und welches Fachgebiet unterrichtest du dort?« – »Informatik. Speziell die praktische Umsetzung im Betrieb oder auch daheim. Die Studenten sind da sehr interessiert.« Hannah lacht »Bei mir sind sie genauso wissbegierig!«, was Karl nun neugierig macht.

Die beiden haben in den letzten Tagen zwar viel über alltägliche Dinge und natürlich auch über ihre Untersuchungen gesprochen, aber das berufliche und private Leben bislang noch ausgeklammert. »Gegenfrage: Was machst du beruflich? Ich kann mir nicht vorstellen, dass du dem schnöden Nichtstun anhängst.« – »Okay, you know«, Hannah verfällt kurz ins Englische, »ich mache etwas Ähnliches als Professorin für Architektur an der University of Texas, habe aber viel Interesse an der österreichischen Geschichte. Insofern interessieren mich unsere jetzigen Forschungen umso mehr.« Sie lacht, Karl auch. »Also sind wir praktisch Kollegen!« stellen sie beide fast unisono fest.

Unweigerlich dreht sich das weitere Gespräch erst einmal um die Geschichte Österreichs, Südtirol und auch um Karls Forschungen zum Ersten Weltkrieg in Südtirol und dem Trentino. Hannah ist fasziniert von seinen Berichten über Hochgebirgskämpfe und die Festungen südlich des Alpenhauptkamms und stellt ständig weiterführende Fragen. Beide erzählen, fragen und lachen, so dass sie fast das Abendessen vergessen. Dabei ist dieses heute wieder ausnehmend gut. Salate, Schlutzkrapfen, als Hauptgang Ossobuco und zum krönenden Abschluss noch ein Tiramisu, das Ganze von einer Flasche Lagrein aus Kaltern begleitet, das macht gewiss glücklich.

Beide sind der Meinung, dass sie an diesem schönen Abend nicht weiter in Sachen Sisi forschen wollen und gehen wieder in die Bar. Es ist jetzt Zeit für einen Espresso und auch einen Grappa nach dem reichhaltigen Mahl. Hannah bringt das Gespräch zurück in die Richtung, die sie gerade sehr interessiert. »Also ich arbeite ja in San Antonio, wenn du das kennen solltest, wohne aber jetzt im geerbten Haus meiner Großmutter in New Braunfels.«

Karl erkennt Hannahs Absicht und lacht sie an »Also die besten Steaks habe ich bei Brenner's on the River Walk gegessen« Hannah erkennt, dass Karl sich offensichtlich in San Antonio auskennt. Dieses Steakhouse kennt sie natürlich auch. »In New Braunfels war ich allerdings noch nicht. Wird dort immer noch das Wurstfest zelebriert?« fragt er. Hannah lacht zurück »Klar, das muss so sein. Und wo wohnst du?« Karl hatte schon auf diese Frage gewartet. »Das wirst du nicht kennen. Es ist ein kleines Dorf im Bayrischen Wald, Frauenau. Ich fühle mich dort sehr wohl, praktisch mitten im größten deutschen Waldgebiet.« Er hat das nächste Rätsel platziert. »Wo ist denn dieser Bayrische Wald? Davon habe ich noch nie gehört.«

Die Auflösung folgt sogleich. »Natürlich in Bayern, genauer gesagt in Niederbayern. Und der Gebirgszug mit Bergen, die immerhin knapp 1500 Meter hoch sind, liegt an der Grenze zu Tschechien.« Hannahs Neugier scheint riesig zu sein »Oh, schön, hast du da ein Haus?« – »Ja, ein kleines, feines Haus mit einem kleinen Garten. Ich bin kein Gartenfan, weißt du.« Hannah gibt nicht auf »Oh schön. Auch so mit toller Aussicht und immer gutem Wetter?« Karl spielt das Spiel gern mit »Ja, wirklich sehr gute Aussicht und das Wetter ist auf jeden Fall besser als unten im Tal.«

Jetzt geht Karl zum ‚Angriff' über »Komm doch einfach mal vorbei. Es wird dir sehr gut gefallen! Dichter Wald, viele interessante Tiere darin, dann auch Museen, Glashütten, die tolle Kunstwerke schaffen und vieles mehr. Es ist auch eine Gegend, in der viele ihren Urlaub verbringen.« Hannah merkt, dass er den Bayrischen Wald und ‚sein Dorf' liebt. »Ich habe notfalls auch ein Gästezimmer…«

Ertappt, denkt sich Hannah, aber was soll's. »Angenommen!« stellt sie sicher fest. Karl hätte nicht mit so einer schnellen Zusage gerechnet, freut sich nun umso mehr darüber. »Da kann man bestimmt auch gut wandern?«, fragt sie. »Ja. Und in den Nationalpark gehen, wo es die ursprüngliche Natur noch, oder besser wieder gibt.« Hannah bemerkt: »Oh, hast du eigentlich einen Hund? Der hätte bestimmt Spaß an Ausflügen in die schöne Natur.« Sie möchte schon lange einen tierischen Begleiter haben, durfte aber in ihrer Stadtwohnung keine Haustiere halten. »Nein«, meint Karl, »ich bin einfach zu oft unterwegs. Da würde sich ein Hund bei mir nicht wohl fühlen.« – »Schade.« antwortet sie.

Bei einem Blick auf die Uhr über dem Kamin stellen sie dann fest, dass es schon spät ist. Beide fahren mit dem Lift nach oben. Dort angekommen, lädt Hannah Karl noch ein »Ich habe noch ein Mitbringsel auf meinem Zimmer. Echten, uralten Whiskey aus Texas, Balcones Single Malt Limited. Magst du noch einen Schluck mittrinken?« Da kann man eigentlich nicht nein sagen und so geht Karl mit in Hannahs Zimmer.

15. Juni

Die Nacht war nicht allzu lang. Schade, denkt Karl und dreht sich im Bett um. Er lächelt Hannah, die neben ihm liegt, an und denkt, ‚Man muss auch mal das Glück haben, so eine Frau zu finden.' In diesem Moment wird auch sie wach, öffnet die Augen, sagt nichts und küsst ihn. »Guten Morgen! Hast du auch so gut geschlafen?« Karl nickt. »Ich habe da eine Idee«, meint sie noch, »aber nur, wenn du künftig immer zuerst ins Bad gehst.« Karl fühlt sich pudelwohl und verspricht »Mach ich gern. Und gehe dann auch gleich eine Runde Schwimmen.« – »Immer?« – »Wenn ein Pool da ist.« – »Und wenn ich mitgehen möchte?« – »Noch besser!« Beide lachen herzlich. Karl meldet sich ab ins Bad, zunächst in seinem Zimmer, schließlich sind seine Utensilien dort. Hannah bleibt noch ein wenig liegen und schwelgt in ihren Erinnerungen und auch ihren Vorstellungen von der Zukunft.

Nach einer gefühlten Ewigkeit klopft es an der Zimmertür. Hannah lässt Karl herein, bemerkt kurz »Bin gleich fertig. Brauche ich heute wieder die Wandersachen?« Karl verneint und schaut Hannah beim Auswählen der Bekleidung und dem Ankleiden lächelnd zu.

Im Frühstücksraum treffen sie Kathrin wieder. Diese fragt »Was ist denn mit Euch los? Habt ihr das Dauerlächeln jetzt im Gesicht eingraviert?« Nun, ein wenig frech war Kathrin schon immer. »Nein, alles ganz natürlich«, antwortet Karl und lenkt ein wenig ab. »Wir haben dich gestern beim Abendessen vermisst.« – »Och«, meint Kathrin, »ich habe am Lavazèjoch beim Kaffee trinken eine alte Freundin aus der Fachschule wiedergetroffen und das wurde dann etwas später.«
Kathrin vertieft sich nun in ihre süße Beute vom Frühstücksbuffet. Hannah drückt Karl unter dem Tisch die Hand. Sie ist dankbar, dass Kathrin erst einmal ‚abgestellt' ist und so sie beide einfach nur ihr neues Glück genießen können.

Plötzlich kommt ein an der Rezeption beschäftigter Mitarbeiter des Hotels in den Frühstücksraum, geht zielstrebig auf Kathrin zu und bittet sie, ihm kurz zu folgen, möglichst sofort. Kathrin steht auf, viele Fragen stehen in ihrem Gesicht, und folgt ihm. Hannah und Karl sind auch verwundert »Was ist das denn für ein Problem, wegen dem man einen Gast vom Frühstück wegholt?« meint Karl. Hannah zuckt mit den Schultern, ihr voller Mund hindert sie an einer Antwort.

Kurze Zeit später kommt Kathrin zurück. Man sieht ihr eine gewisse Verunsicherung an. »Die wollten wissen, ob ich weiß, wo Luigi steckt. Als ob ich noch was mit dem Schuft zu tun hätte. So ein Schmarrn«, überspielt sie diese. Karl fragt zurück »Wer wollte das wissen?« – »Na irgendwelche Carabinieri, weil der Depp im anderen Hotel verschwunden ist, aber seine ganzen Sachen dort liegengelassen hat. Als ob ich das was wüsste.« Kathrin schüttelt den Kopf, ist aber schnell wieder beruhigt und vernichtet weitere süße Gebäckstücke. »Was habt ihr heute so vor?«

Karl schaltet sofort auf ‚Vorsicht!' um. Den ganzen Tag Kathrin dabei haben – das passt jetzt nicht. »Mal schauen, wir überlegen noch«, weicht er aus. Hannah und Karl sind nun fertig mit dem Frühstück, während Kathrin weiter isst, als ob sie seit Tagen Hunger gelitten hätte »Zu gut, das alles!« entschuldigt sie sich mit vollem Mund. Karl meint »Dann viel Spaß heute!« und verschwindet zusammen mit Hannah. ‚Aha' denkt nun Kathrin, ‚da werden ja jetzt Händchen gehalten.' Sie merkt einfach alles.

In Karls Zimmer holt dieser die Fundstücke wieder aus dem Safe. Beide lesen noch einmal die verschiedenen Botschaften, finden aber nichts Neues darin. Die Sterne sind echt, zweifellos. Sie tragen die passenden österreichischen Marken auf den Rückseiten. Was Hannah wundert ist, dass Sisi so einfach wertvollen Schmuck an ihren Schulfreund abgeben wollte. Warum? Karl kann eine Erklärung bieten: »Sisi trug zu dieser Zeit fast keinen Schmuck mehr. Sie verschenkte den größten Teil des Schmucks.« – »Okay«, Hannah ist wieder erstaunt, wie viel ihr Karl aus der österreichischen Geschichte berichten kann. »Und warum hat sie das gemacht?« Hannah will einfach alles wissen. »Nun, Erzherzog Rudolph, Sisis Sohn, hatte unter anderem einige psychische Probleme. Seine, wenn man so will, verordnete Ehe war wohl auch recht unglücklich. Das alles war dann, so denke ich, für ihn zu viel und er erschoss wohl eine Geliebte und anschließend sich selbst 1889 auf Schloss Mayerling. Das soll der Grund für Sisis, sagen wir mal, ‚Schmuck Abstinenz' gewesen sein.«

Beide möchten nun auch gern mehr über diesen Johann von Pfalz-Neuburg wissen. Doch selbst eine Internetrecherche bot ihnen weder Daten zu ihm noch eine Erklärung über finanzielle Probleme.

»Ich rufe mal den Volker an, der müsste da ja etwas wissen«, meint Karl, greift zum Handy und wählt, wenn man das Suchen in der Kontaktdatenbank und den folgenden Klick auf die gesuchte Telefonnummer so nennen darf. Aber, Volker ist wohl gerade nicht zu erreichen. »Er wird wieder mal eine Fotosession veranstalten«, stellt Karl fest. »Ich probier es später wieder.«

Hannah meint: »Dann machen wir doch eine Forschungspause. Ich würde gern noch mal den ganzen Labyrinthsteig wandern. Wie wär's?« Karl ist nicht abgeneigt, aber wendet ein »Da sind wir heute aber etwas zu spät dran, es ist ein langer Weg. Zudem sollten wir uns vielleicht nicht mehr beim Grand Hotel sehen lassen. Daher würde ich vorschlagen, die Wanderung später am Karersee zu starten.« Hannah schaut etwas enttäuscht. »Wir könnten mal eben ins Unterland fahren, nach Kaltern am See. Ich habe da ein paar Freunde und hervorragenden Wein gibt's dort auch. Zumindest du könntest ja mal etwas probieren«, lacht Karl. Die

Enttäuschung bei Hannah ist verschwunden. »Hört sich gut an, fahren wir?«, fragt sie. Sie legen ihre wertvollen Funde zurück in den Safe, da hat Karl noch einen Einfall ‚sicherheitshalber' nimmt er einen AirTag aus seinem Koffer und versteckt ihn im gefundenen Karton unter Seidenpapier und Sisis Sternen. »Das Ding passt normalerweise auf meinen Koffer auf; ist bei Flugreisen einfach unverzichtbar, weil man den vielleicht vermissten Koffer so leicht orten kann. Jetzt bewacht's die Sterne.« Der Safe wird verschlossen und beide machen sich auf den Weg.

»Hallo.« Leopold Nagl nimmt einen Anruf an seinem Büroapparat an. »Ich hätte etwas, was Sie interessieren wird. Es wäre verkäuflich und könnte vielleicht auch die österreichische Geschichtsschreibung modifizieren«, sagt die Leopold fremde Stimme. »Aha.« Leopold wartet ab, was da noch kommen wird. »Ein Dokument, authentisch aus dem 19. Jahrhundert, dass die Kaiserin in einem neuen Licht erscheinen lässt. Und auch neue Suchen nach verschwundenen Dingen möglich machen dürfte.« – »So so«, der Wiener Wissenschaftler lässt sich nicht aus der Ruhe bringen. ‚So ein Piefke oder was auch immer, was bildet sich der bloß ein, denkt er. »Und?« Leopold ist gerade ungewohnt kurz angebunden.

Sein Gesprächspartner wirkt nun etwas unsicher »Na ja, ein Tagebuch eines engen Freundes der Kaiserin. Es wäre auch möglich, dass er Sisis Geliebter war. Auch länger. Verstehen Sie?« Leopold bleibt beim »Aha«. »Und das möchten Sie mir jetzt geben?«, fragt er. Die Stimme ist ihm unsympathisch und das Gespräch hält ihn von für ihn gerade interessanteren Dingen ab. »Wenn der Preis stimmt, gern.«

‚So, da läuft der Hase hin'; Leopold muss sich nun wohl doch näher mit dem Herrn am Telefon beschäftigen, der offensichtlich etwas nicht unbedingt Legales im Schilde führt.

Keine Nummernanzeige in Leopolds Bürotelefon. »Da müsste ich doch erst mal etwas mehr erfahren«, stellt er fest. »Wer hat da was geschrieben oder notiert?« Der Unbekannte zögert kurz und antwortet »Ein Johann von Pfalz-Neuburg. Es ist ein Tagebuch mit ziemlich detaillierten Schilderungen seiner Gedanken und Erlebnisse gegen Ende des 19. Jahrhunderts.« Leopold wird hellwach. Tagebuch, Johann von Pfalz-Neuburg? Da hat er doch vor kurzem erst mit seinem Bekannten, einem Nachfahren von diesem Johann, drüber gesprochen. »Ja«, sagt Leopold, »könnte schon interessant sein. Sie möchten das also praktisch der hiesigen Geschichtsforschung spenden?« Seine gezielte Provokation zeigt Wirkung. »Spenden? Da lache ich aber. Dieses Werk ist ein Vermögen wert. Es bringt viel, entweder wenn es veröffentlicht wird oder genauso, wenn es das eben nicht werden soll. Sie verstehen?« ‚Aha, da haben wir's.' Johann hat zwar keine Lust, weiter mit diesem geldgierigen, offensichtlich skrupellosen Menschen zu reden, fühlt aber auch die Verpflichtung, dieses Tagebuch zu retten.

»Was soll's denn kosten?«, fragt er und macht sich auf eine Unverschämtheit gefasst. »Eine Million! Euro natürlich.« Noch viel mehr als Leopold erwartet hatte. »Verstanden. Ich muss da erst einmal mit der Institutsleitung Rücksprache halten. Wie kann ich Sie erreichen?« – »Ich rufe Sie an«, antwortet der Gegenüber und legt grußlos auf.

Leopold ist nun einiges klar: Das Tagebuch wurde Max von Pfalz wohl gestohlen. Deswegen konnte dieser es nicht finden. Aber, war der Anrufer jetzt der Dieb? Oder wer? Er beschließt den Kontakt zu diesem möglichst so lange zu halten, bis hier Licht ins Dunkel eindringt. Zunächst ruft er Max von Pfalz an, um diesen über das Telefonat zu informieren.

Hannah und Karl sind auf dem Weg nach Kaltern mittlerweile von der MeBo abgefahren und durchqueren die Weinberge um Eppan. Ihr gefällt die Gegend. Kurz darauf erreichen sie Kaltern und Karl fragt, ob sie denn einen kleinen Hunger verspüren würde. Hannah, die mittlerweile weiß, dass sie sich auf Karls Geschmack bei Essen und Trinken verlassen kann, bejaht die Frage und Karl erklärt, sie sollten dann ein Restaurant direkt am Kalterer See aufsuchen.

Gesagt getan, wenige Kilometer südlich Kaltern biegt Karl nach links zum See ab und steuert einen größeren Parkplatz an, an dessen Ende das Hotel und Restaurant Seegarten schon zu sehen ist. Sie gehen zielstrebig zur Terrasse direkt am See und finden einen freien Tisch im Schatten. »Ist sonst zu heiß«, stellt Karl fest. »Ja, ist hier schon deutlich wärmer als oben am Berg«, meint auch Hannah.

Sie durchforschen die Speisekarte und sind sich schnell einig: Die Platte mit verschiedenen Fischarten und Meeresfrüchten für zwei Personen soll es sein. Hannah freut sich besonders darauf. »Bei mir ist es schwierig, in einem Restaurant guten Fisch zu bekommen. Nur bei ‚Red Lobster' hat man da eine Chance, aber leider auch nicht immer.« Karl erwidert: »Ja, ist beim mir daheim auch so ein Problem. Wenn du gern Fisch isst, sollten wir aber auch mal ans Meer fahren. Entweder hier in Italien oder auch an die deutsche Küste.« Hannah lacht ihn an und denkt ‚Aha, das könnte etwas Längeres werden. Fein!' Sie nimmt einen Schluck Chardonnay und beschließt, dass dies ein schöner Tag ist.

Nach dem leichten, späten Mittagessen brechen beide wieder auf und fahren nun in den Ort Kaltern. Das Auto wird geparkt und die beiden gehen zu Fuß durch den Ort. Hannah ist fasziniert von den durchweg alten Häusern entlang der Dorfstraße und in den Seitengassen. Karl meint »Ich muss dir noch einen Freund vorstellen« und geht neben der Kirche in einen kleinen Park, der früher wohl der Friedhof gewesen sein könnte. Sie kommen zu einem Mammutbaum, auf dessen imposanten Stamm Karl eine Hand auflegt. »Darf ich dir meinen Lieblingsbaum vorstellen? Er hat wohl keinen Namen.« Hannah lacht. Sie hat zwar schon mitbekommen, dass Karl gelegentlich unerwartete Vorlieben zeigt, die er selbst nicht unbedingt ernst nimmt, aber ein Baum als Freund? »Du musst mal mit durch den Bayrischen Wald gehen, um ein Gefühl für Bäume zu entwickeln. Da zeig ich dir dann auch mal die ‚Dicke Tanne'. Sie ist über 600 Jahre alt.« – »Okay, das können wir machen.« Hannah denkt, dass an Karls besonderes Verhältnis zu Bäumen etwas dran sein könnte, das auch ihr guttun könnte.

Sie gehen zurück zum Marktplatz, der von Gaststätten und Geschäften umringt ist. ‚Zu spät, sie hat es entdeckt.' Karl lächelt, als Hannah das traditionsreiche Schuhgeschäft ansteuert. »Meinst du, die haben im Geschäft noch mehr Modelle?«, möchte sie wissen. »Auf jeden Fall«, antwortet Karl und schon gehen sie hinein. Eine Verkäuferin bedient gerade eine Kundin, aber die zweite steuert auf sie zu, lächelt und begrüßt zuerst Karl »Ja grüß dich, hab dich schon vermisst!« Der antwortet lachend »Servus Annemarie. Darf ich dir Hannah vorstellen. Ich glaube, sie möchte Schuhe anschauen:« Annemarie begrüßt auch sie und fragt nach ihren Wünschen und nun ist Karl abgemeldet. Er nimmt auf einem Sofa Platz und schaut zu, wie Annemarie immer wieder neue Modelle herzaubert, die Hannah dann unbedingt probieren muss. Das kann dauern.

Eine weitere Frau betritt nun das Geschäft, grüßt Annemarie und bemerkt, dass sie Zeit habe. Sie steuert das Sofa an, erkennt erst jetzt Karl, der schon ein wenig grinst, nimmt neben ihm Platz und bemerkt »Grüß dich, schön, dass du auch mal wieder hergefunden hast.« Der antwortet »Ja, Margareth, habe endlich wieder einmal Zeit, um nach Südtirol zu kommen. Wie geht's bei dir?« – »Nicht schlecht. Habe viel Arbeit mit dem Chor und Spaß daran. Und die Politik vermisse ich überhaupt nicht mehr.«

Margareth war früher jahrzehntelang in der Landes- und Kommunalpolitik tätig, hatte dieses jedoch wegen Intrigen anderer Lokalpolitiker aufgegeben. Beide tauschen nun die Neuigkeiten aus Bayern und Südtirol aus.

Dann kommt Hannah strahlend mit einem Paar feuerroter Sneaker zu ihnen. Karl stellt die beiden einander vor und Hannah präsentiert stolz ihre Beute »Schau nur, die sind toll und überaus bequem. Die kommen mit.« Karl erwidert auch lachend »Ja klar. Ich gebe dann mal ein Paar Schuhe aus.« Hannah will noch widersprechen, aber Karl geht schon mit Annemarie zur Kasse. »Da hast du aber eine fesche Freundin«, meint diese. Karl nickt, Annemarie macht ihm natürlich einen Sonderpreis, den Karl sogleich bezahlt. Die Schuhe wandern in eine Tasche und Hannah und Karl verabschieden sich von Annemarie und Margareth, nachdem Karl auf die Uhr geschaut hat und dabei feststellte, dass es höchste Zeit ist, ins Hotel zurückzufahren.

16. Juni

Volker Müller ist ein Frühaufsteher, der, darauf angesprochen, stets mit ‚senile Bettflucht' reagiert. Auch jetzt ist er, bestens mit einem Kaffee ausgerüstet, schon wieder in seinem Arbeitszimmer und sortiert Material zu seiner ‚Neuburger Chronik'. Leider fehlt ihm für einige Details immer noch das vermisste Tagebuch Johanns von Pfalz-Neuburg. Volker wartet noch. Vor acht Uhr will er keinen stören.

Dann holt er sich noch einen Kaffee, er braucht das morgendliche ‚Doping' um richtig ‚auf Touren zu kommen'. Er wählt die Nummer von Max von Pfalz, der aber offensichtlich mit einem anderen Gesprächspartner telefoniert. Abwarten und wieder probieren. Und nach einer Viertelstunde hat Volker Erfolg. Recht schnell nimmt Max von Pfalz das Gespräch an. »Hallo Max, grüß dich, hast du etwas von dem Tagebuch gehört?« Volker kommt immer schnell zur Sache. Max seufzt »Ja, ich muss vielleicht sagen ‚leider'. Gerade hat mich der Leopold Nagl aus Wien angerufen, der Geschichtswissenschaftler, weißt schon, und erzählt mir, dass ein Fremder ihm das Tagebuch zum Kauf angeboten hat. Für eine Million!« – »Ha, Schilling hoffentlich.« Volker ist wie immer für einen Scherz gut. »Nein, natürlich Euro. Ich weiß nicht, was ich da machen soll. Das Buch gehort doch zur Geschichte meiner Familie. Und gelesen hab ich es auch noch nicht. So kann ich auch nicht beurteilen, ob es so viel Geld wert ist.« Volker denkt an Karl, der doch fast immer für solche Probleme eine Lösung parat hat. »Ich kenn da jemanden, der uns helfen wird Max. Lass mich mal machen.« Beide vereinbaren, sich wieder zu melden, sobald einer von ihnen etwas Neues in dieser Angelegenheit erfährt.

Halb neun, Volker denkt, nun wäre Karl sicher schon wach, vielleicht beim Frühstück. ‚Da kann ich stören' meint Volker und wählt wieder einmal Karls Handynummer. »Servus. Stör ich dich wieder beim Frühstück?« Karl kennt Volkers Anrufe. »Nein, noch nicht. Schieß los.« Und Volker berichtet von seinem Gespräch mit Max von Pfalz.

Karl meint »Irgendwie interessiert mich das Tagebuch auch. Ich bin da grad an etwas dran, dass damit zu tun haben dürfte. Kann aber noch keine Details berichten.« Er baut weiteren Fragen von Volker vor. »Volker, ich forsche da mal weiter und melde mich bei Dir.« Damit ist dieser erst einmal zufrieden. Wenn Karl sich schon irgendwie mit dem Problem beschäftigt, dann sollte da doch bald Licht ins Dunkel kommen.

Karl legt auf und schaut zu Hannah, die gerade aus dem Bad kommt und überlegt, was sie anziehen sollte. Ja, sie sind wohl mehr oder weniger zusammengezogen, nutzen aber immer noch offiziell zwei Zimmer. »Komische Geschichte. Dieses Tagebuch Johanns von Pfalz-Neuburg ist wohl wieder aufgetaucht. Es wurde einem Wiener Wissenschaftler angeboten. Für eine Million!« berichtet Karl. »Vielleicht haben wir am Labyrinthsteig bei unserer Suche doch etwas übersehen. Da könnte es eine Verbindung zwischen dem Tagebuch und dem Versteck am Steig geben. Wir sollten wirklich noch einmal hoch gehen.« Hannah ist sofort dabei »Ja, gern. Ich möchte den Steig ja sowieso einmal komplett durchwandern. Ich zieh dann gleich mal die Wandersachen an.« Gesagt gemacht. Auch Karl macht sich fertig und dann ruft das Frühstück.

Das Frühstück wird heute in Rekordzeit verspeist. Hannah und Karl wollen schnell zum Labyrinthsteig kommen. Warum sie es so eilig haben wissen beide wohl selbst nicht. Aber irgendwie bleibt bei ihnen ein Gefühl, dass da irgendetwas ‚faul' ist. Kathrin ist, wie fast immer, noch nicht aufgetaucht, sie schläft halt gern etwas länger.

Ab ins Auto, schnell zum Parkplatz am Karersee fahren, die gepackten Rucksäcke auf den Rücken schnallen und los gehen die beiden. Auf dieser Route müssen sie zwar mehr Höhenmeter bewältigen, kommen aber nicht in die Nähe des Grand Hotels Karerpass. Weil, so vermuten sie, sich bei diesem vielleicht Leute befinden, die nicht unbedingt wissen müssten, was sie unternehmen.

Dann erreichen sie den Einstieg zum Labyrinthsteig. Alles wirkt so wie beim letzten Mal. Karl muss Hannah wieder teilweise helfen, die ein oder andere Stufe zu überwinden. Dann erreichen sie erneut den markanten Felsen links neben dem Steig. Wieder stellen sie die Wanderstöcke ab und gehen hinter ihn. Karl hebt den Deckel des Versteckes, den kleineren Fels hoch und legt ihn wieder zur Seite. Ungestört können beide noch einmal die Vertiefung unter diesem untersuchen. Doch sie finden nichts. Karl kratzt Erde am unteren Ende der Vertiefung fort, aber auch dort ist nichts zu finden. Enttäuscht geben sie auf. Karl legt den kleinen Fels wieder in seine ursprüngliche Position zurück und richtet sich auf.

Er schaut sich um. Irgendwie hat er immer noch so ein Gefühl, dass hier etwas nicht stimmt. Da fällt ihm auf, dass einige Meter entfernt, hinter einem kräftigen Busch, kaum zu sehen, ein blauer Gegenstand liegen muss. »Hannah, da ist irgendetwas, das dort nicht hingehört. Etwas kräftig blaues.« Hannah sieht es nun auch und geht schon in diese Richtung. »Vorsicht, Hannah, wir wissen nicht, was das da ist!«, warnt er sie. »Lass mich vorgehen!« Das ist jetzt schon fast ein Befehl. Karl merkt es auch, der Stabsoffizier wird mal wieder erkennbar, vermutlich wegen der möglichen Gefahr. Hannah lässt ihm den Vortritt, folgt ihm aber praktisch ohne Abstand. Sie erreichen den Strauch, gehen um ihn herum.

Da liegt eine Person in Wanderkleidung vor ihnen. Unbeweglich. Ein Lebenszeichen ist nicht zu erkennen. Karl versucht am Hals der Person einen Pulsschlag festzustellen. Nichts. Atmen kann diese Person wohl nicht, ihr Gesicht liegt komplett in der Erde. Karl versucht, sie umzudrehen. Mit Hannahs Unterstützung gelingt dies. Dann erschrecken beide: Es ist Luigi, Kathrins Ex-Freund. Offensichtlich tot. Karl versucht noch einmal, einen Pulsschlag oder eine Atmung festzustellen. Er hat keinen Erfolg.

»Uff. Ich hatte gehofft, hier irgendetwas zu finden. Aber nicht einen Toten«, sagt Karl. Hannah ebenfalls nicht. Dann fällt ihr auf, dass sich eine von Luigis Händen unter der geöffneten Jacke befindet, als ob er dort etwas in einer Innentasche gesucht hätte. Karl fällt etwas anderes auf: Ein winziges Einschussloch in Luigis linker Schläfe. »Das sieht nach Mord aus. Wir sollten die Carabinieri verständigen.« Hannah ist seiner Meinung und

Karl schaut auf sein Handy, bemerkt, dass ein Netz verfügbar ist und wählt die passende Notrufnummer. Während er dem Beamten am Telefon ihren Fund und ihre Position schildert, untersucht Hannah vorsichtig den Toten. Diese Hand unter der Jacke macht sie neugierig. Sie hebt die Jacke mit einem Aststück an. Nun entdeckt sie in Luigis Hand einen zusammengehefteten Stapel Papier. Einen dickeren Stapel. Hält der Tote diesen sehr fest? Offensichtlich nein. So zieht ihn Hannah nun langsam aus Luigis Hand. Sie lässt die Jacke wieder in ihre ursprüngliche Position fallen und wirft einen Blick auf die Papiersammlung und erkennt sofort, dass sie diese unbedingt näher untersuchen sollten. Es sind offensichtlich Fotokopien. Die erste Seite zeigt den Titel eines Buches, eines Tagebuchs. Und wenn Hannah es richtig lesen kann steht dort »Tagebuch des ehrwürdigen Johann von Pfalz-Neuburg«.

Was nun? Eigentlich müsste sie es zurücklegen. Eigentlich. Andererseits ist ihr klar, dass sie diese Kopie dringend für ihre Nachforschungen brauchen werden und, so meint sie, dass die italienische Polizei ohnehin nicht besonders zuverlässig und eifrig sei. Sie lässt also das Tagebuch in ihrem Rucksack verschwinden und schaut zu Karl hinüber. Der ist offensichtlich genervt. »Dieser … mehr sag ich nicht. Kein Interesse, keine Ortskenntnis und Sprachprobleme – er sprach kein Deutsch, obwohl er das eigentlich können müsste, und sein Süditalienisch, eine Katastrophe!« Karl hat sich aufgeregt. Kräftig.

Sie gehen wieder zurück zum Steig, vor den großen Felsen; beide lassen sich auf einem Stein am Wegrand nieder. Warten, trinken, etwas von der Wegzehrung essen – ohne eine solche geht Karl nicht wandern – etwas Süßes naschen. Und weiter warten.

Dann kommen endlich doch zwei uniformierte Carabinieri bei ihnen an. Ein sichtlich uninteressierter jüngerer und ein schnaubender, übelgelaunter älterer. Dieser blafft sofort Karl an »Haben Sie angerufen und dieses Schauermärchen erzählt?« Karl, inzwischen beruhigt, antwortet übertrieben freundlich »Sicher mein Herr. Wir fanden rein zufällig dort hinter dem Felsen unter einem Busch einen Toten, wohl erschossen.« – »Woher wollen sie das wissen? Sind sie etwa Fachmann? Oder möchten Sie das sein?« Der ältere Polizist ist die Unhöflichkeit in Person. »Nun«, erklärt Karl, »um ein Einschussloch in der Schläfe als Todesursache zu diagnostizieren braucht es keinen Fachmann. Wann kommen denn die weiteren Polizeibeamten?« Karl hat jetzt sozusagen sanft zurückgeschossen. Der ältere schnaubt nun noch mehr, der jüngere Polizist interessiert sich immer noch für nichts. »Ah ein Superschlauer! Wo ist denn nun der Tote?« ‚Ach, er mag doch a bisserl seine Pflicht tun', denkt Karl. Hannah hat diese Beamten beobachtet und sich aus allen Gesprächen mit ihnen herausgehalten. ‚Oh nein, das wäre in Texas unmöglich. Kein Sheriff würde sich so dämlich verhalten', denkt sie und bleibt auf ihrem Felsen sitzen. ‚Sollen die doch machen, was sie wollen.'

Bei dem Busch hinter dem Felsen geht das Theater in gleicher Weise weiter. Lag Luigi beim Auffinden so da? Nein, auf dem Bauch. Sie können ihn doch nicht einfach rumdrehen. Wie hätte man sonst feststellen können, ob er noch lebt und Hilfe braucht! Amateure, die einem die Arbeit erschweren. Wann kommen eigentlich ihre Mitarbeiter? Spurensicherung, Gerichtsmediziner, Bestatter? Wenn ich sie anfordere. Haben sie das noch nicht? Warum sollte ich, weil irgendein Tourist sich wichtigtut?

Karl reicht es. »Sie finden uns im Hotel Maria in Eggen. Aber vielleicht kommt dann ein kompetenterer Beamter zu uns. Ciao!« Der Griesgram erschrickt. Da wagt es dieser Tourist, ihn, den erfahrenen Polizisten, anzublaffen! Ihm fällt keine Antwort ein. Aber der jüngere Beamte zeigt nun eine erste Regung, er grinst Karl freundlich an, winkt zum Abschied offenbar ein wenig grüßend mit der Hand.

Karl geht zurück zu Hannah, die aufsteht, ihm über die Wange streicht, verständnisvoll anschaut und lächelt. Zustimmend. »Komm wir gehen. Und zwar den Steig bis zum Ende weiter!« Hannah freut sich, ist sie doch neugierig, wie der Rest des Steigs ausschaut. Doch dieser ist für Hannah, je weiter sie gehen, immer langweiliger. Die großen Felsen werden weniger, der Weg leichter begehbar und auch breiter, mit nur noch geringen Steigungen. Dann erreichen sie das Ende des Labyrinthsteigs und gehen bergab wieder zurück zum Karersee. Dort angekommen zeigt Karl Hannah noch die Figur, die sich momentan unter Wasser befindet. »Die Nixe im Karersee. Wenn das Wasser im Herbst verdunstet ist, taucht sie quasi aus dem See auf.« – »Im Herbst verdunstet?« fragt Hannah. »Ja, der See hat ja weder einen Zu- noch einen Abfluss. Im Frühjahr wird er vom Wasser des geschmolzenen Schnees gefüllt, das dann im Laufe des Sommers verdunstet.« Hannah gefallen der Karersee und auch Karls Erläuterungen zu allen möglichen Dingen.

Sie fahren zurück zum Hotel und Karl steuert dort zielsicher zunächst die Bar an. Hannah schaut ihn fragend an, sagt aber nichts. »Magst du auch einen Drink? Ich brauch jetzt einen.« Karl hat sich wohl über den faulen, unhöflichen Carabinieri doch sehr aufgeregt. »Ja, gern.« Hannah ist nicht abgeneigt. Und sie wartet auf eine Gelegenheit, dem dann hoffentlich wieder gelassenen Karl die Sache mit dem kopierten Tagebuch, das sich immer noch in ihrem Rucksack befindet, zu beichten.

Nach zwei Drinks hat sich Karl dann beruhigt und die beiden gehen zu Karls Zimmer. Dort angekommen fragt er Hannah überraschend »Wir könnten doch eigentlich uns das hin- und herwandern zwischen den Zimmern sparen und nur noch eins gemeinsam nutzen, oder?« Hannah stutzt kurz, schaut erst verblüfft, beginnt dann zu lachen »Und welches behalten wir?« – »Deine Wahl!« – »Deins. Es ist größer und mir scheint das Bett hier komfortabler. Wann soll ich umziehen?« – »Wann du möchtest.« – »Jetzt!« Hannah kann nicht nur Entschlüsse schnell treffen, sondern diese dann auch unverzüglich umsetzen.

Ganze 15 Minuten später ist der Kleiderschrank in Karls Zimmer nicht mehr halb leer, sondern leicht überfüllt. Im Bad sind seine Utensilien an den Rand der Ablage gewandert und Hannahs belegen nun den freigewordenen Raum. Und auf dem einen Nachttisch steht jetzt ein Foto von Hannahs Großmutter.

»So«, meint sie, »fertig. Sollen wir noch mit der Rezeption sprechen?« Karl meint, das könnten sie auf dem Weg zum

Abendessen machen, es wäre ja bald soweit. Er beschließt »Ich geh jetzt mal schnell duschen, habe bei der Aufregung heute ziemlich geschwitzt.« Hannah lacht ihn an »Soll ich dir den Rücken waschen?«

Zwei Stunden später gehen sie dann zum Abendessen. Beide haben Hunger, hatten sie doch seit dem Frühstück praktisch nichts mehr zu sich genommen. An der Rezeption informieren sie die dort arbeitende junge Dame darüber, dass sie nur noch Karls Zimmer benötigen würden. Für die Rezeptionistin stellt das kein Problem dar, im Gegenteil, sie ist froh darüber, da gerade neue Gäste eingetroffen sind, für die sie eigentlich kein Zimmer frei hatte. Diesen kann sie ihnen nun, nach einer kurzen Wartezeit für die Reinigung, Hannahs ehemaliges Zimmer geben.

Kathrin leistet den beiden heute beim Abendessen wieder einmal Gesellschaft. Sie ist offensichtlich erschöpft, fällt fast auf ihren Stuhl. »Was ist denn los?«, fragt Karl besorgt. »Och, eigentlich nix«, meint sie, »ich war heute wandern, durch die Bletterbachschlucht. du kannst dir nicht vorstellen, wie steil es da hinein und wieder heraus geht.« Karl lacht »Doch, ich war auch schon da. Hat's dir sonst gefallen?« Kathrin, die gierig über die Vorspeise hergefallen ist, nickt.

Als die drei fast mit ihrem Mahl fertig sind kommen plötzlich die beiden Carabinieri, die Hannah und Karl ja bereits am Nachmittag kennenlernen mussten, in Begleitung eines Zivilisten in den Saal und gehen zielstrebig zu ihrem Tisch. Der Zivilist stellt sich als Commisario Bruni vor und fordert sie auf, ihm zu folgen. Karl schaut ihn erstaunt an und erklärt entschieden »Nein! Wir essen noch. Nach dem Mahl können sie mit uns reden. Jetzt nicht.«

Der Commisario erschrickt fast, erwidert indigniert »Wenn es denn unbedingt so sein muss. Kommen Sie dann anschließend in die Lobby. Aber die junge Dame ist doch Signorina Kathrin Lenz, richtig?« Kathrin nickt kurz. »Sie sind festgenommen«, bellt der Kriminalbeamte. »Folgen.« Karl greift ein »Nein. Sie haben keinen Grund, Fräulein Lenz festzunehmen und sie so zu behandeln. Sie bleibt bei uns. Oder wollen sie hier einen Streit anfangen?« Commisario Brunis Gesichtsfarbe wechselt zu rot, er pumpt sich auf und bellt »Ich gebe hier die Befehle! Folgen, alle.« Plötzlich erheben sich fast alle Gäste im Saal von ihren Plätzen und gehen zum entnervten Polizisten. »Was soll das?«, schreit dieser. Einer der fast ausschließlich deutschsprachigen Gäste antwortet lachend »Na, Sie wollten das doch so.« Bruni flucht auf italienisch. Droht mit der Faust, schreit Karl an »Sie werden schon sehen, was Sie von diesem Zirkus haben werden!«, dreht sich um und geht schnellen Schrittes aus dem Saal. Der ältere Carabinieri folgt ihm langsam, wohl nicht wissend, was er jetzt eigentlich machen soll. Der jüngere findet das Theater hier im Saal offensichtlich lustig, grinst, lacht dann Kathrin an und folgt ihm.

Nachdem sich alle gesetzt haben wird es wieder ruhiger im Saal. Hannah gönnt sich einen Schluck Wein und fragt »Können diese Clowns uns schaden? Festnehmen, ausweisen oder ähnliches?« – »Nein, dazu haben sie eigentlich keinen Grund. Wir haben ja nur den Toten gefunden und ordnungsgemäß gemeldet.« Kathrin vermutet besorgt, dass die Polizisten sie wohl verdächtigen, Luigi ermordet zu haben, weil sie ja Streit mit ihm hatte. »Nein, dazu haben sie eigentlich keinen Grund. Klar, ihr hattet Streit, aber das ist schon ein paar Tage her und ein Mord wegen eines Streits erfolgt wohl immer im Affekt, also unmittelbar bei oder nach einer Auseinandersetzung. Hast du vielleicht ein Alibi für die letzte Nacht und den heutigen Tag.«

Kathrin ist plötzlich verlegen. »Na ja, ich war gestern Abend mit meiner Schulfreundin, du weißt schon, die die ich am Lavazéjoch getroffen hatte, noch in Deutschnofen unterwegs. Und dabei hab ich einen tollen Typ kennengelernt. Lach nicht so! Bitte. Jedenfalls, na ja, also ich war die ganze Nacht bei ihm und wir sind dann zusammen heute durch die Schlucht gewandert.« – »Ja dann« meint Karl, immer noch lachend, »dann bist du gerettet, weil du ein sicheres Alibi hast. Ich hoffe, du kennst den Namen von deiner Eroberung?« – »Na klar, der Ludwig ist doch einer von uns.« Karl schaut sie fragend an »Von uns?« – »Sowieso, der kommt aus Grafenau!« Karl nickt »Passt!«, aber Hannah hat das ‚von uns‘ wohl nicht verstanden.

Karl erklärt ihr kurz, dass Grafenau auch im Bayrischen Wald liegt, nicht weit entfernt von seinem und Kathrins Wohnort und dass dieser Ludwig dann also auch ein Waidler sei. So ganz glücklich ist Hannah mit dieser Antwort noch nicht, aber die jetzt servierte Nachspeise unterbricht das Gespräch.

Nach dem grandiosen Eisbecher mit frischen Früchten trinken die drei noch gemütlich ihre Gläser aus, um dann zur Lobby zu schlendern. Wie es so schön heißt ‚Es pressiert ihnen überhaupt nicht'. Dort angekommen treffen sie auf den sichtlich schlechtgelaunten Bruni und die beiden Carabinieri, von denen der ältere offensichtlich endlich Feierabend machen möchte, da er dauernd auf seine Uhr schaut. »Nun, Commisario, sie könnten uns jetzt einmal erklären, warum sie uns heute Abend beim Essen stören mussten. Ich kann mir keinen Grund vorstellen.« Der Kriminalpolizist ist wohl immer noch sehr ungehalten und fängt wieder an zu bellen: »Sie ... Sie ... Sie müssen ihre Aussage machen! Heute noch. Wir brauchen das für unsere Ermittlungen! Und Signorina Lenz ist unsere Hauptverdächtige! Ich verhafte sie!«

Karl kann er so nicht aus der Ruhe bringen. Er lächelt den Choleriker an und stellt deutlich fest »Nein! Zu allen Punkten. Es ist jetzt 21 Uhr und um diese Zeit werden wir keine Aussagen mehr machen. Und Fräulein Lenz hat niemanden ermordet. Was sie leicht feststellen könnten, wenn sie ihr unanfechtbares Alibi für den vermutlichen Tatzeitraum überprüfen würden. Übrigens, wann wurde der Mord denn begangen?« – »Das geht sie garnichts an!« bellt der Angesprochene, »und ich gebe hier die Befehle!« – »Noch einmal Commisario: Sie geben uns keinerlei Befehle! Wir sind hier nicht beim Militär.«

Kurz davor nun erst recht zu explodieren brüllt dieser so laut, dass man es wohl im ganzen Haus hören muss »Mitkommen, alle drei, sofort!« Mittlerweile hat das Schreien des Polizisten einige Zuschauer angelockt.

Der Hotelbesitzer versucht, den Wütenden zu beruhigen »Hören Sie, das sind Stammgäste in meinem Haus, die ich schon seit Jahren kenne. Sie können so nicht mit ihnen umgehen. Ich muss sie bitten, mein Haus zu verlassen.« Der Angesprochene geifert weiter »Nonono, die drei kommen mit, jetzt sofort, sonst setzen wir sie mit Waffengewalt fest!«

Ein gediegener, etwas älterer, bestens gekleideter Herr nähert sich der Gruppe: »Commisario, mein Name ist Lindner, Luis Lindner. Ich darf sie darauf aufmerksam machen, dass sie hier wohl ungesetzlich agieren.« Dieser brüllt unvermindert weiter : »Was wissen denn Sie? Was geht das Sie an? Warum mischen sie sich hier ein? Verschwinden Sie!« Doch er bringt Lindner nicht aus der Ruhe. »Ach, wissen Sie, Commisario, oder soll ich sagen noch-Commisario, sie handeln hier entgegen ihrer Dienstanweisung und schaden dem Ruf unserer Provinz nachhaltig.« Der Brüllende fährt fort: »Das können Sie doch nicht beurteilen, sie, sie, sie Contastorie!« Der Angesprochene bleibt ruhig und ordnet bestimmt an: »Sie verlassen nun auf der Stelle mit ihren Männern das Hotel, fahren zurück zu ihrer Dienststelle und melden sich bei ihrem Vorgesetzten. Verstanden?« Bruni erwidert: »Sie können mir gar nichts!« – »Doch, ich bin immer noch der Präsident des Landgerichts Bozen und werde jetzt Polizeioberrat Tozzi anrufen und über ihr unerhörtes Verhalten informieren«, stellt Lindner fest, nimmt sein Handy aus der Jackentasche, dreht sich um und geht telefonierend zu seinem Sessel zurück.

Die beiden Uniformierten schleichen nun betreten schweigend möglichst unauffällig in Richtung Ausgang. Bruni schweigt, dreht sich ruckartig um und geht ihnen schnellen Schrittes mit hochrotem Kopf nach.

Karl, irgendwie amüsiert von dieser Vorstellung, geht noch kurz zu Luis Lindner und bedankt sich bei diesem für seine Unterstützung. Lindner erwidert »Na hoffentlich bleiben sie noch ein wenig hier und kommen trotz dieses unglaublichen Theaters dann wieder einmal in unser schönes Land.« Karl erwidert: »So ein übereifriger Beamter hält mich von nichts ab« und wünscht Lindner und seiner Begleitung noch einen angenehmen Abend. Hannah, Karl und Kathrin wollen sich nun in ihre Zimmer zurückziehen, werden aber noch durch den Hoteldirektor aufgehalten, der sich bei ihnen für das unmögliche Verhalten des Beamten entschuldigt und sie noch auf einen Drink in Bar einlädt. Nun gut, sie lassen sich ‚entführen'. Hannah denkt ‚Wird ein lustiger Abend'.

Zurück im nun gemeinsamen Zimmer möchte Karl wohl am liebsten einfach ins Bett fallen. Der Tag war anstrengend für sie beide und der Alkohol macht natürlich auch müde. Doch Hannah erklärt ihm plötzlich: »Ich muss dir noch etwas zeigen und auch beichten.«

Karl ist wieder wach. Hannah öffnet ihren Rucksack, holt die Kopien des Tagebuchs heraus und gibt sie Karl. »Woher kommen die denn?«, fragt dieser vollkommen überrascht. Hannah erklärt es ihm. »Gut«, meint er. »Diese unfähigen Polizisten hätten damit ohnehin nichts anfangen können, hätten es wohl achtlos weggeworfen oder bestenfalls in der Asservatenkammer verschwinden lassen. Na, und jetzt wissen wir auch, was wir morgen machen werden«.

17. Juni

Hannah und Karl haben etwas länger geschlafen. Der vergangene Tag hatte einige Aufregung mit sich gebracht und sie waren auch recht spät zu Bett gegangen.

Noch etwas müde gehen sie dann zum Frühstück, wo sie auf eine bereits gutgelaunte, ein wenig aufgeregte Kathrin treffen. »Hallo, ihr Schlafmützen, gut geschlafen?« begrüßt sie die beiden. »Was ist denn mit dir heute los?«, lautet Karls Gegenfrage. Kathrin erklärt glücklich, dass sie jetzt gleich von Ludwig abgeholt wird, mit dem sie einen Kurztrip an den Gardasee antreten werde. Und dieser kommt gerade in den Frühstücksraum, geht geradewegs zu Kathrin, küsst sie und begrüßt dann Hannah und Karl.

»Servus, ich bin der Ludwig«, stellt er sich vor. Karl muss lachen »Ja ich weiß es schon. Wo bist du denn grad?« – »Na hier im Urlaub.« Ludwig lacht auch. Die beiden Damen verstehen das alles nicht. Karl fragt wieder: »...wo du arbeitest, Mensch. Ach ja, Ludwig war mal einer meiner Schüler. Ein extrem guter.« Jetzt verstehen Hannah und Kathrin, was hier gerade passiert ist und lachen mit den beiden Männern. »Du, ich bin am Technologie Campus bei mir daheim gelandet. Gefällt mir wahnsinnig gut«, beantwortet Ludwig Karls Frage. »Aber jetzt müssen wir los. Ich freu mich schon auf das Zuppa Inglese!« Und fort sind Kathrin und Ludwig. Hannah meint »Ich muss hier noch viel lernen. Was ist zum Beispiel ‚Zuppa Inglese'?« – »Oh, nur das beste Eis Italiens«, erklärt Karl. »Das gibt es, glaube ich, nur beim ‚Cristallo' in Bardolino.« Hannah fragt weiter: »Und ‚Cristallo' ist was? Wo ist Bardolino?« – »Cristallo ist ein Eiscafé und Bardolino ist am Gardasee, das ist der größte See Italiens, so ungefähr 150 Kilometer von hier. Solltest du mal anschauen, und Eis essen!« Hannah ist interessiert »Okay, wann?« Karl lacht.

Zurück in ihrem Zimmer holt Karl die Tagebuchkopien aus dem Safe. Die Kurrentschrift schreckt sie mittlerweile nicht mehr ab und sie beginnen, die einzelnen Seiten zu prüfen. »Interessant, die dürften aus dem Zeitraum kurz vor und nach Sisis Aufenthalt am Karerpass sein. Schauen wir erst einmal die an«, meint Hannah. Und Seite für Seite prüfen sie das Datum.

Dann kommen sie zum gesuchten Zeitraum im Jahr 1897. Um Zeit zu sparen suchen sie erst einmal nach ‚Elisabeth' und ‚Sisi'. Recht schnell werden sie fündig und sortieren diese Seiten aus, um sie dann zu ‚übersetzen'.

Gerade als sie mit der Übertragung in lateinische Schrift beginnen wollen klingelt das Telefon. Die Rezeption teilt mit, dass ein Herr sie zu sprechen wünsche. »Vermutlich wieder die liebe Polizei«, meint Karl und räumt die Papiere schnell zurück in den Safe. Sie gehen zur Rezeption und treffen auf einen gepflegt aussehenden, jüngeren Mann, der sich sogleich als Kommissar Leitner vorstellt. Hannah denkt: ‚Der macht schon einen anderen Eindruck als der Chaot gestern.'

Leitner bitte sie in eine unbesetzte Ecke des Salons und möchte ihnen ein paar Fragen stellen. »Sie waren also gestern einfach auf dem Labyrinthsteig wandern«, stellt er fest. »Wie haben Sie denn den Toten gefunden?« Karl antwortet: »Nun, als wir an dem Felsen vorbeigingen, hatte ich eigentlich ein dringendes Bedürfnis.

Sie verstehen schon. Dazu wollte ich kurz hinter den Felsen gehen, sah dann aber etwas Blaues hinter dem nächsten Busch, das wohl da nicht hingehörte. Dann bin ich dorthin gegangen und fand den Toten auf dem Bauch liegend. Ich hoffte, dass er noch leben würde, drehte ihn auf den Rücken und musste feststellen, dass er weder Puls noch Atmung hatte. Dann sah ich das Loch an seiner Schläfe, wohl ein Einschuss. Anschließend habe ich gleich ihre Kollegen angerufen, die aber nicht so begeistert waren.«

Leitner lächelt verständnisvoll. »Kannten Sie den Toten?« – »Ja, kurz vom Sehen sozusagen. Ich hatte ihn am Brenner mit einer jungen Frau, die ich gut kenne, getroffen. Und dann wieder kurz hier im Dorf. Ich glaube, er hat in einem Nachbarort in meiner Heimat in einem Hotel gearbeitet, in Rabenstein.« – »Was war das für ein Streit mit Frau Lenz?« möchte Leitner nun wissen. »Nun, etwas Genaues wissen wir nicht. Nur dass Frau Lenz sich über ihn geärgert hatte und deswegen das Hotel wechselte. Muss aber nichts Weltbewegendes gewesen sein. Sie hat darüber, wie sagt man so schön, nur mit den Achseln gezuckt und die Affäre abgehakt.« – »Wissen sie, wo ich sie erreichen kann?« möchte der Kommissar wissen. »Nun, heute ist sie mit einem Freund unterwegs, zum Gardasee glaube ich. Soll ich ihr etwas ausrichten?«

Leitner überlegt kurz und fragt, statt zu antworten »Glauben sie, dass sie mit dem Tod dieses Luigi etwas zu tun hatte?« – »Nein, das kann ich mir nicht vorstellen, zumal sie in der Nacht auf gestern und dann den ganzen Tag darauf mit ihrem Neuen zusammen war. Mit Zeugen sogar. Zumindest vor dem Schlafen gehen.« Karl lächelt dabei.

Leitner fragt Hannah noch, ob sie etwas hinzufügen möchte, was diese verneint. Dann erklärt er »Ach ja, dieser Kollege, Bruni, hat uns heute verlassen. Er wurde mit sofortiger Wirkung nach Palermo versetzt. Da dürfte er besser hinpassen.« Er lächelt die beiden an, verabschiedet sich höflich, gibt ihnen noch seine Karte und bitte sie noch, ihn zu informieren, wenn ihnen noch etwas einfallen würde.

»Das war einmal ein anderer Polizist!«, stellt Karl fest. Hannah stimmt ihm zu und beide gehen zurück zum Zimmer. Jetzt können sie endlich mit der Übersetzung der vermutlich interessantesten Passagen beginnen. Die Kurrentschrift beinhaltet ja auch ungewohnte Zusammenfassungen von mehreren Buchstaben, die für Menschen aus unserer Zeit verwirrend wirken. Aber vereint kommen sie voran.

Johann wollte sich mit Sisi treffen, die ihm in einem Brief Hilfe bei seinen finanziellen Problemen versprach und dazu ihre Reisedaten für die Kur in Südtirol mitteilte. Er war wohl verwundert, dass sie diesmal nicht direkt nach Meran fahren wollte, sondern zunächst an den Karerpass, wo sie beabsichtigte, ihn zu treffen. Dann glaubte er einen Grund dafür gefunden zu haben, da sie ihm einen Felsen in einem Labyrinth aus unzähligen Gesteinsbrocken genau beschrieb, der ihr wohl so gut zu gefallen schien, dass sie ihn wiederum aufsuchen wollte. Dabei empfahl sie Johann, unbedingt ebenfalls dorthin zu gehen, wobei sie feststellte, dass ihm das gefallen würde. Sisi hatte schon ungewöhnliche Vorlieben, stellte er dazu fest. Weiter ging Johann nicht auf Sisis Brief ein, sondern begann damit, darüber zu lamentieren, dass er die Order erhalten habe, zur gleichen Zeit zu einem Gespräch nach Neuburg an der Donau zu kommen, um dort seine finanzielle Lage zu klären.

Viel mehr schien im Tagebuch für sie im Moment nicht von Interesse zu sein.

Sie geben auf, die Kopien wandern zurück in den Safe und Karl ruft kurz Volker an. »Grüß dich, Reporter des Grauens!«, sagt Karl kaum, dass sich Volker gemeldet hat. »Ich hätte da was für dich.« Und nun berichtet er Volker vom Auffinden der Kopien des Tagebuchs und dem vielleicht recht interessanten Inhalt.

Volker wirkt irgendwie fasziniert von Karls Bericht. Natürlich möchte er sofort diese Kopien erhalten. Er erzählt Karl von dem Angebot des Tagebuchs an einen gewissen Leopold Nagl in Wien für einen horrenden Preis. Karl wird hellhörig. Nagl, Leopold, den kennt er doch, oder? Na klar, sie hatten sich vor Jahren bei einer Donaukreuzfahrt getroffen. »Du Volker, ich bleib dran. Wenn dieser Nagl an der Universität in Wien im Fachbereich Geschichte tätig ist, dann kenn ich den Poldi.« Nachdem Volker meint, dass das zuträfe, verspricht ihm Karl, sich wieder zu melden und beendet das Gespräch.

Es lebe die Kontaktdatenbank, denkt Karl, als er Poldis Nummer wählt und wieder eine elend lange Ziffernfolge nicht eintippen muss. Es klingelt in Wien nur kurz, dann meldet sich Leopold. »Nagl, Grüß Gott.« – »Servus Poldi, wie geht's in Wean?« – »Oh naa, der Karl.« Ja, die beiden verstehen sich schon immer gut. Karl kommt gleich zur Sache und erklärt Poldi, was er erfahren hat. Der ist erst einmal entsetzt. Dieses Tagebuch und dann ein Toter? Oh Gott.

Beide überlegen, wie sie die ganzen Probleme bei diesem Fall nun lösen. »Du willst doch nicht etwa das originale Tagebuch für diesen idiotischen Betrag kaufen?«, fragt Karl. »Nein, gewiss nicht. Aber haben möchte ich es schon«, antwortet Poldi. Zeit für eine Pause zum Überlegen. Beide verabreden, sich gegenseitig anzurufen, wenn sich etwas ereignen sollte oder einer von ihnen eine Idee zur Lösung des Problems hätte.

Hannah hat das Gespräch verfolgt und überlegt schweigend. Dann stellt sie fest, dass sie beide jetzt eine Pause bräuchten. Whirlpool, Sauna, Schwimmen und vielleicht eine Massage erscheint ihr dafür als beste Lösung für den Nachmittag. Karl findet das auch und so machen sie sich auf den Weg zum Wellnessbereich.

18. Juni

Leopold Nagl ist heute schon etwas früher in sein Büro gegangen. Dieses Kaufangebot für das Tagebuch, dann ein Mordfall, der damit wohl in Verbindung steht, das beschäftigt ihn doch sehr. Wird sich dieser ominöse Verkäufer noch einmal melden? Hat er etwas mit dem Mord, von dem ihm Karl erzählte, zu tun? Wie könnte man da weiterkommen?

Er hat da noch eine Idee, lädt vom Institutsserver die Daten zu den Telefonaten herunter und sucht die zu dem Gespräch mit dem Anbieter vor einigen Tagen heraus. Er hatte die Hoffnung, hier vielleicht eine Telefonnummer des Anrufenden zu finden. Vergeblich, auch hier sind keine Angaben zur gesuchten Nummer zu finden. Er muss jetzt dieses alles zumindest für heute ‚zur Seite legen', da er noch den Vortrag, den er heute Abend im Kunsthistorischen Museum halten soll, überarbeiten muss.

Hannah und Karl hatten den gestrigen Nachmittag im Wellnessbereich genossen. Beim Frühstück diskutieren sie, was nun mit den Sisi-Sternen geschehen soll. Hannah meint, sie sollten wohl dahin zurück, wo sie eigentlich hergekommen sind. Karl stimmt ihr zu. »Ja, die gehören in die Schatzkammer in der Hofburg zu Wien.« Hannah ist etwas unsicher, wie man sie dorthin senden sollte. Karl meint »Senden? Oh nein, das ist viel zu unsicher. Schau mal, selbst die Prüfungen meiner Schüler dürfen nicht verschickt werden, weil das Risiko, dass sie verloren gehen, viel zu groß ist. Wir werden sie schon selbst dorthin bringen müssen, oh nein: Dürfen!«

Hannah schaut ihn fragend an. »Na ja, Liebste, warst du schon einmal in Wien?« – »Nein, noch nie«, antwortet sie. »Ich schon unzählige Male. du musst es erleben! Keine Widerrede möglich. Wir fahren nach Wien.« Hannah ist überrascht, wie bestimmt Karl auf einmal ist. Aber sie lacht ihn an und ergibt sich »Wenn das so ist… Wann?« – »Hmmm, du brauchst doch deinen Mietwagen eigentlich nicht mehr und ich müsste zu Hause noch mal diesen USB-Stick, von dem ich dir erzählt hatte, genauer untersuchen. Wie wär's, wenn wir über München-Flughafen zuerst zu mir fahren und von dort aus weiter nach Wien. Das ist dann nicht mehr weit.«

In diesem Moment kommt Kathrin zu Ihnen an den Tisch. Hannah nickt Karl noch kurz zu, fragt dann Kathrin »Du schaust so richtig reisefertig aus. Wo fährst du hin?« Kathrin lacht, ihr scheint es sehr gut zu gehen. »Nach Hause. Ludwig muss jetzt wieder arbeiten und da fahre ich auch, weil ich ihn dann jederzeit überfallen, also besuchen kann. Ist ja nicht weit von mir aus.« Hannah mag Kathrin, freut sich und meint: »Na, da hast du ja wohl den Mann deines Lebens gefunden.« Kathrin grinst und erwidert: »Na, du ja auch hoffentlich, die Frau natürlich.« Die beiden Frauen sind sich irgendwie einig. Kathrin verabschiedet sich von den beiden; Ludwig wartet ja schon und sie wollen »im Konvoi« fahren, weil Ludwig eine bessere Strecke kennt.

»Okay.« Hannah nimmt die unterbrochene Unterhaltung wieder auf. Karl schaut sie fragend an. »Klar, wir machen das. Auto abgeben, zu dir fahren, du prüfst den Stick, ich schau mich um und dann geht's nach Wien.« Jetzt lacht er. »Da lassen wir uns dann aber etwas Zeit.« – »Wie Zeit?« fragt Hannah. »Na, da musst du natürlich zumindest ein paar Sachen anschauen und Wien mal erleben. Ich garantiere, du wirst dann genauso süchtig nach dieser Stadt sein wie ich.« Hannah ist bereit.

Sie wollen gerade zurück zu ihrem Zimmer gehen, da wird vor dem Frühstücksraum offensichtlich zwischen mehreren Personen lautstark gestritten. Eine den beiden bekannte Stimme, die der Rezeptionistin, versucht wohl, auf Italienisch lamentierende Menschen zu beruhigen. Hannah und Karl verlassen den Raum und werden sogleich von der Rezeptionistin angesprochen »Bitte, das ist die Familie Cantunato, deren Sohn sie ermordet am Labyrinthsteig gefunden hatten. Sie wollen unbedingt mit Frau Kathrin reden, weil die ja mit ihrem Sohn vorher Urlaub gemacht hatte. Können Sie mal mit ihnen reden? Bitte!« ‚Aus dieser Nummer kommen wir jetzt nicht raus', denkt Karl und bittet die aufgeregte Familie zu einer Sitzecke am Rand des Raumes.

Mutter Cantunato bombardiert Karl, sobald sie sitzen mit einem Schwall von Fragen. Karl versucht sie zu beruhigen, was nicht einfach ist, da sie offensichtlich nur des Italienischen mächtig und verständlicherweise sehr aufgeregt ist. Karl kramt alles zusammen, was sein, wie er es ausdrückt, Küchenitalienisch hergibt, um hier ein halbwegs normales Gespräch zu führen. Er bekommt unerwartete Hilfe. Hannah mischt sich ein »Scusi,« (jetzt vom Italienischen ins Deutsche übersetzt) »mein Partner kann ihre Sprache leider nicht so gut. Spricht einer von Ihnen vielleicht Deutsch oder auch Englisch?« – »Si, kein Problem« meint ein jüngerer Mann aus der Gruppe. »Wir können Deutsch reden, ich übersetze das meiner Familie später.«

Luigis Familie möchte natürlich am liebsten ‚alles' wissen. Hannah und Karl erklären ihnen zunächst das Verhältnis Kathrins zu Luigi, dass sie auch nicht im geringsten Hass auf ihn empfunden hatte. Es habe schlichtweg ‚nicht gepasst' zwischen den beiden. Dann folgt der Bericht über das Auffinden Luigis, wobei Karl ausdrücklich erklärt, dass der sicher sei, dass Luigi von einem bislang unbekannten Dritten ermordet worden war. Als der deutschsprechende jüngere Mann dann erwähnt, dass Luigis Tod auch ein geschäftlicher Verlust für die Familie bedeute, wurde Karl hellhörig. Ja, erklärt dieser, Luigi will noch etwas Kapital besorgen, um dann mit dem Familienvermögen zusammen ein Geschäft in Deutschland zu gründen. Näheres will der Italiener aber nicht mitteilen.

Sie unterhalten sich höflichkeitshalber noch etwas über mehr oder weniger belanglose Dinge. Dann verabschieden sie sich.

‚Geschäft'? Was hatte diese Familie in Deutschland geplant. Karl überlegt. Hannah kennt diesen Gesichtsausdruck schon, nimmt ihn am Arm und zieht ihn zum Fahrstuhl. »Wann sollen wir fahren?«, fragt sie.

Karl erschrickt fast, so war er in Gedanken und überlegt. »Mmmh. Was für ein Geschäft? Was ist das für eine Familie?« Karl geht nicht auf Hannahs Frage ein. »Ich sollte vielleicht Kommissar Leitner noch mal anrufen.« Hannah lacht. »Denk nicht soviel!« und schließt die Zimmertür auf.

Kaum im Zimmer sucht Karl Leitners Karte, greift sein Handy und ruft den Polizisten an. »Wir hatten gerade Besuch der Familie Cantunato. Seltsam. Die sprachen über ein Geschäft, das sie in Deutschland aufmachen wollten. Wissen Sie etwas darüber? Was ist das eigentlich für eine Sippschaft?«

Leitner hört interessiert zu und hat Antworten. »Angeblich sollte das ein Restaurant werden, das Geschäft in Deutschland. Aber so recht glaube ich da nicht daran. Die Cantunato-Sippe gehört zur Neapolitanischen Mafia, der Camorra. Aber, so trauernd sind sie wohl wirklich. Das ist aber mit der Beerdigung von Luigi gleich wieder vorbei. Dann heißt es den Schuldigen finden und den Sohn rächen. Unbedingt. Passen Sie bloß auf, dass Sie da nicht irgendwie reingeraten.« Karl bedankt sich und erklärt dem Kommissar, dass sie in Kürze abreisen werden, aber immer über seine Mobilfunknummer zu erreichen seien.

‚Aha,' denkt Hannah, ‚hat er doch wieder alles mitbekommen, auch wenn er abwesend wirkte.' »Wann sollten wir denn aufbrechen, nach Bayern?« fragt sie. Karl lacht, jetzt wieder entspannt, »Gleich?« – »Wie schnell kannst du packen?« möchte sie wissen. »Schneller!«, antwortet Karl und fängt damit an. Hannah auch.

Keine Stunde später ist alles in Karls Auto verstaut, die Hotelrechnung bezahlt und die beiden machen sich auf den Weg. Zunächst durch das Eggental zur Autostrada, wobei Hannah etwas Schwierigkeiten hat, Karl zu folgen. Na gut, er hat einige Erfahrungen mit Alpenstraßen.

Dann zwangsweise gemütlich über den Brenner und die Inntalautobahn nach Deutschland. Karl hält auch hier ein gemäßigtes Tempo ein. Er nimmt Rücksicht auf Hannah, die über praktisch keine Erfahrung mit der deutschen Fahrweise auf Autobahnen verfügt.

Am Münchner Flughafen gibt sie das Auto an den Vermieter zurück und steigt zu Karl ins Auto. Weiter geht es über die A92 in Richtung Deggendorf. Jetzt deutlich schneller. Hannah ist froh, dass sie hier nicht selbst fahren muss. Ihr ist das zu schnell.

Dann erreichen sie den Bayrischen Wald. Irgendwie wirkt Karl auf einmal entspannter, nein tiefenentspannt. Kurz durch Deggendorf und dann, für Hannah, steil bergauf.

Karl genießt die Strecke über den Rusel. »Möchtest du Eier, Hendl, Würstl oder so etwas?«, fragt Karl plötzlich. »Hendl? Würstl? Da brauch ich erst mal eine Erklärung.« Hannah kann mit diesen Ausdrücken nichts anfangen. »Dann gehen wir jetzt schnell ein wenig einkaufen«, beschließt Karl.

Nach einer Steigung erreichen sie ein kleines Dorf, in das Karl abbiegt. Noch einmal rechts abbiegen und dann bleibt er im Hof eines Bauernhofs stehen. »Schauen wir mal, was es heute gibt.« Hannah beschließt, sich überraschen zu lassen.

Sie gehen in einen kleinen, aber offensichtlich perfekt eingerichteten Laden. Karl wird wie ein guter Bekannter freundlich von der dort anwesenden Frau begrüßt. Hannah ebenso. »Hast heut eine Begleitung dabei?«, fragt diese Karl. »Ja, meine Freundin. Sie kommt jetzt öfter.«, erwidert Karl lächelnd. Die Inhaberin des Ladens freut sich, »G'freit mi. Was hätts denn braucht?« Jetzt fängt es wieder an, für Hannah unverständlich zu werden. Aber, sie will das jetzt mit erledigen. »Ein Brot«, bestellt sie. »Wie immer, gell«, stellt die Bauersfrau fest. Klappt. Dann folgen Eier, Hähnchenbrüste, Wiener und Debreziner. Hannah findet nun noch einen Likör, Schnaps, oder? Nun, sie darf probieren. Und eine Flasche davon wird auch noch gekauft.

Kurz drauf erreichen sie nun das Dorf, in dem Karl lebt und das er so liebt. ‚Sauber, tolle Lage und es scheint hier alles zu geben.' denkt sie. Karl fährt über ein, zwei Dorfstraßen bergauf, biegt in eine Einfahrt ein und meint »Du solltest jetzt besser aussteigen. Die Garage ist nicht so breit.«

Das Tor dieser doch nicht ganz so schmalen Garage öffnet sich wie von Geisterhand gesteuert, Hannah steigt aus und Karl fährt das Auto hinein. Hannah schaut sich um. ‚Alles sehr gepflegt. Wirkt wie eine ruhige, gediegene Wohngegend. Kann man wohl aushalten.' sind ihre Gedanken.

Das Haus Karls wirkt neu, hat wohl sogar eine Wärmepumpe zur Heizung. Karl hat das Gepäck ausgeladen und geht mit ihr zur Haustür. »Ich trag dich jetzt hinein!« beschließt er. Hannah schaut fragend. »Das muss man machen. Eigentlich erst nach der Hochzeit. Aber das war früher so, als die Eheleute erst dann zusammenzogen. Das machen wir aber jetzt.«

‚Uups. Hab ich jetzt Karl geheiratet?', fragt sie sich. ‚Na und wenn. Vielleicht möchte ich das.' Und lässt sich bereitwillig von Karl über die Schwelle tragen.

Im Haus erwartet sie ein Mix aus alten und modernen Möbeln. Sie wundert sich über die offensichtlich über hundert Jahre alten Schränke und einen einsamen Stuhl, der im Gegensatz zu den anderen bereits ein gesegnetes Alter erreicht hat. »Der letzte

Stuhl aus dem Esszimmer meiner Großeltern. Ich hab ihn mal gerettet, vor dem Verschachern an einen fliegenden Händler«, erklärt Karl. Hannah schaut in die moderne Küche, die Geräte enthält, die sie noch nie gesehen hat. »Ich bin faul und die machen das Kochen leichter«, lacht Karl.

Im ersten Stock findet Hannah dann in Karls Büro die Unmengen Bücher, mit denen sie schon gerechnet hat. »Ach auf dem Dachboden habe ich noch ein paar Kisten voll davon.« Okay, das passt zu ihm. Tolles Bad, ja, auch das gefällt ihr. Mit viel Platz für ihre Dinge.

Im Schlafzimmer lässt sie sich aufs Doppelbett fallen. Passt prima, da liegt man sehr gut. ‚Aber, was ist das denn, hat das Bett eine Fernsteuerung? Ja, es hat. Karl erklärt es ihr. Hannah möchte am liebsten liegenbleiben. Doch, sie hat auch Hunger.

Kochen mag heute keiner der beiden. Und so holt Karl das Auto wieder aus der Garage und die fahren bergauf über eine schmale Straße. Nach einem guten Kilometer erreichen sie etwas, was wie ein Gutshof wirkt. Karl parkt und tatsächlich, da gibt es einen Biergarten. Die Speisekarte bietet lokale Leckerbissen an und Hannah ist sich sicher, dass sie öfter hierher zum Essen gehen wird.

19. Juni

‚Hannah hat gut geschlafen. Diese himmlische Ruhe, obwohl das Fenster offen war. Herrlich. Doch jetzt randaliert irgendjemand einen Stock tiefer. Karl, wer sonst. Er lässt den Kaffeeautomaten arbeiten. Hannah gähnt und geht in Karls Bademantel hinunter in die Küche. »Was stehst du denn so früh auf?« Karl schaut auf die Uhr »Früh? Na ja, ist doch schon neun Uhr.« Hannah hat wirklich gut geschlafen.

Später, nach dem Frühstück mit diesem wohlschmeckenden Brot, das sie gestern auf dem Bauernhof gekauft hatten, macht Hannah sich besser mit dem Haus und der Einrichtung vertraut. Karl hingegen verschwindet in seinem Büro und startet einen etwas antiquiert wirkenden Rechner, der jedoch mit dem darauf installierten Betriebssystem – einer speziellen Linuxvariante – hervorragend zu arbeiten scheint. Das Gerät ist nicht mit irgendeinem Netzwerk verbunden, so dass hier relativ gefahrlos der im Einwohnermeldeamt gefundene USB-Stick eingesteckt werden kann. Karl beginnt, den Inhalt des Sticks zu überprüfen. Intime Bilder von Kathrin, die jedoch keine integrierte Schadsoftware enthalten.

Dann findet Karl, der sehr gern mit diesem System arbeitet, einige, mit einem ‚normalen' Rechner nicht zu sehende Dateien. ‚Dann schauen wir mal, da werd ich schon was finden', denkt er. Die erste untersuchte Datei ist ‚nur' eine Art Steuerung, die weitere Aktivitäten der anderen auslösen kann.

Ein verbreitetes Programm, ‚Emotet', das eigentlich mehr für Angriffe in Netzen genutzt wurde, aber mittlerweile nach diversen Polizeiaktionen und Beschlagnahmen der dazu genutzten Server so einfach nicht mehr nutzbar ist. Karl nimmt das nächste Programm in Augenschein. Er kennt es nicht, es muss wohl eine Variante eines bestehenden Schadprogramms sein.

Um jetzt Arbeit zu sparen, startet er dieses in einem virtuellen System, aus dem ein Einwirken nach außen nicht möglich ist. Dann stellt er fest, dass diese Software versucht, eine andere mit Schreibzugriff zu starten. Moment! Dieser Virus will ein Karl bekanntes Programm starten. Die Datenbank des Einwohnermeldeamtes. Okay, nun ist klar, wie die gefälschten Daten dort drin zustande kamen.

Jetzt nur noch die dritte versteckte Datei anschauen. Sie enthält die Daten, die bei Luigi Cantunato neu eingetragen wurden, also Geburtsort, Datum der Geburt, letzter Wohnort in Italien, Vater und Mutter. Wozu? Karl denkt, dass hier gezielt die Identität Luigis geändert werden sollte, so dass eventuelle Nachforschungen erschwert oder gar unmöglich werden. Aber, dann könnte man ja in Italien alles nachprüfen. Aber nein, Karl hatte vor einigen Wochen erst einen Artikel in seiner Fachzeitschrift über die Datenbestände bei italienischen Behörden gelesen. Dort muss das reinste Chaos herrschen, also eine erfolgreiche Personensuche garantiert unmöglich sein.

Gefunden. Karl klopft sich auf den Schenkel. Hannah, die wohl gerade gegenüber im Bad war, hat das gehört und schaut fragend ins Büro. Die beiden verstehen sich nun schon oft einfach so. Ohne zu reden. Karl freut sich über das schnelle Ergebnis seiner Recherche und erklärt Hannah seinen Fund.

Doch wozu das Ganze? Da klingelt Karls Handy. Er hebt ab und ist mit Kommissar Leitner aus Bozen verbunden, der eine Frage hat. »Wir haben da bei Luigi Cantunato in einer Tasche einen Notizzettel gefunden, der uns leider nichts sagt. Vielleicht haben sie eine Erklärung dafür. Hier steht auf Italienisch ‚Eröffne dort ein Geschäft, vielleicht eine Pizzeria. Aber erst, wenn du neu geboren bist. Wir geben dir das Geld.' Fällt Ihnen dazu etwas ein?« Karl lächelt ein wenig »Schon. Er war hier schon neu geboren. Seine Geburts- und Herkunftsdaten wurden illegal in der Datenbank des Rathauses geändert, so dass Nachforschungen nach seiner Abstammung unmöglich wurden.« – »Aber wozu?«, fragt Leitner. »Ich bin mir nicht sicher. Aber hier ein Geschäft gründen, das aus Italien finanziert wird, das riecht nach Geldwäsche«, meint Karl. »Mafia oder besser Camorra, vermute ich dann. Danke für den Tipp!«

Hannah hatte das Gespräch mitgehört, da Karl seit einiger Zeit, wann immer möglich, für sie den Lautsprecher des Telefons aktivierte. »Das erklärt einiges. Luigi hatte Kenntnisse über das Gastgewerbe in Deutschland im Hotel in Rabenstein gesammelt. Er kannte die Gegend und die Verhältnisse hier, so dass er unauffällig und wahrscheinlich erfolgreich hier eine Gaststätte eröffnen und betreiben könnte.« Karl nickt. »Forschen wir doch mal weiter«, schlägt er vor.

Landfein gekleidet machen sie sich auf den Weg. Zuerst, es ist etwa 11:30 Uhr, also kurz vor der Mittagspause im Rathaus, statten sie dem Bürgermeister einen Besuch ab, um ihm von den neuen Erkenntnissen zu berichten. Johannes begrüßt die beiden und freut sich offensichtlich, Hannah kennenzulernen. Er wundert sich, wieso sie als gebürtige Amerikanerin so gut und akzentfrei Deutsch spricht. »Nun, meine Vorfahren kamen aus Österreich nach Texas. Ich bin dann bei meiner österreichischen Großmutter in New Braunfels aufgewachsen und dort sprechen immer noch viele Leute Deutsch.« Johannes unterdrückt jetzt lieber den witzigen Spruch über die österreichischen Nachbarn und ist zudem beruhigt, da Karl keine Gefahr mehr für Informationstechnik der Gemeinde sieht.

Hannah und Karl fahren nach Rabenstein zum Hotel von Max von Pfalz. Dort gehen sie mit diesem in seine private Bibliothek, um ungestört miteinander reden zu können. Zunächst informiert Karl ihn über die Geschehnisse der letzten Tage, auch darüber, dass Hannah eine Kopie des Tagebuchs von Johann von Pfalz-Neuburg sicherstellen konnte. Max von Pfalz ist von diesen Geschehnissen verständlicherweise erheblich beunruhigt und kann seinerseits über neue Ereignisse berichten. »Wissen Sie, ich habe gestern einen seltsamen Anruf erhalten. Ein gewisser Mario Cantunato, wohl Luigis Vater, hat mich darüber informiert, dass sein Sohn Luigi durch einen Unfall zu Tode gekommen wäre und sein Bruder Andrea morgen im Laufe des Tages vorbeikommen würde, um seine Habseligkeiten abzuholen.« Karl ist erstaunt: »Aha, eine Kugel im Kopf ist also ein Unfall. Seltsam. Warum versucht die Familie, die wahre Todesursache zu verschweigen?«

Hannah fragt Max von Pfalz, ob es wohl möglich wäre, Luigis Zimmer zumindest anzusehen. Das stellt für Max von Pfalz kein Problem dar und er holt den Ersatzschlüssel zu diesem Zimmer. Gemeinsam gehen sie in den Personaltrakt des Hotels. Karl stoppt an der offenen Tür. »Vorsicht. Ich denke, im Zimmer muss sich irgendetwas befinden, was für die Familie Cantunato von großem Wert ist. Wir könnten da auch auf Spuren zum geplanten ‚Geschäft' Luigis stoßen. Um hier nichts für eventuelle Ermittlungen unbrauchbar zu machen, sollte ich vielleicht nur allein hineingehen und auch Handschuhe tragen. Gibt es hier welche?« Es gibt passende Gummihandschuhe in der Küche. Max von Pfalz geht selbst dorthin, um sie zu holen. Die anderen Mitarbeiter brauchen von ihrer Suche nichts erfahren.

Karl geht nun vorsichtig ins Zimmer Luigis. Er will möglichst wenig bewegen oder anfassen, um mögliche spätere Untersuchungen nicht zu erschweren. In den Schränken findet er nur

Luigis Kleidung. Auch in oder unter den gestapelten Sachen ist nichts versteckt.

Der Rechner, ein preiswertes Notebook, ist mit einem Passwort gesichert. Da lässt sich jetzt erst einmal nichts machen, zu zeitaufwendig. Bleibt der Schreibtisch.

Dort findet Karl einen USB-Stick und eine externe Festplatte. Beides muss auch später untersucht werden. ‚Mmmh. Da muss aber irgendetwas sein, was die Familie unbedingt sicherstellen will. Klar, zunächst der Rechner. Da könnten vertrauliche Daten gespeichert sein. Dieser ist aber geschützt und dadurch wäre hier keine auffällige Eile nötig. Weswegen dann?' überlegt er.

Irgendwie fällt ihm da plötzlich sein Lieblingsversteck aus Kinderzeiten ein. Ein Versuch ist wert. Karl hebt die Matratze hoch und wird fündig. Eine schmale Aktenmappe ist am Fußende unter der Matratze versteckt. Vorsichtig nimmt er sie heraus und öffnet sie. Gefunden! In der Mappe befinden sich neben einem dünnen Schnellhefter mit Papieren auch eine offensichtlich erkleckliche Summe Bargeld. Viele große Scheine. Karl denkt, dass es wohl einige zehntausend Euro sein dürften, die hier gelagert waren.

Er lässt alles hier liegen und geht aus dem Zimmer. »Das ist ein Fall für die Polizei. Wir sperren hier ab und informieren die Beamten.« Karl wartet nicht auf Antworten, sondern zieht sein Handy aus der Tasche, blättert im Telefonbuch und spricht »Grüß dich, Karl hier. Wir haben gerade im Hotel von Max von Pfalz einen seltsamen Fund gemacht. Ist sicher ein Fall für die Kripo. Kannst du uns da weiterhelfen? Näheres kann ich nur vor Ort erklären, es ist kompliziert, hat wohl etwas mit der Camorra zu tun. Es wäre auch eilig.« Sein Gesprächspartner erklärt ihm offensichtlich etwas. »Okay, ja, wir bleiben hier. Ich bin ja auch auf dem Handy erreichbar. Danke Dir. Bis dann.« Die beiden anderen schauen ihn fragend an. »Hab meinen Nachbarn angerufen. Guter Mann hier bei der Polizei. Er gibt das gleich an die zuständige Dienststelle der Kriminalpolizei weiter. Er meint, die würde bald hier eintreffen.« Zeit für einen Kaffee.

Kaum haben sie die Lounge erreicht, meldet sich Karls Handy. »Hallo«, wieder bleibt der Lautsprecher aus und Karl geht in eine Ecke des Raums, so dass keiner der anwesenden Gäste das Gespräch mithören kann. Nach kurzer Zeit kommt er zurück, nimmt einen Schluck Cappuccino und berichtet den anderen kurz. »Die Kripo aus Deggendorf ist bereits unterwegs. Ich habe den Leiter dort kurz informiert und ihm empfohlen, sich mit Kommissar Leitner von der Kripo in Bozen in Verbindung zu setzen.«

Schneller als erwartet trifft die Kriminalpolizei ein. ‚Oh, volles Programm' denkt Karl. An die zehn Personen gehen nun, von Hannah und Karl geführt zu Luigis Zimmer. Karl sperrt auf und berichtet den Beamten von seinen Funden. Hinter ihm lacht eine Beamtin im Schutzanzug der Spurensicherung. »Hallo Karl, da kannst du ja gleich mal den Rechner knacken!«

Der Angesprochene dreht sich um, erkennt die junge Frau und antwortet »Ja Lisa, bist du bei der Polizei gelandet? Respekt!« Diese lacht weiter »Das mit dem Rechner mein ich ernst, du bist einfach schneller als wir.« Karl freut sich über das Lob und erzählt nun Hannah, dass Lisa eine ehemalige Schülerin von ihm sei, eine gute, versteht sich. Sie lassen nun die Beamten ihre Arbeit machen und gehen mit dem zuständigen Oberkommissar Schlagintweit in die Bibliothek, um ihn dort über ihre Erkenntnisse und Funde zu informieren.

Nach einiger Zeit kommt die Spurensicherung zu ihnen. Sie haben in dem Schnellhefter aus der Aktentasche noch Kontoauszüge von Luigi entdeckt. Dieser hatte wohl erhebliche Verluste erlitten, was eine Vielzahl von Barabhebungen andeute. Die Summe dieser Kontobewegungen würde auch die Menge des gefundenen Bargelds, immerhin knapp 30 000 Euro, ganz erheblich übersteigen. Gleichzeitig seien einige Male sehr hohe Beträge aus Italien auf dem Konto eingegangen. Das alles erfordere eine Rücksprache mit der Bank.

Sonst wurden außer dem Rechner nebst den Speichermedien und noch einigen Jetons der Spielbank Bad Kötzting nichts Besonderes gefunden. Das deute darauf hin, dass Luigi dort zumindest einige Male gespielt hätte.

Lisa empfiehlt nun Schlagintweit, sowohl den Rechner als auch den USB-Stick und die externe Festplatte Karl zur Untersuchung zu übergeben. Dieser wäre da erheblich schneller, habe sehr viel Erfahrung in diesen Dingen und sei als ‚Datenretter' bekannt. Der Oberkommissar überlegt noch.

Karl meint »Da entstehen Ihnen keine Kosten, es wäre mir eine Ehre, für Sie zu arbeiten. Außerdem habe ich ein persönliches Interesse an diesem Fall.« Schlagintweit nickt »Dann machen Sie das bitte. Aber passen sie auf die Beweismittel auf. Sie dürfen nicht verloren gehen!«

Hannah und Karl nehmen die ihnen übergebenen Beweisstücke und fahren ‚nach Hause'. Das sagt mittlerweile auch Hannah, wenn sie Karls Haus meint. Karl dachte beim ersten Mal dabei ‚Das geht ja schnell.' Aber es gefällt ihm.

Dort angekommen fällt Hannah Kathrin ein. »Du, vielleicht sollten wir Kathrin warnen, wegen des Verwandten von Luigi. Könnte doch sein, dass dieser sich an ihr rächen will oder meint, sie hätte etwas von Luigi, das er haben muss.« – »Oh ja«, sagt Karl, »man weiß ja nie, was der ‚Bruder' so im Kopf hat« und nimmt das Telefon, um Kathrin zu informieren. Sie fragt sofort, ob sie besser ‚untertauchen' sollte. Karl findet diese Idee gut. Kathrin beschließt also, für die nächste Zeit zu Ludwig zu ziehen. »Meinst du nicht, dass du ihn zuerst fragen müsstest?« Für Karl ist sie gerade ein wenig zu schnell. »Ach was, Luggi freut sich doch, wenn ich bei ihm bin.« ‚Aha, der Ludwig ist also schon von ihr vereinnahmt', denkt Karl und lacht.

Er möchte jetzt mit dem Rechner anfangen. Hannah ist davon zwar nicht unbedingt begeistert, kennt ihn aber mittlerweile gut genug um zu wissen, dass sie ihn nicht von seinem Vorhaben abbringen kann. Eigentlich wollte sie zuerst mit Karl das Abendessen kochen, da sie mit dieser Küchenmaschine, die wohl die meisten Arbeiten selbständig erledigen kann, noch nicht vertraut ist. Und Kochen ist auch noch nicht unbedingt ihre Stärke. Also checkt sie erst einmal die Vorräte und beginnt dann aus diesen Snacks herzurichten, die Karl dann auch nebenbei essen könnte.

Eine gute Stunde später scheint Karl Erfolg zu haben. Hannah hat zwar nicht verstanden, was er mit Luigis Rechner wirklich macht, aber plötzlich erscheint auf diesem die vertraute Oberfläche von Windows. »Hast du ihn geknackt?«, fragt sie und Karl nickt. »Jetzt muss ich schauen, ob er die gespeicherten Daten verschlüsselt hat. Ich hoffe nicht«, antwortet er. Aber, leider kommt er hier so einfach nicht weiter. Es scheint alles verschlüsselt zu sein und es ist ihm auch noch nicht klar womit. Karl startet das Notebook erneut mit einem Hannah unbekannten Betriebssystem. »Das habe ich zwar schon mal gesehen, kenne ich aber nicht«, meint sie. »Kali«, antwortet Karl, »Kali-Linux. Damit hat man wesentlich mehr Möglichkeiten auf einem System. Ist nicht umsonst ein Liebling der Hacker-Szene.« Es tut sich wieder etwas auf dem Bildschirm. Hannah möchte zu gern wissen, was da passiert, doch Karl wehrt ab. »Das siehst du jetzt nicht. Ist alles nicht unbedingt legal.« Und dauert wohl etwas länger.

Einige Stunden später fängt Karl an, entspannt zu lachen. Hannah war bereits auf dem Sofa eingeschlafen, bemerkte aber die deutliche Entspannung bei Karl. »Was ist?«, fragt sie schlaftrunken. »Ich hab's. Die Kiste ist offen. Und die Festplatte und der Stick ebenfalls. Er hat überall nach der gleichen Methode mit den gleichen Passwörtern gearbeitet, ist ja mittlerweile fast ‚old style' seit die Passphrases in Mode gekommen sind.« Hannah sehnt sich nach dem Bett. »Gehen wir schlafen?« – »Ja Liebste«, antwortet er und nimmt Rechner und Speichermedien mit. Hannah schaut ihn fragend an, aber Karl ist schon im Büro verschwunden und schließt die Geräte im Safe ein.

20. Juni

Ausschlafen. Hannah wird gegen neun Uhr wach und wundert sich, dass sie schon wieder allein im Bett ist. So ein – wie Karl sagt – Morgenbussi hätte sie jetzt schon gern. Strecken, noch mal gähnen und dann macht sie sich auf die kurze Suche nach Karl, der im Büro gegenüber vom Schlafzimmer wieder mit Luigis Notebook beschäftigt ist.

Ohne Kaffee! Das will was heißen. »Was machst du denn schon wieder?«, möchte sie wissen. »Das kannst du dir nicht vorstellen, was die hier vorhatten!« Er ist in einer anderen Welt. Nicht ansprechen, sie kennt das schon, wenn Karl vollkommen konzentriert arbeitet und sich durch nichts davon ablenken lässt.

Hannah geht hinunter in die Küche, schaltet die Kaffeemaschine ein und will die Zeitung aus dem Briefkasten fischen, als sie gerade noch rechtzeitig merkt, dass sie hierzu nicht adäquat bekleidet ist; auf Deutsch: Sie hat nichts an. Sie verschiebt den ‚Bayerwald Boten' auf später und macht zwei Tassen Kaffee. Schweizer Kaffeemaschine, österreichischer Kaffee, deutsche Tassen. Für Karl seine alte Tasse mit Hongkong-Motiv mit Milch, für sie eine einfachere mit schwarzem Kaffee.

Sie nimmt die Tassen mit ins Büro und setzt sich neben Karl auf einen Hocker. »Und?«, fragt sie, obwohl sie wohl nicht mit einer Antwort rechnet. Aber heute hat sie sich getäuscht. »Die hatten ein Riesengeschäft vor. Geldwäsche in großem Stil, alles hier im Wald. Sie meinten, da schaut keiner so genau hin, was sie treiben. Das Ganze sollte vielleicht mit einem Ristorante losgehen und dann erheblich ausgeweitet werden.

Nur, das Problem war, dass Luigi viel von dem vorsorglich an ihn transferiertem Geld zunächst einfach verspielt hatte. Er war wohl regelrecht spielsüchtig. Und da schien es Ärger gegeben zu haben. Luigi wollte da eine Art Wiedergutmachung starten, indem der das Tagebuch von Johann stahl, um es zu Geld zu machen. Könnte alles noch sehr ‚lustig' werden.« Die externen Speicher, also Festplatte und USB-Stick enthielten von den Daten nur Kopien, erklärte ihr Karl noch und machte sich darüber lustig, dass Luigi ihm da die Arbeit erleichtert hatte, weil er überall das gleiche Passwort verwandte. »Ich ruf gleich den Schlagintweit an und berichte ihm kurz. Wird ihn interessieren. Und dann frühstücken wir gemütlich!« ‚Endlich', denkt Hannah, die Hunger hat. Sie gibt ihm einen Kuss und geht sich etwas anziehen.

Sie frühstücken gemütlich. Hannah macht sich lustig über Karls Wurstkonsum, was dieser nicht ernst nimmt und erwidert, dass sein Magen doch eine ordentliche Füllung für den Tag brauche. Als sie dann dabei sind, das benutzte Geschirr der Spülmaschine zur weiteren Betreuung zu übergeben, klingelt es an der Haustür.

Karl lässt Oberkommissar Schlagintweit eintreten und bietet ihm erst einmal einen Kaffee an, den dieser gern annimmt. Karl berichtet ihm von seinen Ermittlungen und erzählt dabei auch, dass Luigis Meldedaten in der Datei des Einwohnermeldeamtes durch diesen geändert wurden. Schlagintweit wundert sich darüber nicht, da es ja so nicht mehr möglich ist, ihn bei den italienischen Behörden nachzuverfolgen. Karl übergibt das entsperrte Notebook und die entschlüsselten Speichermedien an den Beamten, der sich nun auf den Weg zum Hotel in Rabenstein macht, um dort Luigis Bruder anzuhören.

Karl holt sich einen weiteren Kaffee und fängt an, die Zeitung zu lesen. Das ist bei den beiden schon geregelt: Hannah liest die Zeitung von vorn, Karl stets von hinten, studiert also zunächst den Lokalteil. »Da schau, das Hotel ‚Zur Linde' in Rabenstein soll an einen ausländischen Investor verkauft werden. Interessant. Da hab ich aber bei Luigis Aufzeichnungen nichts drüber gefunden.« Hannah fragt »Ist das etwas Größeres?« – »Ja, schon, hat vier Sterne, ist auch erst vor Kurzem renoviert worden. Muss mich da mal umhören.« Karl hat wohl eine Vermutung, die er aber noch für sich behält.

»So, ich hab jetzt frei. Soll ich dir mal etwas von der Gegend zeigen?«, fragt er Hannah. Sie ist nicht abgeneigt »Ja, klar, aber zum Rumfahren mit dem Auto habe ich eigentlich jetzt keine Lust bei dem schönen Wetter.« Karl auch nicht. »Okay, Wandersachen anziehen, ein kurzes Stück mit dem Auto fahren und dann zeig ich dir mal einen richtig alten Baum.« Er mag alte Bäume gern. Hannah auch und so sind sie kurz darauf schon unterwegs.

Hannah hat jetzt nur noch Interesse an der Landschaft. Kaum haben sie das Dorf verlassen, schon fahren sie durch dichten Wald. Dann ist links ein Bach, sie überqueren einen weiteren und jetzt biegt Karl nach rechts ab. Hannah wundert sich »Ein Golfplatz, mitten im Wald.« Karl lacht. »Ich wollte schon immer mal

Golf lernen, hab's aber noch nicht geschafft, obwohl der Platz praktisch gleich ums Eck liegt.«

Kurz darauf erreichen sie eine Bundesstraße, auf der Karl ein Stück weit fährt. Dann biegt er nach rechts ab, um erst unter einer hohen Eisenbahnbrücke durchzufahren und dann einer schmalen Straße durch den Wald zu folgen. Hannah wundert sich, dass es hier, in einem Gebirge mit offensichtlich nur wenigen Einheimischen, eine Bahn gibt und will wissen, ob diese noch in Betrieb sei. »Klar, die fährt jede Stunde bis zum Grenzbahnhof zu Tschechien und anschließend wieder zurück.

Früher wurde noch bis weit in das heute tschechische Gebiet weitergefahren, aber im Moment muss man da noch in die tschechische Bahn umsteigen. Aber, ich denke, das wird sich bald ändern«, erläutert Karl.

Dann erreichen sie ein Hotel neben der Straße. Von dessen Grundstück will gerade ein Bus auf die Straße fahren, der sie erst einmal passieren lassen möchte. »Oh, a schoolbus!« entfährt es Hannah. Ja es ist ein ehemaliger amerikanischer Schulbus, der offensichtlich ‚Sisi' heißt, wie in der Anzeige für das Fahrtziel zu sehen ist. Karl öffnet das Fenster, hält kurz an und ruft dem Fahrer des Schulbusses zu »Grüß dich, Gabriel, wo soll's denn heute hingehen?« Der angesprochene lacht »ins Tal, zu einer Firmenparty in Deggendorf.« – »Schade, da komm ich jetzt nicht mehr hin. Kein Burger heute«, meint Karl, winkt Gabriel zu und fährt weiter.

Kurz darauf endet die geteerte Straße und Karl fährt nach rechts auf einen Parkplatz. Sie steigen aus, nehmen die Wanderstöcke und Karls Rucksack aus dem Wagen, um dann dem Waldweg weiter zu folgen. Sie kreuzen einen anderen Weg und gehen nun bergauf. Karl fragt sie »Erst den Baum?« Hannah wundert sich »Wieso erst?« Er erklärt, sie würden einen Rundweg gehen und so nur einmal am Baum vorbeikommen. Sie überlässt es ihm.

Kurz darauf überqueren sie ein kleines Gewässer. Ein Bach ist es wohl nicht. Das ist ein alter Kanal, den man früher genutzt hat, um gefällte Baumstämme zu transportieren, also indem sie einfach bergab schwammen.« Hannah wundert sich, dass der Kanal so schmal ist. »Es reicht für einen Baumstamm. Und einer wurde nach dem anderen in den Kanal gegeben.« Er zeigt über den Kanals nach rechts »Und da beginnt in knapp zwei Kilometern Tschechien.« Hannah dachte nicht, dass das Nachbarland so nah ist.

Dann biegt Karl nach links ab und deutet gleich auf einen Baum. »Das ist er, der höchste Baum im Bayrischen Wald, eine mehr als 50 Meter hohe Tanne, über 600 Jahre alt.« Hannah staunt. Den Stamm können sie selbst zu zweit sicherlich nicht umfassen, er müsste mindestens zwei Meter Durchmesser haben. Ja, die Mammutbäume im Westen der USA sind gewiss größer, aber diese hat sie noch nicht ‚live' gesehen.

Sie folgen einem Pfad durch den dichten Wald. Hannah bewundert die unzähligen unterschiedlichen Pflanzen am Wegesrand. Plötzlich kommt ihnen wieder einmal ein Stück Wild auf dem Pfad entgegen. Das Reh erschrickt jedoch nicht, sondern kommt näher, die beiden stehengebliebenen Wanderer neugierig betrachtend.

Karl flucht innerlich, denn der Fotoapparat ist im Rucksack und den kann er jetzt da nicht herausnehmen. Das Reh hat wohl genug gesehen und verschwindet langsam und lautlos im dichten Unterholz. Wiederum wundert sich Hannah »Warum rennt das ‚deer' nicht gleich weg, hat es keine Angst vor uns?« – »Das Reh, es war ein weibliches Tier, bei uns heißt das ‚Goaß', erkennt Menschen nicht als Feinde. Rehe werden hier im Nationalpark nicht gejagt. Ihr Feind ist der Luchs, ‚Lynx', you know, der sie jagt und frisst.« Karl hat Rehe schon oft aus der Nähe erlebt, es ist für ihn fast normal.

Dann führt der Waldweg, auf dem sie wieder weiter gehen, auf eine Lichtung. Der Kanal kreuzt ihn wieder und mündet in einem kleinen See. Auf der anderen Seite vom See sieht Hannah nun ein paar Gebäude und, das kennt sie auch aus New Braunfels, einen Biergarten, den Karl zielstrebig ansteuert. Sie finden einen schönen Tisch und nehmen entspannt Platz. Die Speisekarte liegt auf dem Tisch und Hannah beginnt sofort sie zu studieren.

»Wandern macht hungrig.« Karl kann sich den alten Spruch nicht verkneifen. Die Kellnerin kommt und Hannah bestellt ein Weizen, Karl ebenfalls, aber alkoholfrei. »Was ist denn der Unterschied zwischen ‚Wurstsalat' und ‚Schweizer Wurstsalat'? Und ist das wirklich ein Salat aus Wurst?« möchte Hannah wissen. »Ja, es ist ein kalter Salat aus Wurst und Zwiebeln mit einem Sud. Und der Schweizer Wurstsalat heißt so, weil er zusätzlich noch Käse, hoffentlich einen Emmentaler, und Gewürzgurken enthält.« – »Gekauft! Den möchte ich«, meint Hannah. Und Karl bestellt, als die junge Bedienung die Weizen bringt, zweimal Schweizer Wurstsalat.

Nach Bier und ‚Salat' zahlen die beiden und machen sich zurück auf den Weg zum Auto. Diesmal wählen sie den anderen Weg entlang des Kanals. »Und das ist ein Nationalpark hier?« möchte sie wissen. »Ja, hier lässt man möglichst die Natur unberührt das machen, was sie möchte. Also keine Baumfällungen, keine Pflegearbeiten, nichts. Einzig die Wege für die Besucher werden freigehalten und der Bestand an Rothirschen, ‚Elks', muss reguliert werden, da diese hier keine natürlichen Feinde haben.« Hannah gefällt das.

In der Nähe kreischt ein Vogel. »Ah, die Alarmanlage«, meint Karl. Hannah schaut ihn fragend an. »Ein Eichelhäher. Diese schreien immer, wenn sie in ihrer Nähe etwas Ungewöhnliches bemerken und warnen dadurch die anderen Tiere.« – »Schade«, meint Hannah.

Sie gehen gemütlich zurück. Auch Hannah gefällt der dichte Wald. In Texas gibt es so etwas nicht. Zurück am Auto lächelt sie Karl an und meint »Ein wunderschöner Nachmittag. Das sollten wir öfters machen.« Karl nickt.

Im Hotel ‚Pfalz am Berg' wartet Oberkommissar Schlagintweit auf Luigi Cantunatos Bruder. Es ist bereits kurz nach Mittag, als dieser eintrifft. ‚Aha, wir fahren Lamborghini', denkt der Kriminalbeamte, nachdem sich die männliche Person sich bei der Rezeption mit »Cantunato« vorgestellt hatte.

Die Rezeptionistin bittet ihn um ein wenig Geduld, verschwindet kurz in einem Zimmer hinter ihrem Arbeitsplatz, um dann sogleich mit ihrem Chef wiederzukommen. »Herr Cantunato, von Pfalz, mein herzliches Beileid zum Verlust ihres Bruders. Darf ich Ihnen Oberkommissar Schlagintweit vorstellen. Er hätte noch ein paar Fragen an Sie.« Cantunato ist das offensichtlich nicht recht, aber er muss sich wohl oder übel den Fragen stellen.

Er folgt dem Kriminalbeamten in die Bibliothek, nimmt dort unaufgefordert Platz und lässt die Fragen über sich ergehen. Nein, er weiß nicht, was Luigi hier vorhatte. Geld, keine Ahnung. Glücksspiel? Luigi? Niemals. Wer ihn ermordet hat? Woher soll er das wissen? Und so fort.

Wie erwartet, erhält Schlagintweit keine einzige richtige oder gar weiterführende Antwort. ‚Ein gerissener Kerl und ein Mordsbrocken dazu', denkt er angesichts der preisboxertauglichen Figur Cantunatos. Dann geht er mit ihm zu Luigis Zimmer, bricht das von ihm am Tag zuvor angebrachte Siegel und schließt auf. Er geht vor Luigis Bruder hinein und sagt »Bitte schön. Sie können die Sachen ihres Bruders nun mitnehmen.« Etwas erstaunt und sehr zornig schaut dieser ihn an, sagt aber nichts. Luigis Hab und Gut befindet sich nicht mehr in den Schränken, sondern auf Bett und Schreibtisch. Die Spurensicherung hat diese natürlich nicht wieder eingeräumt, da das Zimmer ohnehin heute oder spätestens morgen geräumt werden soll.

Wortlos greift Cantunato nach Luigis leeren Gepäckstücken und wirft alles dort hinein. Schlagintweit denkt, ‚Da könnte ich mich fast aufregen, so ein unordentlicher Typ'. Dann bellt ihn Cantunato unwirsch an »Wo ist der Rechner, das Zubehör und wo ist sein Geld.«

Der Oberkommissar erklärt kurz und bestimmt: »Im Rahmen der Ermittlungen beschlagnahmt. Wenn diese abgeschlossen sind, können sie ja wieder nachfragen.« Basta.

Luigis Bruder wirft dem Beamten einen wütenden Blick zu, greift die Koffer und verschwindet aus dem Zimmer. Schlagintweit folgt ihm und beobachtet, wie er auf dem Parkplatz vor dem Hotel die Koffer achtlos in den Kofferraum des SUVs schleudert.

Schlagintweit hält die Ermittlungen hier im Hotel für abgeschlossen. »Jetzt können Sie das Zimmer ausräumen und reinigen lassen, Herr von Pfalz. Sollten Sie oder Ihre Mitarbeiter noch irgendetwas von Interesse dabei finden, können Sie mich jederzeit anrufen und informieren.« Er verabschiedet sich vom Inhaber des Hotels und macht sich auf den Weg zurück nach Deggendorf.

Hannah und Karl sind mittlerweile wieder zu Hause angekommen. Sie ist immer noch begeistert vom dichten, unberührten Wald. Und dem Schweizer Wurstsalat. Beide nutzen das schöne Wetter weiter aus und nehmen auf der Terrasse Platz, um die Abendsonne mit einem kühlen Drink zu genießen. Karl fällt ein, dass er Volker Müller noch über die interessanten Neuigkeiten informieren wollte. Doch er erreicht diesen im Moment nicht und verschiebt das Gespräch auf später.

Zwei Stunden später, Hannah und Karl kuscheln auf dem Sofa im Wohnzimmer. Sie schaut wie nebenher einen Reisebericht im Fernsehen und Karl blättert durch seine heute gekommene Fachzeitschrift, da ruft Volker zurück. »Grüß dich, ich war noch bei ‚Mut zum Hut', mal schauen, wer da heute wieder wichtig ist, oder tut«, lacht er. Karl gibt ihm eine Zusammenfassung der für ihn interessanten Ereignisse.

Volker hört interessiert zu und berichtet dann: »Du, ich habe da was gehört, nur über die Buschtrommel, aber immerhin. Ein gewisser Florian Mathes, ein hiesiger Möchtegern, so ein ‚Ichbindochwichtig', scheint irgendwie mit der kalabrischen Mafia in Kontakt zu stehen. Und genau dieser war, angeblich politisch motiviert, erst vor kurzem in deiner Gegend unterwegs. Und hat heute die Ausstellung versäumt, ist angeblich im Urlaub in Südtirol. Da ist was faul dran, diesen publikumswirksamen Auftritt bei ‚Mut zum Hut' mit den dann unvermeidlichen Fotos in den Zeitungen hätte der doch nie ausgelassen. Hast du da irgendwelche Informationen?« Nein, die hat Karl noch nicht.

Aber interessant findet er Volkers Bericht schon. Die beiden versprechen, den anderen bei neuen Erkenntnissen wieder zu informieren und legen auf. Hannah ist derweil, mit dem Kopf auf Karls Bauch liegend eingeschlafen. Feierabend für heute.

21. Juni

Heute schafft es Hannah, vor Karl aufzuwachen und überlegt, wie sie eigentlich gestern ins Bett gekommen sei. Sie kann sich nur noch daran erinnern, dass sie wohl auf dem Sofa eingeschlafen war. Karl wird es wissen. Er wird zu ihrem ‚Opfer'. Aufwecken, endlich ein Morgenbussi bekommen und dann, halb auf ihm drauf liegend eine ‚hochnotpeinliche Befragung' zum gestrigen Abend durchführen.

Karl gähnt, versucht sich zu strecken, was ihm nicht so recht gelingt und meint dann »Nur gut, dass du so leicht bist.« Hannah warnt ihn lachend »Vorsicht der Herr, sonst gibt's Daumenschrauben. Also, wie bin ich ins Bett gekommen?« Karl simuliert einen Befreiungsversuch und antwortet »Na, der Trag-Mich-Ins-Bett-Service hat das wohl erledigt.« – »Und, was unternehmen wir heute? Hat der Herr irgendwelche Vorschläge?« – »Eigentlich sollten wir uns endlich um die Sterne kümmern. Zumindest sollte ich den Poldi mal fragen, wohin wir sie am besten bringen. Ach ja, und ihn auch fragen, ob er wieder einmal etwas in Sachen Tagebuch gehört hat. Aber erst nach dem Frühstück!«

Nach der gemütlichen ersten Mahlzeit des Tages greift sich Karl das Telefon, sucht Poldi im Telefonbuch des Apparats und drückt auf Wählen. Es klingelt nicht allzu lange am anderen Ende der Leitung, dann meldet sich dieser. »Servus Karl, wie geht's in Bayern?« – »Am liebsten gut, weist schon. Sag mal, ehe ich's vergesse, hat sich dieser Anbieter vom Original-Tagebuch von Johann von Pfalz-Neuburg wieder gemeldet?« – »Nein, ich warte auf den Anruf, bin auch vorbereitet. Ich habe mir dafür extra ein Gerät zum Aufzeichnen von Gesprächen bei der Polizei ausgeliehen. Ich kenn da ja einen, weist schon.« Dann kommt Karl zum eigentlichen Grund seines Anrufs »Poldi, wir haben ja zwei

Sisi-Sterne sichergestellt und sicherheitshalber noch niemanden darüber informiert, um keine, ich sag mal ‚Sammler' anzulocken. Wer oder welche Institution sollte diese deiner Meinung nach bekommen?«

Poldi überlegt kurz und meint dann: »Der Professor Schönauer, Walter. Er ist der für die Schatzkammer in der Hofburg zuständige. Ich tät ihn mal fragen, ob er es sich vorstellen könnte, zwei neue, wertvolle Ausstellungsstücke zu erhalten und auch zu sichern.« – »Poldi, das hört sich gut an. Wir könnten schon morgen bei ihm vorbeikommen.« – »Okay, ich rede mit ihm, gebe aber noch keine weiteren Informationen preis. Nicht dass irgendwelche Wände Ohren haben. Dann melde ich mich bei dir.« Karl bedankt sich bei ihm und legt auf.

Karl fragt Hannah, die mitgehört hat, ob sie jetzt gern nach Wien fahren würde. Ja, sie ist ja ohnehin jetzt das erste Mal in Europa. Er meint, dann würde es für sie dringend Zeit für den Wienbesuch. Hannah schaut ihn fragend an. Und Karl nutzt sogleich die Gelegenheit zu einem ausführlichen Vortrag über seine Lieblingsstadt mit all ihren kulturellen und historischen Angeboten und Einrichtungen.

Dann fragt er noch »Wie wär's mit morgen früh?« Hannah fragt zurück »Nach Wien? Wie lange?« Karl nickt und erklärt »Wie lange wir dort bleiben hängt natürlich davon ab, was sich dort noch ergibt. Im Hinblick auf die Sterne und so.« – »Gut, dann pack ich mal für ein paar Tage.« Karl lacht »Man kann in Wien auch einkaufen.« Und hat dabei auch ein paar Kleidungsstücke als Ersatz für das ein oder andere typisch amerikanische Outfit im Kopf.

Poldi ruft zurück. »Ihr könnt Schönauer jeden Tag aufsuchen. Außer am Wochenende, versteht sich. Er ist immer ab neun Uhr in der Hofburg, entweder in seinem Büro oder in der Schatzkammer. Ich glaub, er ist a bisserl aufgeregt und neugierig darauf, was er da bekommen soll. Termin braucht Ihr keinen, sagt einfach, ich hätte Euch geschickt.« Karl freut sich schon auf Wien, er war schließlich das letzte Mal vor einem halben Jahr dort. Viel zu lang her. »Danke Poldi, wir schauen auch bei dir rein.« Und

Poldi freut sich auch auf den Besuch und meint, man könne ja dann abends etwas unternehmen.

Hannah ist jetzt aufgeregt. Was muss sie einpacken? Welche Sachen sind die ‚Richtigen' für Wien? Was machen wir dort sonst noch? Karl wird mit Fragen bombardiert. So kennt er sie noch gar nicht. Ob er vielleicht ein wenig Zuviel von Wien geschwärmt hat?

»Mal schauen. Ich muss erst einmal was nachschauen. Vielleicht können wir ein Konzert besuchen, vielleicht auch die Oper; die sollten im Juni noch spielen. Hast du dir schon mal eine Oper live angeschaut?« Nein, hat Hannah noch nicht. Irgendwie hat sie dazu auch keinen Draht, meint sie. »Warte es mal ab. Gerade in Wien wirst du schnell von dem dort gespielten begeistert sein.« Hannah hat nun einen fragenden Gesichtsausdruck. Mittlerweile schaut Karl auf den Seiten der Wiener Staatsoper im Internet nach, was dort in den nächsten Tagen gespielt wird. »Toll, Puccinis ‚Madame Butterfly' wird in den nächsten Tagen mehrmals aufgeführt. Da gehen wir hin. Ich muss nur noch schauen, ob es noch ‚gute' Karten gibt.« – »Gute Karten?« Hannah kann damit nichts anfangen.

Karl ist schnell auf die Seiten der Staatsoper, auf denen man die Karten für die Aufführungen erwerben kann, gegangen und zeigt Hannah den dort abgebildeten Sitzplan. »Schau, die schon belegten Plätze sind hier gekennzeichnet. Und die, die noch frei sind, sind entsprechend der Preiskategorie markiert.«

Die Preise für die Karten der jeweiligen Kategorie verschweigt er sicherheitshalber. »Da schau, diese beiden Plätze würden mir gut gefallen. Von dieser Loge aus kann man die ganze Bühne überblicken und der ‚Ton' kommt dort auch gut an. Da gehen wir übermorgen hin, oder?« Hannah hat schon gemerkt, dass hier eine Widerrede absolut zwecklos ist und nickt. ‚Vielleicht wird das auch ein schöner, vielleicht auch ein einzigartiger Abend, so begeistert, wie Karl davon ist', denkt sie. Und fragt sich, ob sie dafür die passende Garderobe hat. Was wird denn die Passende sein?

‚Nicht verzagen, Karl mal fragen.' überlegt sie. Und erhält sofort die passende Antwort »Das zeige ich dir, wenn wir in Wien sind.« Sie ist jetzt nicht schlauer als vor Karls Antwort »Ich muss es doch heute schon einpacken.« Er lacht etwas verlegen »Nein mein Schatz. Ich kaufe dir in Wien etwas Neues, sozusagen als ein Souvenir, dass dich dann immer einmal wieder daran erinnert, dass du dringend Wien besuchen musst.«

‚Aha. Jetzt hat er sich aber sauber aus der Affäre gezogen und musste mir nicht sagen, dass ich nichts Passendes für die Oper habe.' Hannah sagt nichts und gibt Karl einen Kuss. Dieser hat nebenher schon die Karten für die Aufführung gekauft. »Wir brauchen dann nur noch die Opernkarten an der Kasse abholen. Alles erledigt.« Das ging schnell.

Die beiden beginnen zu packen. Karl bringt zwei Koffer und räumt Hannahs Tasche wieder weg. »Die Koffer sind praktischer und passen auch besser ins Auto«, stellt er fest. Sie erwidert »Und du stehst hier im Weg herum. Bring mir einfach die Sachen, die du mitnehmen möchtest und stör mich dann nicht mehr beim Einpacken.« Okay, es gibt hier wohl eine neue Chefin der Koffer. Karl fällt ein, dass sie auch noch ein Hotelzimmer brauchen werden. Er schaut auf den Seiten des Hotels, das er bei den letzten Aufenthalten in Wien schon kennengelernt hatte. Ja, es gibt noch freie Zimmer. Schnell entschlossen reserviert er wieder das Zimmer, dass er bereits vor einem halben Jahr hatte. Es kann losgehen.

Am Abend ist jedoch erst einmal Stammtisch. Karl und seine Freunde treffen sich unregelmäßig in einer Pizzeria, in der es wohl die besten Pizzen im Bayrischen Wald gibt. Hannah meint, da würde sie ja wohl stören, Stammtisch ist doch Männersache. »Bei uns nicht«, erklärt Karl. »Du kommst brav mit. Bei uns kann's übrigens schon mal passieren, dass die Frauen in der Überzahl sind.«

Genau so war es dann auch. Hannah fühlt sich von Anfang an gut aufgehoben in der Runde. Eine bunte Mischung von Medizinern, ehemaligen Soldaten und Dozenten. Und dann diese riesige Pizza. Karl hatte Recht, hier reicht eine für sie beide. Und das Thema des Tages ist dann der Verkauf eines Hotels in Rabenstein, wobei niemand genau sagen kann, was denn mit diesem passieren wird. Zu lange bleiben die beiden jedoch nicht, wollen sie doch am nächsten Tag nach Wien fahren.

22. Juni

»Gibt es auf der Fahrt etwas Besonderes zu sehen?« Hannah ist aufgeregt. Eine Fahrt durch Österreich in eine ihr gänzlich unbekannte Stadt, mit der sie sich vorher noch nie beschäftigt hatte. »So viel nicht. Nur das Kloster Melk, ah, statt Kloster wird dort ‚Stift' gesagt, das sehen wir im Vorbeifahren von der Autobahn aus.« – »Stift oder Kloster, was ist an diesem so interessant?« Hannahs Erfahrungen mit Klöstern beschränken sich auf eine Vorbeifahrt am ehemaligen Kloster Säben, das prominent auf einem Berg im Eisacktal liegt. Karl darf wieder einmal den Fremdenführer spielen. »Das kann ich so einfach nicht in Worte fassen. Es ist ein Kloster, das auch eine Schule beinhaltet. Was mir dort am besten gefallen hat, sind nicht nur die Gebäude an sich, sondern auch die prächtige Bibliothek, die Kirche und die Gärten. Aber da sollten wir später einmal eine Besichtigung einplanen.« Hannah kennt Karl schon gut genug, um zu merken, dass er bereits weitere Reisepläne im Kopf hat.

Los geht's. Nein, Hannah möchte nicht fahren. Das Autofahren in Deutschland ist ihr noch suspekt. Zu schnell, zu viel Verkehr und die ein oder andere Verkehrsregel, die ihr noch irgendwie schleierhaft ist. Karl wählt seine ‚übliche' Strecke über Land- und Bundesstraßen zunächst nach Passau.

Hannah ist immer noch fasziniert vom Bayrischen Wald. Bergauf, dann wieder bergab, teils durch dichte Wälder führt sie die Route. Dann erreichen sie die Donau und Passau. Karl kann ihr hier einiges erklären. Zu den drei Flüssen Donau, Inn und Ilz, zu Hochwassern und der Stadt selbst. Natürlich mit dem Hinweis, dass sie auch hierher noch einmal fahren sollten, um mehr von der Stadt zu sehen.

Dann erreichen sie die Autobahn. In Richtung Wien passieren sie bald die Grenze zu Österreich. Die Kontrollstelle, bei der die meisten Autos nicht angehalten werden, kennt sie ja bereits von der Inntalautobahn.

Karl hatte recht, Hannah schaut sich die Gegend an und findet zunächst nichts, was ihr Interesse besonders weckt. Nach gut zweieinhalb Stunden zeigt Karl nach links. Sie sieht ein großes Bauwerk, das an prominenter Stelle steht und von der Autobahn gut zu sehen ist. »Das ist der Stift Melk. Er ist dort auf dem Hügel oberhalb der Donau, die von uns aus gesehen hinter ihm vorbeifließt.« ‚Ja, das schaut wirklich interessant aus.' denkt Hannah, genießt den Anblick und möchte nun wirklich einmal dorthin, um die Anlage ausgiebig zu besichtigen.

Eine gute Stunde später erreichen sie Wien. Das Navigationsgerät im Auto kennt wohl den Weg, Karl auch. Der Fremdenführer schlägt wieder zu, als sie Schloss Schönbrunn passieren. »Eigentlich war dies die Sommerresidenz der österreichischen Kaiser. Erbaut im 18. Jahrhundert. Das musst du unbedingt erleben. Nicht nur das Schloss ist sehenswert, sondern auch der Park mit den Gebäuden dort, ja und auch der Zoo.« Hannah staunt »Ein Zoo?« – »Ja, den gibt es da auch. Tiergarten wird er genannt. Er wurde Mitte des 18. Jahrhunderts vom Ehemann der Kaiserin Maria Theresia geschaffen.« – »Eine Frau Kaiserin, damals schon?« Für Hannah öffnet sich eine neue Welt. »Ja klar. Wir können sie besuchen.« – »Schmarrn!« Hannahs bayerischer Wortschatz nimmt ständig zu. »Doch, machen wir. Ich zeige dir die Kapuzinergruft. Dort sind fast alle Habsburger beigesetzt. Und Maria Theresia hat den größten Sarg.« ‚Viel zum Besichtigen.' denkt Hannah, ‚ob da die paar Tage hier reichen werden'? Manchmal kann Karl auch Gedanken lesen. »Ja, das werden wir diesmal nicht alles anschauen können. Aber wir kommen ja wieder her.« ‚Ach, daher weht der Wind'; Hannah antwortet nur mit »Okay«.

Sie erreichen jetzt die Innenstadt und nach einem kurzen Stück auf dem ‚Ring' zeigt Karl auf ein altes Gebäude auf der linken Seite »Die Oper, da gehen wir morgen hin«. Dann biegt er links ab, um gleich wieder nach rechts, um ‚um den Block' zu fahren und dann plötzlich nach links in eine Tiefgarage abzubiegen. Schnell findet er einen Stellplatz, parkt ein und schon sind beide nun mit Gepäck auf dem Weg zurück an die Oberfläche.

Hannah ist etwas verwirrt. Karl erklärt ihr, dass sie nun auf der der Einfahrt gegenüberliegenden Seite des Gebäudes sind. Ein paar Schritte in Richtung Staatsoper und schon führt Karl sie zielstrebig zu einem Aufzug, dann durch eine unterirdische Passage mit Geschäften und offensichtlich auch einer U-Bahn-Station. Auf der gegenüberliegenden Seite fahren sie wieder nach oben und folgen kurz einer Seitenstraße. Plötzlich hält Karl eine Tür auf und lässt Hannah in das Gebäude eintreten. Sie ist verwirrt. Ist das schon das Hotel? Ja, nur ein paar Minuten später sind sie schon auf ihrem Zimmer.

Hannah gefällt es. Abgetrennter Wohnbereich, ein Baldachin über dem Doppelbett, ein großes Bad und »Was ist das denn?« fragt sie erstaunt und zeigt auf die gläserne Tür der Dusche. Karl lacht. »Das österreichische Wappen.« – »Mann!« Hannah hat so etwas noch nie an einer Duschtür gesehen. Karl vor seinem ersten Aufenthalt in diesem Hotel auch noch nicht.

»Oh, haben wir eigentlich die Sterne mitgenommen?« – »Ja, liebste, natürlich. In meiner Umhängetasche, unauffällig aufgehoben und in bester Gesellschaft von den Kopien des Tagebuchs von Johann von Pfalz-Neuburg.« Hannah möchte nun die Koffer auspacken, aber Karl meint, das könnten sie auch später erledigen. Er möchte jetzt möglichst schnell zu Professor Schönauer gehen, um die Sterne bei diesem in Sicherheit zu bringen. Wien ist schließlich eine Großstadt und da möchte er diese unersetzbaren Schmuckstücke nicht allzu lange verwahren müssen. Hannah versteht ihn, fragt sich nur, warum sie nicht gleich mit dem Auto zum Professor gefahren sind. Nun, weil man dort nicht parken kann, ist die einfache Antwort. Und dadurch etwa genauso weit hätte laufen müssen.

Sie machen sich auf den Weg und Hannah nimmt Karls ‚kleinen' Fotoapparat mit. Sie will alles Neue, ungewohnte dokumentieren, um das später einmal bei Freunden und Kollegen in Texas präsentieren zu können. Karl denkt ‚Prima, jetzt sind wir nur noch Touristen' und fühlt sich so sicherer. Eine Mahlzeit lassen sie, trotz der Verlockungen einiger der berühmten Würstlstände am Weg, aus, obwohl die Mittagszeit schon fast vorbei ist. Sie sind jetzt doch beide etwas aufgeregt. Plötzlich werden direkt vor ihnen Schimmel über die Gasse geführt. »Das sind Lipizzaner der Spanischen Hofreitschule, die wohl vom Training kommen.« Hannah ist verwirrt. ‚Spanische Hofreitschule' in Wien? Karl bemerkt dies und sagt »Ja, wir werden die einfach einmal besichtigen.« Nächstes Vorhaben in Wien.

Dann führt Karl sie nach links, über einen Platz zu einem prunkvollen Gebäude. Sie gehen in einen breiten Durchgang, nach rechts geht es zum Sisi-Museum, wohin es Hannah eigentlich ziehen würde. Doch Karl geht weiter zum Eingang der Schatzkammer.

Sie gehen nun dort hinein und Karl fragt einen Mitarbeiter an der Kasse nach Professor Schönauer. Dieser antwortet höflich »Ja, der Herr Professor ist im Hause. Wen darf ich melden?« Hannah ist über die Formulierung erstaunt, verkneift sich aber ein Lächeln. »Hannah Snider und Karl Naumann, Herr Nagl hat mich bei Herrn Professor angemeldet. Ich möchte ihm etwas übergeben.« – »Sehr wohl, einen Moment bitte.« Hannah gefällt diese für manche vielleicht übertrieben wirkende Höflichkeit. Der Mitarbeiter, wie das Namensschild verrät der Herr Franitschek, hat kurz telefoniert und wendet sich wieder an Hannah und Karl. »Der Herr Professor erwartet sie in seinem Büro.« Er dreht sich um und ruft eine seiner Kolleginnen zu sich »Sei doch bitte so lieb und bring die Herrschaften zum Professor.«

Diese nickt, lächelt die beiden Besucher an und weist ihnen den Weg zum Fahrstuhl, den sie mit einem Schlüssel aufsperren muss.

‚Aha, nur für das Personal', denkt Karl und fühlt sich jetzt mit seinen wertvollen Mitbringsel sicherer.

Zwei Stockwerke höher führt die Mitarbeiterin sie aus dem Lift, geht voran, klopft dann an einer Tür, öffnet diese und bittet

Hannah und Karl einzutreten. Sie sind dort offensichtlich bereits angekündigt und die hier residierende Vorzimmerdame begrüßt sie freundlich, sagt »Der Herr Professor erwartet sie«, öffnet eine Verbindungstür und lässt sie in ein weiteres Zimmer eintreten.

Dort erhebt sich ein älterer, schlanker, traditionell gekleideter Mann, der ihnen entgegen kommt und sie mit Handschlag begrüßt. »Schönauer. Erfreut sie kennenzulernen. Poldi, er ist wohl ein gemeinsamer Freund, hat sie ja bereits angekündigt. Nehmen Sie doch Platz.« Er zeigt auf eine wohl sehr gemütliche Sitzecke. Die Vorzimmerdame fragt noch »Kaffee?« – »Ja sicher, Karin«, antwortet Schönauer und wendet sich an die Besucher »Einen kleinen Schwarzen?«

Karl nickt kurz, Hannah kann mit diesem ‚Code' für einen Kaffee nichts anfangen und nickt ebenfalls. Karl macht ja bei Kaffee sicher keine Fehler. Der kleine Schwarze, es ist wohl Espresso, kommt sofort und Karin schließt die Verbindungstür hinter sich.

»Sie gestatten, dass ich nun neugierig bin. Der Poldi hat irgendwie in Rätseln gesprochen. Klar ist mir nur, dass Sie mir etwas mitgebracht haben, was auch immer es sein mag.« Karl erwidert »Ja. Die Heimlichtuerei geschah praktisch aus Sicherheitsgründen. Wir haben etwas gefunden, was viele andere wohl gern hätten, mittels illegaler Beschaffung, wenn ich das so ausdrücken darf. Daher die Vorsicht.«

Schönauer schaut etwas ratlos und überrascht. Er bittet »Spannen Sie mich um Himmels willen nicht auf die Folter.« Karl lächelt, beruhigt ihn, holt die beiden noch in Tüchern verpackten Sterne aus seiner Tasche und legt sie vor ihm auf den Tisch. »Diese gehören eigentlich wohl Ihnen oder genauer gesagt der Schatzkammer.« Schönauer ist sichtlich aufgeregt, nimmt das erste Stück und packt es aus. »Oh mein Gott! Ist es ein echter?« – »Ich glaube schon«, antwortet Karl.

Der Professor packt auch das zweite Stück aus, schaut dann nach den Punzen auf den Rückseiten. »Echt, auf jeden Fall. Zwei der verschwundenen Sterne der Kaiserin.« Er steht auf, geht zu einem Schrank, entnimmt diesem eine Flasche und drei Gläser, kommt zurück zum Tisch und füllt die Gläser. »Ich brauch jetzt einen Cognac. Sie wohl auch«, stellt er fest. »Und dann würde ich nur zu gerne erfahren, wie die Sterne zu Ihnen gelangt sind.«

»Eine lange Geschichte«, warnt Karl. Schönauer erklärt, er habe Zeit, viel Zeit, geht kurz zur Tür und erklärt Karin, sie möge alle weiteren Termine für diesen Tag absagen, wegen dringlicher Vorkommnisse.

Hannah und Karl beginnen zu berichten. Vom Testament von Hannahs Großmutter, ihrem Zueinanderfinden, der Suche nach dem Zettel und dem Auffinden der Sterne. Sie verschweigen auch nicht, dass es einen Toten gab, der auf noch nicht geklärte Weise mit dem Tagebuch Johann von Pfalz-Neuburg in Verbindung gebracht werden könnte.

Schönauer hörte aufmerksam zu, machte sich auch einige Notizen. Die Geschichte schien ihn extrem zu interessieren. Auf die Erwähnung von Pfalz-Neuburg brachte ihn offensichtlich auf einen Gedanken. »Ich habe jetzt tausend Fragen an Sie. Ich hoffe, Sie haben Zeit mitgebracht.« Karl meint, sie hätten erst morgen gegen Abend wieder einen Termin, in der Staatsoper.

Der Professor beginnt mit seinen Fragen. »Ist es wohl möglich, von den Schreiben ihrer Großmutter Kopien zu machen? Diese wären wichtig für die Erforschung der, sagen wir, Vergangenheit der beiden Sterne«, fragt er Hannah. Diese ist zwar etwas überrascht, meint jedoch »Eigentlich sollten diese Schreiben wohl hier bleiben. Sie sind wohl Teil der Historie Sisis. Also, wenn Sie mir Kopien mitgeben könnten, würde ich mich von diesen Schreiben auch trennen.« Nein, das möchte Schönauer nicht. Ihm reichen die Kopien, meint er. Und das Vermächtnis der Oma gehöre zur Enkelin und nicht in einen Wiener Aktenschrank. Vielleicht möchte er aber den im Hotel hinter der Wandverkleidung gefunden Zettel behalten, äußert er vorsichtig. Hannah und Karl übergeben diesen bereitwillig an ihn.

»Ja, und dieses Tagebuch, das gehört einfach zum Poldi. Er ist da an irgendetwas dran. Genaueres kann ich da aber nicht sagen; es hängt aber mit dem jungen von Pfalz-Neuburg zusammen.« Es ist mittlerweile fast sechs Uhr abends geworden. Schönauer entschuldigt sich dafür, dass er sie so lange aufgehalten hat und schlägt vor, die beiden als einen kleinen ersten

Dank für die Sterne und die Informationen zum Abendessen einzuladen.

Ehe Karl antworten kann nimmt Hannah die Einladung erfreut an. ‚Ah, da hat jemand Hunger', denkt Karl. Schönauer lässt nun die Sterne sicher in einem Safe der Sammlung verschließen und bittet die beiden ihm zu folgen. Offensichtlich hat auch er mittlerweile Hunger bekommen.

Schnellen Schrittes führt er Hannah und Karl an der Oper und auch am Sacher vorbei in eine Seitengasse und steuert zielsicher Plachuttas ‚Gasthaus zur Oper' an. Er scheint dort bekannt zu sein, bekommt sofort einen guten Tisch zugewiesen und wird mit der Frage »Wie immer, Herr Professor?« des Obers konfrontiert. »Ja«, antwortet dieser und wendet sich an seine Gäste »auch für sie einen ‚Gemischten Satz'?« Hannah versteht jetzt wieder Garnichts, so dass Karl ihr unauffällig ins Ohr flüstert »Ist ein hiesiger Weißwein, eine Wiener Spezialität, sehr zu empfehlen.«, worauf diese erfreut nickt.

Als Karl sich anschließen will, meint der Ober aber noch »Der Herr vielleicht vorher noch ein Ottakringer, wie letztes Mal?« Karl kann nicht anders, er muss lachen und nickt dem Ober zu. »Mann, hat dieser Mensch ein Gedächtnis.«, bemerkt er. »Ja, sonst wär er wohl nicht der Chef de Rang hier.«, stellt Schönauer fest.

Das folgende Mahl, Wiener Schnitzel für Hannah und Tafelspitz für die Herren ist dann offensichtlich sehr wohlschmeckend. Jedenfalls sind alle drei ausgiebig damit beschäftigt.

Hannah ist nicht nur vom Essen, sondern auch von ihren ersten Eindrücken von der österreichischen Hauptstadt überwältigt, teilt das auch dem Professor mit, der ihr weitere Ideen zu ihrem Besuch in Wien liefert.

Nach knapp drei Stunden sind dann alle drei gesättigt und auch rechtschaffen müde. Hannah und Karl verabschieden sich von Schönauer und verabreden, sich in den nächsten Tagen noch einmal bei ihm zu melden.

Der Weg in ihr Hotel ist kurz und dort angekommen fallen beide erschöpft ins Bett.

23. Juni

Hannah und Karl haben gut geschlafen und gehen nach der Morgentoilette im Hotel zum Frühstück. Hannah hat ja bereits Erfahrungen mit dem europäischen Frühstück sammeln können und genießt dieses auch wieder in Wien. »Schauen wir heute mal bei Poldi vorbei. Mal sehen, ob es vom Tagebuch-Verkäufer etwas Neues gibt.« Hannah nickt.

Nach dem Frühstück machen sie sich auf den Weg zu Poldi. »Zu weit zum Laufen«, meint Karl. »Bist du schon mal Trambahn gefahren?« Hannah antwortet »Nein, was ist denn das?« – »Na, diese schicken, roten Dinger auf den Schienen da vorn«, erklärt Karl und zeigt auf eine gerade auf der Ringstraße fahrende Tram.

Er kauft an einem Automaten in der Unterführung zur Oper Tickets und dann nehmen die beiden die nächste Bahn in Richtung Universität. Hannah gefällt die gemütliche, manchmal etwas schaukelnde Fahrt.

Für ihren Geschmack viel zu schnell erreichen sie ihr Ziel. Ein kleines Problem haben sie dann: Ein auf dem Gehweg zur Universität rasend schnell fahrender Radfahrer produziert fast noch einen Zusammenstoß mit Hannah.

Sie erschrickt vor dem urplötzlich wie aus dem Nichts auftauchenden Raser. Karl flucht lauthals und schreit den Radfahrer an. Doch der ist schon wieder verschwunden. »Das gibt's bei mir zu Hause nicht«, beschwert sich Hannah. Karl, immer noch sauer meint »Na ja, bei uns gibt's auch schon rücksichtslose Radfahrer. Aber ganz so schlimm sind die nicht.« Und er erinnert sich an einen sehr alten Radler, der durch sein dümmliches Überqueren einer Hauptstraße drei Autos und ein Motorrad zu Vollbremsungen gezwungen hatte.

In der Universität erkundigen sie sich nun nach Poldis Büro und finden es recht schnell auch. »Ja Karl, und dann noch in netter Begleitung. Grüßt Euch, willkommen in meinem Reich!« Leopold Nagl freut sich über den Besuch und bietet den beiden

Besuchern Plätze auf zwei Stühlen vor seinem Schreibtisch an. Auch hier gibt es natürlich für die beiden einen Kaffee, den Poldi aber in Ermangelung weiterer Mitarbeiter selbst holen muss.

»So, was gibt's denn Neues?« möchte er wissen. Er freut sich über den ausführlichen Bericht der beiden und die Übergabe der Sisi-Sterne an die Schatzkammer. »Bei mir gibt's aber nicht soviel zu erzählen. Der Möchte-Gern-Verkäufer hat sich auch noch nicht wieder gemeldet.«

Karl bietet ihm die Kopie des Tagebuchs von Johann von Pfalz-Neuburg für seine Studien an. Poldi nimmt das Angebot gern an, meint jedoch »Das Original sollte man aber unbedingt zurückbekommen. Es gehört einfach der Familie von Pfalz und da muss es wieder hin.« – »Aber eine Million Euro wird dafür keiner investieren«, sagt Karl. Hannah sinniert »Es ist doch eigentlich ein Fall für die Polizei.«

Poldis Telefon macht sich bemerkbar. Als dieser auf dem Display sieht, dass statt der Nummer des Anrufenden nur ‚unbekannt' zu lesen ist, drückt er vorsichtshalber die Aufnahmetaste eines offenbar mit dem Telefon gekoppelten Diktiergeräts. Er lächelt entschuldigend zu seinen Besuchern herüber und nimmt das Gespräch an. »Nagl.« Poldi schaltet den Lautsprecher am Telefon ein. »Haben sie immer noch Interesse am Tagebuch des Johann von Pfalz-Neuburg?« – »Ach, was hätte ich denn davon?« entgegnet Poldi. »Brisante Informationen zu Sisis Verhältnis zu diesem Johann. Vielleicht war sie auch schon mal schwanger von ihm. Jugendliebe, verstehen Sie?« setzt der Anrufer sein Verkaufsgespräch fort. »Na ja. Aber der geforderte Preis für das Tagebuch eines No-Names erscheint mir doch einfach zu hoch zu sein.« – »Zahlen Sie das nicht, dann gebe ich es einfach an eines dieser Skandalblätter weiter. Die zahlen und die ganze geschönte Erinnerung an Eure Kaiserin ist dahin.«

Aha, es läuft jetzt auf eine Erpressung hinaus. »Also, letzte Chance: Eine Million Euro in bar. Große Scheine. Austausch Geld gegen Tagebuch übermorgen um 16:00 Uhr auf dem Kahlenberg, am Besucherparkplatz. Kommen Sie allein. Ich erkenne sie dann schon«, bellt der Erpresser und legt auf. Poldi stoppt die Aufzeichnung und pfeift.

»Jetzt will's der Depp aber unbedingt schnell wissen. Na, dann schaun wir mal« Er nimmt wieder den Hörer in die Hand, wählt eine Nummer, schaltet wieder den Lautsprecher ein und wartet auf seinen Gesprächspartner. »Ja Poldi, was gibt's Neues?« meldet sich dieser. »Grüß dich, Herr Bezirksinspektor. Dieser Typ mit dem gestohlenen Tagebuch hat sich wieder gemeldet und will nun übermorgen dieses gegen die gewünschte Million austauschen.« – »Na sauber. Hast den Schmarrn aufgenommen?« – »Sowieso. Soll ich's dir rüberschicken?« – »Jo, gern. Wir werden dann schauen, dass wir den Kerl bei der Übergabe festnehmen. Wann und wo soll's sein?« – »Auf'm Kahlenberg, Besucherparkplatz, übermorgen um viere am Nachmittag.« – »Des wird a bisserl unübersichtlich sein. Aber, wird schon hinhauen. Ich lass dir dann a Tasche voll Geld herrichten.« Poldi erschrickt »Was, eine Tasche mit einer Million?« – »Ja klar, in falschen Scheinen. Wir haben genügend Falschgeld in Verwahrung«, lacht der Bezirksinspektor. »Also, bis dann«, verabschiedet sich Poldi.

»Du Poldi, wenn's nichts ausmacht. Können wir noch eine Kopie von dem Anruf haben, bevor du ihn an die Polizei übergibst?« Karl weiß zwar noch nicht, wozu er diese Aufzeichnung brauchen würde, aber ein Gefühl sagt ihm, dass es nötig wäre.

»Klar. Ich lass es dir kopieren«, antwortet Poldi und verschwindet mitsamt dem Tonband.

Hannah hat noch eine weitere Idee »Sollten wir nicht als unauffällige Zeugen bei der Übergabe in der Nähe sein?« Karl nickt und lacht sie an »Wie immer eine Spitzen-Idee!« Poldi ist schon zurück und gibt Karl eine kleine Tonbandkassette mit dem Hinweis, er könne diese Kopie behalten. Die beiden berichten ihm nun von Hannahs Idee. »Also als Touristen getarnt«, sinniert Poldi, »ja, das könnte vielleicht hilfreich sein, noch ein paar zuverlässige Zeugen zu haben.« Abgemacht. »Soll ich die Kopie vom Tagebuch auch noch schnell kopieren?« Karl meint, das müsse noch nicht sein, er solle sie einstweilen einfach behalten.

Leopold Nagl ist verständlicherweise aufgeregt. In so einen Kriminalfall wird man schließlich nicht alle Tage verwickelt.

»Kommt, gehn wir mal was trinken, ist eh bald Mittag«, meint er. Keine Widerrede von den beiden Besuchern und so verlassen sie die Universität, überqueren den Universitätsring und folgen Poldi, der zielsicher und schnell die wenigen Schritte zum Café Landtmann geht. »Ah, der Herr Doktor, grüß Ihnen« wird er am Eingang begrüßt und sofort vom Ober an einen Tisch in einer ruhigen Ecke geführt. »Aha, Stammgast schätz ich mal«, sagt Karl und erwartet keine Antwort.

Der zuständige Kellner kommt an ihren Tisch, bringt die Karte und will ihnen erst einmal für ihre Auswahl Zeit lassen. Poldi jedoch hat eine andere Idee und bestellt »Bringens uns doch drei Gemischte Sätze bitte.« Hannah schaut fragend Karl an. Der lacht und meint »Heut geht's aber schon früh los.« Poldi ist jetzt entspannter und sagt »Nach dieser Anspannung…« Hannah möchte es jetzt aber endlich wissen »Was ist denn ein ‚Gemischter Satz'?«

Poldi klärt sie auf »Eigentlich ein Weißweincuvée, also einen Verschnitt aus verschiedenen Weinsorten. Der Wein muss dafür aber ausschließlich im Stadtgebiet von Wien angebaut worden sein«, Hannah ist verblüfft »Gibt es in der Stadt also Weinberge?« – »Ja, wir sagen übrigens Weingärten hier. In Wien wird Wein auf über siebenhundert Hektar Fläche angebaut.« Hannah ist erstaunt. Stadtgebiet, 700 Hektar ‚Weingärten'. Das passt für sie nicht zusammen.

Nun kommt der Kellner mit den drei Vierteln Wein, die er den Gästen serviert. »Haben die Herrschaften schon gewählt?« Sie haben, Kaiserschmarrn für Hannah, Wiener Backhuhn für Karl und einen Gulasch für Poldi. Das Gespräch dreht sich nun über unverfängliche Themen. Entspannung ist angesagt.

Hannah möchte mehr über die Wiener Küche wissen und bekommt von Poldi vieles erklärt. Karl nutzt die Zeit, um die Mails zu checken. Ja, Volker möchte wissen, ob es Neuigkeiten gäbe. Die Antwort verschiebt Karl auf später. Alle weiteren Mails sind eher informativ oder schlichtweg Werbung.

Dann wird das Essen serviert. Hannah schaut begeistert auf ihren Kaiserschmarrn. Man wünscht sich guten Appetit und alle versuchen, die doch recht großen Portionen zu bewältigen. Es folgt der unvermeidliche kleine Schwarze. Selbst Hannah hat sich bereits, auch wegen ihrer guten Erfahrungen mit den Espressi in Südtirol, längst an diesen gewöhnt.

Dann verabschieden sie sich, Poldi muss zurück ins Büro, Hannah und Karl gehen ein wenig bummeln. Erstes Ziel ist der Graben mit der Pestsäule, dann geht's weiter zum Stephansdom und zur Kärntner Straße. Als sie diese ein Stück weit entlang gegangen sind und Hannah dabei etliche interessante Geschäfte entdeckt hatte, biegt Karl plötzlich von dieser in eine Seitenstraße ab, überquert einen Platz und führt Hannah zu einem mit ‚Kapuzinergruft' gekennzeichneten Eingang. »Komm, das musst du dir anschauen«, meint er.

Sie gehen hinein, Karl bezahlt den Eintritt und dann gehen sie in den Keller des Gebäudes. Nun ist es an Hannah, zu staunen. Sie kommen in Räume mit einer Vielzahl von kunstvoll verzierten Särgen, viele wohl aus Zinn, aber auch solche aus Kupfer und ein schlichterer aus Holz. Dann kommen sie zu einem riesigen, über vier Meter langem Sarg. Es ist der von Maria Theresia. In einem weiteren Raum entdeckt Hannah dann den schlichteren Sarg von Sisi. Sie wundert sich, dass dieser mit Blumen geschmückt ist. »Die Leute mögen sie immer noch gern und denken an sie«, erklärt Karl.

‚Sie verlassen die Gruft und gehen zurück zur Kärntner Straße. Karl steuert nun zielsicher ein Bekleidungsgeschäft mit Damenmode an. Hannah staunt und denkt, ‚Was wird das jetzt?' Karl stellt anscheinend sofort fest, wo er das finden wird, was er sucht und führt Hannah dorthin. Abendgarderobe. Sofort kommt eine Verkäuferin auf sie zu und fragt nach den Wünschen der ‚gnädigen Frau'. Hannah wirkt überfragt und Karl antwortet »Meine Frau möchte etwas Leichtes aber stilvolles für die Oper.« – »Sehr gern. Haben Sie eine Vorliebe für die Farbe?« fragt die Mitarbeiterin Hannah. Gute Frage. Achselzucken bei Hannah, sie ist überrumpelt. Karl meint »Also ich hab einen schwarzen Janker, weißes Hemd und eine schwarze Hose natürlich.« – »Dann passt also praktisch alles dazu«, stellt die Verkäuferin fest und beginnt die Suche nach etwas für Hannah passendes. Schnell kommt sie mit drei fertig zusammengestellten Outfits zurück. »So, die könnten Sie jetzt probieren.«

Hannahs Miene hellt sich auf. Bereits das erste Angebot scheint ihr zu gefallen. »Ja gern«, antwortet sie. Die Vorschläge der Verkäuferin werden in eine Kabine gebracht, Hannah folgt in diese. Nun dauert es ein wenig, dann kommt sie im ersten Outfit heraus. Ein blaues schlichtes langes Kleid mit einer kurzen, dunkleren aber auch blauen Jacke darüber.

Hannah ist begeistert, Karl ist es auch. »Ich glaube, das ist einfach genial«, meint Hannah, »wie konnten sie meine Größe kennen?« Die Mitarbeiterin lächelt »Das muss man einfach sehen, gnädige Frau.« – »Das muss ich haben«, stellt Hannah fest. Die Verkäuferin schaut noch auf Hannahs Sneaker und fragt höflich »Noch ein Paar Schuhe dazu und vielleicht auch eine Tasche?« Sie rennt damit offene Türen ein. Schuhe, Tasche, da kann Hannah natürlich nicht widerstehen.

Hannah zieht sich wieder um, das Outfit für die Oper wandert in eine Einkaufstasche und Karl zückt seine Kreditkarte, um schnell zu bezahlen, ehe Hannah wieder aus der Kabine kommt. Als sie feststellt, dass er bereits alles gezahlt hat bedankt sie sich glücklich bei ihm »Jetzt verstehe ich deine Bemerkung beim Koffer packen. Danke!«

Nach diesem Einkauf gehen sie weiter zu ihrem Hotel. Eine Pause ist jetzt nicht schlecht, wartet doch noch eine Aufführung in der Staatsoper auf sie. Auf dem Weg dorthin holen sie noch ihre Karten für die heutige Aufführung an der Kasse der Staatsoper ab. Dann gönnen sie sich beide etwas Schlaf.

Staatsoper. Festliche Kleidung, Eingangshalle, pompöses Treppenhaus. Nein, sie nehmen nicht den Lift. Diese Treppen muss man einfach erst einmal genießen. Stiegenhaus sagt man in Wien. Nein, fürstlicher Aufgang trifft es eher. Schnell findet Karl ihre Loge und nachdem Hannah genügend Gelegenheit hatte, die festliche Bekleidung der meisten Besucher zu begutachten, stellt sie fest, dass ihr ihr neues Gewand doch besser als die der anderen Damen gefallen würde und sie könnten in die Loge gehen. Hannah gefallen auch die durchaus bequemen Stühle.

Dann bewundert sie den glanzvollen Innenraum und die gute Sicht auf die Bühne. Auf ihre Frage, wozu die kleinen Monitore vor jedem Sitz dienen würden, erklärt ihr Karl, dass auf diesen bei fremdsprachigen Texten die deutsche Übersetzung synchron angezeigt würde. Hannah ist begeistert.

Die Zuschauer haben nun fast alle ihre Plätze eingenommen. Auch die freien Stühle in ihrer Loge sind jetzt belegt. Das Orchester nimmt seine Plätze ein und erntet ersten Applaus.

Hannah beobachtet alles. Nichts scheint ihr zu entgehen. Unterhalten? Keine Zeit! Dann wird es im Zuschauerraum dunkler und die Vorstellung beginnt. Karl beobachtet Hannah. Sie schaut gebannt zur Bühne, saugt offensichtlich alles, was dort geschieht auf. Gelegentlich wirft sie einen Blick auf den kleinen Monitor. Aber nicht oft. Auch genießt sie, wie auch Karl, nun gern die Musik mit geschlossenen Augen. Ja, sie schwebt irgendwie in der Oper. Dann folgt, für beide viel zu früh, nach mehr als einer Stunde die Pause.

Sie gehen aus der Loge in einen großen Raum hinter dem Treppenhaus. Dort werden Häppchen und Getränke angeboten, die jedoch offensichtlich vorbestellt werden mussten. Karl führt Hannah gezielt dorthin und stellt sich kurz vor. Die Bedienung lächelt und bittet um einen Moment Geduld, um kurz drauf mit einem kleinen Tablett, auf dem sich zwei Gläser Weißwein und ein Teller mit Lachshäppchen befinden, zurück. Sie wünscht guten Appetit und übergibt das Tablett an Karl, der sich bedankt und ihr anscheinend noch ein Trinkgeld übergibt. Hannah fragt sich, wie Karl das denn schon wieder arrangiert hat, beschließt ihn später auszuforschen, das Wort hat sie in Südtirol aufgeschnappt, und nun lieber erst einmal Snack und Wein zu genießen. Karl sieht das glückliche Gesicht Hannahs. ‚Ja, ihr geht es jetzt genau so wie mir. Opern machen eben glücklich.‘ denkt er.

Nach der Pause, wieder in der Loge, wird der große Genuss fortgesetzt. Karl denkt, dass Hannah kurz davor ist, vor Glück zu weinen. Und er hat wohl nicht Unrecht. Dann endet die Oper nach zweieinhalb Stunden. Die beiden verlassen die Loge. Hannah kann ihre Eindrücke kaum in Worte fassen. Diese Lautstärke, diese Präsenz, die phantastischen Künstler. »Komm, wir feiern noch ein wenig«, meint Karl. Hannah nickt und sie gehen um die Staatsoper herum zum Hotel Sacher, dort in die Bar und lassen sich noch ein Glas Wein schmecken.

24. Juni

Die gestrige Opernaufführung hat Hannah stark beeindruckt. Schon beim Frühstück erklärt sie Karl, dass sie unbedingt öfter hier in Wien eine Oper oder auch eine Operette genießen möchte. Karl ist erstaunt »Meinte da nicht jemand vor Kurzem, dass sie klassische Musik nicht interessiere?« Hannah lächelt ein wenig verlegen »Na ja, klassische Musik in Texas und in Wien sind ja zwei Welten. Aber ich würde ganz einfach sagen bei mir wurde gestern eine Bildungslücke geschlossen.« ‚Und ein schickes, neues Gewand war auch dabei.' denkt Karl.

Dann überlegen sie, was sie am heutigen Samstag machen möchten. Schließlich haben sie keine Termine wahrzunehmen. Karl überlegt nicht lange, sondern schlägt gleich vor, zunächst einmal Schloss Schönbrunn zu besichtigen. Und abends könnten sie ja mal schauen, was Wien bei Nacht sonst noch bietet. Der Plan ist für Hannah perfekt und so machen sie sich nach dem Frühstück auf den Weg zum Schloss.

Nach knapp 20 Minuten Fahrt mit der U-Bahn, spottbillig, wie Hannah feststellt, haben sie Schönbrunn erreicht. Karl hatte noch beim Frühstück die Idee, die lange Schlange beim Schalter für die Tickets zu vermeiden und schnell online den Classic Pass Plus gebucht. Auf Hannahs Frage, was denn dieser beinhalte, hatte er schlicht mit »Alles« geantwortet. Nun kann der

Schönbrunn-Tag beginnen. Bereits zwanzig Minuten nach dem Eintreffen am Schloss beginnt die von Ihnen gebuchte Führung. Auf der Grand Tour, wie diese genannt wird, sehen sie nun alle ‚wesentlichen Gemächer' im Schloss und bekommen zahlreiche Informationen besonders zu Sisi und Franz-Joseph vermittelt. Karl bekommt bald den Eindruck, dass Hannah liebend gern hier einziehen und leben möchte. ‚Nur gut, dass das nicht geht.' denkt er.

Nach diesem ausführlichen Rundgang im Schloss warten noch weitere Attraktionen auf sie. Zunächst wandern sie durch den weitläufigen Park zur Gloriette. Hannah ist fasziniert von der Anlage, so sauber, so geordnet angelegt. »So sollte ein Garten daheim auch aussehen«, meint sie. Karl lacht »Und wie viele Gärtner wirst du dann für die Pflege einstellen.« Ja, daran hat sie nicht gedacht. Dann entdeckt Hannah den Irrgarten und verwandelt sich urplötzlich in ein verspieltes Kind. Dieses Labyrinth beschäftigt beide nun für einige Zeit. Endlich finden sie den Ausgang wieder und Karl, die Mittagszeit ist fast vorbei, vermeldet ‚einen kleinen Hunger'. Sie gehen nun durch den Tiergarten in den Kaiserpavillon, in dem sich ein Café befindet. Hannah braucht nun dringend einen Apfelstrudel, Karl wünscht sich eine Gulaschsuppe.

Nach dem Mittagssnack, der natürlich mit einem kleinen Schwarzen abgeschlossen wurde, erkunden sie den Tiergarten, den ältesten Zoos der Welt. Dann folgt noch das Palmenhaus, das Wüstenhaus und die Orangerie bevor beide feststellen, dass sie für diesen Tag eigentlich genug gelaufen sind und daher mit der U-Bahn zurück zum Hotel fahren werden.

Ausruhen. Dann fällt Karl mal wieder ‚etwas ein'. Er scannt das Internet, pfeift kurz und tut dann kund, er habe etwas für den Abend gefunden. Hannah hatte gehofft, diesen Abend gemütlich im Bett zu verbringen, aber wohl die Rechnung ohne Karl gemacht. »Und was meinst du?«, fragt sie ihn.

Karl lacht verschmitzt »Wir gehen etwas essen und dann ins Kabarett.« Hannah hat jetzt Bedenken. »In so eine Show mit nackten Frauen etwa?« – »Ach was, nicht Cabaret, sondern Kabarett, also was Lustiges. In einer Stunde sollten wir losgehen.« Er beruhigt Hannah noch »Nein, keine aufwändige Garderobe heute.«

Gegen 18 Uhr verlassen die beiden das Hotel, gehen an Staatsoper und Albertina vorbei in Richtung Innenstadt. Karl navigiert dann zielsicher in eine kleine Gasse und führt Hannah zu einem fast unscheinbaren Lokal. »Das ist ein richtiges Beisl, eine Wiener Gaststätte, wo wir auch Wiener Küche serviert bekommen«, erklärt er. Genauso ist es auch.

Beide bestellen ein »Reinthaler Schnitzel« und jeweils ein Bier, Hannah ein Seidl, Karl ein Krügerl. Es mundet ihnen und nach einer Stunde sind beide zufrieden und satt. Karl zahlt die Zeche und führt dann Hannah durch einige wenige Gassen zu einem Gebäude, an dem das Schild ‚Casa Nova' prangt. Sie gehen hinein und Karl steuert gezielt eine Treppe, die nach unten führt, an. »Dahin, wirklich?«, fragt Hannah besorgt. »Ja, keine Sorge, das Wiener Nachtleben spielt sich ab und zu auch in den Kellern ab«, erklärt er.

Im zweiten Untergeschoss erreichen sie dann eine Garderobe und daran anschließend einen recht großen Saal, der zu einer Bühne hin etwas abfällt. Ein Mitarbeiter kontrolliert kurz ihre Tickets auf Karls Handy und weist ihnen den Weg zu ihren Plätzen. Hannah ist erstaunt; es gibt bequeme Sessel und auch einen Tisch für sie.

Karl verlässt sie kurz, geht zu einem Tresen an der Seite des Raums und kommt kurz darauf mit einer Flasche Wein und zwei Gläsern zurück. »Gemischter Satz, du weißt schon«, erklärt er. Hannah ist zufrieden. Gut gegessen, dann ein kleiner Spaziergang und nun ein Kabarett, in dem es auch etwas zu trinken gibt. Fehlt nur noch die Darbietung des heutigen Abends. Ach ja, da hat sie ja bereits in der Garderobe ein Plakat erspäht. ‚Julia und Romeo', ‚Shakespeare in einem Kabarett, na, ich lass mich überraschen.' denkt sie.

Was nun folgt, hatte sie auf keinen Fall erwartet. Zwei Schauspieler, eine Frau und ein Mann, in normaler Straßenkleidung treten auf die Bühne.

Was folgt, ist schwer zu beschreiben. Diese beiden spielen praktisch alle Rollen im Stück, wechseln dabei auf mal das Geschlecht, singen zum Stück passende Texte zu modernen Melodien. Und nehmen das dramatische Schauspiel nicht im Geringsten ernst. Hannah kann, wie auch Karl, nicht mehr aufhören zu lachen. »Meine Güte, wie kamst du denn auf dieses Stück für heute Abend?« will Hannah am Ende der Darbietung wissen und lacht immer noch.

Karl ebenso. »Bedanke dich bei Poldi. Er hat mir vorhin den Link zum ‚Casa Nova' geschickt. Als Vorschlag für den Abend.« – »Mach ich bestimmt!« sagt Hannah, trinkt ihr Glas aus, steht auf und nimmt im Gehen Karls Hand. Sie schlendern nun durch die Gassen zurück zum Hotel. Immer noch lachend erreichen sie dieses und gehen zu ihrem Zimmer. Dort angekommen fragt Hannah verschmitzt »Du hast ja das Notengeschäft neben dem Kabarett gar nicht bemerkt.« – »Doch, sicher. Ich hab da auch schon Noten gekauft. Aber es hatte ja bereits geschlossen«, meint Karl und lacht.

25. Juni

Heute ist Hannah die ‚Nummer 1', jedenfalls im Bad. »Was meinst Du, was ich anziehen sollte?«, ruft sie durch die offene Tür. Karl ist erstaunt. »Ganz was Neues. Ich werde nach Bekleidungsempfehlungen gefragt.« – »Ja, wegen heute Nachmittag. Quasi eine Tarnung als Touristen.« – »Wie wär's denn mit was richtig ‚amerikanischen'?« Hannah schaut aus dem Bad heraus »Manchmal kommst du wirklich auf die besten Ideen.«

Als sie zum Frühstück gehen, sind beide schon als Touristen, oder wie Karl es gern abkürzt ‚Touries' gekleidet. Bermudas, T- oder Poloshirts, lustige Socken und sportliche Schuhe. Hannah schlägt dabei Karl mit ihren grell-bunten Sachen sogar um Längen. »Ich häng mir dann noch meine Kamera vor den Bauch. Und du kannst gerne meine rustikale Umhängetasche nehmen. deine Handtaschen wären da zu fein.« Hannah denkt ‚Toll, jetzt darf ich sein bayrisches Heiligtum tragen. Hoffentlich räumt er es vorher aus.‘ und grinst. Die Bedienung bringt ihnen ihre Melange, schaut erstaunt und, schließlich kennt sie Karl ja schon etwas länger, fragt belustigt »Geht's ihr heut zum Maskenball, als Amerikaner im fremden Land?« Hannah macht den Spaß mit »Yeah, of course, we'll have a guided tour to all important places in Vienna. It's a special offer.«

Jetzt ist die junge Angestellte verblüfft: Auf einmal Südstaaten-Englisch von jemanden zu hören, den sie eindeutig für eine Einheimische gehalten hatte, ist gewiss erst einmal ungewöhnlich. Hannah lacht sie an: »Ja, ich sehe heute so aus wie die meisten Leute aus meiner Heimat, bin aber eigentlich eher multinational, aber immerhin bei meiner österreichischen Oma aufgewachsen.« Die Kellnerin ist sich jetzt nicht sicher, ob sie sich für irgendetwas entschuldigen müsste. Karl beruhigt sie »Schau, wir machen uns heute nur einen Spaß, wollen mal sehen, wie Touristen in Wien behandelt werden« und denkt sich, dass ihre Tarnung schon sehr gut sein muss.

»Wie wär's denn mal mit moderner Kunst heute? Wir haben ja noch viel Zeit bis zu unserem Auftritt« fragt Karl. Hannah meint: »Na ja, ich habe mit dem Modernen noch keine guten Erfahrungen gemacht. Ehrlich gesagt gefällt mir da das meiste nicht. Aber, ich könnte ja meine Meinung auch ändern. Wie bei der Oper.« Und beide machen sich nach dem Frühstück auf den kurzen Weg zum Museumsquartier.

Sie gehen dort durch einen Durchgang in den Innenhof und stehen dann vor einem weißen Quader mit einigen, nicht zu vielen Fenstern. »Da sind wir, das Leopold Museum.« Sie gehen hinein und wieder darf Hannah staunen. Diese hier zu besichtigende moderne Kunst gefällt ihr durchaus, meistens jedenfalls. Ja, sie ist hellauf begeistert von den Werken Gustav Klimts, findet dauernd weitere, sie faszinierende Werke, ist aber auch manchmal, wie sie es zu sagen pflegt, ‚kein Fan‘ von einigen, wenigen Ausstellungsstücken.

Als sie ‚durch‘ sind, führt Karl Hannah noch auf das Dach. Genauer gesagt nehmen sie einen Außenlift am Museum, der sie auf die Dachterrasse bringt und die nach der Form des dort zu findenden gläsernen Raumes ‚Libelle' genannt wird. Hannah ist von der Aussicht begeistert. Die Dächer der Wiener Innenstadt sind in Augenhöhe und teilweise zum Greifen nahe. Ja, und eine Melange gibt es auch.

Gegen 14 Uhr machen sich die beiden dann, jetzt mit kompletter Ausrüstung als Touristen, auf den Weg. Mit U-Bahn und Bus erreichen sie den Kahlenberg. Sie sind, wie bei Karl üblich, natürlich zu früh dort. Von Poldi jedenfalls noch keine Spur. Genauso wenig von den durch Poldi informierten Polizeibeamten. So erkunden beide erst einmal den Berg, genießen die Aussicht über ganz Wien und legen an ‚Kaiserin Elisabeths Ruhe' eine kurze Pause ein. Karl macht bereits, seitdem sie auf dem Berg angekommen sind, fleißig Fotos. Um ihre Tarnung zu perfektionieren, sprechen beide nun auch ausschließlich Englisch, amerikanisches Südstaaten-Englisch, versteht sich.

Als sie dann ‚pflichtbewusst' die Auslagen am Kiosk besichtigen, sieht Karl Poldi am vorderen Ende des Parkplatzes einparken. In einer ruhigen Ecke nimmt Karl sein Handy und schreibt ihm eine kurze Nachricht. »Wir sind hier, sehen dich. Aber wo ist die Polizei?« Poldi antwortet sofort »Dann sind die so gut getarnt wie ihr. Krasses Outfit!« Weiterhin rührt sich nichts, es ist fast 16 Uhr.

Plötzlich steht, wie aus dem Nichts aufgetaucht, ein Wurzelsepp, bekleidet mit einer alten Lederhose, einem abgerissenen Janker und einem zerknüllten Hut vor Poldis Auto. Offensichtlich ein Obdachloser auf Betteltour, denkt Karl. Poldi öffnet die Scheiben, die beiden reden wohl miteinander, was Karl und Hannah aber wegen der Entfernung zu Poldis Fahrzeug nicht hören können.

Dann gibt der Wurzelsepp etwas wie ein Buch zu Poldi ins Auto, erhält von diesem eine Tasche heraus gereicht und ist verschwunden. In diesem Moment fährt auch ein Linienbus von der Haltestelle neben Poldis Parkplatz ab. Poldi steigt aus und winkt Karl.

Hannah und er gehen nun schnellen Schrittes zu ihm. Gleichzeitig bemerken sie einige Touristen, die auch zu ihm unterwegs sind. Einer dieser ist Poldis Freund, der Bezirksinspektor. »Ja sowas. Wie ist der nur so schnell verschwunden? Hat von Euch jemand etwas bemerkt.« Die anderen Polizisten, auch in Zivil, haben nichts gesehen.

Hannah meint: »Da war noch dieser Linienbus, der sofort nach der Übergabe abgefahren ist. Den könnte er recht unbemerkt erreicht haben.« Poldi greift nun in sein Auto und holt ein Buch heraus »Aber, wir haben ja das Tagebuch. Und haben da auf fast Nichts dafür gezahlt.« – »Fast nichts?«, Karl wundert sich. »Ja, es war nur Fake-Money in der Tasche. Zwei drei Lagen Falschgeld oben in den Bündeln und darunter lediglich Papier«, erklärt der Bezirksinspektor. Poldi schaut sich das Tagebuch nun näher an. Er bemerkt, dass etwas mit diesem wohl nicht stimmt und betrachtet es näher. »Verdammt, da fehlt was«, stellt er fest, schlägt das Buch auf und findet an der schon von ihm bemerkten Lücke einen maschinengeschriebenen Zettel. ‚Den Rest mit dem wirklich interessanten Inhalt behalte ich erst einmal bis ich Ihre Zahlung überprüft habe.' ist auf diesem zu lesen.

»Verdammt!« Poldi und Karl fluchen fast synchron. »Kommt, wir müssen in mein Büro. Ich muss wissen, worum es auf diesen fehlenden Seiten eigentlich geht. Gut, dass ihr die Kopie des Buchs mitgebracht habt!« Poldi ist schon dabei ins Auto einzusteigen. Hannah und Karl tun es ihm gleich, der Bezirksinspektor und seine wie er perfekt getarnten Mitarbeiter gehen ebenfalls zu ihren Fahrzeugen. Im Gehen weist der Beamte die drei darauf hin, möglichst das Tagebuch nicht mehr ohne Handschuhe anzufassen. Er käme auch zu Poldis Büro, um dieses nach Poldi Prüfung zur Spurensicherung mitzunehmen.

Nicht nur auf der Fahrt, sondern auch im Büro sind die drei neugierig und etwas aufgeregt. Poldi holt sofort die Kopie des Tagebuchs aus seinem kleinen Panzerschrank. »Moment« meint er und verschwindet kurz, um anschließend gleich wieder mit dem Bezirksinspektor und einer Packung Gummihandschuhe zurückzukehren. »Geheimvorrat der Putzkleschn« erklärt er und verteilt Handschuhe an alle. Wieder öffnet er das Originaltagebuch, legt es auf den Tisch und schlägt die entsprechende Stelle in der Kopie auf. Alle stehen dicht gedrängt neben ihm und lesen mit ihm, was auf den im Original fehlenden Seiten stehen müsste. »Hui!« entfährt es dem Bezirksinspektor. Poldi wird blass, Karl macht große Augen und Hannah pfeift »Wow, richtig fetzig!«

»Gut, oder nein, nicht gut«, stellt Poldi nach der Lektüre der zehn fehlenden Seiten fest. »Wenn da auch nur die Hälfte von dem stimmt, was der Johann da aufgeschrieben hat, dann wollte dieser Sisi dazu bringen, den Franzl zu verlassen und in Bayern die bislang harmlose Jugendfreundschaft fortzusetzen und erheblich zu intensivieren. Vorsichtig ausgedrückt.« – »Das wäre eine Sensation!« stellt der Bezirksinspektor fest. »Du Poldi, jetzt bräuchte ich dann doch eine Kopie vom Tagebuch«, meint Karl. »Ich muss da noch mal vor Ort weiterforschen, an Johanns damaligem Wohnort.«

»Weiter kommen wir heute aber nicht.« Der Bezirksinspektor übernimmt das ‚alte', unvollständige Tagebuch, verpackt es in eine wie durch Zauberei plötzlich in seinen Händen befindliche Plastiktüte und will gerade gehen, als Karls Handy eine SMS signalisiert. Poldi schaut auf das Display »Unbekannter Sender«, öffnet die eingegangene SMS und liest vor »Netter Witz mit dieser Fake-Zahlung. Das war's mit dem Rest vom Buch für Sie.« – »Mist!« der eindeutige Kommentar kommt von Karl. Hannah ist nicht so pessimistisch »Der wird sich doch die Chance auf das Geschäft nicht entgehen lassen. Und ohne den Rest des Buchs ist der herausgenommene Teil sicher nicht so wertvoll.«

Nun verabschiedet sich der Polizeibeamte wirklich. Poldi geht mit der Kopie zu seinem, für ein Büro wohl etwas zu große geratenen Kopierer und legt das komplette Paket, es sind ja alles einzelne Seiten, in einen Schacht. Ein Knopfdruck und die Maschine beginnt hektisch zu arbeiten. »Ich mag dieses Ding, man spart viel Arbeit damit«, stellt er fest. Kurz drauf ist bereits der gesamte Stapel fertig kopiert. Poldi gibt Karl die Papiere, die dieser bereits mitgebracht hatte zurück und schließt die frischen Kopien in seinem Safe ein. »Sicher ist sicher.«

Hannah und Karl wollen sich auf den Weg machen, als Karl noch etwas einfällt. »Du Poldi, wir fahren morgen wieder heim.

Ich muss mit Max von Pfalz reden und möchte danach einen alten Freund besuchen, der gerade passende historische Forschungen in Johanns Heimat durchführt. Aber ich halte dich immer auf dem Laufenden.« Poldi hält das für eine gute Idee »Ja, da könntest du etwas herausbekommen. Könnte auch sein, dass dieser elende Dieb, dieser Wurzelsepp irgendeine Beziehung dorthin hat und so irgendwie in Erfahrung gebracht hatte, dass im Tagebuch etwas Brisantes zu finden sei, was Geld bringen würde.« Hannah und Karl verabschieden sich und machen sich auf den Weg zu ihrem Hotel.

Dort angekommen wandern auch hier die Kopien in den Safe. Hannah vermeldet, dass ihr Magen etwas zu Essen wünsche. Karl antwortet lachend »Aber in dieser Verkleidung gehen wir nirgends mehr hin!« und beginnt sich frisch zu machen und ‚vernünftig' anzuziehen. Hannah macht es ebenso und kurz darauf machen sie sich auf den Weg. »Was hätte denn dein Magen gern?«, fragt Karl sie im Lift. »Ich hätte zwei Angebote: Etwas Nobles, also ein Abendessen im Hotel Sacher oder eben doch ein Schnitzel.« Hannah antwortet wie aus der Pistole geschossen »Schnitzel!« mit gefühlten drei Ausrufezeichen.

Beide gehen die Kärntner Straße entlang, in der heute am Sonntag nicht zu viel los ist. Als sie den Stephansdom erreichen, muss Hannah zunächst diesen besichtigen. Sie ist vom Innenraum enttäuscht, wohl weil sie einen barocken Innenraum in Weiß mit viel Gold und zahllosen Gemälden erwartet hatte. Stattdessen klare Linien, die Gotik ist hier trotz einiger Änderungen im Barock noch deutlich vorherrschend. Karl tröstet sie »Wir gehen dann daheim mal in unsere Kirche. Die ist was für dich.«

Nach diesem Abstecher erreichen sie das berühmte Lokal mit den herrlichen Schnitzeln in der Wollzeile, genauer gesagt in einem Innenhof dort. Hannah genießt wieder den perfekten Service vom Empfang, das Führen zum Tisch und das Erkundigen nach den Wünschen der Gäste. Es werden natürlich Wiener Schnitzel, mit Erdäpfel- und Gurkensalat, geordert. Hannah erschrickt zunächst wegen der Größe der Schnitzel, sagt aber nichts, trinkt einen Schluck Wein und macht sich ans Werk. Später am Abend gehen beide zufrieden und satt Arm in Arm zurück ins Hotel. Die Nacht für sie wird nicht zu kurz und ruhig.

26. Juni

Heimwärts soll es heute gehen. Nach dem Frühstück regelt Karl die ‚Formalitäten' an der Rezeption, während Hannah schon die Koffer packt. Schnell sind sie beide. Karl macht wieder seinen ‚Last-Chance-Check', schaut also noch mal in den Safe und die Schränke, ob nicht doch noch irgendwo etwas liegengeblieben ist und dann verlassen sie das Hotel und gehen zum Parkhaus.

Kurz am Kassenautomat bezahlen, dann weiter zum Auto und dem Navi das Ziel der Fahrt mitteilen. Hannah schaut verblüfft »Hast du dich da nicht vertan? Klosterneuburg? Liegt das am Weg?« – »Das passt schon. Wenn wir schon hier sind, gehen wir einfach noch ein bisschen shoppen.« – »Was denn?«, Hannah liebt shoppen. »Überraschung.« Karl will das Rätsel noch nicht lösen.

Über den Ring und dann an der Donau entlang fährt Karl in Richtung Klosterneuburg.

Dann sieht Hannah zum ersten Mal das Kloster. »Aha, das ist dann das namensgebende Kloster für den Ort.« – »Ja. Und da fahren wir jetzt hin, jedenfalls fast.« Karl biegt links ab und kurz darauf werden die Straßen, nein Gassen enger. Von einem kleinen Platz, wohl auf der Rückseite des Klosters gelegen, fährt er in eine schmale Gasse, dann auf einen nicht kleinen Parkplatz. »Komm, gehen wir einkaufen«, Hannah hat immer noch keine Idee, was das jetzt werden soll, folgt aber Karl sofort. Der geht mit ihr in einen Aufzug am Rande des Platzes und beide fahren einen Stock nach unten. Hannah schaut sich um. Rechts und links hohe Betonmauern, hinter ihr der Aufzug, aber ja, geradeaus ist eine Tür. Diese scheint zur ‚Vinothek des Stifts Klosterneuburg' zu führen. Hannah ist erstaunt »Weinhandlung des Klosters?« –

»Na klar. Das Kloster hat viele Hektar Weinberge, also Weingärten, verarbeitet und vermarktet den Wein selbst. Komm schauen wir rein.« Sie gehen in das Geschäft. Rechts in dem großen, offensichtlich sehr alten Keller sind viele Flaschen Wein und auch andere Leckereien aufgebaut. ‚Fast wie im Supermarkt, sieht aber hier viel besser aus.' denkt Hannah. Am gegenüberliegenden Ende des Raums sieht sie Tische und Stühle. Links ist dann ein Tresen mit der obligatorischen Registrierkasse.

Eine Frau kommt auf sie zu »Möchten Sie etwas probieren?« – »Oh, ich leider nicht, aber meine Frau bestimmt.« ‚Ups, hat er jetzt gerade mich als seine Frau vorgestellt? Na warte ...', Hannah ist verblüfft. Die Mitarbeiterin führt sie an einen der Tische und fragt Hannah »Möchten Sie etwas Bestimmtes probieren oder darf ich Ihnen einfach etwas vorschlagen?« – »Ich möchte mich gern überraschen lassen«, meint Hannah. Die Frau verschwindet kurz hinter einer Trennwand, um dann mit drei Flaschen Wein, Weingläsern, Wasser und Gläsern zurückzukommen. Auch Karl bekommt etwas, natürlich nur Wasser.

Dann darf Hannah anfangen zu probieren. Zwei Weißweine und anschließend noch einen roten verkostet sie. Auf die Frage, welcher der Weine ihr am besten geschmeckt hat, findet sie keine Antwort. »Sie waren alle hervorragend. Ich könnte mich jetzt nicht entscheiden, welcher mein Favorit ist.« – »Kein Problem« stellt Karl fest. »Können wir von jedem dieser drei eine Kiste bekommen?« – »Sicher der Herr.« Die Mitarbeiterin verschwindet durch eine Tür hinter dem Tresen und die beiden nutzen die Zeit, um die ausgestellten Weine und anderen Sachen anzuschauen.

Karl findet dabei einen Tee und auch Hannah sammelt ein paar Gläser, gefüllt allerlei guten Leckereien, ein. Als sie zum Tresen gehen, kommt auch die Verkäuferin mit den drei Kisten Wein auf einer Sackkarre wieder.

Karl zahlt die Beute und darf dann die Transporthilfe benutzen, um alles zum Auto zu transportieren. »Tun sie die Karre dann nur in den Aufzug. Das passt dann schon«, meint die Verkäuferin noch. Gesagt getan.

Mit der im Kofferraum verstauten Beute machen sie sich auf den Weg zurück nach Hause. Ja, Hannah redet auch schon so.

Nach einer ereignislosen Fahrt erreichen sie wenige Stunden später Passau, wo Karl die Autobahn verlässt und durch die Randbezirke der schönen Donaustadt in Richtung Bayrischer Wald fährt. Hannah merkt schon wieder, was ihr bei der Fahrt von Südtirol zum Woid schon aufgefallen war.

Karl wirkt mit einem Mal erleichtert, wie befreit, sobald er den Bayrischen Wald erreicht hat und bergauf fährt. Sie spricht ihn nun darauf an. »Ach, ich bin einfach gern hier. Da bin ich wirklich daheim. Ich habe zwar schon an vielen Orten gewohnt, aber nirgends habe ich mich so zu Hause gefühlt wie hier.«

‚Das erklärt vieles', denkt Hannah und auch sie genießt die Fahrt durch die Wälder.

Nicht viel später erreichen sie Karls Dorf. Das Auto kommt in die Garage und mit ihren Koffern gehen sie zum Haus. Ein Nachbar, der auf seinem Balkon noch etwas frische Luft schnappt, grüßt. »Servus, da ist vorgestern so'n zwielichtiger Typ hier im Hof umhergeschlichen. Hat sich anscheinend für alles interessiert.« Karl fragt ihn »Hast du den gekannt?« – »Naa, nie gesehen. So um die vierzig, a bisserl an Bauch und so an aufgedunsenes Gesicht, die Glatze war a schon im Ansatz da.«

Karl bedankt sich. »Ah, der war net von da. Auf der Straße stand da an Ingolstädter Nobelschlitten, Kennzeichen war irgendwas mit ND.« Karl bedankt sich noch einmal. Im Haus ist alles in Ordnung, aber Karl macht sich doch Gedanken über diesen ‚Schleicher'. »Fragen wir doch mal die Kamera«, meint er, nimmt das Wohnzimmer-Notebook und ruft das Videoarchiv der Kamera am Hof auf. Und wirklich, wie der Nachbar berichtet hatte, schleicht da eine fremde Person möglichst unauffällig über den Hof. »Den kenn ich irgendwoher«, stellt Karl fest. »Neuburg, das könnte sein. Ich kopiere das mal.« Er holt einen Stick aus dem Schrank und erledigt dieses.

Fehlt nur noch die Beute in ihren Kisten. Also holt Karl auch den Wein aus dem Auto und bringt diesen direkt in das ‚Weinlager', eine Ecke in der Speis. »Feierabend. Lass uns noch etwas essen und dann dem Sofa huldigen«, schlägt er vor. Hannah ist sofort einverstanden.

27. Juni

Karl ist heute recht früh aufgestanden und überprüft noch einmal die Außenseiten des Hauses. Er befürchtet, dass dieser neugierige Unbekannte doch etwas am Haus ‚angestellt' hatte. Doch er findet nichts. Auch an der Kamera ist nichts verändert. Er überprüft ebenso das Netzwerk und besonders das eigene WLAN auf Eindringversuche, findet aber nichts Verdächtiges.

Hannah ist mittlerweile auch wach. »Was treibst du denn in aller früh schon?« möchte sie wissen. »Dieser Typ, der da ums Haus geschlichen ist, der regt mich auf«, antwortet er. »Ich muss wohl mal mit Volker reden, der kennt garantiert jeden in Neuburg und Umgebung.« Hannah hat gerade andere Interessen »Wie wär's denn mit einem Kaffee?« Karl darf nun also das Frühstück vorbereiten. Hannah hat schon ihre eigenen Methoden, um ihn zu irgendetwas zu überreden.

Etwas später fahren sie nach Rabenstein, um Max von Pfalz aufzusuchen. Sie berichten ihm von der teilweise missglückten Übergabe des Tagebuchs in Wien und ergänzen, dass er das vorhandene Tagebuch in den nächsten Wochen von der Wiener Polizei zurückerhalten würde.

Max ist ‚den Rummel' um das Tagebuch offensichtlich leid. »Ich habe Stress genug, vor allem mit diesen Italienern, der Familie von Luigi. Dauernd rufen sie mich an, wollen auch die restlichen Sachen Luigis, die die Polizei einbehalten hat, haben. Aber die geben diese nicht heraus.«

Karl denkt an sein Gespräch mit Leitner nach dem ‚Überfall' der ‚Famiglia' in Südtirol. »Hat man mal wieder etwas darüber gehört, dass Luigi oder seine Familie hier ein Restaurant kaufen wollte?«

Max hat auf einmal eine Idee »Offiziell natürlich nicht. Aber es gehen seltsame Dinge mit dem Hotel 'Zur Linde', keine zweihundert Meter von hier, vor. Verkauft wurde es angeblich an einen italienischen Investor. Aber was dieser mit dem momentan leerstehenden Hotel vorhat, kann ich nicht sagen. Jedenfalls treiben sich da ab und zu Leute herum. Anzugträger wie auch Handwerker.«

Karl wird neugierig. Er fragt noch, ob Max die Kopie des Tagebuchs benötigen würde, was dieser verneint.

Dann verabschieden sich Hannah und Karl. Sie gehen zurück zum Auto und Karl fährt nun nicht in die Richtung, aus der sie gekommen waren. »Wohin des Wegs, oh mein Gefährte?«, fragt Hannah. »Hotel anschauen, hast du dazu keine Lust?« Doch, hat sie.

Karl fährt sehr langsam am Hotel 'Zur Linde' vorbei, beide versuchen etwas Auffälliges festzustellen. Doch es ist wohl nur ein Hotel, das im Moment nicht betrieben wird.

Zurück zu Hause ruft Karl noch einmal Oberkommissar Schlagintweit an. Dieser berichtet ihm, dass unter den von Karl gefundenen Unterlagen sich auch ein Vorvertrag zum Erwerb des Hotels 'Zur Linde' in Rabenstein befunden hatte. Für eine stolze Summe, wie Schlagintweit meinte. Ansonsten herrsche wohl Ruhe, auch von der Familie hätte er in den letzten Tagen nichts mehr gehört.

Karl kommt heute jedoch nicht zur Ruhe. Er fühlt, dass hier vieles irgendwie zusammenhängen müsse, findet aber keine Erklärung. Hannah ist dagegen gerade entspannt. Sie erklärt Karl, sie müsse jetzt dringend ihre Einkäufe aus Wien sortieren. »Kann sein, dass ich in den Schränken ein wenig Ordnung machen muss.«

Er schaut besorgt. Ob er dann noch etwas finden würde? Sie lacht »Schau nicht so sorgenvoll. Geh einfach auf die Terrasse und bewache den Garten. Und nimm dir für notfalls einfach ein Bier mit. Es ist jetzt vier!« Sie spielt damit auf einen Spruch Karls an: ‚Kein Bier vor vier.' Karl fügt sich und macht es sich mit einem Weizen auf der Terrasse bequem.

Später, Hannah ist immer noch nicht wieder aufgetaucht, hat er eine Idee und ruft Volker Müller an. »Mein Lieber, ich hätte da eine komplette Kopie vom Tagebuch Johanns. Hast du Interesse, zumindest als Leihgabe?« Volker hat dringendes Interesse daran. »Ich täte dich dann vielleicht morgen einmal überfallen. Habe auch noch ein paar andere Sachen, bei denen du mir weiterhelfen könntest.«

Volker hat Zeit und meint, Karl könnte ruhig seine neue Begleitung mitbringen und gern ein paar Tage bleiben. »Ja, könnte hinhauen. Wir gehen dann nach Baring.« Volker unterstellt ihm nun Genusssucht, weil dieses Hotel für seine hervorragende Küche bekannt ist. Karl lacht und legt auf.

Hannah hat nun ihre Aktion in Schlafzimmer und Ankleide beendet, kommt auf die Terrasse und hat für sich und Karl Weizen dabei. »Feierabend«, meint sie. »Na, noch nicht so ganz. Wir sollten morgen mal zu Volker nach Neuburg fahren. Er bräuchte die Tagebuchkopie und ich möchte wissen, ob er diesen Typ auf dem Band von Poldi zufälligerweise erkennt.«

Karl ist immer noch etwas unruhig in dieser Sache. »Oh je, etwa mit Koffer? Ich hab doch gerade alles eingeräumt.« Hannah bereut die gerade fertiggestellte Arbeit wieder. »Nur für ein paar Tage, vielleicht. Auf jeden Fall gehen wir in ein Spitzenhotel.« Hannah stellt fest, dass sie frühestens am nächsten Morgen packen wird.

Karl ist heute wohl nicht gut drauf. Schon wieder ist ihm etwas eingefallen. »Sag mal, wie lange hast du noch Urlaub?«, fragt er Hannah. »Willst du mich denn loswerden?« – »Nein, bestimmt nicht. Im Gegenteil!«

Sie lacht. »Du Sorgensammler! Zu deiner Beruhigung: Ich habe vor einer Stunde in San Antonio angerufen und meinen Urlaub erst mal um zwei Wochen verlängert. Mit der Option, dann einen unbezahlten Urlaub anzuhängen.« Jetzt ist Karl verblüfft, beruhigt und offensichtlich glücklich »Toll. Wirklich. Ich freu mich wahnsinnig! Zur Feier des Tages koch ich jetzt was Feines für uns und dann holen wir diesen guten südtiroler Sekt aus dem Kühlschrank!« Sprach's, küsste Hannah und verschwand in der Küche.

28. Juni

Am späten Vormittag machen sich Hannah und Karl auf den Weg ins Tal. Hannah möchte immer noch nicht das Auto fahren. ‚Ach nein, ich bin den Verkehr hier noch nicht gewohnt, die sind alle so schnell unterwegs und dein Auto ist zwar bestimmt handlich, hat aber viel zu viel Elektronik für mich.‘ bekommt Karl regelmäßig von ihr zu hören. Ja, mit dem ‚american way of driving‘ hat der Verkehr hier nichts zu tun. Erschwerend kommen die vielen ‚Sommerplagen‘ hinzu, die unzähligen Urlauber, die das Fahren in dieser doch bergigen Gegend meist überhaupt nicht beherrschen.

Karl fährt nicht über die gut ausgebaute Bundesstraße ins Tal, sondern wählt, wie fast immer, die beliebte Abkürzung über einen Höhenrücken und eine steil abfallende Passstraße. Dann nimmt er, schon auf der Westseite der Donau, die Autobahn in Richtung München.

Bei Landshut verlässt er diese und folgt Bundesstraßen nach Neuburg an der Donau. Hannah kennt schon seine Vorliebe für solche Abkürzungen. Er hat ihr erklärt, dass das eine Erfahrungssache sei, da auf den betreffenden Autobahnen sehr häufig Staus auftreten, die er so vermeiden kann. Bald erreichen sie das Neuburger Umfeld. Hier ist es ‚sehr flach‘, wie Hannah feststellt. »Das ist das Donaumoos, ein ehemaliges Moorgebiet. Das Zentrum des Nebels«, erzählt ihr Karl. »Auch ein Grund, warum ich hier weggezogen bin.«

Sie fahren in die Stadt. ‚Nichts Besonderes‘, denkt Hannah. Zumindest bis sie nach einem Rechtsabbiegen auf einmal die Neuburger Altstadt auf einer leichten Anhöhe sieht. »Wow, können wir uns die später mal näher anschauen?«, fragt sie. Karl meint »Na klar. Auch ein Grund, warum wir hier zumindest für eine Nacht bleiben sollten.«

Am Ende der Stadt biegt Karl links ab, es geht nun etwas den Berg, Verzeihung, Hügel hinauf. Kurz nach Erreichen eines

Waldstücks biegt Karl wiederum links auf eine deutlich schmälere Straße ab. Hannah erinnert diese Straße ein wenig an die im Bayrischen Wald. Dann erreichen sie ein kleines Dorf.

Auf dem Kirchplatz parkt Karl vor einem älteren, irgendwie rot gestrichenen Gebäude, das wohl ein Gasthof oder Hotel zu sein scheint. »Komm, ich habe etwas Hunger.« Karl steigt aus, Hannah folgt ihm in die Gaststube gleich hinter dem Eingang. ‚Schön, geschmackvoll, garantiert bayrisch' denkt sie. Ein Ober empfängt sie und begleitet sie zu einem freien Tisch. Er legt ihnen die Speisekarte vor und möchte wissen, ob sie Gäste im Hotel seien.

Karl antwortet: »Noch nicht, aber nach dem Essen werden wir einchecken.« Der Ober fragt nun, ob er dieses für sie übernehmen dürfe, was Karl gern annimmt und ihm die Reservierungsbestätigung übergibt. Er verschwindet und kehrt kurz darauf schon wieder zu ihnen zurück, gibt Karl die Bestätigung und zwei Keycards für ihr Zimmer. »Sie waren ja schon öfter unser Gast. Haben Sie bereits Getränkewünsche?« Ja, beide möchten zunächst ein Mineralwasser, Hannah ohne, Karl mit Gas. Sie bestellen dann beide ein Mittags-Menü, Hannah mit Waldpilz-Risotto, Karl mit Forelle. Nach der Mahlzeit folgt der unvermeidliche Cappuccino. Dann bringen sie das Gepäck auf ihr Zimmer, das Hannah auch wieder sehr gut gefällt.

Karl möchte sich eigentlich kurz bei Volker anmelden, doch dieses scheitert an der nicht vorhandenen Mobilfunkverbindung. ‚Ach klar, ich hätte mich daran erinnern müssen', denkt er. ‚Okay, dann funke ich ihn später an.' Sie fahren nun zurück in Richtung Neuburg und kurz drauf melden Auto und Handy, dass wieder ein ‚Netz' vorhanden wäre.

Karl ruft Volker kurz an, der sogleich erklärt, dass der Kaffee bei ihrem Eintreffen fertig wäre. Karl wählt nun nach der Brücke über die Donau eine andere Strecke. Nach zwei Kurven, die dem Donauverlauf geschuldet sind, führt diese Straße offensichtlich geradeaus bis ins Nirgendwo.

Hannah wundert sich. Karl erklärt ihr, dass dies die Verbindung zwischen dem Schloss in der Stadt und einem Jagdschloss in Grünau, einem Ortsteil, der eigentlich nur aus dem Jagdschloss besteht, ist. Hannah hat ein weiteres lohnendes Ziel für ihren Aufenthalt hier gefunden. Karl folgt der Strecke ein paar Kilometer, um dann in eine Ortsstraße einzubiegen. Diese leitet sie durch einen Vorort, offensichtlich eine reine Wohnsiedlung. Kurz drauf fährt Karl auf das Grundstück eines Einfamilienhauses.

Volker Müller hat die beiden bereits erwartet. Natürlich auch wegen der Aussicht, die Kopie des Tagebuchs von Johann von Pfalz-Neuburg zu studieren. Aber nicht nur. »Grüßt Euch. Hast du den Weg zu mir doch noch gefunden, du Auswanderer.« Karl lacht, Hannah versteht das noch nicht ganz. »Dieser Deserteur ist von einigen Jahren einfach von hier verschwunden. Ohne meine Erlaubnis. Kommt mit, trinken wir erst einmal einen Kaffee.« Volker hat sich nicht verändert. Ja, etwas älter ist er schon geworden, aber keinesfalls weniger lebhaft und redefreudig.

Im Esszimmer nehmen sie Platz und Volkers Frau bringt ihnen Kaffee. Die klassische Rollenverteilung hat bei Müllers ‚Sinn und Zweck'; schon das Kaffeekochen gehört nicht zu Volkers Stärken. »Also, was gibt's Neues? Ah, lass mich erst berichten: Vor ein paar Wochen hat mich dieser Mathes heimgesucht. Was genau er wollte, hat sich mir dabei nicht erschlossen. Er faselte, wie er das eigentlich immer macht, um den heißen Brei herum. Aber er interessierte sich doch sehr für die Neuburger Geschichtsschreibung, mit der ich mich ja beschäftige. Was mich gewundert hat. Er gibt zwar gern an, er hätte auch Geschichte studiert, das ist jedoch einfach gelogen. Im Fachbereich Geschichte an der Eichstätter Uni gibt's keine Unterlagen über den.« Karl ist jetzt neugierig. »Sag mal, hat er sich speziell für irgendetwas besonderes interessiert?« – »Ja, irgendwie schon. Wenn du es so nennen willst ‚Sex in the City' oder zwischenmenschliche Beziehungen in Neuburg in der zweiten Hälfte des 19. Jahrhunderts.«

Hannah sieht hier noch keinen Zusammenhang mit dem, was sie in der letzten Zeit erlebt haben. Karl wohl schon, er möchte mehr wissen. »An wem war er denn besonders interessiert?« –

»Schon an dem Johann. Wohl ohne speziellen Grund denke ich. Er hat mich zwar ziemlich lange aufgehalten, war aber so wie immer. Viele einstudierte Sprüche und nichts dahinter.«

»Aber, jetzt möchte ich mal das Tagebuch anschauen. Auch wenn's bloß eine Kopie ist.« Karl gibt ihm dieses, weist auch darauf hin, dass beim Original einige Seiten vor der – effektiv gescheiterten – Übergabe herausgerissen waren, die aber in der Kopie noch dabei sind. Volker beginnt sofort, ins Tagebuch einzutauchen. »Lass mich das lesen, übermorgen weiß ich mehr. Aber du solltest, wenn du dich für den Johann interessierst, mal mit der Frau Hildegard, was hat die eigentlich für einen Nachnamen, ach ja, Mitterhofer im Schloss Unterwittelsbach reden. Die hat einiges an Informationen über ihn gesammelt. Auch über sein Verhältnis zu Sisi.«

Das war jetzt ein sanfter Rausschmiss. Volker muss nun dringend lesen und möchte dabei nicht gestört werden. Die beiden verabschieden sich und gehen zum Auto. Volker hatte ihnen zum Abschied noch einen Zettel mitgegeben. Karl schaut kurz drauf, eine Telefonnummer, müsste dann die von der Frau Mitterhofer sein.

Im Auto schlägt er Hannah vor, die Zeit zu nutzen, um ihr die Altstadt zu zeigen. Sie ist sofort einverstanden und so fahren sie zurück in die Stadt. Karl parkt dort direkt am Schloss, steigt aber noch nicht aus, sondern ruft die Nummer an, die Volker ihm gegeben hat. Es meldet sich, wie erwartet, die Frau Mitterhofer. Karl stellt sich kurz vor, beschreibt sein Anliegen und fragt, ob sie sich am kommenden Tag treffen könnte. Frau Mitterhofer ist offensichtlich erfreut über das Interesse an ihrer Arbeit und so vereinbaren sie einen Termin für den nächsten Vormittag.

»Komm, wir machen jetzt einen Spaziergang durch die Altstadt«, lädt Karl Hannah ein. Diese ist gern dazu bereit.

Alte Stadthäuser, dicht an dicht gebaut und vielleicht schon einige hundert Jahre alt. Das ist etwas für Hannah. Karl führt sie nach kurzem Weg zu einer großen Kirche. Sie gehen hinein und Hannah ist fast ‚erschlagen'. Alles ist kunstvoll verziert, vieles offensichtlich auch vergoldet. »Die Kirche wurde in der Übergangszeit von der Renaissance zum Barock gebaut. Also Anfang des 17. Jahrhunderts. Es waren früher auch einige Rubens-Gemälde hier, die aber mittlerweile entweder in München oder hier im Schloss ausgestellt sind.«

Hannah möchte sie natürlich sehen, Karl vertröstet sie auf das Ende des kleinen Rundgangs.

Sie verlassen die Kirche und folgen der gepflasterten ‚Hauptstraße' durch die Altstadt. Zwischen zwei Altbauten entdeckt Hannah dann ein offenkundig zu neues Haus. »Eine Bausünde aus den sechziger Jahren, würde heute so nicht mehr genehmigt werden«, erklärt Karl.

Sie kommen dann an einem Tor vorbei. »Das ist das obere Tor, das untere hast du ja schon vorher gesehen. Diese beiden waren früher die einzigen Zugangsmöglichkeiten in die Stadt«, berichtet er. Sie biegen kurz vor dem Tor nach links ab und laufen fast einem schon etwas älteren Paar in die Arme. »Ja, der Herr General mit Frau Gemahlin, freut mich, sie zu sehen«, begrüßt Karl sie.

Der angesprochene Mann lacht Karl an und meint »Und der Herr Oberstleutnant hat auch mal wieder den Weg in unsere schöne Stadt gefunden. Wollen sie uns ihre Begleitung vorstellen?« Was Karl auch gern tut. Der General schaltet sofort seine Sprache um und begrüßt Hannah nun auf Englisch. Diese freut sich, weist ihn aber darauf hin, dass sie eigentlich ‚österreichisch' erzogen worden sei, so dass Deutsch ihr meistens lieber wäre.

Die Paare tauschen noch einige Höflichkeiten aus und dann gehen sie beide ihres Weges.

»So, so, hab ich jetzt einen Soldaten neben mir?«, fragt Hannah und lacht. Karl antwortet »Einen pensionierten, bitte schön. Retired you know.« – »Na schön, dann hast du auf jeden Fall keine Probleme bei der Einreise in die USA, wenn du mal mit mir dorthin kommst.« – »Eine Einladung?« – »Gewiss!« Beide sind gut drauf.

Nun gilt aber Hannahs Aufmerksamkeit mehr der Stadtmauer, die sie zwischen zwei Häusern entdecken. Karl erläutert ihr noch den nicht immer offenkundigen Zweck einiger Gebäude. Untersuchungsgefängnis, Gerichtsgebäude oder Theater stehen links und rechts der Straße. Dann kommen sie am Ausgangspunkt der Stadtführung wieder an und Karl führt sie in den Innenhof des Schlosses. »Komm, wir schauen mal hinein und uns die Rubens ‚Schinken' an.« Hannah ist auch neugierig auf diese, darf aber vorher noch einen weiteren kurzen Abriss der Neuburger Stadtgeschichte ertragen.

Sie fahren anschließend zurück zum Hotel. Hannah braucht nun Zeit, um die Eindrücke zu verarbeiten. In Wien war ihr dieses leichter gefallen, war es doch immerhin eine weitläufige Großstadt, in der die Moderne doch auch an vielen Stellen sichtbar ist. Nicht so in der kleinen Neuburger Altstadt. Nur die dort geparkten Autos – und diese eine Bausünde – machen deutlich, dass man sich nicht mehr in der Renaissance befindet. »Okay, alle zwei Jahre wird hier das Schlossfest gefeiert. Da gehen wir dann einmal hin. Keine Autos und viele Leute in der passenden, stilechten Bekleidung.« Hannah schreibt sich auch dieses auf ihre virtuelle Bucket-List.

Beide genießen später ein köstliches Abendessen. Nicht ganz günstig, wie Hannah bemerkt. Karl meint dazu nur »Lieber feine, teure Speisen als billigen Schrott!« Sie wählen zwei unterschiedliche Menüs, einmal mit Fisch, einmal mit Fleisch als Hauptgericht und tauschen, wie auch bei den anderen Gängen jeweils ihre Teller, so dass sie beide alles probieren und genießen können. »Was fandest du jetzt besser?« möchte Hannah anschließend wissen. Karl will sich hier nicht festlegen. »Beide Menüs waren einfach grandios. Ich möchte mich nicht für eins entscheiden.« Und damit ist ein für alle Mal geklärt, dass unterschiedliche Menüs der beiden stets zur ‚Halbzeit' ausgetauscht werden würden.

Zurück in ihrem Zimmer lässt sich Hannah direkt auf das Bett fallen. »Jetzt noch ein Glas Wein und der Abend ist perfekt.« Karl geht zum Kühlschrank, holt etwas heraus und bringt zusätzlich noch zwei Gläser zum Bett. »Bitteschön geliebtes Wesen. Pinot Bianco aus Südtirol, ideal temperiert.« – »Wo hast du denn den her?« will Hannah wissen. »Von zuhause mitgebracht. Einen guten Weißburgunder gibt's in Deutschland eigentlich nicht.«

»Sag mal, ist dir eigentlich im Restaurant beim Abendessen jemand aufgefallen?« will Karl nun wissen. »To your health«, Hannah mag dieses für sie profane ‚Prost' nicht. »Ja, doch, da war ein etwas älteres, sehr gepflegtes Ehepaar in der Ecke links von uns gesessen. Sehr teure Klamotten, sag ich mal.« – »Erinnern die dich an irgend jemanden?« Hannah überlegt. »Hmmh. Wenn es nicht zu unsinnig wäre, würde ich sagen, an das schwedische Königspaar.« – »Kein Unsinn.« Hannah staunt. »Wie was, das..« – »Ja. Sie waren schon des Öfteren hier. Ist dir dieser Porsche 911 mit schwedischen Kennzeichen nicht aufgefallen?« – »Ja, doch. Ich hatte gedacht, die Schweden fahren alle Volvo und war deswegen verblüfft. Und dann der König und die Königin, ohne Gefolge?« –»Nun, der schwedische König fährt jedenfalls Porsche. Definitiv. Und in Schweden ist vieles unkomplizierter als sonst wo auf der Welt. Auch Königs sind durchaus in der Lage, allein zu verreisen.« ‚Again what learned.' denkt sich Hannah, die in solchen Fällen diesen eigentlich blödsinnigen Spruch mag.

29. Juni

Ja, auch das Frühstück im Hotel fand Hannah grandios. Kurz danach machen sich die beiden auf den Weg zum Sisi-Schloss in Unterwittelsbach bei Aichach. Ihr Weg führt sie durch das Donaumoos, ein ehemaliges Moorgebiet südlich von Neuburg. Karl erklärt Hannah dabei die Entstehungsgeschichte des im 18.und 19. Jahrhundert von armen Kleinbauern und auch Strafgefangenen trockengelegten Moores. Sie passieren Karlshuld, einen der langgestreckten Hauptorte des Gebiets und fahren nun auf einer endlos gerade erscheinenden Landstraße weiter nach Süden.

Plötzlich kommt ihnen auf einer weiteren langen Geraden ein offensichtlich grundlos auf ihrer Spur mit hoher Geschwindigkeit fahrendes Auto entgegen. Karl benutzt die Lichthupe, kein Erfolg. Das Auto bleibt auf ihrer Spur. Hannah bringt vor Schreck und Panik kein Wort heraus. Das Auto kommt näher und näher. Karl schaltet nun irgendetwas am Auto um. Der Motor wird lauter, die Drehzahl ist höher. Hannah kennt das noch nicht. Das entgegenkommende Auto ist nun weniger als hundert Meter vor ihnen, doch Karl bremst nicht. Im Gegenteil. Keine fünfzig Meter vor dem anderen Auto beschleunigt er gewaltig, so dass es auch Hannah mit Gewalt vehement in ihren Sitz drückt und wechselt gleichzeitig ruckartig auf die von ihm aus gesehene linke Spur, passiert so das andere Fahrzeug ohne jegliche Kollision.

Hannah atmet laut aus, Karl ebenfalls. Er reduziert jetzt das Tempo und fährt zurück auf die rechte Seite der Straße. Im Rückspiegel kann er erkennen, dass sich das andere Auto schnell in Richtung Neuburg entfernt, jetzt auf der richtigen Seite.

»Was war das?«, ist das Einzige, was Hannah noch herausbringt. »Ja, das schaut aus wie ein versuchter Anschlag.« – »Aber warum?«

Das kann aber auch Karl nicht sagen. »Keine Ahnung. Sah aber nicht so aus, als ob irgendein Verrückter sich ein zufälliges Opfer für seine Idiotie gesucht hat, sondern eher nach einem geplanten Manöver. Da wollte uns jemand umbringen!« Karl schaltet das Auto wieder in den Normalmodus um. Grund genug für Hannah, jetzt zu fragen, was er da vorher mit dem Fahrzeug angestellt hatte. »Das war der Sportmodus. Bei dem tauscht man Mehrverbrauch gegen sportliche Abstimmung und wahnwitzige Beschleunigung ein.« – »Das hätte ich dem Auto nicht zugetraut«, meint Hannah. Karl grinst.

»Dann besuchen wir mal die Polizei. Hast du vielleicht etwas erkennen können? Autotyp, Kennzeichen oder gar Fahrer?« möchte Karl jetzt wissen. »Ich hab das alles ausgeblendet.« Leider Fehlanzeige. Hannah hatte, genauso wie Karl, nur einen grauen Kombi bemerkt. Das Kennzeichen, meint sie, fing wohl mit ND an. Mehr kann sie nicht berichten.

Sie fahren weiter nach Schrobenhausen und dort direkt zur Dienststelle der Polizei. Dort berichten sie von dem Vorfall, die Beamten nehmen eine Anzeige gegen Unbekannt auf, haben aber keine große Hoffnung auf einen Erfolg bei der Suche nach einem Täter. Zu wenig Hinweise, keine verwertbare Beschreibung des Tatfahrzeugs oder gar des Fahrers. Und graue Kombis gibt's im Landkreis eben unzählige.

Sie verlassen die Polizeiwache, gehen zurück zum Auto. Hannah ist frustriert. »Die Polizei kann hier aber gar nichts tun. In Texas geht da mehr.« Karl erklärt ihr, dass die rechtlichen Vorgaben in Deutschland eben die Möglichkeiten des Staates gegenüber seinen Bürgern doch beschränken. Zum Wohl der Bürger fügt er hinzu. »Komm wir machen eine Pause«, meint Karl. Hannah ist sehr einverstanden.

Sie fahren in die Altstadt der kleinen Stadt, Karl stellt das Auto auf einen Parkplatz in der Hauptstraße und sie gehen in ein dort gelegenes Café. »Ich brauch jetzt Nervennahrung!« stellt Karl fest. Hannah nickt und sie bestellen nicht nur Cappuccini, sondern auch jeweils ein Stück Kuchen.

Wie fast immer treffen sie hier eine unterschiedliche Wahl, so dass die Möglichkeit zum Austausch und damit auch zum Probieren unterschiedlicher Kuchen besteht.

Entspannter setzen sie nach der Einkehr ihre Fahrt fort. Karl verlässt dann die bis hierhin genutzte Bundesstraße und fährt in Richtung eines Dorfes. Dort angekommen nutzt er die Hauptstraße, um dann, einem Wegweiser folgend, zum Schloss abzubiegen. Direkt vor diesem stellt er den Motor ab und die beiden gehen zum Haupteingang. Wirkt das Gebäude bereits von außen eher wie ein etwas zu groß geratenes Bürgerhaus, das zufällig in einem Weiher in einem Park steht, und architektonisch keine Besonderheit ist, so ist es auch innen weitgehend eher schlicht und bürgerlich. Einzig die Ausstellungsstücke zeugen etwas adligen Pomp und Glanz. Sie schauen sich um, suchen nach Frau Mitterhofer und haben Erfolg. Bereits die erste hier offensichtlich arbeitende ist die Gesuchte, die sie schon erwartet hat.

»Womit kann ich Ihnen denn helfen?«, möchte sie wissen. »Nun, wir interessieren uns für Johann von Pfalz-Neuburg, besonders für sein Verhältnis zu Sisi.« Ergänzt von Hannah beschreibt Karl ihren Kenntnisstand und ihre Fragen. Die Direktorin des Museums meint »Ja, da gibt es viel zu erzählen, gehen wir aber besser in mein Büro, da sind wir ungestört und können uns setzen.«

Hildegard Mitterhofer bietet den Besuchern Plätze auf gemütlichen, offensichtlich alten Sesseln in einer Ecke des Büros an, schaltet einen Kaffeevollautomaten an und nimmt gegenüber den beiden auf einem weiteren Sessel Platz. »Ja, der Johann. Der war schon als Kind oft hier.« Sie berichtet nun eher kurz darüber, dass der Neuburger Adlige gern hier im kleinen Schloss der Wittelsbacher weilte. Wohl weil er sich mit der etwa gleich alten Sisi schon damals gut verstand und gleichzeitig hier mehr Freiheiten genoss als im Neuburger Schloss. Meistens kam er mit einer Tante, die mit Sisis Mutter befreundet war. Hatten sich Sisi und er in der Kindheit eher mit Spielen und dem ein oder anderen Streich vergnügt, änderte das sich mit der Pubertät. Ab da zogen sie sich oft von den Erwachsenen zurück und führten stundenlange Gespräche, bei denen sie es zumeist vermieden, dass andere zuhörten. Es wird dabei um die pubertären Probleme gegangen sein, aber auch darum, wie man sich gegenüber dem ein oder anderen Höhergestellten verhalten solle. Das legen Aufzeichnungen von Sisi aus dieser Zeit nahe. Mit Sisis Heirat sind die Kontakte zu Johann wesentlich weniger geworden, aber niemals abgerissen. Sie trafen sich ab dieser Zeit zumeist bei Besuchen Sisis in Possenhofen, wo Sisis Eltern regelmäßig die Sommer verbrachten.

Nein, antwortete Hildegard Mitterhofer auf Hannahs Frage, ein Liebesverhältnis habe es zwischen den beiden wohl nie gegeben. Es war eine lange und tiefe Freundschaft, aber stets platonisch. Allerdings sei Johann, als er die Nachricht von Sisis Ermordung erhielt, zusammengebrochen und habe sich von diesem Schock nie mehr erholt. Er wurde dann anfällig gegenüber allen möglichen Krankheiten und starb schließlich kurz nach der Jahrhundertwende an Tuberkulose.

»Was könnte denn hier als, sagen wir es mal so, kleine Sensation im Verhältnis zwischen Sisi und ihm gewertet werden?« möchte Karl wissen.

Die Antwort ist eindeutig: »Nichts, glaube ich. Viele hätten da gern etwas gefunden, aber es war wohl nichts.« Karl klärt sie über das ‚Problem' mit Johanns Tagebuch auf, erwähnt besonders, dass da angeblich einige, beim Original jetzt fehlende Seiten brisante Informationen enthalten sollen. »Blödsinn. Geschäftemachere«, ist hier die Meinung der Expertin.

Karl sieht das nicht ganz so, will aber vorerst seine Kenntnisse nicht preisgeben. »Es sind halt nur Johanns Eindrücke von einem der wenigen Besuche in Wien, bei denen er zwar Sisi nur kurz traf, aber die Stadt und ihre Bewohnerinnen wohl genossen hatte«, erfindet Karl.

Hannah und er bedanken sich bei Hildegard Mitterhofer und verabschieden sich wieder mit dem Versprechen, sie zu informieren, sollten die fehlenden Seiten des Tagebuchs wieder im Original auftauchen und doch wichtige Informationen enthalten.

»Das war wohl das, was hier eine ‚Metzgersfahrt' genannt wird«, meint Karl. Hannah zieht die Augenbrauen hoch. »Ach ja, so sagt man hier, wenn die Fahrt vergeblich war.« – »Das fand ich jetzt nicht«, Hannah hat hier eine gänzlich andere Meinung. »Schau, bislang war dieser Johann für uns eher ein unbekanntes Wesen. Außer seinen eigenen Schilderungen, die natürlich sehr subjektiv sind und eher von seinem seelischen Zustand als von Fakten abhängig gewesen sein dürften, wussten wir ja eigentlich nichts. Keine objektiven Informationen zur Beziehung zu Sisi, nichts über seinen tatsächlichen Lebensstil. Da sind wir jetzt aber doch recht gut und ausführlich informiert.« Karl muss ihr recht geben, ist sich aber noch nicht darüber im Klaren, ob und wozu sie dieses alles brauchen würden.

Zurück im Auto fragt Karl, ob Hannah noch etwas anschauen möchte. Das Städtchen Aichach, hier gleich nebenan zum Beispiel. Doch Hannah meint »Mir reicht es für heute. Dieser Mordversuch, die Polizei und diese Menge an Dingen, von denen uns die Mitterhoferin gerade berichtet hat. Aber ich könnte jetzt noch eine Kleinigkeit essen.«

Karl findet diese Idee gut und fährt nun über teils recht schmale Straßen wohl in Richtung Norden. Hannah ist komplett verwirrt, findet sich hier überhaupt nicht mehr zurecht, mag sich aber nicht als verwirrte Fremde outen. Es dauert nicht lange, da erreichen sie ein kleines Dorf, Hannah schätzt, es würde maximal 20 Häuser umfassen. Aber dann sieht sie eine recht große Gaststätte mit riesigen Parkflächen.

Karl parkt hier das Auto und meint »Leider sind wir ja ein paar Tage zu spät dran heute, sonst könnten wir noch einen frischen Spargel genießen.« Hannah ist immer noch verwirrt. Karl bemerkt dieses. Er führt sie in die gut besuchte Gaststätte, sie finden einen freien Tisch und machen es sich gemütlich.

Und zwischen Getränke- und Essensbestellung erklärt Karl ihr alles Wissenswerte über diese Gegend südlich des Donaumooses, einem Zentrum des Spargelanbaus in Bayern. Die Spargelsaison ging aber nur bis zum 24. Juni. So hätten sie nun Pech. Karl hatte sich getäuscht, was Hannah ein Gelächter ermöglicht, denn die Saison wurde wetterbedingt in diesem Jahr um eine Woche verlängert und so gibt es heute noch frischen Schrobenhausener Spargel. Beide können da nicht widerstehen und genießen das edle Gemüse.

Nach dem Essen machen sie sich auf den Weg zum Hotel. Hannah hatte festgestellt, sie wolle nirgends mehr hin, sondern den Wellnessbereich erkunden und sich dabei vom Vormittag erholen. Gesagt getan.

30. Juni

Leopold Nagl hat schon ein paar Tage nicht mehr an das Problem mit den fehlenden Tagebuchseiten nachgedacht. Ja, sie fehlen. Aber auch nein, sie enthalten nicht, wie vom Verkäufer behauptet, wirklich anzügliche Bemerkungen oder gar Beschreibungen von skandalösen Ereignissen, sondern sind eigentlich nur ein Ausdruck grenzenloser Liebe Johanns.

Poldis Telefon macht sich bemerkbar. Eine Nummer wird auf dem Display nicht angezeigt. Aus Gewohnheit startet er wieder die Aufzeichnung mit dem gekoppelten Aufzeichnungsgerät, bevor er sich meldet. »Nagl.« – »Sie vermissen doch bestimmt noch einige Seiten aus dem Tagebuch. So wie ich meine Bezahlung«, meint der unbekannte Anrufer, dessen Stimme Poldi sogleich erkennt. »Na, net wirklich.« Poldi hat keine Lust mehr auf weitere Verhandlungen mit dem geldgierigen Kriminellen. »Aber dann entgehen ihnen bislang unbekannte Details aus Sisis Leben. Dinge, die noch nie publik wurden. Skandalöses.«

Poldi gähnt demonstrativ. »Ach, alles uninteressanter, wie sagt man so schön, Bullshit.« – »Ja, wenn sie meinen, es gibt auch andere Interessenten«, antwortet der Unbekannte und legt auf.

Poldi ist genervt. Dieser Verbrecher glaubt wirklich immer noch, dass er über Poldi mit dem Tagebuch Johanns in Wien ein Vermögen erpressen könnte. Er ruft kurz seinen Freund bei der Wiener Kriminalpolizei an und informiert diesen über den Anruf.

Anschließend will er noch Karl informieren, doch irgendwie ist dieser nicht erreichbar. Und so schickt ihm Poldi dann eine kurze Mail. ‚So, fertig mit diesem Quatsch.' denkt er, wendet sich wieder ‚interessanteren Dingen' zu und liest den Bericht zur kürzlich durchgeführten praktischen Erprobung der 1727 vom Hofuhrmachermeister Anton Braun hergestellten Rechenmaschine.

In Baring genießen Hannah und Karl ihr Frühstück im Klosterbräu, als die Mail von Poldi, dank des WLANs im Hotel, eintrifft. Hannah versteht Poldi gut. Noch einmal so einen Zirkus, wie sie es sagt, muss man sich nicht antun. Kurz drauf meldet sich auch Volker und bittet um einen Rückruf, besser noch einen Besuch. Karl lacht »Der Tag ist gerettet! Jetzt wissen wir endlich, was wir heute tun sollen.«

Nach dem Frühstück machen sie sich auf den kurzen Weg zu Volker. Karl nimmt, so genau warum, weiß er nicht, die von Poldi gemachte Aufnahme eines Anrufs des ‚Verkäufers' des Tagebuchs mit. Unterwegs, in der ‚unteren Stadt' in Neuburg müssen sie an einer Ampel warten. Karl öffnet plötzlich das Fenster und grüßt eine auf dem Gehweg schlendernde Frau »Hallo Chris, schön dich mal zu sehen!« Diese schaut zuerst ungläubig zu ihnen herüber, lacht dann aber, winkt und ruft »Ja Karl, hab dich schon lang nicht mehr gesehen. Wir sollten mal einen Kaffee trinken!«

Dieser winkt zurück, sagt zu und muss in dem Moment weiterfahren, weil die Ampel den Weg freigibt. »Wer war das denn?« In Hannahs Frage könnte man einen leichten Anfall von Eifersucht hören. »Och, die Chris war hier mal eine große Nummer in der Politik. Dann gab's aber mal einen ziemlichen Wirbel, weil in ihrer Familie etwas, lass es mich so sagen, unrund lief. Daraufhin hat sie sich zurückgezogen.« ‚Aha, eine Bekannte aus der politischen Vergangenheit.' denkt Hannah beruhigt.

Volker, der sie schon erwartete, empfängt sie an der Haustür. Er wirkt, im Gegensatz zu sonst, etwas aufgeregt. »Grüßt Euch. du Karl, bei mir läuft irgendetwas komisch unrund. Da musst du mal schauen«, sagt er und führt beide sofort in sein Büro. »Der Rechner, der spinnt. Keine Ahnung, was da ist. Deswegen habe ich einfach erst mal die Finger davon gelassen. Wo du doch gerade in der Nähe bist.« Ja, Karls Ruf als Computerdoktor ist auch hier bekannt. Volker gibt Karl noch seinen Zugangscode und entführt dann Hannah in Richtung Küche »Du willst doch jetzt bestimmt deine Ruhe haben«, meint Volker. »Noch nicht ganz«, antwortet Karl, »ich muss erst noch mal mein Werkzeug holen. du hast Glück, dass ich es noch im Auto habe, weil ich zu faul war, es daheim aufzuräumen.«

Eine knappe Stunde später kommt Karl in die Küche, begrüßt auch Volkers Frau und meint »Na, ich könnte jetzt auch einen Kaffee gebrauchen.« Volkers sorgenvollen Blick ignoriert er erst mal, nimmt einen Schluck Kaffee und fragt dann »Sag mal Volker, war da jemand einmal an deinem Rechner?« Dieser antwortet »Natürlich nicht. Was glaubst du denn?«

Nach einer kurzen Denkpause fällt ihm offensichtlich noch etwas ein »Aber, vor ein paar Wochen, noch nicht so lange her, da war ja dieser Mathes bei mir im Büro. Und den hatte ich kurz im Büro allein gelassen.« Volker wirkt jetzt noch verunsicherter als vorher. »Hmm, war dieser Typ dann so etwa Mitte Mai bei

Dir?« möchte Karl wissen. »Ja, das kommt hin«, bestätigt Volker. Karl nickt, überlegt kurz und erklärt dann »Okay, dann wissen wir ja, wer deinen Rechner infiziert hat. War ein, lass es mich so sagen, mittlerweile ‚durchgedrehter' Spionage-Trojaner drauf, der Daten von dir an einen unbekannten Empfänger weitergeleitet und wahrscheinlich dich auch abgehört hat. Aber, du kannst dich jetzt beruhigen: Er war drauf. Das Teil ist nicht besonders clever programmiert und ließ sich gut wieder entfernen.«

Volker ist mit einem Schlag wieder der Alte. Wieder ruhig und überlegt. »Ich hab mit Hannah schon über Euren Besuch in Unterwittelsbach gesprochen. Krass, würde mein Enkel sagen, was Eure Fahrt angeht. Hast du einen Verdacht, welcher Irre das gewesen sein könnte?« – »Nein, absolut nicht«, antwortet Karl. »Ich bin zwar einigen Leuten in der letzten Zeit auf die Füße getreten, aber, nein, ich könnte mir nicht vorstellen, dass einer davon so etwas versucht.« – »Und der Besuch im Schloss hat Euch auch nicht weitergebracht. Die Auskünfte dort widersprachen ja dem Tagebuch doch gründlich.« – »Ja Volker, aber, ich denke nicht, dass Johann damals seinen Gefühlen dann freien Lauf ließ, wenn quasi Fremde anwesend waren. So hat da wohl niemand außer höchstens Sisi etwas davon erfahren.«

Irgendwie fällt gerade jetzt Karl, warum auch immer, wieder die Aufnahme von Poldis Telefonat mit dem ‚Verkäufer' ein. Er holt schnell das Diktiergerät mit dem Band aus dem Auto und fragt »Volker, hör dir doch das einmal an. Der Mensch, der das Tagebuch sehr gewinnbringend verkaufen will ruft bei meinem Freund Poldi in Wien an.« Er startet die Wiedergabe des Gesprächs. Die Qualität könnte besser sein, aber es muss jetzt so ausreichen. Volker hört interessiert zu, stutzt dann kurz und hat dann ein Lächeln im Gesicht. »Kenn ich, klar. Das ist der Mathes!«

»Interessant« stellt Karl fest, »doch wie ist der denn an das Tagebuch gelangt, das eigentlich Luigi Cantunato gestohlen hatte?« Hannah hat wohl die richtige Idee. »Dieser Luigi hatte doch gravierende Finanzprobleme. Der Mathes wollte unbedingt das Tagebuch Johanns, weil er sich davon etwas versprochen hatte, eine Sensation wahrscheinlich. Und wenn ich da eins und eins zusammenzähle, dann hat Mathes Luigi ziemlich viel Geld für die Beschaffung des Tagebuchs versprochen. Nur bezahlt hat er dann doch anders, mit einer Kugel. Denn eine größere Summe hatte Luigi, als wir ihn gefunden hatten, nicht dabei.« – »Genau«, fährt Karl fort, »und dann hat er das Büchlein gelesen, nichts für ihn Interessantes gefunden und will es nun zu Geld machen.« – »Und dann musste er feststellen, dass Ihr noch die Kopie des Tagebuchs besitzt«, ergänzt Volker. »Diese könnte ihm das erhoffte Geschäft erschweren, weil ja darin keine Sensation, keine neuen Informationen zu Sisis Sexualgeschichte oder ähnlichem zu finden sind.«

Hannah überlegt kurz angestrengt, man sieht es ihr an. »Fährt dieser Mathes einen grauen Kombi?« – »Ja«, antwortet Volker, »so einen silbergrauen Ford Kombi, einen Allerweltskarren.« Hannah und Karl schauen sich an, »Könnte hinkommen«, meint sie. Aber beweisen, dass dieser Mathes hier ein Attentat auf sie versucht hatte, lässt es sich so leider nicht.

Zeit für eine Pause. Hannah und Karl verabschieden sich von Volker, da sie am nächsten Tag wieder zurück in den Bayrischen Wald fahren wollen, versprechen ihm aber, ihn bald wieder zu besuchen. Ja, Hannah hat nun, wie Karl auch, schon Sehnsucht ‚nach Hause', in den Woid, wie Karl gern sagt. Sie fahren nun nicht zurück zum Hotel, weil Karl meint, dass Hannah ja noch ein Schloss fehle.

Es geht nun aus dem Vorort hinaus, an einem irgendwie auffälligen industriell genutzten Gelände vorbei. »Audi Sport«, erklärt Karl, »ein Test- und Entwicklungszentrum von Audi.« Er fährt nun kurz auf einer breiten Landstraße nach Norden, um dann an einem weiteren Kreisverkehr in den Wald auf einen Parkplatz abzubiegen.

Dort stellt er das Auto ab und fordert Hannah auf, ihm zu Fuß zu folgen. »Ist nicht weit, man darf aber nur mit einer Sondergenehmigung hier weiterfahren.« Sie gehen zu einem Waldweg und sehen bald ein Schloss vor sich, das Hannah auch ein wenig an eine Ritterburg erinnert. »Schloss Grünau, ehemals

Jagdschloss der Neuburger Herrscher. Es sind nun die Wohnungen im Schloss vermietet, so dass man es nicht besichtigen kann. Aber zumindest von außen wollte ich es dir einmal zeigen.« Hannah gefällt es. »Dahin führt also diese lange gerade Straße, die beim Schloss in der Stadt beginnt«, stellt sie fest.

Auf dem Rückweg zum Auto fragt Karl sie, ob sie gern einen Mittagssnack hätte. Hannah ist nicht abgeneigt. »Gut«, meint Karl »ich habe da eine Idee.«

Er fährt nun zurück in Richtung ihres Hotels, passiert dieses aber. Hannah hatte bereits gedacht, er würde dorthin fahren. Aber das wäre für Karl jetzt wohl zu langweilig. Sie erreichen dann ein Tal, in dem, wie Hannah feststellt, ‚der Fluss fehlt.' Karl folgt diesem, bis sie in einem nicht allzu kleinen Ort dann links in ein weiteres Tal, diesmal mit einem Fluss, abbiegen. Hannah gefällt es hier, teilweise steile Hänge, das Tal nicht allzu breit und gelegentlich kleinere Ansiedlungen.

Dann fährt Karl auf einen Parkplatz an einer Gaststätte mit Biergarten. »Nutzen wir das schöne Wetter aus«, meint er. Sie gehen in den Gastgarten, finden schnell einen Platz, es sind nicht allzu viele Gäste hier eingekehrt.

Zwischen ihrer Bestellung und dem Servieren der Speisen nutzt Karl die Zeit für seine Aufgaben als Fremdenführer. »Dieser wunderbare Fluss ist die Altmühl, die man sehr gut mit einem Kanu befahren kann. Sie fließt später in die Donau. Und diese Felsformation dort oberhalb der Straße nennt man die ‚12 Apostel'. Und wir sind hier dann im ‚13. Apostel'. Übrigens ist dort hinter der nächsten Biegung des Tals Solnhofen, berühmt für die in den dortigen Steinbrüchen gefundenen Fossilien. In den Plattenkalksteinbrüchen wurden viele versteinerte Relikte gefunden, nicht nur Pflanzen und Fische, sondern zum Beispiel auch ein Flugsaurier, immerhin fast 70 Zentimeter lang.«

Das Essen wird nun serviert, Leberkäs für Hannah und ein Wurstsalat für Karl. Hannah ist ganz froh darüber, sie liebt zwar Karls Erläuterungen, aber manchmal findet er dabei kein Ende, so wie jetzt.

Sie genießen das Essen, den unvermeidlichen Cappuccino

danach und das herrliche Wetter, gehen noch etwas am Fluss entlang, bevor sie ins Hotel zurückfahren.

1. Juli

Noch einmal ein Frühstück mit einer gewaltigen Auswahl genießen. Zu Hause kann man so etwas nicht realisieren, es würde einfach zu viel übrigbleiben, das auch oftmals nicht länger haltbar wäre. Und der nächste Genussaufenthalt in einem guten Hotel wird auch nicht so bald anstehen. Die Koffer hat Hannah schon wieder fertig gepackt, Karl hat sie im Auto verstaut und so ist dieses Frühstück die letzte ‚Aufgabe' vor der Abfahrt.

Auf dem Heimweg ist Hannah wieder damit beschäftigt, für sie Interessantes in der Nähe der Straße zu finden. Als sie bei Manching über die Autobahn fahren, stellt sie fest, dass sich der Verkehr in Richtung Süden staut. Genauer gesagt scheint sich dort nichts mehr zu bewegen. »Hätte das Navi jetzt auf dieser Autobahn nicht nach Süden fahren wollen? Dann hätten wir aber ganz schön Pech gehabt«, meint sie und denkt, dass Karl mit seinen ‚Abkürzungen' wohl doch besser navigieren würde als die Maschine.

Hannah schaut sich weiter um. Nördlich der Straße befinden sich weitläufige Industrieanlagen, Ingolstädter Arbeitsplätze meint Karl dazu. Nur wenige Hügel, nicht besonders hoch, sind zu sehen. Dann erreichen sie die Autobahn und bald geht es Hannah schon so wie Karl: Sie ist froh, wenn es endlich bergauf geht, in den Woid. Karl ist heute auch nicht sehr gesprächig, irgendwie überlegt er irgendetwas, kommt aber noch zu keinem Ergebnis. Dann endlich Deggendorf, es geht wieder bergauf. Hannah freut sich und Karl hat sichtlich Spaß an der Passstrecke in Richtung Regen. Schließlich endlich zu Hause. Gepäck aus dem Kofferraum mitnehmen, ins Haus gehen, etwas Bequemes anziehen und das gute Wetter auf der Terrasse genießen.

Karl hat sich gleich sein Notebook genommen und sucht darauf irgendetwas. »Was beschäftigt dich denn die ganze Zeit?« möchte Hannah wissen. »Na, dieser Mathes, der kürzlich vielleicht hier ums Haus geschlichen ist. Ich schau grad, ob er auf einer Aufnahme aus den letzten Tagen wieder auftaucht.« Tut er aber nicht.

Aber Karl überlegt weiter. »Nachdem ich vergessen hatte, ihm diese Aufnahme von der Hofkamera zu zeigen, hätte ich Volker noch nach einem Foto von diesem Mathes fragen sollen. Vielleicht war es der, der hier war.« ‚Manchmal kann er schon mit seinen Zweifelanfällen nerven', denkt Hannah, hat aber eine passende Idee. »Volker meinte doch, dieser Typ sei fotogeil. ‚Hauptsache oft in der Zeitung' sei so sein Lebensmotto. Schau da doch mal in die Lokalpresse rein.« Karl lacht sie an »Wenn ich dich nicht hätte…« – »Dann müsstest du mich erfinden«, antwortet Hannah.

Kurz drauf ist Karl wohl fündig geworden. »Ha, hab ihn! Und der Knallkörper war's auch. Er ist um unser Haus geschlichen!« Noch überlegend, wie er mehr über diesen Mathes, vor allem ‚Wahres' herausfinden könnte, prüft er seinen Maileingang. Dort findet er nun eine Nachricht von Poldi, die dieser ausgerechnet an eine Mailadresse gesendet hatte, die Karl nicht auf sein Handy weitergeleitet hat. Er liest dort, dass Poldi das letzte Angebot des Erpressers abgelehnt hat.

Gerade will er Hannah darüber informieren, als das Telefon läutet. Hannah nimmt das Gespräch an. »Grüß dich, ja.« – »Oh gut.« – »Was hast du dazu gesagt?« – »Aha. Für praktisch nichts?« – »Ach so, verstehe, irgendwie Rachegelüste, oder?« – »Ja mach ich, danke!«

Hannah lächelt. »Rate mal, wer uns da was mitgeteilt hat?« – »Auf jeden Fall jemand, den du auch kennst«, antwortet Karl, etwas ungeduldig und neugierig. »Schon. Viele Grüße von Volker. Dieser Tagebuch-Erpresser hat sich bei ihm gemeldet. Wohl mit verstellter Stimme, aber Volker meint, es müsste der Mathes gewesen sein.« – »Und?« – »Na, Volker kauft den Rest, aus Neugier. Und der Mathes will nur noch 1000 Euro, mehr nicht.« – »Da steckt noch was dahinter. Der rechnet mit einer sofortigen Veröffentlichung. Volker ist ja auch im Ruhestand immer noch Reporter mit dem Hang zu guten Stories.« – »Volker denkt, der

Depp hat vielleicht auch noch Rachegelüste gegenüber Poldi.« – »Hmmm, könnte ich mir gut vorstellen. Dann schauen wir mal, was da rauskommt.«

2. Juli

Karl ist heute wieder schweigsam. Irgendetwas muss ihn immer noch stark beschäftigen. Hannah wartet beim Frühstück, bis er genügend Cappuccino getrunken hat, weil er dann immer besser ansprechbar ist. »Sag mal, was geht denn heute in deinem Kopf so vor?« Der Cappuccino hat gewirkt. »Na ja, wie kommt dieser Typ auf mich? Und was bringt ihn dazu, möglicherweise, einen Anschlag auf uns zu versuchen?«

Hannah versucht eine Erklärung. »Er muss irgendwie entweder dich oder auch uns beide erkannt haben. Vielleicht am Karerpass oder auch in Wien bei der Übergabe des Tagebuchs. Dann könnte es auch sein, dass er bei seiner Abhör- und Spionageaktion bei Volker mitbekommen hat, dass wir uns für die ganzen, ich sage es mal so, auffälligen Vorgänge rund um das Tagebuch in den letzten Wochen interessieren.« Karl überlegt kurz und meint dann »Ja, das sind schon einige, logische Erklärungen. Aber gleich ein Mordanschlag wegen eines alten, windigen Tagebuchs?« – »Da hast du recht, da muss noch irgend etwas anderes sein«, stellt Hannah fest.

Karl braucht wohl eine Auszeit, denkt sie sich. »Also, was liegt heute an?«, möchte Hannah nun wissen.

Die Antwort lässt auf sich warten. »Ich hätte Lust, mal ein wenig die Gegend kennenzulernen, zu Fuß.« Karl neigt seinen Kopf etwas zur Seite. »Das ist eigentlich eine sehr gute Idee! Okay. Denk dran, feste Schuhe anzuziehen, die Wege hier sind nicht immer eben und komfortabel.« ‚Aha, es wird schon wieder mit ihm.' denkt Hannah und geht nach oben, um ihre Wandersachen zu holen.

Kurz darauf fahren sie ein paar Kilometer mit dem Auto, parken auf einem kleinen Parkplatz am Waldrand und gehen los. Karl ist nun mit einem Fotoapparat bewaffnet. »Mal schauen, was so rumläuft und fliegt.«

Hannah lächelt. Es wäre nicht ihr Ding, so ein riesiges, wohl nicht ganz leichtes Gerät mitzuschleppen. Karl wählt zunächst einen breiten Forstweg. Nach wenigen Metern überquert der Weg einen Bach. »Das ist der Bach, der später bei uns hinter dem Haus ins Tal rauscht«, erklärt Karl.

Rechts von ihnen macht sich nun eine Ansammlung von Sträuchern, wohl Himbeeren, breit. Plötzlich steht, nach einer weiteren Kurve, wieder einmal ein Reh, nicht weit entfernt, auf dem Weg vor ihnen. Karl deutet Hannah an, still zu sein, nimmt langsam seinen Fotoapparat zur Hand, schaltet an diesem etwas und lichtet die Rehgeiß vielfach ab. Diese ist scheinbar unbeeindruckt von den Wanderern und auch vom leisen Geräusch beim Auslösen der Kamera. Sie schaut sie interessiert an, neigt dabei auch kurz den Kopf, stuft dann die Wanderer offensichtlich als ‚langweilig' ein, verlässt dann nach einigen Minuten langsam den Weg und geht gemütlich ins Unterholz.

»Wow!« Hannah ist beeindruckt von dieser Begegnung. »Mich wundert es immer wieder, dass das Reh da einfach ruhig und neugierig da stehen blieb. Keine Flucht, nichts.« Karl lacht endlich wieder. »Nicht mal der Fotoapparat hat es gestört.« – »Ja, das hat mich auch gewundert. Ich habe mich aber bemüht, möglichst leise zu arbeiten. Auf den ‚Leisemodus' umgeschaltet und dann den Spiegel hochgeklappt gelassen und nur über das Display gezielt.« ‚Gut, nun ist er wieder normal', denkt Hannah. ‚Der kurze Vortrag beweist es.'

Sie gehen weiter. Nach etwa einhundert Metern verlässt Karl den Forstweg und geht bergauf. »Vorsicht. Tritt nicht hinein«, warnt der Hannah vor einem Haufen Hirschlosung. Dann erreichen sie eine Art Kanal. Oder ist es ein Graben? »Wieder ein alter Triftkanal«, erklärt Karl. »Auch auf diesem sind früher die geschlagenen und entasteten Stämme transportiert worden.« Sie folgen dem Kanal, passieren dann eine Art Schleuse, die wohl zum Aufstauen des Wassers diente.

Kurz darauf bleibt Karl stehen, legt einen Finger auf den

Mund, um Hannah zu signalisieren, still zu sein. Er zeigt bergauf und Hannah schaut nun in die angezeigte Richtung.

Nicht allzu weit von ihnen sieht sie nun einem kräftigen Hirsch mit einem prächtigen Geweih, der offensichtlich dort sein Mahl einnimmt. Gelegentlich hebt er den Kopf, um sich umzuschauen und anschließend weiter zu äsen. Karls Fotoapparat darf wiederum still arbeiten.

Dann zieht der Hirsch weiter, ohne sie zu beachten. »That's an elk, isn't it?« entfährt es Hannah. ‚Aha, da ist sie so beeindruckt, dass sie wieder mal in ihrer Muttersprache redet.' denkt sich Karl, erfreut darüber, dass sie heute das Glück hatten, gleich zwei Begegnungen mit Waldbewohnern erleben zu dürfen. Denn das ist keineswegs selbstverständlich, wie Karl aus Erfahrung weiß. »Ja, ‚elks' heißen hier Hirsche. Und – auf deutsch – Elche sind ja noch mal eine Nummer größer, leben hier aber nicht.« Der Jäger hat zugeschlagen. Und Hannah lacht, ist der vorher noch in Gedanken versunkene Karl nun wieder im Normalzustand angekommen.

Dann erreichen sie den Waldrand, hinter dem ein Forstweg direkt entlang eines nicht gerade kleinen Sees führt. Hannah wundert sich, dass sich so plötzlich am Rand des Waldes, in einem Gebirgstal, vor ihnen ein See befindet. »Da schau mal nur wenig nach links. Das da vorne am Ende des Sees ist tatsächlich eine Staumauer, allerdings eine ohne Beton. Sie besteht hauptsächlich aus aufgeschütteten Steinen und ist mit etwa 85 Metern doch schon sehr hoch.« – »Das sieht man aber von hier aus nicht«, bemerkt Hannah. »Und ich spare mir gern die 85 Höhenmeter. Deswegen nehme ich den Weg, den wir gerade gegangen sind. Komm. Wir gehen mal rundherum«, schlägt Karl vor.

Sie folgen dem Forstweg, der nun nicht immer direkt am Ufer des Sees entlangführt. An dessen Ende erreichen sie den ersten Zufluss, den ‚kleinen Regen', der hier zunächst ein kleines Staubecken passieren muss, das, wie Karl erklärt, angeschwemmtes Material daran hindert, in den See zu gelangen. »Wozu muss das nun sein?« möchte Hannah nun wissen. Karl erklärt ihr, dass der See als Trinkwasserspeicher dient und viele Ortschaften im Bayrischen Wald versorgt. Kurz darauf passieren sie den Hirschbach, der auch wieder zunächst ein Staubecken passieren muss. Hier befand sich früher sogar eine kleine Siedlung, die aber schon länger aufgegeben worden ist, erklärt der ‚Dozent'. »Und, ja«, meint er, »grad rechts von uns beginnt, am Rand des Weges, der Nationalpark Bayrischer Wald. Aber den heben wir uns noch für später auf.« Hannah pflichtet ihm bei. Nach knapp fünf Kilometern haben sie den Stausee umrundet.

Karl sieht Hannah an, dass sie für heute genug gewandert ist. Er wählt zurück zum Auto wieder den ‚Weg', der ja höchstens als Trampelpfad zu bezeichnen wäre, entlang des Triftkanals.

Diesmal begegnet ihnen kein Wild, denn die fliegende Alarmanlage, ein Eichelhäher, warnt die Tiere in der Umgebung laut und deutlich vor den Eindringlingen.

Beim Auto angekommen verstaut Karl seine Fotoausrüstung und fragt Hannah, was denn ihr Magen für eine Meinung habe. »Hunger? Jaaa! Ich könnte schon einiges vertragen!« Das war klar und eindeutig. Nach einigen hundert Metern erreichen sie einen großen Gutshof den Hannah schon kennt. ‚Will er dort in dem kleinen Laden einkaufen?' überlegt sie. Doch Karl parkt auf der anderen Seite des Anwesens und führt Hannah zur Gaststätte.

‚Re(h)serviert' steht dort auf einem Schild. ‚Gibt's hier doch auch Reh, auch wenn es, wie Karl meint, hier nicht gejagt wird?' überlegt sie. Karl geht um das Gebäude herum in den dazugehörigen Biergarten, der gut besucht ist. Sie finden einen schönen Tisch und Hannah, sie ist jetzt neugierig, nimmt sich die ausgelegte Speisekarte. Nein, trotz des Namens wird kein Gericht mit Reh angeboten. Aber, sie findet doch sofort etwas, was ihr gut schmecken würde: Auerer Saibling hört sich interessant an. Doch als sie dieses Gericht bestellen will, weist sie die freundliche Kellnerin darauf hin, dass es dieses nur am Abend geben würde, dann allerdings mit ganz frischem Fisch.

Leicht enttäuscht ordert sie nun, wie auch Karl, das Wiener

Schnitzel mit Erdäpfelsalat. Und ein Weizen dazu, was Karl in der alkoholfreien Variante möchte.

»Möchtest du den Saibling einmal probieren?«, fragt Karl. »Ja, schon, aber extra abends hierher zu fahren, da bin ich dann meistens zu faul dazu.« – »Ist doch kein Problem«, antwortet er. »Wir holen einfach in den nächsten Tagen einen frischen Saibling. Die gibt's in bester Qualität in unserer Fischzucht.« Hannah staunt »Wo ist die denn?« – »Nun, wir hätten einfach von der Trinkwassertalsperre den kleinen Regen bachabwärts folgen müssen und wären direkt dort hingekommen. Ich zeig sie dir dann mal.« Hannah wundert sich einmal wieder, was es im Bayrischen Wald, eigentlich ‚in the middle of nowhere', wie es bei ihr zuhause heißt, alles gibt.

Ihre Schnitzel werden nun serviert, Hannah nimmt die recht ordentliche Größe erfreut zur Kenntnis, sie hat Hunger. Die Mahlzeit mundet ihnen und als sie fertig sind, stellt Hannah fest, es wäre nun Zeit für die heimische Terrasse. Sie möchte nur noch die Füße hoch legen und die Aussicht am Abend genießen. »So machen wir das«, stellt Karl fest.

3. Juli

Karl wird heute morgen wieder als erster wach, hat aber noch keine Lust aufzustehen. So bleibt er liegen und lässt seinen Gedanken freien Lauf.

Hannah ist jetzt schon seit gut zwei Wochen hier. Anstalten, wieder nach San Antonio zu reisen, kann er bei ihr nicht feststellen. Ja, sie hatte schon bemerkt, dass sie auch, wenn ihr Urlaub aufgebraucht wäre, problemlos weiter unbezahlten Urlaub nehmen könnte.

Karl gefällt die jetzige Zweisamkeit hier bei ihm zu Hause. Er hat sich schon daran gewöhnt, das Bett zu teilen, alles für zwei Personen zu planen und auch jeweils mit Hannah abzusprechen. Ja, auf ein paar Angewohnheiten muss er jetzt verzichten. Aber dafür hat er stets angenehme Gesellschaft und auch eine gute Ratgeberin an seiner Seite. Eigentlich kann er sich schon jetzt nicht mehr vorstellen, wieder ohne sie zu sein.

»Guten Morgen.« Hannah ist aufgewacht. »Was überlegst du denn gerade, du lächelst so zufrieden?« – »Och, ganz was Wichtiges«, meint er und will wohl nichts von seinen Gedanken preisgeben. »Was wir heute frühstücken könnten, zum Beispiel.« – »Lügner«, lacht sie, »Du hast eine neue Idee, die dir durchaus gefällt.« Sie rollt sich auf ihn, schaut ihm direkt in die Augen und fordert »Raus mit der Sprache!« – »Ich hab mir nur wieder einmal überlegt, wie gut es mir gerade geht.« – »Aha. Und warum geht's dir so gut?« – »Musst du denn alles wissen?« – »Ja!« Erwischt. Karl hat kaum noch eine Chance, nicht mit der Sprache herauszurücken. »Weil du hier bei mir bist.« Hannah lacht ihn an. »Na, dann sind wir uns ja einig. Mir geht's doch ganz genauso, alter Schweiger!«

Eine gute Stunde später bereitet Karl das Frühstück vor, während Hannah im Bad beschäftigt ist. Nebenbei schaut er in die aktuelle Ausgabe der Lokalzeitung, den Bayerwald Boten. Ein Artikel interessiert ihn besonders: ‚Investor für Vier-Sterne-Hotel in Rabenstein gefunden!' Ein ungenannter, wohl italienischer Investor soll das Hotel bereits gekauft haben und will es wohl in wenigen Wochen wieder eröffnen. ‚Da wird er aber noch viel Arbeit haben, besonders mit dem Finden von Mitarbeitern.' denkt Karl. Mittlerweile ist auch Hannah ins Esszimmer gekommen, sieht die Überschrift und meint »Von welchem Hotel ist denn hier die Rede? Das Haus von Herrn von Pfalz oder das andere, für das dieser Luigi bereits einen Vorvertrag ausgearbeitet hatte?« – »Das letztere. Ist wohl jetzt in italienischer Hand. Aber es ist nicht bekannt, wem es jetzt wirklich gehört.« – »Vielleicht hat von Pfalz was erfahren.« – »Gute Idee«, stimmt Karl ihr zu. »Da bietet sich doch ein Besuch an.«

Nach dem Frühstück machen sich die beiden auf den nicht allzu weiten Weg. Beim Hotel angekommen ist Hannah wieder einmal von der Lage an einem Hang direkt am Rand des dichten Waldes fasziniert. »Das liegt hier noch ein wenig besser als unser Haus!«, bemerkt sie. ‚Unser Haus!', Karl ist wieder bei seinem Thema Zweisamkeit angelangt. Sie gehen hinein und fragen an der Rezeption nach dem Besitzer. »Der Herr von Pfalz ist gerade in einer Besprechung. Möchten Sie vielleicht derweil etwas trinken? Es wird wohl nicht allzu lange dauern.«

Die Rezeptionistin versteht ihren Job. Sie nehmen das Angebot dankend an und gehen zu Terrasse des Hauses, von der aus Hannah den Blick in die Natur genießen kann.

Einen Cappuccino später kommt Max von Pfalz zu ihnen, begrüßt sie wie immer formvollendet und nimmt bei ihnen Platz.

Karl kommt nun recht schnell zur Sache. Er berichtet von seinen Erkenntnissen über das Tagebuch, den Versuchen eines Unbekannten, es zu verkaufen und dem fehlenden Teil, der ja jedoch, wenn man die Kopie zur Hand nimmt, nichts wirklich Weltbewegendes enthält.

Von Pfalz hört interessiert zu. »Ich selbst habe das Tagebuch noch nie gelesen. Ich wollte erst vor kurzem einmal hereinschauen, als ich dann feststellen musste, dass es verschwunden ist. Aber mir hat es bislang auch noch niemand zum Erwerb angeboten.«

Karl erstaunt dieses schon. »Aber eigentlich wären Sie doch das ideale Opfer, wenn ich das einmal so sagen darf, für einen Rückkauf des Dokuments. Als einer der letzten Vertreter der Familie.« Hannah hat interessiert zugehört. »Vielleicht will man da ein größeres Geschäft daraus machen«, überlegt sie laut. Karl pflichtet ihr bei. »Aber was für eins? Ist Ihnen etwas in dieser Richtung oder auch etwas zunächst nicht Erklärliches, aufgefallen, Herr von Pfalz?« – »Nein. Oder, vielleicht doch. Gerade war so ein Rechtsverdreher, also wohl ein Anwalt, bei mir. Er war sehr vorsichtig, wollte aber wohl ausloten, ob mein Hotel vielleicht, unter Umständen oder gegebenenfalls zu verkaufen wäre. Genauer hat er sich nicht ausgedrückt, war aber ein Meister des um den heißen Brei Herumredens'. Aber, er war selbstverständlich erfolglos. Wenn ich etwas nicht sagen will, dann will ich einfach nicht.«

Karl ist hellhörig geworden. »Haben sie vielleicht den Namen des Besuchers zur Hand?«

Von Pfalz greift in seine Westentasche und zieht eine Karte heraus. Er gibt sie Karl »Bitte, seine Visitenkarte.« Karl schaut sich diese an. »Aha, ein Münchner. Ist schon komisch, dass dieser Herr den weiten Weg hierher in Kauf nimmt. Normalerweise geben diese Herren doch solche ‚Kleinigkeiten' an einen örtlichen Kollegen weiter.« – »Sie können die Karte gern behalten. Ich verkaufe mein Hotel ja garantiert nicht«, meint von Pfalz. Karl bedankt sich und informiert ihn, dass er spätestens, wenn der Rest des Tagebuchs auftauchen sollte, sich wieder bei ihm melden würde. »Ja, danke. Ich werde Sie auch informieren, falls ich etwas Neues erfahre. Es ist schon eine seltsame Angelegenheit.«

Die beiden verabschieden sich vom Hotelbesitzer und gehen zurück zum Wagen.

»Sag mal, mein Liebster, gibt es in der Gegend denn einen Künstler, der meine verwilderte Mähne mal wieder in Form bringen könnte.« Karl schaut sie an »Du schaust doch auch heute so gut aus wie eine Göttin!« – »Danke, aber wie eine, die zum Friseur müsste!« Widerrede zwecklos. Karl lacht »Dann schauen wir mal, ob du einen Termin bekommst.« – »Ist das hier auf dem Land so schwierig?« möchte Hannah wissen. »Na ja, bei den Meistern des Fachs schon. Aber ich kenne da eine solche, zufällig hier im Dorf.« Keine fünf Minuten später erreichen sie den Salon und wie es der Zufall will, hat vor wenigen Minuten erst eine Kundin abgesagt, so dass Hannah sofort ‚behandelt' werden kann. »Gib uns zwei Stunden Zeit, Karl«, meint Sonja, die Chefin des Hauses. Und weist so diskret darauf hin, dass Karl vielleicht in dieser Zeit etwas anderes unternehmen sollte.

Zurück am Auto fällt ihm ein, wie er die neu gewonnene ‚Freizeit' nutzen könnte. Karl fährt zu einem Freund, der rein zufällig ein Waffengeschäft führt. Nach einem Kaffee und dem Austausch von vielleicht wichtigen Neuigkeiten meint Herbie, so heißt Karls Freund, er hätte da etwas für Karl. Die beiden gehen ins Lager, in dem Herbie die ‚scharfen Waffen' aufbewahrt.

Er greift in ein Regal und gibt Karl ein sehr leichtes Gewehr. »Schau dir das an. Unheimlich leicht, Kipplauf, zerlegbar und traumhaft präzise.« Karl geht zwar nicht allzu oft auf die Jagd, hat aber doch ein Faible für das Werkzeug des Jägers. »Hast du da auch ein Glas dafür?« will er jetzt wissen. »Nicht auf Lager, ein passendes von deinem Lieblingshersteller müsste ich erst besorgen. Ach ja, den passenden Schalldämpfer auch.« Ja, das ist ein Vorteil für die Jäger. Sie dürfen legal einen Schalldämpfer für ihr Gewehr erwerben und benutzen.

Als Karl den günstigen Preis der Waffe hört, ist er wieder zu einhundert Prozent der Jäger, der viel Wert auf das passende Handwerkszeug legt. »Gekauft. Besorge bitte noch das Zielfernrohr und den Schalldämpfer«, Herbie stellt die Waffe zurück ins Regal. »Brauchst du sonst noch was?« – »Hmmm, meine Freundin vermisst einen Revolver in ihrer Handtasche, als ständigen Begleiter sozusagen.«

Herbie muss lachen. »Freundin? Heee, ganz was Neues! Glückwunsch! Aber, sie muss doch nicht von hier sein. Wegen dem Revolver in der Handtasche; geht doch hier gar nicht.« – »Richtig geraten Herbie. Sie ist aus Texas, San Antonio.« – »Mitbringen!« ist Herbies Kommentar. Karl schaut auf die Uhr und stellt fest, dass es schon Zeit ist, Hannah wieder abzuholen. Er verabschiedet sich von Herbie und fährt zurück nach Rabenstein.

Hier angekommen scheint er im Salon zu stören. Sonja und, ja, diese Schönheit mit der wundervollen Frisur muss doch Hannah sein, sind in eine intensive Unterhaltung so vertieft, dass sie ihn zunächst nicht bemerken. Er versucht sich durch ein vorsichtiges Räuspern bemerkbar zu machen, erntet aber nun von beiden ein herzhaftes Gelächter. ‚Oh weh', denkt er, ‚da haben sich zwei gefunden'. Und schon muss er Kritik von Sonja einstecken »Na, du Heimlichtuer, Hannah hättest du mir aber schon längst vorstellen müssen!«

Hannah schaut ihn, vielleicht, ein bisschen entschuldigend an, kann sich aber mit dem Lachen auch nicht zurückhalten. »Wir haben auch schon den nächsten Termin ausgemacht«, bemerkt sie. »Oh je, bin verraten und verkauft!« stellt Karl auch belustigt fest. »Komm nun Spatzl, unsere Terrasse möchte uns sehen. Sonja vielen Dank! Ich melde mich auf WosIs bei Dir. Meine Nummer hast du ja auch.« Hannah ist gerade ‚die Chefin'. Karl zuckt mit den Schultern, zückt seinen Geldbeutel und zahlt erst einmal die Rechnung, bevor die beiden gehen. Auf dem Weg zum Auto bewundert er Hannahs neue Frisur. »Traumhaft!«, mehr sagt er nicht. Hannah gibt ihm einen Kuss.

Zu Hause angekommen wechseln beide schnell in die ‚Hausbekleidung', nur so viel wie nötig, dafür aber sehr bequem. Die Terrasse ist ihr gemeinsames Ziel. Hunger? Nein, den haben beide noch nicht. Karl meint, er würde später dann etwas Leckeres zaubern, aber eben später. Hannah ist einverstanden. »Du, Karl, es ist schon wirklich sehr schön hier. Ich fühl mich so wohl bei dir. Eigentlich möchte ich hier nie wieder fort!«

‚Hat sie heute früh meine Gedanken gelesen? Egal, ich kann sie verstehen, mir geht es schließlich genauso' überlegt Karl. Glücklich bemerkt er: »Dann bleib bitte einfach hier. Am liebsten für immer.« Und er erntet einen sehr verliebten Blick.

4. Juli

Feiertag! Jedenfalls für Hannah. Karl hat bereits seit einigen Tagen überlegt, ob und wie sie den amerikanischen Nationalfeiertag begehen sollten. Aber etwas richtig ‚Fetziges' ist ihm nicht eingefallen. So bleibt es erst einmal bei einem amerikanischen Frühstück, für das er bereits heimlich eingekauft hatte. Bagles, Bacon, Eier, Würstl und vieles mehr bereitet er nun zu. Er ist extra etwas früher aufgestanden, hat versucht Hannah nicht zu wecken. Leider erfolglos. Sie beobachtet ihn heimlich, wie er alles vorbereitet und mit US-Fahnen schmückt.

Beim Servieren entdeckt er sie dann. »Alles Gute zum Feiertag, liebste Spionin«, lacht Karl sie an. Hannah freut sich über Karls Überraschung. »Fast wie zu H…, na ja, in San Antonio«, stellt sie fest. »Gelegentlich sollte ich da auch noch mal vorbeischauen.« ‚Aha, das zu Hause schnell verschluckt und gelegentlich vorbeischauen. Hört sich nicht übel an', denkt Karl. »Die passende Musik dazu?«, fragt er. »Nein, bitte nicht! Das ist nichts für mich. Komm, setzt dich endlich auch hin und lass uns das Frühstück genießen!«

So richtig erpicht auf die amerikanischen Spezialitäten ist Hannah jedoch nicht. ‚Zum Glück hat er nicht auch noch versucht, einen Kaffee à la USA zu kochen', denkt sie.

»Sag mal, wann sollen wir denn einmal den versprochenen Saibling essen?«

Hannah lenkt eindeutig vom Frühstück ab. »Freitag. Die Fischzucht hat nur dann geöffnet und da gibt es immer frische Fische.« – »Und was empfiehlst du?« – »Nun, frisch geräucherten Saibling, wenn es geht noch warm, direkt aus dem Rauch am Mittag und Filets am Abend.« Hannah scheint sich auf den kommenden Freitag zu freuen. »Ja prima. Das hört sich gut an. Dann gehen wir Freitag dort einkaufen.«

Volker Müller geht auch heute bereits am frühen Morgen seiner Lieblingsbeschäftigung Nummer zwei nach. Statt Bekannte zu fotografieren, was diese gern ‚ertragen', da Volkers Fotos durchaus stets gelungen sind, hat er sich in sein Arbeitszimmer zurückgezogen und studiert dort Unterlagen zur Neuburger Geschichte.

Sein Telefon, er hat hier im Arbeitszimmer immer noch eines, das über ein Kabel mit dem Telefonnetz verbunden ist, läutet. »Ja.« Volker ist, besonders wenn er beim Arbeiten ist, schon oft kurz angebunden. »Sie wollten doch die fehlenden Seiten des Tagebuchs von diesem Nichtsnutz Johann von Pfalz-Neuburg.« Diese verstellte Stimme ist Volker bekannt. Er bleibt wenig gesprächig. »Ja.« – »Gut, ich werde sie Ihnen deponieren. Sie können sie sich dann einfach abholen.«

Volker versucht nun, den Anrufer herunter zu handeln. Etwas, was er oft bei Einkäufen schon erfolgreich praktiziert hatte. »Aber, 1000 Euro, das ist das Zeug sicher nicht wert. Da müssten Sie mir schon einen Rabatt einräumen.«

Der Anrufer überlegt kurz und macht einen Vorschlag »Sie werden doch Ihre Erkenntnisse aus dem Tagebuch sicher veröffentlichen?« – »Hören Sie mal, ich bin immer noch Journalist, also bringe ich alles was ich schreibe auch den interessierten Lesern zur Kenntnis.« – »Gut. Das ist für mich die Hauptsache. Sie finden die Teile des Tagebuchs in der alten ehemaligen Telefonbox der Bahn mitten im Wald am Gleisanschluss zum Industriegebiet. Ist ja bei Ihnen gleich um die Ecke. Und legen sie halt einen Umschlag mit hundert Euro dort hinein, als Unkostenbeteiligung dann. Wie gesagt, ich gehe davon aus, dass sie das alles öffentlich machen!« – »Geht in Ordnung«, antwortet Volker und beendet das Gespräch.

Da der Anrufer bei ihm den Eindruck erweckt hat, dass der Rest des Tagebuchs wohl schon am Übergabeort deponiert sei, schnappt sich Volker einen Briefumschlag, steckt einen einhundert Euro Schein hinein und macht sich auf den kurzen Weg zur beschriebenen Stelle.

Als er wenige Minuten später dort ankommt, ist weit und breit niemand zu sehen. Er findet jedoch in der Box, die an einem Pfahl etwa eineinhalb Meter über dem Boden direkt neben dem Gleis montiert ist, einen dickeren Umschlag, der mit seinem Namen beschriftet ist. Kurz überlegt er noch, ob er sich den Spaß gönnen solle, den Umschlag mit dem Geld mit ‚Mathes' zu beschriften, verwirft aber die Idee wieder. ‚Der braucht nicht zu wissen, dass ich ihn erkannt habe', denkt er und macht sich auf den Rückweg.

Zu Hause angekommen geht er mit einem kurzen Umweg durch die Küche, er braucht nun wieder einen frischen Kaffee, ins Arbeitszimmer und öffnet den Umschlag. In diesem findet er etwa 50 Seiten, eines scheinbar älteren Papiers, die in Kurrentschrift beschrieben sind. Er vergleicht die Schrift gleich mit der auf den Kopien des Tagebuchs. Sehr ähnlich sind beide Schriftproben. Aber, Volker findet auch regelmäßige Abweichungen von der originalen Schrift Johanns von Pfalz-Neuburg. Er liest einige Passagen auf wahllos aus dem Stapel entnommenen Blättern. Legt diese dann zurück und beschließt, Karl zu informieren.

Das Telefon stört nun den Endspurt des langen Frühstücks bei Hannah und Karl. Genauer gesagt, das ausführliche Studium der Tageszeitung. Karl nimmt das Gespräch an. »Du, ich hab's.« Volker ist mal wieder ‚eilig', meldet sich nicht, wie eigentlich üblich mit Namen, sondern verlässt sich darauf, dass Karl ihn ohnehin an der Stimme erkennt. »Was hast du denn Volker? Guten Morgen.« – »Du auch. Na den Rest vom Tagebuch. Da wirst du staunen, diese Loseblattsammlung hat wohl nicht viel mit dem zu tun, was auf den Kopien zu lesen ist.« – »Ach was«, Karl. »Was steht denn drin?« – »Alle Blätter habe ich natürlich noch nicht gelesen, aber eins ist klar, das Zeug hat es in sich. Wenn es echt wäre, würde es eine Sensation darstellen. Pornografisch, gewalttätig und so weiter.« – »Aber wohl nicht der originale Text, oder?« fragt Karl. »Nun gut, es macht schon den Eindruck, dass es Seiten aus dem Tagebuch wären, aber ich meine, der Schreibstil des Verfassers ist wohl, zumindest an manchen Stellen, nicht der von Johann von Pfalz-Neuburg. Und die Schrift weicht auch durchaus von seiner ab.«

Karl wird neugierig. »Diese Seiten würde ich gern lesen.« Volker meint: »Komm doch einfach schnell vorbei!« Karl ist davon aber nicht so begeistert. »Du, das schaffe ich diese Woche einfach nicht.« Eine kleine Ausrede. »Kannst du die Seiten nicht einfach scannen und mir per Mail schicken?« Volker schaut zu seinem kleinen Feindbild, diesem Multifunktionsdrucker hinüber, verzieht etwas das Gesicht und meint »Wenn's denn sein muss.« – »Komm Volker, dein ‚Mufu' ist doch das gleiche Modell wie meiner.«

Karl kennt Volkers Abneigung gegen das Gerät. »Starte einfach die Software dazu, leg die Blätter mit der beschriebenen Seite nach oben in den Dokumenteneinzug, wähle bei der Software 300 mal 300 dpi und PDF sowie ein Verzeichnis auf der Festplatte aus und drücke auf Scannen. Den Rest macht dann die Maschine.« – »Wer's glaubt.« Volker ist skeptisch.

Das Gerät arbeitet nun, zieht eine Seite nach der anderen ein und wirft sie dann in den Ausgabeschacht, oder auch darüber hinaus. »Mistkiste!« Volker braucht wohl etwas, um über das ungeliebte Gerät zu meckern.

Doch schon kurz darauf meldet die Software, dass alles fertiggestellt wäre. Volker kontrolliert das gespeicherte Ergebnis und ist überraschenderweise zufrieden. Hängt die Datei an eine Mail an, bei der er Karl als Empfänger einträgt. »Meinst du, dass diese Datei zu dir durchgeht? Ist schon recht groß geworden«, fragt er Karl, der als moralische Unterstützung am Apparat die Stellung gehalten hat. »Doch, wenn du die Adresse, die ich dir beim letzten Besuch gegeben habe nimmst, dann schon.«

Karl hatte bereits vor einiger Zeit ein Mail-Postfach eingerichtet, dass auch umfangreichere Mails verarbeiten kann. Karls Smartwatch zeigt nun den Eingang der Mail von Volker an. Sicherheitshalber nimmt er das auf dem Sofa auf ihn wartende Notebook zur Hand und überprüft den Posteingang. »Alles gut angekommen Volker. Ich werde dann mal versuchen, die Seiten zu lesen und melde mich anschließend bei dir.« Volker hat diesmal nicht, wie er es sonst gern macht, einfach grußlos aufgelegt. »Prima. Ich lese es auch, dauert halt bei der Schrift. Aber dann unterhalten wir uns weiter.«

»So, nun haben wir wieder Arbeit, meine Liebe! Auf ans ‚übersetzen'«. Doch zunächst räumen die beiden die Überreste des Frühstücks auf. Dann machen sie sich ans Werk. 52 Seiten in Kurrentschrift sind keine Kleinigkeit für neuzeitliche Menschen, die nicht mit dieser alten Schriftart aufgewachsen sind. Mühsam arbeiten sie sich zu zweit durch die angeblichen Tagebuchreste. Auch hier ergänzen sich Hannah und Karl wieder gegenseitig. Wo Karl noch über etwas rätselt, hat auf einmal Hannah die Lösung schnell parat. Und umgekehrt.

Die Arbeit ist mühselig und zeitaufreibend. Doch nach knapp sechs Stunden haben sie es geschafft, der Text liegt nun in gut lesbarer Form vor ihnen.

»Na, das hat wohl mit dem Original nun überhaupt nichts zu tun.« – »Ja Hannah, nur perverser Schmarrn. Ein Fachmann glaubt davon nichts. Angebliche heiße Liebesnächte von Johann mit Sisi, pädophile Phantasien, lauter frei erfundene Sachen. Das passt alles weder zu Sisi, noch überhaupt zu der Zeit, in der es sich angeblich abgespielt haben soll.« – »Aber, warum? Wozu soll das gut sein? Wo liegt der Nutzen?« Hannah schaut Karl fragend an. Dieser zuckt auch nur mit den Schultern. »Das sollten wir vielleicht einmal herausfinden. Vielleicht hat da Herr von Pfalz eine Idee. Aber heute nicht mehr. Mir reichts.« Hannah gibt ihm recht. Das herrliche Wetter lockt beide schon wieder auf die Terrasse.

5. Juli

Karl hat einen Einfall. Wie immer im Bett so kurz nach dem Wachwerden. Er schleicht sich ins Büro gegenüber vom Schlafzimmer und sucht den USB-Stick, den er im Einwohnermeldeamt im Papierkorb gefunden hatte. ‚Der Luigi war doch bestimmt auch ein Italiener, der nichts wegwirft und möglichst auch nichts neu kauft, wenn doch schon etwas Passendes herumliegt. So muss das auch bei dem Stick gewesen sein', ist Karls Gedanke.

Er steckt den Stick an seinem geschützten Rechner ein und beginnt ihn näher zu untersuchen. Zunächst findet er natürlich die Dateien, auch die versteckten, die er bereits näher geprüft hatte. Dann beginnt er zu schauen, ob sich noch gelöschte, für einen normalen Nutzer nicht sichtbare Dateien oder Reste davon auf dem USB-Stick finden lassen.

Karl hat Erfolg. Er findet zunächst ein Angebot zur Übernahme des Hotels ‚Zur Linde' von einem ihm unbekannten Investor aus Neapel. ‚Aha, da muss es ja dann eine Beziehung zwischen Investor und Luigi gegeben haben', denkt er. Dann ist noch eine Mail, nein der Rest einer Mail enthalten. Ein Absender lässt sich nicht mehr feststellen, der Bereich der Mail muss wohl bereits überschrieben worden sein. Aber der Text ist teilweise noch vorhanden. ‚… musst diesem von Pfalz klar machen, dass er verkaufen muss, natürlich nur an uns. Wir brauchen diese beiden Hotels unbedingt fürs Geschäft. …' Auch der Rest ist leider nicht mehr lesbar. Karl versucht, weitere Reste oder auch ganze Dateien zu finden. Aber außer ein wenig Datenkauderwelsch ist nichts mehr auf dem Stick zu retten.

»Na, du Forscher, hast du wieder etwas Neues entdeckt?« Hannah hat sich aus dem Schlafzimmer ins Büro geschlichen und von ihm unbemerkt Karl bei der Arbeit beobachtet. »Ja, da gibt es doch ein Interesse an der Übernahme nicht nur des Hotels ‚Zur Linde', sondern auch am Hotel Pfalz am Berg. Mich wundert es nur, nichts hierüber vom Max von Pfalz gehört zu haben.«

Hannah meint: »Vielleicht sollten wir mal diesen Anwalt, der im Hotel bei von Pfalz war, ein wenig überprüfen?« – »Läuft«, antwortet Karl, sucht auf dem Schreibtisch nach dessen Karte, die von Pfalz ihm gab und macht ein paar Eingaben am ‚normalen' Rechner. Die Antwort der Suchmaschine lässt nicht auf sich warten. »Ah ja«, Karl trägt vor, »der ist spezialisiert auf Übernahmen von Firmen und Geschäften. Das müssen auch nicht unbedingt friedliche Geschäfte sein. Es kann bei diesen feindlichen Übernahmen auch mal zu, sagen wir mal, Zwischenfällen kommen. Sehr undurchsichtig, das alles.« Hannah überlegt. »Mafia? Wäre das möglich?« – »Durchaus, ja, da schau: Dieser Typ scheint gute Kontakte nach Bella Italia zu haben. Ich kann allerdings hier nicht feststellen, ob diese in bestimmten Gegenden zu lokalisieren wären.« – »Da wäre doch vielleicht ein Gespräch mit Bozen hilfreich. Ruf doch einfach mal Leitner an.« Hannahs Ideen sind immer gut.

Karl greift zum Telefon, sucht die Nummer im Telefonbuch des Apparats und wählt. »Kommissar Leitner, Grüß Gott«, meldet sich dieser. Karl begrüßt ihn freundlich und fragt, ob Leitner Informationen zum betreffenden Anwalt hätte. »Lassen sie mich mal schauen. Also, Hermann, Meinhard, sagen sie. Nein, da finde ich in unserer Datenbank leider nichts. Aber irgendwie kommt mir der Name doch bekannt vor. Aber woher, das fällt mir im Moment nicht ein. In jedem Fall werde ich mich aber melden, sollte ich in dieser Angelegenheit etwas entdecken.« Karl bedankt sich bei Leitner und legt auf. »Ich möchte dazu auch noch mal mit Max von Pfalz reden. Aber erst nach dem Frühstück«, sagt Karl und Hannah stimmt ihm zu.

‚Gott sei Dank, heute gibt es wieder das normale Frühstück ohne Zirkus und ohne für mich fragwürdige, nachgemachte amerikanische Spezialitäten', stellt Hannah erfreut fest. Ihr sind

Bauernbrot vom Hofladen, Leckereien von Karls Lieblingsmetzger und Vitamine, also Obst und Tomaten aus dem örtlichen Dorfladen doch lieber.

»Wir sollten später noch Tomaten kaufen«, stellt Karl dazu beim Servieren fest. Für ihn sind Tomaten ein unverzichtbares Lebensmittel. Und Cappuccino natürlich auch. »Pfirsiche könnten wir auch brauchen. Und Litschis, die dürfen aber gerne aus der Dose sein«, ergänzt Hannah die Einkaufsliste. »Und Joghurt mit Früchten!« – »Ja, möchte ich auch. Ich nehm den mit der Stracciatella-Frucht!« – »Karl! Naschmonster. Diese Frucht gibt's doch gar nicht.« – »Doch«, entgegnet dieser, »davon hab ich gestern den letzten ‚Fruchtjoghurt' gegessen.« Kopfschütteln bei Hannah. »Also dann Dorfladen, Hofladen, Metzger und Hotel Pfalz am Berg«, stellt Karl fest. »Sollten wir von Pfalz überraschen oder uns ankündigen?« Hannah meint »Überraschen. Vielleicht können wir da eher etwas aus ihm herauskitzeln.«

Bereits im Dorfladen wächst der ‚Einkaufszettel': Tomaten und Pfirsiche bekommen Gesellschaft von Blumenkohl, Spitzkohl und auch von einem vegetarischen Zwiebelschmelz. Hannah kennt dieses nicht. »Das ist die vegetarische Variante von einem Schweineschmalz mit Röstzwiebeln drin. Das esse ich schon eine Ewigkeit nicht mehr, nur noch dieses vegetarische«, erklärt ihr Karl.

Hannah fällt auf, dass sich Karl beim Einkaufen doch komplett anders verhält als andere Männer: Er steht nicht im Weg herum, weiß, wo er etwas finden wird, muss nicht lange überlegen, was er in den Korb lädt, checkt immer das Mindesthaltbarkeitsdatum und bricht an der Kasse alle Geschwindigkeitsrekorde. Noch nie hat sie gesehen, wie ein Mann so schnell die Einkäufe auf das Band befördert, dann wieder sortiert in den mitgebrachten Korb legt und auch noch in Sekundenschnelle bezahlt.

Der Korb wandert in den Kofferraum und die beiden steigen ein. Karl wählt den Weg durch die Stadt, um nach Rabenstein zu kommen.

Als sie den Bahnhof passieren fällt ihm etwas ein »Oh nein, ich muss ja am Samstag unterrichten.« – »Arbeiten?«, das kennt

Hannah von Karl noch gar nicht. »Ja, meine Juni-Pause ist ja vorbei und so darf ich wieder Schüler beglücken. Ich sollte vielleicht mit dem Zug fahren, so hast du dann zumindest das Auto, falls du irgendwohin möchtest.«

Hannah überlegt nicht lange »Dauert aber länger, wenn du mit dem Zug unterwegs bist.« – »Ja, sicher.« – »Dann fahr lieber mit dem Wagen, ich komm schon zurecht.« Hannah hat eine Idee.

Beim Hotel angekommen, suchen sie nach Max von Pfalz und werden sogleich an der Rezeption fündig. Der Gesuchte ist erstaunt darüber, dass sie schon wieder bei ihm auftauchen und wirkt darüber hinaus beunruhigt.

Die beiden gehen mit ihm in sein Büro. Karl beginnt das Gespräch erst einmal eher vorsichtig, will nicht mit der Tür ins Haus fallen. »Dieser Anwalt, der sie aufgesucht hatte, der hat wohl nicht den allerbesten Ruf.« Von Pfalz schaut ihn fragend an. »Nun ja, er ist wohl hauptsächlich damit beschäftigt, Firmen und ähnliches mehr oder weniger unsanft für nicht näher feststellbare Investoren aufzukaufen.« Überraschenderweise erschrickt von Pfalz jetzt nicht sonderlich. »Ja, das habe ich mir schon so etwas gedacht. Er wirkte bei dem Gespräch auch sehr, lassen sie mich es so sagen, bestimmend«, erklärt er nun. »Hat er denn versucht ihnen gegenüber Druck aufzubauen?« möchte Hannah nun wissen. »Na ja, schon so etwas.« Max von Pfalz wirkt betroffen. ‚Treffer' denkt Karl.

»Etwas anderes, Herr von Pfalz. Ich habe jetzt die fehlenden Seiten aus dem Tagebuch von Johann erhalten. Sie wurden einem Journalisten, mit dem ich befreundet bin, zugespielt.« Von Pfalz weicht jegliche Farbe aus dem Gesicht. »Haben sie eine Vorstellung davon, was dort geschrieben steht?«, fragt Karl. »Wird ihr Freund sie denn veröffentlichen?« möchte von Pfalz wissen. »Ich denke nicht.«

Von Pfalz ist etwas erleichtert. »Also, ich habe etwas davon gehört, was Johann dort geschrieben hat.« Karl formuliert diese Antwort um: »Geschrieben haben soll.« Max von Pfalz hat wohl jetzt sofort einige Fragen dazu, traut sich aber wohl noch nicht, sie auszusprechen.

Hannah will nunmehr wissen: »Hat denn dieser – ich sag es mal so – Betrüger versucht, ihnen den Verkauf des Hotels schmackhaft zu machen?« Der Gefragte will wohl lieber nicht darauf antworten, ist aber bei Hannah an der falschen Adresse. »Nun?« bohrt sie nach. »Na ja, ich möchte sagen, er hat wohl den festen Vorsatz, mein Hotel zu erbeuten, verstehen sie?« – »Erpressung?« Er ist Hannah, die sehr direkt fragt, ausgeliefert. »Ja.« – »Aha, mit dem fehlenden Teil des Tagebuchs?« – »Ja. Wenn dieses an die Öffentlichkeit kommen würde, mit all den Unsittlichkeiten und verbrecherischen Fantasien, wäre der Ruf meiner Familie komplett ruiniert und ich als Hotelier damit erledigt. Kein Gast würde mehr in mein Hotel kommen.« Max von Pfalz sinkt in sich zusammen. ‚Erledigt. Für immer', denkt er.

Karl schaut ihn an, lächelt ermutigend. »Na, das wollen wir doch alle nicht, Herr von Pfalz«, stellt er fest. »Ich hätte da noch ein paar Informationen für sie.« Der Angesprochene schaut interessiert Karl an. »Nun, zunächst einmal: Diese angeblichen Bestandteile des Tagebuchs sind keine Originale. Der Inhalt entspricht auch nicht dem fehlenden Teil des Ihnen gestohlenen Tagebuchs, wie ich mit einer Kopie des Originals problemlos belegen kann.«

Von Pfalz wirkt nun entspannter. »Ich sage einmal, dass weder das Papier, die Schrift noch das Alter dieses angeblichen Teils dem Original ähneln.« Erstaunen beim Hotelier. »Auf gut Deutsch: Das ist eine Fälschung mit frei erfundenem Inhalt. Nachweisbar!«

Von Pfalz steht auf, verlässt das Büro ohne eine Erklärung abzugeben. Kurz darauf kommt er zurück und bringt ein Tablett, auf dem sich eine Flasche in einem Sektkühler und drei Gläser befinden mit. Er öffnet die Flasche, schenkt ein und überreicht Hannah und Karl ein Glas. »Dom Pérignon. Das Einzige, was wir jetzt trinken sollten.« Er prostet Hannah und Karl zu »Hannah, Karl, herzlichen Dank! Und ja, ich bin der Max!« Sie stoßen an und genießen den Champagner.

Dann beginnt er über den Versuch dieses Anwalts aus München, ihn zum Verkauf des Hotels zu zwingen, zu berichten. Bei dessen Besuch noch erfolglos, erklärt Max. Aber lange hätte er nicht Widerstand leisten können. Bei der ersten Veröffentlichung zur Fälschung des Tagebuchs hätte er wahrscheinlich sofort aufgegeben und dem Verkauf zugestimmt. Auch wenn er unendlich am Hotel hängen würde.

Karl erklärt ihm, dass er Nachforschungen über den Auftraggeber zu dieser Erpressung anstellt und dazu auch bereits die südtiroler Polizei eingeschaltet hat. Die Fälschung sei im Übrigen sicher bei seinem Freund verwahrt, so dass nichts an die Öffentlichkeit dringen könne. Max ist nun erst einmal beruhigt, so dass die beiden ihn verlassen und wieder nach Hause fahren können.

Unterwegs ruft Karl noch Volker an. »Pass bitte bloß auf diese Fälschung auf! Damit soll Max von Pfalz offensichtlich auch gnadenlos erpresst werden. Irgendwelche Leute wollen unbedingt so an sein Hotel kommen.« Volker kann ihn beruhigen »Liegt doch alles in meinem Safe. Der ist sicher.« Der Feierabend kann kommen.

6. Juli

Nach dem Frühstück will Karl erst einmal ‚arbeiten'. Die Unterrichte für den kommenden Samstag müssen noch aktualisiert werden. Hannah, zum ersten Mal mit Karls freiberuflicher Beschäftigung direkt konfrontiert, möchte wissen, was er denn genau machen würde. »Nun, ich bin gelegentlich als Dozent an einer privaten Akademie tätig und unterrichte junge Leute, die über den zweiten Bildungsweg neben ihrem eigentlichen Beruf einen höheren Abschluss anstreben. Deswegen sind die Vorlesungen auch fast nur samstags.« – »Und was bringst du den Schülern dann bei?«

Karl lächelt ein wenig und sagt: »Na, auch wie sie die Prüfung bestehen. Aber eigentlich Teilgebiete aus der Informatik. Und übermorgen darf ich über Internettechnologien und Digitale Transformation referieren.« Hannah ist heute wissbegierig, nein, das ist sie eigentlich immer. »Was ist denn diese Digitale Transformation?«

Karl zuckt mit den Schultern. »Tja, etwas, von dem die, die Vorgaben für den Lehrstoff herausgeben, gewiss nichts wissen…« Er nimmt noch einen Schluck Kaffee. »Immerhin, mittlerweile ist das jedenfalls geklärt: Es ist, grob gesagt, der Wandel zu einer immer weiteren digitalen Welt und der Einfluss der Digitalisierung auf die private und berufliche Umgebung. Und, wie das dann auch funktioniert.« – »Okay«, meint Hannah, »da bist du ja dann gut aufgehoben, mein Volldigitaler. Mach dich an die Arbeit, ich vergnüge mich hier ein wenig. Später darfst du mich dann verwöhnen!«

Karl verschwindet nun im Büro im ersten Stock. Hannah räumt die Reste vom Frühstück auf, die Spülmaschine hat schon darauf gewartet.

Dann nutzt sie die Gelegenheit, von Karl ungestört sich näher mit der Küche und der angrenzenden Speis zu beschäftigen. Die Vorräte in den Regalen der Speis scheinen noch für Monate auszureichen. Im Gefrierschrank hingegen fehlt nach Hannahs Meinung doch einiges. Ein Einkaufszettel wird angelegt. Nein, kein Stück Papier, ist Hannah doch auch schon ziemlich weit ‚transformiert', eine elektronische Notiz im Handy ist auch für Hannah ein normales Hilfsmittel. Fisch, Fleisch und verschiedene Gemüse sollten besorgt werden.

Dann sind die Schränke in der Küche Hannahs nächste Opfer. Schnell stellt sie fest, dass die meisten Schränke wohl dringend eine neue Ordnung benötigen. Fehlt doch mancherorts eine sinnvolle Sortierung und sind auch wohl absolut unnötige Gerätschaften an den unmöglichsten Orten zu finden. ‚Ja, ja, Junggesellensystematik. Alles einfach nur dahin legen, wo zufällig gerade Platz ist', denkt sie. ‚Das Aufräumen dauert länger!' und hat damit eine sehr sinnvolle Beschäftigung für den Samstag gefunden, an dem Karl ja unterwegs sein wird.

Das Telefon klingelt. Hannah will auf dem Display nachschauen, wer anruft, doch es wird bereits nichts mehr angezeigt. Karl hat wohl schon das Gespräch angenommen. Hannah möchte aber nur zu gerne wissen, wer sich am anderen Ende der Leitung befindet. Sie rechnet eigentlich in diesen Tagen mit einem Anruf ihrer Dienststelle, die sich wegen einer weiteren Absprache über Hannahs zukünftige Arbeit an der Universität von Texas bei ihr melden wollte. Sie geht hinauf zum Büro, hört gerade noch, wie sich Karl vom Anrufer verabschiedet »Ja, danke Herr Leitner. Ich melde mich dann bei Ihnen, sobald ich mehr weiß.«

»Was wollte denn der Herr Kommissar?« – »Ja, das ist interessant. Er hat noch nicht so ganz klare Verbindungen der Ndrangheta, der kalabrischen Mafia, nach Neuburg an der Donau gefunden. Das war für ihn neu. Er konnte auch nicht feststellen, ob die Ndrangheta dort irgendwelche Immobilien besitzt oder Verbindungen zu Geschäftsleuten unterhält. Er meint, solches müsste sich entweder aus den schon vorhandenen Unterlagen ergeben oder aufgrund von Telefonaten oder Mails aufgefallen sein.« Hannah ist interessiert. »Aber dieser Luigi, der war doch auch irgendwie ein Mafioso. Hatte der mit dieser Ndrangheta auch was zu tun?« – »Nein, der war doch ein Neapolitaner und gehörte zur dortigen Mafia, der Camorra.« – »Mein Lieber, italienische Verhältnisse sind ganz schön verwirrend«, stellt Hannah fest. »Ja, gewiss. Aber, wenn du in Las Vegas leben würdest käme dir das vielleicht doch bekannt vor«, lacht Karl. »Vorsicht junger Mann! Gefährliche Gegend, Las Vegas. Die Mafia gibt's da wohl nicht mehr, zumindest hört man nichts mehr darüber, aber dort wirst man rasend schnell verheiratet! Manchmal auch selbst dann, wenn man es nicht möchte.« Karl prustet los »Das könnte ich ja mal ausprobieren.« – »Untersteh dich!« Auch Hannah lacht.

»Jedenfalls hat Leitner ermittelt, dass in der letzten Zeit rege Telefonkontakte zwischen einer eindeutig der kalabrischen Mafia zugeordneten Nummer und einem Neuburger Anschluss, der nicht in irgendwelchen Veröffentlichungen enthalten ist, bestanden. Ihm kam dieses komisch vor, weil genau diese Nummer auch schon mehrfach versucht hatte, im Hotel 'Zur Linde' in Rabenstein anzurufen, dort aber niemanden erreichte.« – »Irgendetwas ist da faul«, meint auch Hannah.

»Was anderes. Wie lange musst du denn noch an deinen Unterrichten arbeiten?« Karl überlegt kurz und meint »Na ja, so eine knappe Stunde wird's schon noch dauern.« – »Sag mal« will Hannah nun wissen »haben wir denn nur diese riesigen Wassergläser?« Karl denkt anscheinend nach und antwortet dann »Hmm, im ‚Lager' auf dem Dachboden sind keine Wassergläser und die alten kleineren waren ‚angelaufen' und auch nicht besonders schön. Daher habe ich mich von denen verabschiedet.« – »Lager?« Hannah wittert etwas Interessantes. Karl erkennt Hannahs geweckten Forschungsdrang und erklärt ihr »Gleich nach der Dachbodentür nach rechts, der Berg Kartons an der Stirnseite ist das Geheimlager für Gläser.« Hannah wirft ihm ein Fernbussi zu und verschwindet sofort in Richtung Dachboden.

Karl ist noch nicht ganz mit seiner Arbeit fertig, als Hannah wieder vom Dachboden zurückkommt. »Nein nichts. Haufenweise Weingläser, auch riesige Biergläser und -krüge. Aber nichts für Wasser oder ähnliches. Da müssten wir mal welche besorgen.« Damit ist offiziell eine Einkaufstour verkündet. Karl lacht innerlich und merkt, dass Hannah praktisch schon damit begonnen hat: Sie ist im Bad verschwunden.

Kurz darauf, Karl hat gerade seine überarbeiteten Unterrichte gespeichert, steht Hannah schon ‚landfein' in der Tür zum Büro. »Jetzt aber hurtig ins Bad mit dir. So nehme ich dich nicht mit!« – »Zu Befehl! Aber ich möchte noch einen Kaffee, bevor wir fahren.« – »Wird gemacht, zu Befehl, oder so.« Hannah leistet Karl beim Lachen Gesellschaft.

Eine knappe halbe Stunde später sind beide schon mit dem Auto unterwegs. Hannah möchte wissen, wo Karl denn nun hinfährt. »Zu einem Glaspalast!« Hannah knurrt, noch faucht sie aber nicht. »Ich würde zu JoGlas in Bomoas gehen. Die haben eine große Auswahl an Gläsern eigener Herstellung in allen Preisklassen. Manchmal auch richtige Schnäppchen.« Hannah schaut zufrieden »Ja, prima, das hört sich gut an. Aber was ist bitte Bomoas? Der Dialekt hier ist für mich noch ein wenig schwierig.« – »Bodenmais steht da auf dem Ortsschild. Das sagt aber hier keiner. Genauso wenig wie Rinchnach. Das heißt bei uns Klouster, weil dort ursprünglich ein Kloster war. Die eigentliche Gemeinde entstand erst viel später.« Nach einigen Kurven und einer längeren, gut ausgebauten Straße biegt Karl kurz nach einem Kreisverkehr zu einer Ansammlung von größeren Gebäuden ab.

JoGlas hat hier wohl nicht einfach nur ein Fachgeschäft für Glaswaren errichtet, sondern dieses in ein touristisches Zentrum integriert, dass den Urlaubern alles bietet, was diese an einem Tag gerne finden würden. Neben dem eigentlichen Glaspalast, da hat Karl wirklich recht, erkennt Hannah ein Restaurant mit einem kleinen angegliederten Geschäft, das sie später vielleicht noch besuchen muss, einen Biergarten, einen Spielplatz für die Kids und eine große Open Air Ausstellung von Glaskunstwerken. »Wird hier auch Glas hergestellt?« – »Nein«, antwortet Karl, »das hier ist reiner Verkauf gepaart mit Touristenrummel.«

Das Auto ist geparkt und Karl führt Hannah zielstrebig zum Eingang des größten Gebäudekomplexes. ‚Glas, nichts als Glas, in allen erdenklichen Farben und Formen.' denkt Hannah. »Das könnte hier etwas länger dauern«, erklärt sie Karl. Dieser ist nicht erstaunt »War mir schon klar. du kannst übrigens dort einer Glaskünstlerin bei der Arbeit zu schauen, dann durch das Nachbargebäude gehen und dort Glasschleifer beobachten. Und natürlich können sich im nächsten Gebäude auch Kinder im Glasblasen versuchen.« Hannah fühlt sich fast wie im siebten Himmel. Nach einiger Zeit hat sie das ganze Gebäude durchwandert, die Attraktionen bewundert und geht nun hinüber zum Nachbarhaus. Karl macht sie auf eine Sammlung von Pokalen aufmerksam. Hannah erkennt einen davon. »Diese Pokale werden doch immer den Siegern beim Skiweltcup überreicht.« – »Genau. Und sie werden alle hier hergestellt«, berichtet Karl.

»Nein, ich möchte keine Glasdeko für den Garten«, warnt Karl nun Hannah. Doch diese ist davon nicht, wie eigentlich erwartet, enttäuscht. Im ersten Stock entdeckt sie dann aber die Dauerausstellung mit dem, was man zu Weihnachten benötigen könnte. Und hier ist Hannah sehr interessiert. »Das brauchen wir doch Karl. Es könnten Weihnachten ja mal Kinder zu Besuch kommen. Hast du eigentlich Enkel?«

Karl ist etwas überrascht. »Nein, ja.« Hannah schaut ihn vorwurfsvoll an. »Was nun? Enkel?« – »Ja, eine Enkeltochter. Sie ist auch noch im passenden Weihnachtsalter. Aber nein, wir brauchen keine Weihnachtsdekoration. Diese ist nämlich bereits auf dem Dachboden eingelagert.«

Im nächsten Raum findet Hannah dann Gläser, günstige Gläser. Ihr Jagdinstinkt ist geweckt und schnell hat sie drei Pakete mit unterschiedlich großen Wassergläsern erbeutet. »So, jetzt können wir zahlen. Und dann habe ich Hunger, du auch?« Karl ist überredet. Schnell zahlt er die Beute an der Kasse und dann gehen beide zum Auto.

Auf dem Weg kann Hannah dann auch noch einem Kind beim Glasblasen zuschauen. Es darf, unter fachkundiger Aufsicht, hier eine Bewässerungskugel herstellen.

Am Auto will Hannah nun, nach dem Einladen der Kartons mit den Gläsern, zielstrebig zum örtlichen Restaurant gehen, doch Karl verweigert dieses. »Komm, ich kenn da etwas Besseres. Ich hab keine Lust auf Massenabfertigung in einer Selbstbedienungskantine.«

Hannah stutzt kurz, steigt dann aber ein, denn sie kennt Karls kulinarische Vorlieben und ist von seinen Restaurantempfehlungen bislang niemals enttäuscht worden.

Karl fährt nun in den Ort hinein, die Hauptstraße entlang und parkt dann auf dem Parkplatz eines größeren, offenbar gut besuchten Hotels. ‚Uih, touristisch', denkt Hannah, als sie merkt, dass alle Bediensteten in Tracht umherwuseln. Karl steuert auf einen freien Tisch auf der Terrasse zu, der auch Hannah zusagt. Die Karten, es gibt anscheinend drei verschiedene, liegen auf dem Tisch bereit zum Studium. Und schnell kommt auch ein Kellner zu ihnen, um nach den Getränkewünschen zu fragen. Auch Hannah bestellt ein alkoholfreies Weizen. Karl ist erstaunt »Magst du heute Auto fahren?«

Hannah schmunzelt »Nein, das bleibt immer noch dir, ist mir hier noch zu hektisch. In Texas geht das doch etwas gelassener und ruhiger zu. Aber, vielleicht machen wir mal eine

Fahrstunde in den nächsten Tagen.« Karl nickt zustimmend und legt die Speisekarte beiseite. »Was hättest du denn gern?«, fragt er Hannah, die noch überlegt. Nach einer Weile meint sie dann »Ich nehme einen ‚Ochs am Berg‘ und Du?« – »Gute Wahl, alles Wichtige dabei, Salat und Steak«, lobt sie Karl. »Ich nehm einen ‚Braumeister-Burger‘.« – »Naaa? Heute American Way of Life?« spottet Hannah.

Der Kellner unterbricht kurz die Unterhaltung. Nachdem sie bestellt haben wundert sich Hannah »Dieser freundliche Ober hat aber eine interessante Aussprache, etwas, wie soll ich's sagen, härter.«

Karl stimmt ihr zu »Ja, er ist wohl einer der hier arbeitenden freundlichen Nachbarn, kommt aus Tschechien. Bei uns findest du kaum noch Arbeitskräfte, speziell im Hotel- und Gaststättengewerbe. Und die Nachbarn kommen gern zum Arbeiten hierher, weil die Löhne bei uns höher sind als in Tschechien.«

Das bestellte Essen lässt nicht lange auf sich warten und beide sind mit ihrer Wahl zufrieden.

Hannah erkundigt sich bei Karl »Warum hast du eigentlich keine French Fries, äh Pommes dazu bestellt? Würde doch gut passen.« – »Schon, aber, ich hab's schon mal gemacht und es war einfach viel zu viel. Ich schaffe gerade mal den Burger.«

Kurz darauf sind die Teller leer und Karl bestellt noch zwei Espressi. Als diese serviert werden begleicht er auch die Rechnung. Hannah stellt wieder einmal fest »Nicht zu teuer, das Essen im Restaurant.«

Bevor sie das gastliche Haus verlassen, verschwindet Karl noch einmal kurz. Hannah denkt ‚Er ist schon wieder mal wie ein Amerikaner. Direkt sagen, dass er auf die Toilette geht, tut er nicht.‘

Karl bleibt länger aus. Und kommt schließlich lachend zurück. »Was ist los?« möchte Hannah wissen. »Oh, ich bin gerade einigen guten Bekannten in die Finger gefallen und wurde gezwungen, mit ihnen anzustoßen.« – »Naaa, was soll das bedeuten?« Hannah hat eine Vermutung, die Karl sogleich bestätigt. »Die feiern gerade ein Jubiläum. Ich konnte ihnen leider nicht entkommen. Ja, und so darfst du jetzt deine erste Fahrstunde in Deutschland absolvieren.« – »Und weil du genötigt wurdest, mit deinen Freunden etwas alkoholhaltiges zu trinken, weigerst du dich nun, wie üblich, Auto zu fahren?« – »Genau«, antwortet Karl und gibt Hannah den Wagenschlüssel. Sie zuckt mit den Schultern und erwidert »Dann mal los.«

Die erste Fahrstunde. Bei der Bedienung des Autos erwarten Hannah keine Probleme. Automatik, schlüssellose Bedienung und ein komplettes Assistenzpaket ist sie ja gewohnt. Karl erinnert sie nur kurz daran, dass das Auto ‚gut motorisiert' ist und sie zunächst vorsichtig mit dem Gaspedal umgehen solle.

Hannah gefällt das Auto, und schon nach wenigen Metern muss sie feststellen, dass ihr das Fahren mit ihm durchaus behagt. Nach wenigen Kilometern haben sie den Ort verlassen und Hannah steuert das Fahrzeug auf die breite, gut ausgebaute Landstraße. Karl gibt keine Kommentare ab, will auch Hannah jetzt nicht stören.

Sie möchte jetzt wissen, wie man das Navi bedient, da sie ja den aktuellen Weg nach Hause nicht kennt. »Drück doch einfach den Knopf mit dem Mikrofon drauf am Lenkrad und sag dem Auto es soll nach Hause fahren.«

Hannah drückt drauf, eine Stimme meldet sich und fragt, was sie möchte. »Fahre nach Hause!« Hannahs Befehl wird von der Stimme sofort bestätigt, erste Fahranweisungen folgen und im Display wird der Weg nach Hause angezeigt. Hannah ist begeistert.

Dann meldet sich Karl mit einer Ermahnung: »Da vorne nach der Kreuzung geht's den Berg hinunter in eine Ortschaft. Ab da wird die Straße etwas schmaler und sehr kurvig, wobei die Kurven teilweise nicht unbedingt vorzeitig erkennbar sind. Da musst langsamer fahren.«

Sie nickt und fährt nun nicht mehr so zügig wie vorher. Schließlich erreichen sie die ihr schon bekannte Stammstrecke, die sie schon oft mitgefahren ist und bald kommen sie zu Hause an. Hannah sucht die Fernbedienung für das Garagentor, lässt dieses sich öffnen und parkt doch ein wenig schneller als Karl in der Garage ein.

Dieser ist entspannt und quittiert Hannahs Feststellung, dass sie nun öfter Karls Auto fahren wird, mit einem »Gern! Ist aber auch Zeit geworden.« Was ihm einen Knuff in die Seite einbringt.

7. Juli

Am nächsten Morgen checkt Karl routinemäßig seine Mails. Dabei ist auch die Erinnerung an den morgigen Unterricht, allerdings mit einem zusätzlichen Hinweis darauf, dass Karl am Samstag nicht die ursprünglich geplanten sechs Stunden, sondern wegen des kurzfristigen Ausfalls eines Kollegen, nun neun Stunden unterrichten ‚darf'. »Na prima. Ich muss morgen jetzt drei Stunden länger unterrichten. Stört dich das wirklich nicht, wenn ich das Auto mitnehme?« Hannah lächelt heimlich und antwortet »Och nein, das passt schon. Ich kann mich hier gut beschäftigen.« Den leicht süffisanten Unterton dabei bemerkt Karl nicht.

Der Vormittag vergeht ereignislos. Die beiden überlegen, was sie später kochen möchten. Lust auf den eigentlich vorgesehenen Fisch haben jedoch beide nicht. Der Gefrier- und der Kühlschrank werden besichtigt, um festzustellen, was vorhanden ist und was gegebenenfalls noch eingekauft werden müsste. Hannah hat dann eine Idee »Du schwärmst doch immer von einem Gulasch. Kann man das vielleicht auch mit Hähnchenfleisch machen?« – »Na klar, schmeckt einwandfrei. Sollen wir?« Hannah gefällt das und sie möchte nun wissen, ob das nicht zu viel Aufwand ist. Karl erklärt ihr »Nein, nicht im Geringsten. Den Großteil der Arbeit übernimmt die Maschine, die kann das gut.«

Kurz darauf gehen sie ans Werk. Fleisch tranchieren, Paprika putzen und zerlegen und so weiter. Nach einer guten halben Stunde sind alle Vorbereitungen erledigt und der Automat übernimmt den Rest. Lediglich das Einfüllen der Zutaten bleibt den beiden Köchen überlassen.

Hannah ist wiederum fasziniert von dem Gerät. Das Ein-Topf oder wie Karl sagt das All-In-One-Gulasch ist nach einer knappen Stunde fertig, was die elektronische Küchenmamsell lautstark vermeldet.

Nun müssen die beiden Köche nur noch servieren und es sich am Tisch gemütlich machen, um die Mahlzeit zu genießen. »Du hältst dich aber oft nicht genau an das, was im Rezept auf dem Display angezeigt wird«, meint Hannah. »Es schmeckt aber trotzdem wirklich gut.« – »Ach, ich habe im Laufe der Zeit festgestellt, dass man auch beim Kochen mit der Mamsell durchaus Freiheiten hat und nicht alles, was da angezeigt wird, ernst nehmen muss.« Karl lächelt verschmitzt. »Und was sind so deine Lieblingsrezepte dabei?« möchte Hannah wissen. »Na ja, Gulasch, in beliebiger Form natürlich, dann ist auch ein Putencurry mit Reis wirklich was Feines, verschiedene Eintöpfe und natürlich auch beliebige Risotti. Natürlich kann man auch grandiose Nudelsaucen damit kochen.«

Karl ist offensichtlich sehr mit der ‚Mamsell' zufrieden. »Okay, dann mach das bitte in dieser Reihenfolge!«

Hannah lacht und überlegt, wie viel sie dann in der nächsten Zeit zunehmen würde.

Karl kann Gedanken lesen: »Nein, dabei nimmst du nicht zu. Ich koche mit sehr wenig Fett und fast ausschließlich mit frischen Zutaten. Da könnte man sogar dabei abnehmen.« Er hat Glück, dass Hannah gerade den Mund voll hat und so nichts schnell erwidern kann.

Das Telefon macht sich bemerkbar. Karl holt sich den Apparat und nimmt wieder am Tisch Platz. »Hallo Volker!« Hannah hat die Befürchtung, dass das Gespräch länger dauern könnte und isst gemütlich den Rest ihres Gulaschs auf.

Dann geht sie in die Küche, nimmt zwei Gläser und schenkt jeweils ein Bier ein. Am Tisch zurück hat Karl das Glück, eines der beiden Gläser zu bekommen. Eine Viertelstunde später verabschiedet er sich vom Anrufer und darf erst einmal sein mittlerweile abgekühltes Gulasch fertig essen.

»Nun erzähl schon, was gibt's Neues in Neuburg?« Ein wenig

neugierig ist Hannah schon. »Viele Grüße von Volker, speziell an dich.« – »Der Charmeur!« – »Ja, Volker hat vorhin einen, sagen wir mal interessanten Anruf bekommen. Offensichtlich wieder von diesem ominösen Mathes mit verstellter Stimme. Der wollte dann dringend wissen, wann denn Volker endlich seine Erkenntnisse aus dem Fake-Teil des Tagebuchs veröffentlichen würde. Das müsste die Öffentlichkeit doch endlich erfahren, damit sie wissen würde, was für, ich sag's jetzt mal etwas weniger schweinisch, na was für Hallodris diese von Pfalz-Neuburg waren und sind.« – »Aha, der kommt direkt zur Sache und präsentiert seine Motivation«, meint Hannah. »Volker meint, dass dieser doch nicht gerade hochintelligente Mathes wohl kaum der Urheber dieser Geschichte ist, sondern wohl, seinem Naturell entsprechend, der vorgeschobene, bezahlte Bote des Bösen.« – »Ja«, Hannah denkt nach und macht ihre Überlegung ‚öffentlich': »das könnte ich mir gut vorstellen. Aber mir ist der Sinn und Zweck dieser ganzen Operation noch nicht ganz klar. Geht's da um Erpressung, um Geld, vielleicht auch viel Geld?«

Karl überlegt auch, wiegt den Kopf leicht hin und her und meint »Erpressung kann ich mir gut vorstellen. Aber was er damit erreicht werden will, ist mir noch nicht ersichtlich. Geld hat dieser Knilch jedenfalls noch nicht gefordert.« Hannah schaut ihn fragend an »Knilch? Was ist das denn? Bayrisch für…?« Karl lacht. »Das ist ein verachtenswerter, unangenehmer Mann.« Hannah lacht jetzt auch und stellt fest »Again what learned.« – »Uih, du kennst schon das uralte Büro-Denglisch aus der Bundeswehr.« – »Hab ich von dir. Aber was bitte ist Denglisch genau?« – »Deutsches Englisch, also nicht korrektes, sondern dem Deutschen angepasstes Englisch. Oder einfach Englisch für Deutsche, die nur rudimentäre Englischkenntnisse haben.« – »Weiterbildung! Danke.«

Hannah genießt diese Erläuterungen zu Dingen, die sie noch nicht kannte.

»Jedenfalls denke ich, dass da noch etwas nachkommt von diesem Mathes. Der wird jetzt nicht geduldig warten, bis Volker endlich etwas veröffentlicht.«

Karl ist sich also sicher, dass in dieser Richtung noch etwas passieren wird, kann sich aber noch nicht vorstellen, was. Hannah gibt ihm recht und stellt dann fest »Feierabend für heute. Die Spülmamsell kann abwaschen und wir machen jetzt nichts mehr, du musst ja morgen wirklich früh raus!«

8. Juli

Nein, Karl ist das Aufstehen um diese unchristliche Zeit nicht mehr gewohnt. Manchmal flucht er auch still darüber, wie heute. Aber, es nutzt nichts, also Hannah nicht wecken, leise aus dem Schlafzimmer schleichen und die Tür geräuschlos schließen. Es folgt die übliche Morgenzeremonie: Das Bad möglichst nicht unter Wasser setzen, die Ankleide nicht verwüsten, den gepackten Aktenkoffer aus dem Büro nehmen und dann ins Erdgeschoss wandern, Kaffee und Brotzeit einnehmen und zur Garage gehen. Aha, die Zeitung ist noch nicht da. Gut, Karl ist ja auch reichlich früh dran. Auf geht's, mit dem Auto zur Schule, kurz bei der Unterrichtsplanung vorbeischauen und pünktlich um acht Uhr die Schüler begrüßen. The show goes on.

Hannah genießt es derweil, einfach ungestört auszuschlafen. Gegen neun Uhr steht sie auf, folgt einer ähnlichen Morgenroutine wie Karl und ist kurz drauf dabei, gemütlich zu frühstücken und in die Zeitung zu schauen. Kurz nach zehn klingelt das Telefon. Hannah denkt, es wäre bestimmt Karl, der eine Pause nutzt, um ihr einen guten Morgen zu wünschen.

Doch der Apparat zeigt an, dass Sonja anruft. »Guten Morgen.« – »Hallo Hannah, ich bin's, Sonja. Hast du heute schon etwas vor?« Hannah hat etwas vor. »Ja, schon. Ich nutze mal aus, dass ich heute ‚Karl-frei' habe und kümmere mich dann, lass es mich so sagen, ums Haus.« – »Hast du da zwischendurch auch mal Zeit für einen Überfall?« mag Sonja wissen. »Ja doch schon. Ich werde eigentlich bloß die Ordnung überarbeiten.« – »Hört sich interessant an, ich komme dann demnächst vorbei.«

Karl hat zwar gerade eine Pause, muss aber in dieser den Hörsaal wechseln und zu allem Überfluss auch noch das wohl von einem Kollegen angerichtete, technische Chaos im nächsten Hörsaal bereinigen. Da bleibt keine Zeit, Hannah kurz telefonisch einen guten Morgen zu wünschen.

Hannah hat mittlerweile ihre Aufräumaktion gestartet. Die Küche ist ihr erstes Ziel. Schränke ausräumen, den Inhalt nach ‚Brauchbares' und ‚Stehrümchen' sortieren, Schränke putzen und dann das Brauchbare sinnvoll wieder einräumen. Schließlich müssen noch die Dinge, die man nun wirklich nicht braucht, in Kartons gepackt werden, die dann auf dem Dachboden geparkt werden sollen.

Sie ist dabei erstaunt, was sich bei Karl alles so in der Küche angesammelt hat. Dann klingelt es an der Haustür. ‚Wer ist denn da? Ich hab doch gar nicht gehört, dass ein Auto hereingefahren ist', denkt sie, schaut aus dem Fenster zum Hof und doch, da steht ein SUV mit einheimischer Nummer auf dem Stellplatz. Sie geht zur Tür, öffnet und da ist Sonja. »Hi, sag einmal, ich hab dich nicht reinfahren gehört. Wie geht das denn? Bin ich jetzt schwerhörig?«

Sonja lacht: »Nein, bist du natürlich nicht. Ich fahr jetzt einen Elektrischen, den hörst du nur, wenn ich rückwärts fahre und der warnende Piepser lärmt.«

Hannah findet das interessant und kurz drauf sitzen die beiden in ein Gespräch vertieft bei einem Espresso am Esstisch.

Sonja findet Hannahs Vorhaben für den heutigen Tag einfach nur prima und erklärt, dass sie ihr dabei helfen werde. Sie hat ja für diesen Tag sowieso nichts vor.

Die beiden gehen ans Werk und Hannah merkt, wie gut sie beide quasi Hand in Hand arbeiten, ohne dass sie viel darüber reden müssen. So haben sie Zeit genug, die wirklich interessanten Neuigkeiten aus der Gegend zu besprechen.

Kurz nach Mittag unterbricht das Telefon ihre Unterhaltung. Karl hat gerade Pause und nutzt die Zeit, um sich zu erkundigen, wie es Hannah geht. Sie ist gut gelaunt und tut das auch gern kund. Karl merkt, dass er Hannah gerade irgendwie stört und denkt, sie wird gerade an etwas konzentriert arbeiten. Wenn er jetzt wüsste, wie recht er hat. Er will aber Hannah nicht aufhalten und fragt nur noch, ob er etwas zum Essen auf dem Heimweg besorgen sollte. »Die Idee ist sehr gut, dann brauchen wir nicht zu kochen. An was hast du denn gedacht?« Sonja hat wohl mitbekommen, um was es gerade geht und lächelt. »Griechisch? Gern. Ich hätte gern so eine Auswahl von allem möglichen, aber ohne Leber. Geht das?« Sie hört kurz zu. »Ja, prima! Ich freu mich. Bis dann. Bussi!«

Sonja mag nun wissen, wie viel Zeit sie für ihre Arbeit noch haben. Hannah beruhigt sie. Karl muss jetzt ja noch weiter unterrichten, dann zurückfahren und schließlich im griechischen Restaurant das Abendessen abholen. Das dauert noch einige Zeit. Also, weiter geht's. Und bald befinden sie sich im Endspurt. Sie tragen die Kartons mit dem ‚Unnötigen' auf den Dachboden und bewundern dann ihr Werk: Die Küche ist aufgeräumt und in den Schränken ist nicht mehr alles unsortiert hineingestopft, sondern übersichtlich eingeräumt.

Das, was man mehr oder weniger gleichzeitig bei der Küchenarbeit braucht, ist nun auch zusammen im Schrank verstaut. Die beiden sind zufrieden und gönnen sich jetzt einen Aperitif. Hannah hat im Kühlschrank beim Aufräumen noch leckere italienische, alkoholfreie Drinks gefunden.

Gegen sechs Uhr kommt Karl endlich nach Hause. »Hallo schöne Frau!« begrüßt er Hannah. »Endlich geschafft. Übrigens, grade ist mir Sonja entgegengekommen, sie muss hier im Dorf gewesen sein.« Hannah lacht »Ja klar, sie war bis vor ein paar Minuten bei mir.« – »Dann war's dir bestimmt nicht langweilig. Da schau, hier ist unser Abendessen«, sagt Karl und gibt eine Tasche an Hannah weiter.

Sie räumt den Inhalt gleich auf den Esstisch, verschwindet kurz in der Küche und kommt mit Tellern und Besteck wieder zurück. »Na dann lass uns mal den Hunger bekämpfen!« Und genau das wird nun ausgiebig erledigt. Als sie beide satt sind, besteht Hannah darauf, die Überreste mitsamt dem ‚Werkzeug' allein aufzuräumen. »Geh du dich mal umziehen und dann aber gleich aufs Sofa. Der Getränkeservice erledigt den Rest. Bist ja schließlich sehr lange unterwegs gewesen« ist ihre Begründung, denn sie möchte es am nächsten Morgen genießen, wenn Karl von den Ergebnissen des arbeitsreichen Samstags überrascht wird.

9. Juli

Und diese Überraschung funktioniert hervorragend. Hannah muss anscheinend dringend etwas unheimlich Wichtiges auf dem Tablet nachschauen, beobachtet aber nur Karl, wie er beginnt, den Frühstückstisch zu decken. Kaffeemaschine einschalten, dann Tassen aus dem Schrank nehmen.

Erste Entgleisung des Gesichtsausdrucks, aber noch kein Kommentar. Dann sucht Karl die Frühstücksteller, die jedoch am gestrigen Tag offensichtlich gewandert sind. »Hannah, sag mal, kann es sein, dass in der Küche gestern eine Völkerwanderung durch die Schränke stattfand?«

Hannah lacht, geht in die Küche und zeigt kommentarlos auf einen anderen Schrank. Karl schaut in diesen hinein und findet die Teller, nun nach Modellreihe, Zweck und Größe sortiert. Jetzt noch das gleiche Spiel mit dem Besteck. »Nun, da muss ich wohl umlernen, zumindest was die Küche angeht. Deine neue Ordnung gefällt mir aber schon gut.« – »Danke. Was du nicht mehr findest, ist übrigens auf den Dachboden gewandert.« – »Da warst du, oder soll ich sagen ‚Ihr' aber ziemlich fleißig.« Hannah nickt. »Danke, danke. Aber, der Kaffee kocht sich auch heute nicht von selbst. du musst schon noch eine Tasse hinstellen und dann den Knopf drücken. Ich hätte jetzt nämlich gern einen.«

Nach dem Frühstück machen sie es sich auf dem Sofa gemütlich. Beide waren am Vortag gut beschäftigt und gönnen sich nun einen angenehmen, ‚faulen' Sonntag.

Hannah schaut den Kalender im Tablet durch und meint dann eher beiläufig »Oh, ich sollte mal in der nächsten Woche mit meiner Uni reden, der diesjährige Urlaub ist dann aufgebraucht.«

Karl erschrickt bei dem Gedanken, dass Hannah nun wieder zurück nach San Antonio gehen müsste. »Was wirst du tun?«, fragt er vorsichtig. »Hmmh, was soll ich denn machen?« Hannah hat schon wieder den leicht verschmitzten Gesichtsausdruck, den sie auch beim ‚Küchentest' hatte. Karl versucht, diplomatisch zu antworten »Das musst du doch in jedem Fall selbst entscheiden.«

Aber Hannah merkt deutlich, dass er dringend hofft, dass sie nicht, oder zumindest nicht so bald nach Texas zurückgeht. »Na gut, dann mach ich, was ich will.« Hannah spannt ihn auf die Folter. Karl schaut sie fragend und besorgt an. Keine Antwort. Hannah steht auf, geht in die Küche und macht sich noch einen Kaffee. »Auch noch einen?«, fragt sie.

Doch Karl hat gerade ein anderes Problem. Hannah kommt zurück, stellt den Kaffee auf den Tisch, fällt über Karl her und schaut ihm direkt ins Gesicht. »Na gut, dann bleib ich halt hier, damit du nicht mehr so belämmert schaust.« Sagt sie und küsst Karl ausgiebig. Dann stellt sie fest »Unbezahlter Urlaub ist schließlich auch Okay. Ich verdiene dann zwar nichts, aber dein Geld reicht mir ja vollkommen!«

Zwei Stunden später, beide erholen sich immer noch auf dem Sofa, meldet das Telefon einen Anruf. »Wer stört denn da?« Hannah gibt den Apparat an Karl weiter. Dieser schaut kurz auf das Display und meint »Der Max von Pfalz.«

Er hebt ab und meldet sich. Max ist offensichtlich übermäßig aufgeregt und hat ein Problem, den Grund seiner Erregung mitzuteilen. »Könnt Ihr bitte mal vorbeikommen, ist was passiert, schlimm, ich brauche Eure Hilfe, bitte, gleich.« – »Ja Max, klar. Sag aber mal, was denn so schlimm ist.« Max schafft das jetzt nicht. »Musst du anschauen. Ich kann jetzt nicht. Ich glaub, ich brauch einen Schnaps.« – »Also gut«, meint Karl, »dann sind wir gleich bei dir.«

»Bei Max ist irgendetwas passiert. Es muss ihn heftig getroffen haben, er ist komplett neben der Spur. Lass uns mal schnell zu ihm fahren.« Hannah stimmt ihm zu und so machen sich beide ‚landfein' und fahren dann los.

Beim Hotel angekommen teilt ihnen die Rezeptionistin mit, dass Max in seinem Büro auf sie warten würde. »Gut, dass sie da sind, er ist völlig durcheinander. Sie kennen ja den Weg.«

Sie gehen schnell zum Büro, Karl klopft kurz an und öffnet die Tür, ohne eine Antwort abzuwarten. Max sitzt an seinem Schreibtisch, hat ein Blatt Papier und einen geöffneten Umschlag vor sich. Er schaut Karl und Hannah sorgenvoll an, zeigt auf das Blatt und sagt nichts. Max steht auf und geht zur Seite. Karl übernimmt den Platz und betrachtet das Papier, während Hannah Max in den Arm nimmt und versucht, ihn zu beruhigen. »Magst du was trinken?«, fragt sie ihn. Er schüttelt nur den Kopf.

Karl nimmt nun eine Pinzette aus dem von Max sorgsam auf dem Schreibtisch platzierten Gefäß für Schreibgeräte hinaus, greift mit dieser das Blatt und schaut, ob auf der Rückseite noch etwas zu finden wäre. Doch diese ist leer.

Er legt das Blatt zurück, nimmt nun, wiederum mit der Pinzette, den Umschlag, um auch diesen zu untersuchen. Dann legt er auch diesen zurück. »Ein Fall für die Polizei, eindeutig. Wir sollten diesen Schlagintweit informieren.« Max schüttelt den Kopf, ist offensichtlich von diesem Vorschlag nicht begeistert.

»Max, schau, da will dich jemand übel erpressen. Es wird behauptet, dass die Fälschung des Tagebuch-Ausschnitts echt ist, deine Familie eine üble Bande von Sittenstrolchen war und wahrscheinlich immer noch ist. Das ist nachweisbar hanebüchener Unsinn. Und dafür sollst du nun bluten? Ein Schmarrn, den du nicht so hinnehmen solltest.«

Max schaut jetzt auf und erwidert: »Die werden meinen Ruf ruinieren. Komplett. Und dann kommt kein einziger Gast mehr ins Hotel und ich kann zusperren. Pleite.« Karl entgegnet: »Max, komm, denk doch mal nach. Akzeptierst du diese Erpressung, dann übereignest du das Hotel dem Erpresser und zahlst ihm zusätzlich noch eine beträchtliche Summe. Tust du das nicht, stehst du in jedem Fall besser da. Selbst wenn das Hotel dann nicht mehr laufen würde, hast du immerhin das Geld gespart. Aber, so weit kommt es gewiss nicht. Das kriegen wir schon hin.« Max zuckt mit den Schultern. Hannah bestätigt Karl »Komm Max, das schaffen wir schon. Und selbst wenn diese Verbrecher versuchen, deinen Ruf zu ruinieren, was soll's. Dann mache ich eben in Texas ordentlich Werbung für dich und das Hotel. Die Texaner und besonders die vielen deutschstämmigen dort lassen sich von einem solchen Bullshit doch nicht abschrecken!«

Max richtet sich auf und meint »Du spinnst. Das klappt niemals.« Karl entgegnet: »Du kennst Hannah nicht. Wenn sie etwas will, dann klappt das auch.«

Noch zögert Max, ist aber nun etwas zuversichtlicher. »Und, was sollten wir tun?«

Karl hat einen Plan. »Also, zunächst diesen Brief mitsamt dem Umschlag nicht mehr anfassen. Ich glaube zwar nicht an Wunder, aber vielleicht findet die Polizei doch Fingerabdrücke auf diesen. Dann werde ich mal mit meinem Freund Volker, du kennst ihn ja, reden. Er soll, falls es später wirklich ums Ganze gehen sollte, einen Auszug aus seinem neuen Buch, der sich mit dem originalen Teil des Tagebuchs beschäftigt, vorab veröffentlichen. Damit dürfte die Luft für den oder die Erpresser dünner werden. Und den Rest, den sehen wir schon.«

Max hebt die Hände. »Schön ist das alles nicht, aber du hast recht. Wir nehmen den Kampf auf!«

Hannah gibt Max einen Kuss auf die Stirn und lobt ihn »Bravo!« Dieser lächelt sie an und ist sichtlich entspannter. »Kommt, ich habe heute noch nichts gegessen und bekomme jetzt, da ich einen Weg aus diesem Schlamassel heraus ahne, einen respektablen Hunger. Gehen wir doch ins Restaurant, ich lade Euch selbstverständlich ein!«

Karl bremst noch etwas. »Moment noch. Ich muss die Polizei verständigen und sollte auch diesen Brief in einem sauberen Umschlag verstauen. Hast du eine große Tüte oder ähnliches Max?« Der Angesprochene nickt und geht zu einem der Schränke während Karl versucht, Oberkommissar Schlagintweit zu erreichen, was am Sonntag natürlich eher aussichtslos ist. Immerhin meldet sich die Telefonzentrale der Dienststelle und so verabredet Karl mit der dort erreichten Dame, dass diese am nächsten Tag bei Dienstbeginn Schlagintweit von dem neuen Vorfall im Hotel informieren würde.

Karl nimmt die Beweisstücke an sich, sicher ist sicher, denkt er. Dann gehen sie zusammen ins Restaurant, um ein mittlerweile verspätetes Mittagessen zu genießen.

Max beruhigt sich nun zusehends und Hannah und Karl ermahnen ihn eindringlich, mit niemanden über den ‚Vorfall' zu reden. Dann machen sich Hannah und Karl wieder auf den Weg nach Hause.

Dort angekommen wollen sie nun endlich den Rest des Tages nichts tuend genießen. Doch Karl ruft sicherheitshalber, wie er betont, noch kurz Volker an und schildert diesem die neue Sachlage. Volker ist bereit, das üble Spiel, wie er sagt, mitzumachen. Er verspricht sogleich damit zu beginnen, den passenden Abschnitt seines Buches fertigzustellen und dabei stets die Drohungen der Erpresser zu berücksichtigen. »Die kriegen wir schon!« meint er zu diesem Problem.

10. Juli

Karl wacht an diesem Tag früh auf und ist irgendwie unruhig. Er überlegt warum, kommt aber zu keinem Ergebnis. Er schleicht sich ins Wohnzimmer, will Hannah, die noch ruhig schläft, nicht stören. Schnell noch einen Kaffee in der Küche machen und dann geht er zum Sofa, greift er sich das Notebook und will ‚Zeitung lesen'. Gleich auf der ersten Webseite fällt ihm die Werbung einer Airline ins Auge, die extrem günstige Flüge in die USA verspricht. ‚Da sollte ich mich mal schlau machen', denkt er ‚spätestens, wenn Hannah wieder zurück nach Texas muss, brauche ich natürlich auch Flüge dorthin.' Und er beginnt zu forschen. Welche Einreisevorschriften muss man denn beachten, wenn man dorthin möchte. Nach kurzer Suche findet er die passenden Antworten: Reisepass, ESTA-Visum, Kreditkarte und vieles mehr. Karl holt schnell seinen Reisepass. Ja, prima, der ist noch sechs Jahre gültig. Dieses ESTA-Zeug kann man online erledigen, gut. Kreditkarten hat er auch. Oh, nun stellt er fest, dass ein internationaler Führerschein empfohlen wird. Da hatte er mal einen, der ist aber schon lange abgelaufen. Also Passbild machen lassen, beim Landratsamt einen neuen beantragen. Karl beginnt, die anstehenden Arbeiten zu notieren.

Dann schaut er bei den in Frage kommenden Airlines ‚vorbei' und ist erstaunt, er hat sich ja schon einige Jahre nicht mit diesem Thema beschäftigt, dass es hier reichlich Neuerungen gibt. Fast alles kann er nun auch online erledigen: Flugbuchung, Platzreservierung, Check-In, selbst die Bordkarte kann man elektronisch erzeugen und mit dem Handy vorweisen. Aha, da gibt es auch eine App, die er sofort installiert und natürlich gleich ausprobiert. »Aha, du willst verreisen?« Hannah ist unbemerkt ins Wohnzimmer gekommen und schaut ihm nun über die Schulter. »Guten Morgen. Nein, aber vielleicht muss ich ja mal. Da sollte ich mich mal wieder schlau machen. Bin ja schließlich schon einige Jahre nicht mehr geflogen.« – »So, so«, meint Hannah, »Lufthansa, die sind aber eigentlich zu teuer.« – »Na ja, ich schau ja bloß«, erwidert Karl. »Bin auch schon fertig. Sollen wir das Frühstück vorbereiten?« – »Ist das noch nicht fertig?« Hannah stellt diese rhetorische Frage und lacht.

Karl springt auf und geht in die Küche. Während sie ihm folgt, denkt Hannah, durchaus erfreut ‚Da baut er jetzt vor, falls ich wirklich wieder nach San Antonio zurück gehen sollte.' Ihr Tag beginnt schon sehr gut.

Nach dem Frühstück kommt die gedruckte Tageszeitung wieder an die Reihe. Die beiden haben gerade begonnen, diese zu lesen, da meldet sich das Telefon. Oberkommissar Schlagintweit fragt nach den neuen Ereignissen. Karl gibt ihm einen Überblick und teilt ihm auch mit, dass er auf diese Erpressung niemals eingehen würde. Der Polizist gibt ihm recht und verspricht nochmals intensive Nachforschungen zu diesem Fall durchzuführen und das Erpresserschreiben abholen zu lassen.

Karl überlegt nach dem Anruf noch, wie man am besten auf diesen Versuch, Max zu erpressen weiter reagieren könnte, hat aber noch keine erfolgversprechende Idee. Hannah hat wohl etwas anderes im Sinn. Sie war kurz in der Küche und geht auf dem Rückweg hinter Karl, bleibt stehen, legt ihre Arme um ihn und ihren Kopf auf seine rechte Schulter. Dann fragt sie »Sag mal, warum interessierst du dich gerade für Flüge in die Staaten? Magst du mich loswerden?« Karl erschrickt »Nein! Sicher nicht! Ich habe nur gedacht…« – »Na, was denn?« unterbricht ihn Hannah. »Ja, wenn du wieder zurückgehen müsstest, dann müsste ich ja öfters nach San Antonio fliegen. Und da habe ich vorsichtshalber einmal angefangen, mich zu informieren.« Hannah küsst ihn aufs Ohr und lobt ihn »Braver Karl.« Mehr sagt sie nicht, obwohl sie sich schon einige Tage mit ähnlichen Überlegungen befasst hat.

Sie macht es sich gemütlich und fragt dann: »Sag mal, kennst du dich hier am Arbeitsmarkt aus?« Karl erschrickt ein wenig, denn da scheint sich etwas Neues anzubahnen. »Ein wenig schon, berufsbedingt. Meine Schüler wollen da immer mal etwas wissen.« – »Aber deine Schule ist ja keine Universität, oder?« – »Na ja, ein paar Bachelor-Studiengänge werden schon angeboten.« – »Aber nichts in Richtung Architektur?« – »Nein, leider nicht. Da gibt es nur die staatlich geprüften Bautechniker.« Karl bohrt ein wenig »Ist es dir langweilig hier und möchtest du daher hier arbeiten gehen?« Hannah lächelt verdächtig »Vielleicht, wenn ich etwas Interessantes finde.« – »Wie wär's mit Stellenanzeigen, Online-Angeboten und so? Morgen ist zum Beispiel bei der Zeitung wieder dieses Extrablatt dabei. Da sind ziemlich viele Stellenangebote drin.« Sie überlegt »Ich schau mal, spaßeshalber.« Schön langsam reift in ihr offensichtlich die Idee, komplett in den Bayrischen Wald umzuziehen.

Karl wird jetzt abgelenkt. Eine Schülerin hat ihm geschrieben und bittet um Hilfe bei ihrer Prüfungsvorbereitung. Er steht auf und geht hoch in sein Büro, um ihr eine fundierte Antwort zu geben, während Hannah nun eine Suche im Internet startet. Beides dauert einige Zeit. Hannah hat einige, aber nicht allzu viele interessante Stellenanzeigen gefunden. Aber leider befinden sich die angebotenen Arbeitsplätze ausnahmslos in den großen bayerischen Städten und so außer Reichweite.

Dann kommt Karl wieder und beide beschließen, dass den

Rest des Nachmittags zu einer kleinen Wanderung in der nächsten Umgebung nutzen wollen. Sie machen sich auf den Weg, schauen kurz bei der Alpakaranch vorbei und kommen nach einem kurzen Spaziergang zu dem auch Hannah bereits bekannten Restaurant mit dem gemütlichen Biergarten, in dem sie einkehren und den ausklingenden Nachmittag genießen.

11. Juli

Hannah steht an diesem Morgen früh auf, macht sich nur einen schnellen Kaffee und holt die Zeitung aus dem Briefkasten. Sie interessiert jetzt die wöchentliche Beilage mit den Anzeigen. Und richtig, die Hälfte des Blattes besteht aus einer größeren Anzahl von Stellenangeboten. Nein, Gesuche sind hier kaum zu finden. Karl hatte ihr ja bereits erklärt, dass in dieser Gegend ein großer Arbeitskräftemangel herrscht, so dass Arbeitssuchende in der Regel kein Problem haben, auch ohne eigene Aktivitäten eine passende Stelle zu finden.

Natürlich werden hier zumeist Mitarbeiter ohne eine akademische Qualifikation gesucht, so dass sie nach einigen durchforsteten Seiten schon fast aufgeben will. Doch da weckt eine Anzeige ihre Neugier. Eine zielstrebige, berufserfahrene Person wird gesucht, die einen aufstrebenden, stetig wachsenden mittelständigen Betrieb, einen Bauträger, der mit eigener Fabrikation Fertighäuser jeder Art baut, verstärken möchte. Und diese Person sollte auch eine passende Ausbildung, also beispielsweise ein Architekturstudium absolviert haben. Treffer.

Hannah beschließt, mit diesem Betrieb, der auch nicht allzu weit entfernt ist, in Kontakt zu treten. Heimlich. Denn Karl soll erst einmal nichts davon mitbekommen.

Die Türklingel stört sie bei ihren Überlegungen. Sie überlegt, wer denn am frühen Morgen bei ihnen vorbeikommen würde. Ein Blick aus dem Küchenfenster klärt das Rätsel auf. Sie sieht ein Polizeiauto, nimmt den Umschlag mit dem Erpresserschreiben und geht zur Tür. Dort wartet der bei der Polizei tätige Nachbar, grüßt sie freundlich und will ihr gerade erklären, dass er das Beweisstück für die Kripo abholen möchte, als ihm Hannah dieses schon übergibt. Er lacht, meint, Hannah könne doch wohl Gedanken lesen, und verabschiedet sich.

Karl, von der Klingel geweckt, kommt sichtlich noch müde die Treppe herunter. »Wer weckt mich denn so früh am Morgen?« Hannah lacht ihn an. »Guten Morgen Langschläfer. Das war nur der Nachbar. Er ist heute auch der Postbote für die Kripo.« Karl gähnt, geht in die Küche und murmelt etwas von Kaffee. Kurz drauf kommt er mit zwei Tassen Kaffee zurück, gibt Hannah eine davon, verzieht sich auf das Sofa und beginnt die Neuigkeiten aus aller Welt online zu studieren.

Hannah nutzt die Gelegenheit, erklärt Karl, dass sie schnell etwas im Büro schreiben will und geht in den ersten Stock. Sie schließt die Bürotür hinter sich und telefoniert von dort mit der in der Stellenanzeige erwähnten Firma.

Die Sekretärin verbindet sie, kaum dass sie ihr Anliegen geschildert hat, sofort mit dem Firmeninhaber, der überrascht ist, so schnell Kontakt zu einer Interessentin für die angebotene Stelle zu bekommen. Der offenkundig einheimische Chef des Betriebes macht auf Hannah einen durchaus positiven Eindruck, so dass sie bereitwillig zustimmt, sich in den nächsten Tagen mit ihm zu treffen.

Dann schreibt sie tatsächlich noch etwas. Per Mail kündigt sie ihrem bisherigen Arbeitgeber, der University of Texas an, dass sie erwägt, nach Deutschland auszuwandern und daher wahrscheinlich ihre Stelle in San Antonio aufgeben werde.

Kaum abgeschickt fällt ihr noch ein, dass die Antwort der Universität wohl eher etwas später eintreffen dürfte. Schließlich ist es drüben ja erst drei Uhr nachts. Hannah muss schmunzeln. Sie ist doch offensichtlich schon richtig eingedeutscht.

Zurück im Erdgeschoss bereitet sie für Karl und sich noch einen weiteren Kaffee zu, macht es sich bei Karl auf dem Sofa gemütlich und versucht, ihn vom Studium der aktuellen Nachrichten abzuhalten. Erfolglos. Wenn er liest, dann liest er. »Magst du schon frühstücken?«, fragt sie ihn. Ein kurzes Knurren ist die Antwort. Also ein klares ‚noch nicht'. Er ist heute noch ziemlich müde. Hannah schnappt sich das Notebook und leistet damit Karl beim Lesen der neuesten Nachrichten Gesellschaft.

Kurz darauf läutet das Telefon. Hannah nimmt das Gespräch an. »Hallo. – Ja, grüß dich! Gerne« und gibt den Apparat an Karl weiter, der sie fragend anschaut, weil er offensichtlich wissen möchte, wer anruft. Aber sie ist der Meinung, dass die Schlafmütze das wohl selbst herausbekommen sollte.

Volker ist der Anrufer. Er teilt Karl mit, dass er den besprochenen Ausschnitt aus seinem Buch bereits fertig erstellt hat und diesen jederzeit, in Absprache mit Karl an die Presse weitergeben könnte. Sie verständigen sich nun darauf, dieses zu tun, sobald die Erpresser von Max ihren nächsten Schritt tun würden. Volker will dann den Ausschnitt an die örtliche Presse in seinem Bereich geben und Karl soll dieses dann im Bayrischen Wald tun. Volker kündigt an, das entsprechende Dokument in den nächsten Stunden per Mail an Karl zu übermitteln.

»Gut«, meint Karl, nachdem das Gespräch beendet ist. »Jetzt warten wir mal auf die nächste Unverschämtheit gegenüber Max.« Er streckt sich und meint dann, es wäre jetzt dann doch ein Frühstück recht. Hannah macht sich nun den Spaß, dieses zunächst einfach zu ignorieren. Eine kleine Rache für Karls Knurren. Als Karl jedoch anfängt, in der Küche zu werkeln, folgt sie ihm doch und gemeinsam wird das Frühstück vorbereitet.

Nur wenig später melden die elektronischen Helfer unisono den Eingang einer Nachricht. Karl meint, etwas undeutlich wegen des gerade von einem Stück Bauernbrot besetzten Mundes, irgendwas wie ‚Mail von Volker'. Hannah lacht ihn aus und Karl versteht das sofort und meint, mittlerweile ohne etwas im Mund, »Ja ja, ist klar. Mit vollem Munde spricht man nicht!« und lacht ebenfalls.

Nach dem Frühstück setzen nun beide ihre morgendlichen Studien fort. Sie lassen sich Zeit, denn eigentlich haben sie heute ja keine Termine.

Karl liest dann Volkers Vorschau zum Buchauszug, lächelt dabei zeitweise und berichtet anschließend Hannah. »Das ist gut, was Volker hier schreibt. Er hat zeitweise etwas dick aufgetragen, aber, das dürfte auf jeden Fall den Erpressern den Wind aus den Segeln nehmen.« Hannah schaut sich jetzt den Text ebenfalls an, nickt und bestätigt Karls Auffassung.

Am frühen Nachmittag stört dann eine weitere eMail den ruhigen Dienstag. Karl liest sie zuerst und ist dann erstaunt und sichtlich aufgeregt. »Sag mal, ist das ein Fake oder wirklich eine Nachricht aus Texas? du willst bei deiner Uni kündigen und auswandern?«

Hannah, die gerade einen Schluck Orangensaft trinkt, muss prusten. Dann lacht sie. »Oh, verdammt, da hab ich heute Morgen aus Versehen eine Mail von deinem Account verschickt. Das wollte ich dir eigentlich erst schonend beibringen, das mit dem Auswandern. Nach Dingsda, weist schon.« – »Aufziehen klappt nicht. Und willst du dich aus dem aktiven Berufsleben dann zurückziehen?« Karl ist jetzt schon aufgeregt. »Nöö, ich denke, ich habe da bereits was gefunden. Muss da nur noch mal in den nächsten Tagen hinfahren.« – »Aha. Interessant. Dann sollten wir heute mal ein wenig feiern!« stellt Karl fest.

12. Juli

Die Feier hatte sich gestern dann schon noch ein wenig hingezogen, so dass die beiden heute Morgen nur schwer aus dem Bett kommen.

Aber, das Telefon meldet sich da unpassenderweise schon wieder recht früh am Tag. Karl nimmt das neben dem Bett liegende Gerät, schaut auf die Nummer des Anrufenden und hebt sofort ab. »Guten Morgen Max.« Max von Pfalz antwortet, wieder etwas aufgeregt »Hallo Karl, diese Gangster haben sich wieder gemeldet. Ein dicker Brief lag heute im Briefkasten, wieder unfrankiert und natürlich ohne Absender. Ich hab ihn erst einmal nicht aufgemacht und auch aufgepasst, dass ich ihn möglichst wenig angelangt habe.« – »Gut gemacht Max«, lobt ihn Karl. »Wir kommen dann gleich vorbei.«

Das war's nun mit der Ruhe am Morgen. Doppelbelegung im Bad, dann einen schnellen Kaffee und schon sind die beiden unterwegs nach Rabenstein. Dort im Hotel bei Max angekommen, gehen sie schnurstracks in dessen Büro, wo dieser sie bereits erwartet. »Ihr seid aber fix heute«, bemerkt er. »Ja klar. Wir sollten jetzt schnell reagieren, um diese Erpresser mal in Zugzwang zu bringen, damit sie Fehler machen.«

Karl zieht Gummihandschuhe aus seiner Jackentasche, zieht sie an und nimmt den Brief. Vorsichtig öffnet er ihn und findet innen einen dicken Stapel Blätter, nicht zusammengeheftet, aber anscheinend zum großen Teil nummeriert. Offensichtlich alles mit einem Laserdrucker gedruckt und damit ist zumindest anhand des Schriftbilds nicht feststellbar, wer es erstellt hat.

Auf dem ersten Blättern finden sich die Forderungen des oder der Erpresser: 100 000 € in bar, alles 100 €-Noten, und ein unterschriebener Vorvertrag für die Übereignung des Hotels sollen es sein. Die restlichen Seiten enthalten die phantasievolle, komplett erfundene Variante des Abschnittes aus dem Tagebuch Johanns von Pfalz-Neuburg, die dazu dienen soll, das ‚Haus von Pfalz' in Misskredit zu bringen.

Karl schenkt sich das Studium dieses Traktats und legt alles beiseite.

»So, da soll das Geld und dieser seltsame Vorvertrag also an eine nicht näher benannte Person übergeben werden, die man beim Christomannos-Denkmal am Rosengarten treffen soll. Und das schon in vier Tagen. Interessant. Dort wird's dann schwierig, den oder die Erpresser vor Ort festzunehmen. Zu übersichtlich und nur schwer zugänglich, die Gegend.«

Max wird hellhörig »Kennst du dich da aus?«

Karl bejaht die Frage. »Klar, ich war da vor einigen Jahren. Und dort ändert sich auch nach vielen Jahren nichts. Natur und das Denkmal, mehr gibt's da nicht.« Max hat eine Idee, traut sich aber noch nicht, diese kundzutun.

Hannah kommt ihm zuvor »Ja, dann wäre es ja am sinnvollsten, wenn wir diese Übergabe mal in die Hand nehmen würden.« Karl lacht und nickt und Max fällt ein Stein vom Herzen. »Aber, wie machen wir das dann wirklich, ich meine mit dem Geld und dem Vorvertrag?« – »Nun« antwortet Karl »statt echtem Geld werden wir Blüten nehmen und diesen Vorvertrag, na ja, da krakeln wir irgendwelche Zeichen drunter, die eine Unterschrift sein könnten. Wir müssen bloß mal schauen, wo wir das Falschgeld herbekommen.«

Hannah meint dazu: »Na, da kennen wir doch jemanden aus Bozen…« Karl stimmt ihr sofort zu. »Und ich rufe dann gleich da an!« Hannah ergänzt »und ich packe mal die Koffer – aber, ich muss da erst mal bei meinem hoffentlich neuen Arbeitgeber vorbeischauen!«

Gesagt und gleich gemacht. Max ist beruhigt, Karl packt die Beweismittel wiederum in eine saubere Plastiktüte und will gerade sich wieder auf den Weg machen, da bremst ihn Max aus »Na, ihr habt doch bestimmt noch nicht gefrühstückt, oder?« Hannah schmunzelt und schüttelt den Kopf, Karl hat es zwar eilig, aber verspürt auch Hunger und so gehen die drei in den Speisesaal, um dort ein spätes Frühstück zu genießen.

Nach dem Frühstück erledigen beide aus dem Auto die fälligen Telefonanrufe. Schlagintweit von der Kripo Deggendorf, der nun auf die neuen Beweisstücke wartet, Hannahs künftigen Arbeitgeber, der sich auf ihren Besuch freut und Kommissar Leitner, der sich bereiterklärt, sie zu unterstützen und auch für ein wenig Falschgeld zu sorgen.

In Riesmais, praktisch auf der Durchreise nach Deggendorf, setzt Karl Hannah beim Hersteller der Fertighäuser ab und folgt dann der Straße nach Deggendorf. Deggendorf ist irgendwie nicht ‚seine' Stadt. Karl gefällt es hier längst nicht so gut wie in Passau, dass nur unwesentlich weiter von seinem Wohnort entfernt ist. Doch die Kripo Deggendorf ist nun einmal die zuständige Dienststelle.

Karl erreicht das Dienstgebäude der Polizei und fragt dort nach Oberkommissar Schlagintweit, der offensichtlich Karl bereits bei der Pforte angemeldet hat, so dass er zügig zu dem Beamten geführt wird.

Schlagintweit begrüßt ihn freundlich und lässt sich über die neueste Entwicklung informieren. Er ist erfreut darüber, dass Karl bereits die weitere Vorgehensweise mit der örtlich zuständigen Dienststelle in Bozen abgesprochen hat, da diese internationale Koordination auf dem vorgeschriebenen Dienstweg doch sehr zeitaufwendig wäre. Er verspricht Karl, ihm die Ergebnisse der Untersuchung des Erpresserschreibens schnellstmöglich, auch wenn es nicht ganz legal wäre, direkt zu übermitteln.

Karl hat es eilig. Er möchte noch heute alle Reisevorbereitungen abschließen, um vor Ort in Südtirol mehr Zeit zur örtlichen Erkundung und Vorbereitung der Übergabe zu haben. So verabschiedet er sich schnell wieder vom Oberkommissar und macht sich auf den Weg nach Riesmais, um Hannah wieder abzuholen. Heute hat er es so eilig, dass er nicht einmal Augen für die seiner Meinung nach reizvolle Bergstrecke hat.

Er lässt das Auto ‚fliegen' und hat wohl Glück dabei. Keine Radarfalle am Weg.

Auf dem Parkplatz der Firma, bei der Hannah künftig arbeiten möchte, stellt er das Auto ab und geht ins Büro. Dort angekommen sieht er Hannah in einem Nebenraum mit dem Inhaber der Firma reden und geht dorthin. »Ja, Karl, grüß dich, was führt dich hierher?« begrüßt ihn dieser.

Hannah schaut erstaunt. »Hannes, ich grüße dich auch. Ich möchte einfach meine Liebste abholen.« – »Na, wenn ich das gewusst hätte…«, meint der Angesprochene. »Ja, dann hättest du gewiss nicht versucht, mit Hannah zu flirten!« ergänzt Karl. Hannes muss lachen. »Ja, Hannah und ich sind schon per Du, wenn du nichts dagegen hast.« – »Aber nein, Hannes!«

Hannah überlegt immer noch, wie denn die Beziehung zwischen Karl und Hannes geartet sein könnte. Hannes wendet sich wieder an Hannah: »Ja, ich denke, wir sind uns dann schon einig. Es freut mich, dass du bei uns arbeiten möchtest. Alles weitere können wir dann erledigen, wenn ihr eure Südtirol-Unternehmung erledigt habt. Ich drück euch dafür auf jeden Fall die Daumen.« Die beiden verabschieden sich, gehen zum Auto und fahren heimwärts. Kaum ist Karl auf die Hauptstraße eingebogen, will nun Hannah erst einmal wissen, wieso Karl jetzt eigentlich mit Hannes befreundet ist.

Karl lacht »Ja, was meinst du denn, wer mein, oh entschuldige, unser Haus gebaut hat?« Hannah muss auch lachen »Aber das hat er ja auch richtig gut gemacht.«

Kurz darauf kommen sie daheim an und gehen ohne Pause daran, alles für die Reise vorzubereiten. Hannah fällt auf, dass Karl dabei auf den Dachboden geht, den er seit sie hier ist noch nicht aufgesucht hatte. Sie war ja bereits dort. Neugierig folgt sie ihm. Oben angekommen kommt es zu einer neuen Hannah-Idee: Aufräumen und die Anzahl der offensichtlich gefüllten Umzugskartons reduzieren. Dann schaut sie Karl zu, wie dieser einen Tresor öffnet. »Brauchen wir Geld, dass du hier deponiert hast?« möchte sie wissen.

Karl dreht sich um, bemerkt Hannah erst jetzt und antwortet »Nein, etwas anderes.« Er greift in den Tresor und holt einen offensichtlich großkalibrigen Revolver heraus. »Nur eine kleine Lebensversicherung für den Fall der Fälle.« Hannah, sie kommt ja aus Texas, erschrickt bei diesem Gerät überhaupt nicht, sondern meint nur: »Ja, das Modell wollte ich auch schon immer haben. War aber leider nur sehr schwer zu bekommen.« Karl gibt ihr die Waffe »Dann schau ihn dir mal an.«

Das tut Hannah, ist sie doch den Umgang mit Waffen gewohnt. »Darfst du den überhaupt mitnehmen, ich meine, hier gelten ja schließlich sehr restriktive Gesetze.« Karl beruhigt sie. »Ja doch, ich habe einen international gültigen Waffenschein. Benutzen möchte ich den Revolver zwar nicht, aber eine Absicherung vor diesen verrückten Erpressern ist sicherlich nicht verkehrt.«

Kurze Zeit später sind die Koffer gepackt und die beiden sind reisefertig. Karl hat auch bereits in dem ihnen bekannten Hotel ein Zimmer reserviert und macht es sich nun im Wohnzimmer gemütlich.

Hannah greift zum Telefon und wählt eine Nummer in San Antonio. »Hi Nancy« begrüßt sie ihre noch Arbeitgeberin an der University of Texas und erklärt dieser sogleich, dass sie ihre Stelle dort nun aufgibt und nach Deutschland umziehen wird. Nancy Smith ist davon nicht unbedingt begeistert, macht aber offensichtlich das Beste daraus und lädt sich schon einmal zum Urlaub in Hannahs neuer Bleibe ein. Die beiden vereinbaren, sich baldmöglichst in San Antonio zu treffen, schließlich muss Hannah dort noch einiges erledigen und ihren alten Wohnsitz auflösen.

Nach dem Gespräch fällt Hannah noch etwas ein und sie fragt Karl »Brauch ich jetzt eigentlich ein Visum, wenn ich ständig hierbleiben will?« Karl ist überfragt, beginnt aber sofort erfolgreich zu forschen. »Du brauchst erst einmal eine Aufenthaltserlaubnis, das sollte aber kein Problem sein. Diese muss dann gelegentlich wieder erneuert werden bis du eine Daueraufenthaltserlaubnis bekommst.« – »Und, wie kriege ich dann diese?« möchte sie wissen. »Da gibt es mehrere Möglichkeiten wie jahrelange Berufstätigkeit oder auch familiäre Bindungen« – »Aha, heiraten meinst Du?« – »Zum Beispiel.« – »Das ist aber jetzt kein Antrag?« – »Nein Liebste, doch nicht so beiläufig.« – »Gut. Dann bin ich ja beruhigt.« Gut gelaunt machen sie es sich nun gemeinsam gemütlich.

13. Juli

Am nächsten Morgen stehen beide auf, frühstücken kurz und machen sich reisefertig. Karl fällt noch ein, dass er am Vortag vergessen hat, das Auto vollzutanken. Er ärgert sich ein wenig, da der Treibstoff in Deutschland immer noch recht teuer ist, aber heute früh einfach keine Zeit ist, noch schnell zu den Nachbarn im Osten zu fahren und dadurch einige Euros zu sparen. Schnell ist das Gepäck im Auto verstaut und nach einem kurzen Halt an der örtlichen Tankstelle fahren sie dann in Richtung Südtirol.

Sie sind noch nicht weit gekommen, da meldet das Auto den Empfang einer eMail von Volker. Hannah greift zum Handy, um zu schauen, was Volker gesendet hat. »Schöne Grüße von Volker«, erzählt sie Karl. »Er hat den gewünschten nun fertigen Ausschnitt aus seinem Buch übermittelt.« – »Prima«, meint er, »dann leite ich das heute vom Hotel aus an unsere Zeitung weiter. Wird dann hoffentlich dem Erpresser ein wenig den Wind aus den Segeln nehmen.« Hannah kennt diesen Ausdruck noch nicht. »Wind und Segel?« – »Ja, alter Spruch, zugegeben. Kommt daher, dass Segelschiffe ohne Wind natürlich nicht weiterkommen, denke ich.« Manchmal kann Hannah noch nichts mit deutschen ‚Weisheiten' anfangen.

Mittlerweile fahren sie den Brennerpass hinauf. Hannah wundert sich über die vielen Lkw, die hier von und nach Italien unterwegs sind. Karl bemerkt »Es gibt halt nicht allzu viele gut ausgebaute Straßen durch die Alpen. Und die Brennerroute ist für viele Lkws eben auch die günstigste. Hier sollen einmal wesentlich weniger Gütertransporte auf der Straße unterwegs sein. Dazu wird gerade eine Bahnlinie neu gebaut. Aber, das dauert eben, vor allem wegen der langen Tunnel, die gebaut werden müssen.« Hannah will gerade einen Vergleich mit den Überquerungen der Alpen und der Rocky Mountains anbringen, da stört nun ihr Handy die Unterhaltung. Sie spricht nun einige Zeit auf Englisch mit dem Anrufer. Nach dem Gespräch ist sie offensichtlich leicht verwirrt.

»Du Karl, das war gerade eine Anwaltskanzlei aus San Antonio, die wohl für meine Oma tätig war. Davon hatte sie mir aber nie etwas erzählt. Versteh ich nicht.« Karl fragt »Was wollten die denn von Dir? Sollst du eine Rechnung bezahlen oder so? Scheint ja wichtig zu sein, wenn die so früh anrufen. Sollte doch gerade mal 7 Uhr in San Antonio sein.« – »Ja, ist seltsam. Sie meinen, sie müssten nun noch die Verfügung von einem weiteren Testament meiner Oma umsetzen. Und ob ich dazu in den nächsten Tagen einmal bei ihnen vorbeikommen könnte.« – »Musst du jetzt dann rüber fliegen?« – »Ich hab sie erst einmal vertröstet. Wegen dringender Geschäfte hier. Aber wenn wir aus Südtirol wieder zurückkommen, sollte ich mich schon mit denen treffen. Ich möchte auch gern wissen, was das mit einem zweiten Testament auf sich hat.« – »Versteh ich gut. Das ginge mir genauso. Und nach Texas wollte ich ja sowieso mal wieder.« Hannah schaut ihn an, meint »Mal schauen, ob ich dich mitnehme« und lacht.

Ohne weitere Störungen erreichen sie dann Südtirol und ihr Hotel im Eggental.

Karl liest erst einmal den Auszug aus Volkers Buch, schmunzelt manchmal und ist damit offensichtlich sehr zufrieden. Auch Hannah studiert etwas auf ihrem Handy. »Karl, die Kanzlei hat noch ein paar Informationen geschickt. Es geht in dem zweiten Testament wohl um ältere Aufzeichnungen und auch um ein ‚materielles Erbe', wie sie schreiben. Die machen mich neugierig!« – »Ja, dann sollten wir, sobald wir hier alles erledigt haben, schnellstens mal nach San Antonio düsen.« Hannah stimmt zu. Sie ist zwar nicht beunruhigt, aber doch sehr neugierig aus das, was sie dort erwartet.

Später meldet sich Karl noch bei Kommissar Leitner, der ihm zusagt, dass er am nächsten Tag entsprechend verpacktes Falschgeld erhalten wird. Leitner hat auch bereits versucht herauszufinden, ob sich verdächtige Personen im Bereich um den Rosengarten in einem Hotel angemeldet haben, aber – wie er schon erwartet hatte – erfolglos. Ein potentieller Erpresser würde ja nicht mit seinen richtigen Daten in einem Hotel einchecken. Leitner schlägt dann vor, am nächsten Tag zu einer ‚Erkundungstour' als bergwandernder Tourist zum Rosengarten zu kommen und bei dieser Gelegenheit das ‚Packerl' an Karl zu übergeben. Der hält das für eine gute Idee und so verabreden sie, dass sie sich um zehn Uhr an der Kabinenbahn zur Kölner Hütte ‚zufällig' begegnen werden.

Hannah bekommt nun Hunger und auch Karl möchte gern etwas zu sich nehmen. Sie gehen zum Hotelrestaurant, können bei bestem Wetter auf der Terrasse Platz nehmen und dürfen, als Stammgäste, heute auch ihr Abendessen jetzt schon genießen.

14. Juli

Nach einem gemütlichen Frühstück - Hannah nennt es so, weil man im Hotel damit keine Arbeit hat - machen sich die beiden auf den Weg. Sie fahren zunächst mit dem Auto zur Frommeralm, um von dort aus mit der Kabinenbahn zur Kölner Hütte zu gelangen.

Als sie den Parkplatz erreichen bemerkt Karl, dass ihnen ein Auto mit einheimischen Kennzeichen gefolgt ist. Der Wagen wird neben ihnen abgestellt und nun erkennt Karl auch den Fahrer: Kommissar Leitner von der Kripo in Bozen. Leitner nickt ihnen kurz zu, beachtet sie aber nicht weiter, sondern nimmt seinen Rucksack und geht gemächlich zur Talstation der Kabinenbahn. Hannah und Karl folgen ihm, ebenfalls ohne ihm Beachtung zu schenken, kaufen an der Kasse Tickets und gehen dann, wie auch Leitner, zur Bahn.

Leitner steigt in die nächste freie Gondel und die beiden folgen ihm. Nachdem sich die Tür geschlossen hat und die Gondel die Station verlassen hat, begrüßen sie sich. Leitner hat bislang noch keine Neuigkeiten für sie. Er ermahnt sie zur Vorsicht, da man nicht wisse, mit wem man es denn bei dieser Übergabe wirklich zu tun haben werde.

Karl beruhigt ihn. »Keine Angst, wir werden keine unüberlegten Schritte machen. Zudem habe ich doch ein wenig vorgesorgt.« Karl öffnet kurz seine Jacke und gibt dadurch den Blick auf seinen Revolver frei. »Okay. Ich denke mal, Sie können damit umgehen.« Leitner scheint beruhigt. »Ja, sicher. Ich habe da berufliche Erfahrungen und bin immer noch im Training«, erklärt Karl.

Leitner schaut sich kurz um, kann aber jetzt keine besetzte Gondel in der Nähe feststellen. Er öffnet seinen Rucksack und entnimmt diesem ein Paket, dass er an Karl weiterreicht. Dieser nickt und verstaut das Paket ohne es weiter zu mustern in seinem Rucksack. Leitner bemerkt »Ist der gewünschte Betrag, aber natürlich alles kein echtes Geld, sondern eine Mischung aus Falsch- und Filmgeld. Letzteres ist zwar als solches gekennzeichnet, befindet sich aber nur im Inneren der Bündel, sollte also bei einer kurzen Überprüfung nicht auffallen.«

Die beiden vereinbaren mit Leitner, dass dieser zunächst in die Hütte geht, um dort einen Kaffee zu trinken und ihnen dann mit Abstand zum Christomannos-Denkmal folgen wird. Dann erreichen sie die Bergstation, die beim Neubau der Bahn praktisch in den Berg verlegt wurde und damit eine der wenigen unterirdischen Seilbahnstationen weltweit ist.

Hannah und Karl verlassen die Station jetzt durch einen Tunnel, durch den sie direkt den Wanderweg erreichen, der sie um das Rosengartenmassiv herum führen wird. Der Weg ist nicht allzu breit und hier, weit oberhalb der Baumgrenze, weitgehend steinig, jedoch gut hergerichtet. Steigungen halten sich auf ihrer Wegstrecke in Grenzen, so dass sie eine entspannte Wanderung vor sich haben. Hannah fragt, ob sie den Weg auch bei der Übergabe des Pakets an den oder die Erpresser wählen werden. Karl verneint dieses. »Dieser Weg ist schön und angenehm zu laufen. Und heute haben wir ganz einfach den ganzen Tag Zeit für die Wanderung. Das wird dann bei dem Treffen nicht so sein. Da werden wir dann mit dem Sessellift an der Paolina hochfahren. Der endet ja da vorne, etwa drei Kilometer vor uns bei der Hütte. Von dort dürfen wir noch ein Stück bergauf gehen, bevor wir dann diesen Weg zum Denkmal erreichen.«

Sie genießen nun einfach den Tag, das gute Wetter und die entspannte Wanderung. Hannah bemerkt in einiger Entfernung vor ihnen dann ein paar Gämsen und macht Karl auf diese aufmerksam. Dann möchte sie wissen, ob es hier auch Murmeltiere gäbe. »Klar, du hörst sie auch laufend. Sie pfeifen, um ihre ‚Nachbarn' vor uns zu warnen. Und dann flitzen sie in ihre Höhlen. Daher siehst du sie nur ganz selten.« – »Schade, ich hätte gerne welche live erlebt«, meint Hannah. »Was nicht ist, kann noch werden.«, erwidert Karl. Dann genießen sie weiter die grandiose Aussicht auf die Berge rundum. Vor ihnen auf der anderen Seite des Karerpasses thront der Latemar, wie der Rosengarten auch ein respektables Massiv. Karl zeigt zu diesem hinüber und bemerkt: »Da drüben ist der Labyrinthsteig«, worauf Hannah meint »Erinner mich jetzt nicht daran. Bitte keine Leiche heute!« Der Karersee bleibt für sie noch unsichtbar, ein vorgelagerter Berg verbirgt ihn. Sie gehen ruhig weiter und genießen das herrliche Wetter und die phantastische Aussicht.

Nach einiger Zeit befinden sie sich oberhalb der Paolina-Hütte. Karl denkt, was für ein Glück, dass wir heute nicht den anstrengenden Weg von der Hütte hinauf zum Denkmal nehmen müssen'. Er ist bereits zweimal auf diesem Weg hinaufgestiegen und kann heute stattdessen den bequemen Steig von der Kölner Hütte aus genießen. Kurz bevor sich die Wege treffen, führt der ihre um die Felsen des Rosengartens herum nach links. So sehen sie den ihnen entgegenkommenden Mann erst recht spät. Karl stutzt ein wenig. Irgendwie kommt ihnen dieser bekannt vor, er kann sich jedoch im Moment nicht recht an diesen erinnern. Der Entgegenkommende passiert sie grußlos, was hier in über 2000 Metern Höhe eigentlich unüblich ist. ‚Mmmh, Italiener?' fragt sich Karl. Hannah geht zunächst noch hinter ihm her, schließt dann aber auf und geht nun neben ihm. Als der Unbekannte außer Sichtweite ist, fragt sie »Kam dir dieser unhöfliche Mensch auch irgendwie bekannt vor?« – »Ja, ich komme aber nicht darauf, wer genau das jetzt war. Auf jeden Fall wohl ein Italiener. Italiener ohne große Wandererfahrung sind in der Regel die ‚Nichtgrüßer'. Aber ich muss ihn irgendwo schon einmal gesehen haben.« Hannah meint »Ja, ich auch. Mal überlegen. Wir müssen ihn auf jeden Fall wohl irgendwo gesehen haben, wo wir beide zusammen waren.«

Dann taucht das Christomannos-Denkmal vor ihnen auf. Ein etwa 2,70 Meter hoher Bronzeadler, der auf einem Felsen thront. Gegenüber ist an einem Felsen neben dem Weg die dazu gehörende Gedenktafel angebracht. Ein imposantes Denkmal, das an den Politiker und Pionier des Fremdenverkehrs in Südtirol, Theodor Christomannos, erinnern soll.

Die beiden legen eine Pause ein und trinken etwas. Hannah überlegt, wie sich die Übergabe an den Erpresser hier gestalten könnte. »Der könnte sich ja hier direkt hinter dem Denkmal verstecken oder weiter oben hinter einem der einzelnstehenden Felsen. Es ist hier gar nicht so übersichtlich. Und, da schau mal dorthin, da führt ein Pfad direkt den Berg hinunter«, sagt sie und zeigt zu einem schmalen und steilen Weg, der direkt hinter dem Denkmal ins Tal führt.

Sie sind noch mit der Analyse des Areals beschäftigt, da kommt ein weiterer, ihnen bekannter Wanderer am Denkmal an. Kommissar Leitner, gut gelaunt und sichtlich entspannt, meint »So gefällt mir mein Dienst heute wieder ganz hervorragend« und erntet ein Lachen der beiden. »Der Muffel, der mir gerade entgegenkam, kam mir irgendwie bekannt vor. Ist Euch irgendetwas an dem aufgefallen?« Karl antwortet »Nein, aber bekannt kam er uns auch vor. Komisch.« Sie tauschen sich bezüglich der Örtlichkeit aus. »Für uns ist's hier nicht ideal. Wollen Sie wirklich ohne Polizeibegleitung zur Übergabe gehen?« fragt Leitner noch. Karl bemerkt »Das wäre zu auffällig. Weitere Personen würden den Erpresser vielleicht verscheuchen.« Nach einer kurzen Pause macht sich Leitner nun auf den Rückweg zur Kölner Hütte und bemerkt »Vielleicht treffe ich diesen Typ noch mal und kann später mal schauen, ob ich irgend etwas über ihn herausfinde.«

Hannah und Karl gehen weiter, folgen dem Weg auf die Rückseite der Rotwand. Nach einiger Zeit mit Ausblick auf das Fassatal passieren sie eine Hütte, gehen aber noch ein kleines Stück weiter zu nächsten, dem Rifugio Roda di Vaél. Dort finden sie einen Platz in der Sonne und beschließen, hier eine Pause einzulegen. Cappuccinos und eine Kleinigkeit zu Essen, das macht fit für den Rückweg zur Kölner Hütte. Hannah fällt immer noch nicht ein, woher sie den einsamen, unhöflichen Wanderer kennt. Sie kann sich in solche ‚Probleme' verbeißen. Und wird irgendwann dann die Lösung finden. Karl geht es da ruhiger an. Er erklärt Hannah jetzt erst einmal genau, was sie von hier aus sehen kann. Und warum sie nun nicht mehr dem weiteren Weg folgen und den Rosengarten durchqueren, sondern lieber einfach auf dem Hinweg auch wieder zurück gehen.

Und das machen sie nun. Kurz vor der Kölner Hütte bleibt Hannah plötzlich stehen. »Ich hab's! Dieser Typ, der kam uns am Labyrinth-Steig entgegen, nachdem wir den Toten Luigi gefunden hatten!« Karl staunt »Phänomenal, dein Gedächtnis.« – »Der könnte was mit Luigi zu tun haben«, vermutet Hannah. »Da halten wir mal die Augen auf!« stellt Karl fest. Er ruft kurz Leitner an, um ihm Hannahs Entdeckung mitzuteilen. Dieser staunt auch über diese und wird noch einmal die Akten überprüfen, ob dort ein Hinweis auf den Mann zu finden ist.

Hannah und Karl erreichen nun die Kölner Hütte, haben aber keine Lust, nochmals einzukehren und nehmen sogleich die nächste der Seilbahnkabine zur Frommeralm, um dann von dort mit dem Auto zurück ins Hotel zu fahren. Und gehen dort erst einmal auf die Terrasse. »Auf ein Weizen«, wie Karl bemerkt. Hannah denkt ‚Aha, deswegen wollte der Herr auch nicht bei der Kölner Hütte einkehren. Da hätte er ja kein normales Weißbier trinken können.'

15. Juli

Am Tag vor der geforderten Übergabe von Geld und Vorvertrag genießen Hannah und Karl das opulente Frühstück im Hotel. Einen konkreten Plan für diesen Tag haben sie noch nicht. Hannah hat aber bereits eine Idee. »Bis nach Bozen ist es ja nicht weit, oder?«

Karl ist kein Bozen-Fan und antwortet nur kurz »Nein.« Hannah arbeitet weiter, sie kennt ihn ja »Ich war da noch nie, jedenfalls nicht wirklich in der Innenstadt. Da gibt's doch vielleicht auch Geschäfte. Ich meine ‚interessante Geschäfte'.« – »Mmmh.« Karl ist nicht wirklich gesprächig.

»Das könntest du mir doch heute leicht einmal zeigen. Und vielleicht findest du da ja auch etwas.« Erwischt. Aus dieser Nummer kommt Karl nicht mehr raus. »Höchstens einen Kaffee, einen Meinl. Den gibt's aber nur bei M-Preis.« Hannah hat ihn an der Angel »Prima. Und wo ist der M-Preis in Bozen?« – »Am Anfang der Fußgängerzone ist einer, an der Weintraubengasse.« Erledigt, sie fahren heute nach Bozen. Hannah freut sich und bemerkt »Na, dann bekommen wir auch genügend Kaffee für daheim!«

Kurze Zeit später fahren sie durchs Eggental nach Bozen. Karl steuert in eine Tiefgarage am Waltherplatz und sie gehen zusammen zunächst in die Laubengasse. Hannah hat ja bereits in Meran eine ähnliche gesehen, aber diese ist doch noch wesentlich länger. Sie schlendern gemütlich die Gasse entlang und Hannah muss unbedingt das ein oder andere Schaufenster gründlich inspizieren.

Nach einigen Geschäften lässt sich dann auch ein Einkauf nicht mehr vermeiden und sie ersteht einen ‚wunderschönen, kuscheligen Schal'. Karl hatte eigentlich schlimmeres, also einen Stopp in fast jedem Geschäft erwartet. Am Ende der Laubengasse, dem Rathausplatz, machen sie kehrt und gehen auf der anderen Seite zurück.

Als sie vor einem Lederwarengeschäft stehen bleiben und Hannah interessiert eine Handtasche mustert, erschrickt sie, als Karl plötzlich einen Hannah sehr nah kommenden Mann anblafft. In militärischem Befehlston weist er den Mann, auf Englisch, an, sich sofort zu entfernen.

Der offensichtlich aus Süditalien stammende, nicht sonderlich gut gekleidete, etwa 40 Jahre alte Mann erschrickt und geht sehr schnell die Gasse zurück in Richtung Rathausplatz.

»Was war jetzt das?« möchte Hannah wissen. »Nun, ich habe den Mann einfach angewiesen, sofort Abstand zu dir zu halten«, antwortet Karl. »Aber, das war doch wohl ein Italiener. Und du erteilst ihm auf Englisch Befehle?« – »Hat sich so bewährt. Ich hatte schon einmal so ein Erlebnis. Dieser Typ gehört wahrscheinlich zu einer Gruppe, die darauf aus ist, mit einem speziellen Gerät die Daten von Bank- und Kreditkarten über Funk auszulesen und diese dann abzuspeichern, um später ganz gemütlich Geld vom Konto der Opfer an sich zu überweisen. Ist eine gute Einnahmequelle.«

Hannah ist erstaunt. »Uih, davon habe ich noch nichts gehört. Aber warum auf Englisch?« – »Ist egal, Hauptsache man ist sehr bestimmt. Und ich bin's halt gewohnt, auf Englisch anzuordnen. Berufsbedingt.«

Karl nimmt Hannah nun an der Hand und führt sie in das Geschäft. Sie schaut ihn fragend an, sagt aber nichts und denkt ‚mal schauen, was er vorhat.' Im Lederwarenladen steuert Karl nun auf einen Tresen zu, an dem eine Verkäuferin sie bereits erwartet.

»Meine Frau«, sagt Karl, was Hannah sehr freut, »braucht einen Geldbeutel oder ein Kartenetui mit einer RFID-Sperre, einer Funk-Blockade.« Die Verkäuferin nickt und fragt nun Hannah, ob sie lieber ein reines Kartenetui oder lieber einen Geldbeutel mit Kartenfächern hätte.

Hannah ist sie nicht schlüssig und so präsentiert ihr die Angestellte eine Auswahl von beidem. Hannah ist (fast) im Stress. ‚Zuviel Auswahl', denkt sie sich. Nimmt aber dann zielsicher ein Kartenetui mit einer Außenhülle aus Leder in die Hand, betrachtet es ausgiebig und lässt sich die Handhabung erklären. »Das möchte ich!«

Die Verkäuferin braucht es auch nicht einpacken, Hannah räumt sogleich ihre Karten in das neue Etui ein. Ein wenig hat sie der offensichtliche Versuch, ihre Karten auszuspähen, doch geschockt.

Karl meint dann, nun wäre ihr Geldbeutel aber doch zu groß und fragt die Mitarbeiterin des Ladens, ob es denn einen passenden, kleineren Geldbeutel zum Etui gäbe. Diese bejaht erfreut und präsentiert diesen Hannah. Sie zögert, manchmal ist Hannah schon sparsam, aber Karl hat schon entschieden, dass auch dieser kleine Geldbeutel gekauft wird. Hannah darf auch das Bargeld umräumen und Karl bezahlt die Beute mit einem Lächeln.

Dann gehen beide gemütlich weiter die Laubengasse entlang. Am Ende biegt Karl nun nach links in eine andere Gasse ab. Links und rechts ist diese gesäumt von Marktständen, an denen zum großen Teil Obst, Gemüse und einheimische Spezialitäten angeboten werden. Hannah ist erstaunt. Das kennt sie noch nicht. Sie möchte wissen, ob die Stände immer hier stehen. Karl bejaht dieses. Er glaubt nur, dass an Sonn- und Feiertagen hier nichts verkauft wird. Nach dem letzten Stand geht er zu einer Gaststätte auf der linken Seite und bemerkt, es wäre nun Zeit für einen Mittagssnack. Sie gehen ins ‚Vögele', wie dieses Restaurant genannt wird, und suchen sich einen gemütlichen Platz. Schnell finden sie eine ‚Kleinigkeit' auf der Karte, bestellen und genießen.

Frisch gestärkt machen sie sich auf den Rückweg zum Parkhaus, natürlich nicht ohne einige Stopps an interessanten Geschäften. Doch Hannah ist anscheinend mit Schal und Lederwaren sehr zufrieden und meldet keine weiteren Bedürfnisse an. Zurück im Auto fällt ihr dann ein, dass ja eigentlich der Kaffee noch fehlen würde. Karl lächelt und bemerkt, dass er kein Bedürfnis hätte, diesen herumzutragen. Er fährt aus dem Parkhaus und biegt dann an einem Kreisverkehr wieder in Richtung Innenstadt ab. »Da ist übrigens der Südtiroler Landtag, da links das Hotel Laurin, das beste in Bozen« erklärt er Hannah die Gebäude an der schmalen Straße. Und am Ende dieser Gasse liegt dann tatsächlich der M-Preis Supermarkt.

Zielsicher steuert Karl den einzigen vorhandenen und gerade freien Parkplatz an, stellt das Auto ab und meint »Nichts weit herumtragen. Geht doch.«

Der Einkauf dauert dann doch ein wenig, weil Hannah natürlich erst einmal erkunden muss, was dort alles angeboten wird. Vom frischen Obst und Gemüse ist sie schlicht begeistert, was Karl dazu verleitet, zu bemerken, dass sie natürlich bevor sie nach Hause fahren, noch einiges einkaufen würden. Am Regal mit dem gesuchten Meinl Kaffee wandern erst einmal zehn Packungen ungemahlener Espresso in den Einkaufswagen, bevor sich die beiden auf den Weg zur Kasse machen. Bezahlen, die Beute in Einkaufstaschen packen und schon sind beide zurück im Auto.

Karl parkt aus und fragt, ob Hannah noch irgendwohin in Bozen möchte. Sie möchte nicht. »Bitte zurück zum Hotel« ist ihr Wunsch. Sie fahren durch die Tunnel zurück ins Eggental. Am Hotel angekommen lockt der Pool. Sie ziehen sich also um und gehen dorthin, Karl mit einem Buch, wahrscheinlich als Alibi.

Hannah gähnt, ist wohl etwas müde nach dem Bozen-Besuch.

Karl schaut kurz in das mitgebrachte Buch, stellt aber recht schnell fest, dass es ihn nur wenig interessiert.

Er will gerade eine Runde Schwimmen gehen, als das Handy einen Anruf meldet. Karl nimmt das Gespräch von Max an. Dieser ist wieder recht aufgeregt. »Habt ihr schon etwas Neues herausbekommen? Klappt das morgen? Wann soll denn die Übergabe noch mal sein?« möchte Max wissen.

Karl beruhigt ihn. »Alles in Ordnung Max. Wir werden pünktlich um zwölf Uhr oben sein. Und dann schauen wir mal.« Max verspricht, ihnen die Daumen zu drücken und erzählt noch, dass heute in der örtlichen Zeitung, im überregionalen Teil, ein Bericht mit einer Inhaltsangabe und Auszügen aus Volkers Buch enthalten ist. »Prima«, bemerkt Karl. »Das wird den Erpressern hoffentlich etwas die Luft aus den Segeln nehmen.«

Max bittet noch dringend darum, ihn morgen über den Ausgang der Übergabe zu informieren und verabschiedet sich. Karl will noch kurz mit Hannah über das Telefonat reden, hat aber keine Chance.

Sie ist eingeschlafen und so will er sie nicht stören. Er geht nun endlich schwimmen, genießt das angenehm temperierte Wasser und macht es sich dann wieder auf seiner Liege bequem, um ebenfalls ein wenig zu schlafen.

16. Juli

Nach dem Frühstück ruft Karl Leitner an, um gegebenenfalls weitere, neue Informationen zu bekommen. Leitner ist offensichtlich gut gelaunt und bemerkt flapsig »Es gibt nichts Neues. Ich hab heute übrigens ‚frei', bin gut gelaunt, unrasiert und gehe dann gleich mal ein wenig wandern, Bergwandern.« Hannah, die das Gespräch mithört, lacht und meint »Dann vergessen Sie mal ihre Pistole nicht. Wir sehen uns dann.«

Nach dem Telefonat legen die beiden ihre Wandersachen an, füllen Karls Rucksack mit dem Falschgeldpaket, dem wertlosen, weil mit einer frei erfundenen Unterschrift versehenen Vorvertrag für den Verkauf des Hotels und Getränken für den Weg.

Dann fahren sie zum Karerpass und stellen das Auto kurz vor der Passhöhe auf dem Parkplatz am Paolinalift ab. Hannah kauft zwei Karten für die Berg- und Talfahrt mit dem Sessellift. Sie sind zeitgerecht hier an der Talstation und fahren sofort zur Paolinahütte hinauf.

Oben angekommen, Hannah ist erst einmal mit einem Sessellift dieser Länge gefahren und wieder davon begeistert, machen sie sich gemütlich auf den Weg zum Christomannos-Denkmal. Zunächst geht es teils recht steil bergauf. Über sich sehen sie den Weg, den sie bereits vor ein paar Tagen von der Kölner Hütte aus gegangen waren. Und einen einzelnen Wanderer, der ihnen durchaus bekannt ist. Kommissar Leitner ist offensichtlich ebenfalls auf dem Weg zum Denkmal, wird dieses aber vor ihnen erreichen. Er hat sie wohl ebenfalls gesehen, beachtet sie aber nicht weiter, um zu verbergen, dass sie irgendwie zusammengehören könnten.

Hannah und Karl folgen nun dem eigentlich bequemeren, oberen Weg. Leitner ist nicht mehr zu sehen, er ist ein gutes Stück vor ihnen. Sie gehen weiter und erreichen das Denkmal. Hier ist kein Mensch zu sehen, auch Leitner nicht, der offensichtlich dem Weg weiter gefolgt ist. Urplötzlich steht Mathes, wie aus dem nichts erschienen, neben dem Felsen, auf dem der Adler thront. Er lacht, freut sich ob der Überraschung für Hannah und Karl. Jetzt streckt er die rechte Hand aus und meint »Na, dann mal her mit dem Geld!«

Karl nimmt seinen Rucksack herunter und will gerade das Paket herausnehmen, da fällt ein Schuss. Mathes ist offensichtlich getroffen, reagiert nicht auf den Schuss, sondern fällt nach hinten, stürzt den sehr steilen Hang hinunter, überschlägt sich dabei und bleibt schließlich an einem einzeln stehen Baum liegen, der seinen Fall stoppt.

Hannah geht am Felsen in Deckung, Karl lässt den Rucksack fallen, zieht den Revolver und schaut sich um. Aber links, rechts oder über ihnen ist keine Person zu sehen. Er geht vorsichtig um den Felsen mit dem Denkmal herum und versucht, etwas am diesem vorbei nach unten zu schauen, möglichst ohne selbst bemerkt zu werden.

Jetzt sieht er Mathes dort am Baum liegen und bemerkt eine dunkel gekleidete Person, der Figur nach ein Mann, die zu Mathes hin geht. Dieser trägt ein offensichtlich zusammenlegbares, kurzes Gewehr, erreicht nun Mathes und untersucht dessen Taschen, findet auch etwas, wohl einige Papiere, die er einsteckt.

Er schaut sich noch sichernd um, bemerkt aber wohl nichts und läuft nun bergab. Die Person erreicht den Pfad, der steil hinunter zum Karerpass führt, rennt weiter und verschwindet aus Karls Blickfeld. Karl richtet sich auf, versucht den Flüchtigen noch einmal zu sehen. Erfolglos.

Hannah kommt nun auch zu Karl und kann jetzt den weit unten liegenden, regungslosen Mathes sehen. Sie sagt nichts. Dann hören die beiden jemanden heran rennen. Sie schauen zum Ankömmling, es ist Kommissar Leitner, der seine Pistole in der Hand hat.

»Was war denn jetzt das?«, fragt dieser, etwas außer Atem. Karl zeigt ihm Mathes und berichtet, was geschehen ist. Leitner, der sich zuvor etwas weiter am Weg hinter einem Felsen versteckt hatte, meint, man sollte zu Mathes hinuntersteigen, um zumindest Klarheit über dessen Zustand zu erhalten.

Er telefoniert aber zunächst und gibt eine Kurzfassung der Geschehnisse durch, ordnet eine Kontrolle der Fahrzeuge, die den Karerpass hinunterfahren, an und bittet darum, Spurensicherung und Gerichtsmedizin zu ihm zu senden.

Zu dritt gehen sie nun zu dem Steig, der wenig vom Denkmal entfernt, nach unten führt. In Serpentinen geht es dort bergab. Sie sind schnell und erreichen dann eine Stelle, die etwas unterhalb von Mathes ist. Dieser liegt immer noch regungslos an dem Baum. Karl bittet Hannah, nun nicht weiter mit ihnen zu kommen und folgt Leitner. Dieser erreicht Mathes zuerst, versucht bei diesem noch den Puls zu fühlen. Er dreht sich zum hinter ihm stehenden Karl und sagt »Nichts mehr, kein Puls. Der ist tot« und beginnt, Mathes zu untersuchen. Schnell findet er in dessen Hinterkopf eine Schusswunde. »Kleines Kaliber, müsste, bei dieser Entfernung vom Schützen zum Opfer, aber Hochgeschwindigkeitsmunition sein«, berichtet er. Er untersucht nun noch die Taschen der Leiche, findet aber nur ein Handy, dass beim Sturz wohl beschädigt wurde, Wagenschlüssel und einen Geldbeutel. Beide gehen nun wieder zum Steig, um hier nicht noch eventuell vorhandene Spuren zu zerstören.

Hannah, Karl und Leitner tauschen sich jetzt aus, berichten jeweils von ihren Beobachtungen. Karl versucht, Leitner eine Beschreibung des Täters zu geben. Viel kann er hier nicht berichten, das Gesicht der Person konnte er kaum sehen, da, bedingt durch das vom Denkmal aus steil abfallende Gelände, von oben fast nur dessen Haare zu sehen waren. Leitner zeichnet Hannahs und Karls Berichte sowie die Beschreibung des Täters mit dem Handy auf. Karl denkt dabei ‚Aha, er arbeitet genauso praktisch orientiert wie ich.' Leitner meint nun, sie bräuchten eigentlich nun nicht mehr hierbleiben, er hätte auch allein keine Angst. Er lächelt ein wenig und empfiehlt ihnen, zurück zum Hotel zu fahren und sich dort erst einmal zu erholen.

Beide verabschieden sich, gehen wieder hinauf zum Christomannos-Denkmal und dann weiter zur Paolina Hütte. Dort einkehren möchten sie nicht und so fahren sie verzugslos mit dem Lift nach unten. Dort steigen ins Auto und machen sich auf den Weg zum Hotel.

In ihrem Zimmer angekommen fallen beide erst einmal aufs Bett. ‚Drehzahl herunterfahren nach der Aufregung', meint Karl. Hannah pflichtet ihm bei. Und beide schlafen kurz darauf ein.

Irgendwann später klingelt das Zimmertelefon. Karl hebt ab und erfährt vom Rezeptionisten, dass ein Kommissar Leitner mit ihnen beiden sprechen möchte. Hannah und Karl reiben sich die Augen, stellen dann fest, dass sie fast drei Stunden geschlafen hatten, machen sich kurz frisch und gehen hinunter in die Hotellobby.

Dort treffen sie auf den Kommissar, der ihnen vorschlägt, auf der Terrasse etwas zu trinken. »Gute Idee!« meint Hannah und sie suchen sich dort einen etwas abgelegeneren Tisch.

Der Ober kommt zu ihnen, fragt nach ihren Wünschen. Sie bestellen, Leitner Espresso, Hannah einen Prosecco ‚auf den Schock' und Karl einen Weißburgunder.

Dann berichtet Leitner. Die Spurensicherung hat bislang nicht viel gefunden, konnte nur feststellen, dass jemand hinter einem Felsen, nicht weit vom Fundort der Leiche entfernt gelegen hat. Eine Patronenhülse lag dort nicht, lediglich am Felsen konnte, in passender Höhe, ein schwarzer Abrieb gesehen werden, der von einem dort aufgelegten Gewehr stammen könnte. Mathes Wagen, der auf einem Holzlagerplatz unterhalb des Steigs abgestellt war, brachte auch keine Erkenntnisse. Ein Reisekoffer mit Bekleidung befand sich im Kofferraum, sonst war nichts Bemerkenswertes im Auto. »Dann müsste, das, was der Mörder aus Mathes Tasche herausgenommen hatte, der gefälschte Teil des Tagebuchs gewesen sein«, denkt Karl laut.

Leitner stimmt ihm zu und berichtet noch, dass auch die Gerichtsmedizin, zumindest bis jetzt, keine neuen Erkenntnisse liefern konnte. Dann versprechen Hannah und Karl, Leitner bei neuen Ereignissen zu informieren und dieser verabschiedet sich, um zurück zur Dienststelle in Bozen zu fahren.

Die beiden beschließen nun, zunächst etwas schwimmen zu gehen, dann das Abendessen zu genießen und nach diesem doch anstrengenden Tag ausgiebig zu schlafen. Was so noch nicht funktioniert, denn kaum, dass sie am Pool zwei gemütliche Liegen gefunden haben macht sich Karls Handy bemerkbar.

Max von Pfalz ruft aufgeregt an und bittet dringend um Informationen. Karl erklärt ihm, dass der Erpresser ermordet wurde, sie das Fake-Tagebuch leider noch nicht hätten und dass die Polizei und sie natürlich weiter forschen werden. Nach zwanzig Minuten hat Karl endlich Max erst einmal beruhigt, so dass die beiden nun endlich schwimmen können.

17. Juli

Am nächsten Morgen wollen Hannah und Karl gerade frühstücken gehen, als Karls Handy sich schon wieder bemerkbar macht.

Und wieder ruft Max von Pfalz an. »Guten Morgen Max«, begrüßt ihn Karl. Max ist offensichtlich wieder vollkommen neben der Spur. »Karl, schon wieder.« – »Ja was denn Max?« – »Ein Erpresserbrief, vorhin im Briefkasten, muss so eingeworfen worden sein, keine Briefmarke. Was sollen wir tun?« Karl ist ebenfalls überrascht, behält aber die Fassung. »Max, setz dich erst einmal hin und beruhige dich.« – »Woher weißt du, dass ich im Büro herumlaufe?« – »Max, ich kenn dich doch. Also, Gummihandschuhe anziehen, an den Schreibtisch gehen, hinsetzen und dann vorsichtig den Briefumschlag aufmachen.« Max scheint jetzt Karls Anweisungen zu folgen.

Kurze Zeit später berichtet er, immer noch sehr beunruhigt »Wieder ein Brief, ausgedruckt, nur eine Seite.« – »Und was steht da geschrieben?« möchte Karl wissen. »Ich les mal vor: Wir haben das Tagebuch. Die Forderung des gerecht bestraften Mörders bleibt aber bestehen. Wir wollen das Hotel und das Geld. 100 000 Euro! Übergabe morgen, 18. Juli, in Bozen, Via Johann Wolfgang von Goethe, vor dem Roten Adler. 11 Uhr. Der gleiche Bote wie gestern. Keine Polizei, sonst geben wir eine Kopie an die Zeitung.«

Karl denkt gleich daran, dass der Mörder dem erschossenen Mathes noch etwas aus der Tasche gezogen hatte. Das müsste also wirklich das Fake-Tagebuch gewesen sein. »Okay, Max. Rufe bitte Schlagintweit bei der Kripo in Deggendorf an, informiere ihn und bitte ihn, das Schreiben bei dir abzuholen. Tue das auch wieder in eine saubere Plastiktüte bevor du die Handschuhe ausziehst. Ich kümmere mich hier um alles. Keine Panik! Wir reden später noch mal.« Max bedankt sich und beendet das Gespräch. Hannah hat, wie so oft, das Gespräch mitgehört und kommentiert es schlicht und typisch amerikanisch mit »F…«.

Karl ruft sofort Kommissar Leitner in Bozen an, um ihn über die neuerliche Erpressung zu informieren. »Das Schreiben des Erpressers bekommt die Kripo in Deggendorf wohl noch heute. Schlagintweit wird Ihnen dann gewiss einen Scan zusenden«, erklärt Karl und fügt hinzu »Gut, dass das Falschgeldpaket noch in meinem Rucksack schlummert.«

Leitner meint, dass sie ähnlich vorgehen sollten wie am Tag zuvor. Er würde sich auch in der Gegend aufhalten und ebenso noch weitere Beamte in Zivil, die bei der zu erwartenden Menge an durch die Straße schlendernder Touristen nicht auffallen dürften. Karl ist damit einverstanden und sie vereinbaren, bis zur hoffentlich gelingenden Festnahme des Erpressers ausschließlich telefonisch in Kontakt zu treten, um hier keine Hinweise auf einen Polizeieinsatz bei der Übergabe zu geben.

Karl bekommt langsam Bedenken. Er ist sich noch nicht sicher, wer wirklich hinter dieser Aktion steckt. »Dieser Mörder ist kein Einzelkämpfer. Da steckt mehr dahinter. Vielleicht die, die auch das andere Hotel in Rabenstein schon erbeutet haben. Und, die den wohl von Mathes ermordeten Luigi bei Max einschleusten.«

Hannah stimmt ihm zu. »Mafia?« Karl überlegt kurz und stimmt ihr zu. »Kommt mir auch so vor. Luigi war ja ein Neapolitaner. Das weist auf die Camorra hin, den dortigen Mafia-Ableger. Außerdem stammt das Erpresserschreiben ziemlich sicher von einem Italiener. Straßenname auf italienisch, dann statt dem üblichen Namen der Gaststätte die uralte Aufschrift auf dem Haus mitteilen. Der ist nicht von hier und auch nicht aus Deutschland.« Karl geht jetzt ‚auf Nummer sicher‘ und deponiert das Falschgeld und den gefälschten Vorvertrag doch im Safe des Zimmers. Dann gehen beide endlich speisen.

Beim Frühstück überlegen sie nun, was sie an diesem Tag machen sollten. Zu erledigen haben sie eigentlich nichts. Hannah meint, Karl, der sich ja hier gut auskennt, könnte sie mit etwas Interessanten überraschen. Er fragt sie, ob es auch etwas ‚Historisches‘ sein dürfte. Ja, das würde ihr auch gefallen antwortet Hannah.

Kurze Zeit später sind sie unterwegs. Karl teilt ihr nicht mit, wo es denn hingehen würde. Auf Hannahs Frage gibt er nur ‚Überraschung‘ von sich. Sie fahren ein Stück auf der Autobahn in Richtung Süden, als Karl auffällt, dass ihnen ein Auto folgt, dass auch im Eggental bereits hinter ihnen herfuhr. Er denkt noch an einen Zufall. Dann verlässt er bei Trento die Autobahn, um von hier aus nach Osten in die Berge zu fahren.

Das Auto folgt ihnen weiter.

An einem Kreisverkehr, Hannah wundert sich gerade darüber, dass in der Mitte des Kreisels Weinstöcke stehen, nimmt er eine Ausfahrt, die offensichtlich zu einigen Autohändlern führt, biegt aber sofort auf das Grundstück eines Fastfood-Restaurants ein. Hannah staunt »Willst du da jetzt schon wieder etwas essen?« Karl schüttelt den Kopf und fragt »Auch einen Kaffee?« und bestellt an der Sprechanlage der Gaststätte dann nur einen Kaffee, weil Hannah ihrerseits fast entsetzt den Kopf schüttelt.

Karl schaut in den Rückspiegel, kann aber den vorherigen Verfolger nicht sehen. Nachdem er an der Ausgabe den Kaffee in Empfang genommen hat schließt er das Fenster und klärt Hannah über den vermutlichen Verfolger auf.

Wieder zurück auf der eigentlichen Strecke zu ihrem Ziel ist von diesem nichts zu sehen. Karl wundert sich gerade darüber, als plötzlich der Verfolger wieder hinter ihnen auftaucht. Karl denkt, er wäre wohl in einer Seitenstraße gestanden, um auf sie zu warten. Aber woher wusste er dann, wie sie weiterfahren würden? Eine knappe Stunde geht die Reise weiter, meistens bergauf über mehr oder weniger gut ausgebauten Straßen, teils durch pittoreske Dörfer.

Dann biegt Karl von der Straße in einen schmalen Weg ab, um nur wenige Meter weiter das Auto auf einem Parkplatz abzustellen. Hannah rätselt immer noch über das heutige Ziel, hat aber beim Abbiegen einen Wegweiser gesehen, der zu diesem Weg wies und mit »Forte Belvedere – Werk Gschwent« beschriftet war. »Was ist das, Forte Belvedere? Hört sich an wie eine Festung oder etwas Ähnliches«, fragt Hannah Karl.

Dieser schaut sich nach dem Aussteigen erst nach dem Verfolger um, der jetzt nicht mehr zu sehen ist. »Genau das ist es, schon älter«, antwortet er, offensichtlich abgelenkt. »Dieser Verfolger, gerade war er noch ein paar hundert Meter hinter uns, jetzt ist er verschwunden. Komische Nummer.« Er schaut sich nochmals um, kann nichts entdecken. »Nun denn, egal. Lass uns mal in die österreichische Geschichte eintauchen.«

Sie gehen den leicht ansteigenden Weg hinauf und kurz darauf ist schon ein Teil des Forts zu sehen. »Ahh,« Hannah ist interessiert, »dann erzähl doch mal, was das hier ist. Es sieht auf jeden Fall mächtig groß aus.« Karl lacht und meint »Na ja, du kannst von hier aus noch nicht viel davon sehen, es ist wohl insgesamt fast zehnmal so mächtig.« Dann folgt eine Zusammenfassung über die Geschichte des vor etwa 120 Jahren erbauten Werkes, dass bei der österreichischen Truppe als Werk Gschwent bezeichnet wurde. Dazu dann die Darstellung des Geschehens im ersten Weltkrieg in dieser umkämpften Gegend, die Angriffe der italienischen Alpini, die Verteidigung durch die Österreicher und, nicht zu vergessen, die niedergeschriebenen Erlebnisse Luis Trenkers bei seinem Dienst in einem der Werke.

Ganz nebenbei besichtigen sie nun das Fort, gehen durch die zugänglichen Gänge.

Hannah hat so etwas noch nie gesehen und ist sehr interessiert. Manches findet sie fast lustig, so zum Beispiel die Küche mit den riesigen Töpfen oder die von acht Mann gleichzeitig nutzbare Gemeinschaftstoilette.

Dann verlassen sie diesen verbunkerten Bereich, gehen außen herum auf das ‚Dach', dass mit Gras und teilweise sogar mit Bäumen bewachsen ist. Die Kanonen existieren nicht mehr, sie wurden nach dem ersten Weltkrieg ausgebaut und gemeinsam mit den dazugehörigen Panzerungen in der Zeit knappen Stahls verkauft. Zu sehen sind hier also nur Nachbildungen der Kuppeln aus Beton.

Dann überqueren sie den Festungsgraben und gehen auf dem Vorbau der Festung zur vorderen Kante, um die phantastische Aussicht in das Val Sugana zu genießen.

Hannah stellt fest: »Das sollten wir öfter machen. Spuren der Geschichte finden und anschauen. Und dieses Bauwerk ist ja für mich auch aus baufachlicher Sicht unheimlich interessant.« Karl lächelt und meint »Das freut mich. Dann machen wir das gern wieder.« – »Woher hast du eigentlich die ganzen Informationen über diese Anlage?«

Hannah ist weiter neugierig. »Nun, ich habe Freunde in Innsbruck, die sagen wir mal Geschichtspflege betreiben und sich sehr für die Kaiserjäger, eine frühere Elitetruppe der österreichischen Armee interessieren. Und diese waren maßgeblich an der Restaurierung dieser Anlage beteiligt. Außerdem habe ich einige passende Luis-Trenker-Bücher gelesen.« – »Hast du ein Buch über seine Erlebnisse in der Festung?« Karl schaut zu ihr und meint nur »Büro, rechtes Regal dritte Reihe von oben, so etwa einen Meter von der Außenwand entfernt.«

Mittlerweile sind sie zum benachbarten Kiosk gegangen, haben sich Getränke gekauft und machen es sich auf der Terrasse bequem. Beide genießen die Aussicht und Hannah fährt fort, Karl zu löchern. Ihr Wissensdurst scheint endlos zu sein. Und als Karl nebenbei erwähnt, dass Sisis Mann, Kaiser Franz Joseph zur Bauzeit der Anlage und auch noch in der ersten Hälfte des folgenden Weltkriegs im Amt war, dehnt sich ihr Fragengebiet noch weiter in Richtung Wien aus.

Sie gehen dann zurück zum Auto und nachdem sie abgefahren sind, hält sich Hannah mit weiteren Fragen zurück. Sie will Karl jetzt nicht stören, weil die Strecke zurück zumindest bis Trento ‚nicht ganz ohne', also kurvig und teils steil ist. Karl wartet jetzt eigentlich wieder auf den vormittäglichen Verfolger, doch es ist nun kein ihnen zielstrebig folgendes Fahrzeug zu sehen. Nach einer knappen Stunde erreichen sie wieder die Autobahn bei Trento und fahren gemütlich zum Hotel zurück.

Karl überlegt immer noch, warum sie auf dem Hinweg verfolgt wurden und zurück wohl nicht mehr. Dann hat er eine Idee und beginnt nach dem Aussteigen am Hotel, die versteckten Winkel des Autos, also Radkästen Lufteinlässe oder Kühlergrill und so weiter anzusuchen.

»Was ist los?« möchte Hannah wissen. Karl erklärt »Vielleicht hat dieser Schatten, der uns gefolgt war, einfach irgendwo einen Tracker angebracht, so dass er uns gar nicht mehr folgen musste, um zu wissen, wo wir uns gerade herumtreiben.« Hannah meint nur »Check!« und beginnt ebenfalls zu suchen. Kurz drauf wird sie fündig. »Da schau!« meint sie und präsentiert Karl einen Air-Tag.

Dieser meint: »Lass ihn mal da, wo er war. Schauen wir noch mal weiter, ob nicht irgendwo noch einer ist.« Aber einen weiteren finden sie nicht. Karl sagt dann zu Hannah: »Ich denke nicht, dass ich jetzt schnell mal herausfinden kann, zu wem der gehört. Aber ich mach mich mal schlau. Und diesen Spion lassen wir am Auto, zumindest bis morgen. Vielleicht will dann der Eigentümer ihn sich zurückholen und wir können uns den einmal anschauen.«

Hannah hat dann die doch sehr gute Idee, nun erst einmal an der Bar einen Drink zu nehmen und danach erst aufs Zimmer zu gehen. Gesagt gemacht.

Eine halbe Stunde später kommen sie wieder im Zimmer an. Karl nimmt sein Notebook aus dem Safe – er ist vorsichtig geworden – und versucht, eine Methode, einen AirTag einem Benutzer zuzuordnen und diesen vielleicht sogar zu orten, zu finden. Leider noch recht erfolglos.

Karl gibt aber nicht auf. Nach dem Abendessen studiert er weiter die erreichbaren Quellen und wird auch fündig. Ohne Hannah weiter aufzuklären verschwindet er mit seinem Handy und kommt nach einer Viertelstunde lächelnd zurück. »So, die Handynummer vom Besitzer des AirTags hab ich!« teilt er Hannah mit, ruft dann sofort Leitner, der bereits zu Hause ist, an um ihn entsprechend zu informieren.

Der Kommissar ist sehr interessiert und verspricht am nächsten Morgen sofort die übermittelte Handynummer zu überprüfen und sich dann wieder zu melden. Hannah lobt ‚ihren großen Forscher' und ist der Meinung, dass nun aber endlich Feierabend wäre. Die Chefin des Hauses hat gesprochen.

18. Juli

Karl ist noch im Bad, als Kommissar Leitner anruft. Hannah nimmt das Gespräch an und wünscht ihm erst einmal einen guten Morgen. Leitner ist, wie fast immer, gut drauf und wünscht Hannah das gleiche. »Diese Handynummer gehört zu einem Prepaid-Anschluss. Den können wir kaum zurückverfolgen, weil man die dazugehörigen Karten oft auch anonym kauft. Leider auch bei dieser Nummer. Aber immerhin, ich konnte feststellen, dass diese Karte ziemlich sicher in Neapel verkauft wurde. Jedenfalls gehörte sie zu einer Lieferung an einen Händler dort. Ich habe die Kollegen dort zwar gebeten, den Händler zu befragen, ob er sich an den Kunden, der sie gekauft hat, erinnern könne, aber ehrlich, ich glaube nicht an Wunder.« Hannah bedankt sich für die schnelle Information.

Leitner teilt ihr noch mit, dass er und seine Kollegen ab 10 Uhr durch die Straße vor dem Vögele schlendern werden, touristisch natürlich. Hannah meint »Ja, so etwa um diese Zeit sind wir dann auch da. Wir sehn uns.«

Nach dem Gespräch geht sie ins Bad, um Karl zu informieren, muss ihn aber vorher noch ein wenig hochnehmen. »Ich hab schon gedacht, du bist hier unter der Dusche eingeschlafen.« Karl lacht und meint, nachdem Hannah berichtet hat, dass er sich schon gedacht hatte, dass diese Handynummer irgendwie mit Neapel in Verbindung gebracht werden kann. Karl macht nun Hannah neugierig: »Ich habe da noch eine Idee. Erzähl ich dir dann beim Frühstück.«

Nur wenig später sitzen sie, für sie recht früh, im noch recht leeren Frühstücksraum. Karl erklärt nun Hannah, dass er, als sie im Bad war, noch weiter geforscht hat und nun sicher ist, dass er diesen AirTag quasi übernehmen könnte. Der wäre dann nur noch mit seinem Handy gekoppelt. Hannah meint, es wäre besser, ihn mit ihrem zu koppeln, da es von Europa aus praktisch unmöglich ist, über Handyanschlüsse in den USA irgendetwas herauszufinden. Außerdem will sie diesen Anschluss spätestens mit ihrem Umzug zu Karl kündigen.

Gesagt, gemacht. Nach dem wie immer hervorragenden Frühstück gehen sie zum Auto und Karl versucht den Tipp der Redaktion seiner bevorzugten Fachzeitschrift umzusetzen und Hannahs Handy mit dem AirTag zu verbinden.

Nur wenige Minuten später scheint dieses einwandfrei funktioniert zu haben. Karl prüft es noch mit der Methode, die er gestern schon zum Ausspähen der mit dem AirTag verbundenen

Handynummer bereits erfolgreich genutzt hat. Und, es hat funktioniert, er bekommt nun für dieses Gerät Hannahs Handynummer angezeigt. »Warum lässt du den aber jetzt einfach am alten Platz?« möchte sie wissen. »Ich denke mal, die Mafiosi werden sich jetzt wundern, warum sie unsere Position nicht mehr angezeigt bekommen und dann in Bozen im Parkhaus – und da können sie sich ja denken, wo das Auto abgestellt ist – nach dem AirTag schauen. Und da er offensichtlich noch in Ordnung zu sein scheint, ihnen aber gerade nichts nützt und auch nicht billig ist, werden sie ihn mitnehmen.« Hannah grinst und meint »und wir können sehen, wo sie sich gerade rumtreiben. Cleveres Bürscherl.«

Wenig später machen sie sich auf den Weg nach Bozen. Karl hat das Falschgeld in eine Einkaufstasche umgeladen, die sich einfacher an den Erpresser übergeben lässt. Hannah war, als Karl wieder seine Waffe einsteckte etwas frustriert und meint »Heute vermisse ich meinen Revolver wieder. In Texas kann ich den immer und überall hin mitnehmen. Keinen stört das. Und die Genehmigung dafür hab ich super schnell bekommen.« Karl erklärt ihr, dass in den meisten europäischen Ländern das Tragen von schussbereiten Waffen sehr eingeschränkt ist, macht ihr aber Hoffnung, dass sie nach dem Umzug doch gute Chancen hat, einen Waffenschein zu bekommen. »Das wird dann nur lustig mit dem Transport hierher«, sagt Karl.

Hannah lacht jetzt. »Da täuscht du dich aber gewaltig. Einerseits habe ich den passenden Koffer und notfalls auch noch eine Legitimation als ‚Flight Marshall', darf also sogar während eines Fluges eine Waffe tragen.« Karl schaut kurz zu ihr »Du erstaunst mich immer wieder.«

Mittlerweile sind sie am Parkhaus am Waltherplatz eingetroffen und Karl fährt wieder zu seinem ‚Lieblingsparkplatz' direkt neben einem Ausgang, der es ermöglicht, mit einem Lift, der in einem Hotel endet, direkt auf den Platz zu kommen.

Es ist kurz vor zehn und sie gehen, mit der Einkaufstasche, die hier nicht weiter auffällt, in Richtung Goethestraße. Heute hat

Hannah keine Augen für die Schaufenster der vielen Geschäfte am Weg, sondern schaut sich nur um, ob ihr etwas auffällt. Recht schnell kommen sie beim Vögele an und Karl meint, er möge jetzt nicht hier weiter herumlaufen, bis der Erpresser in einer Stunde endlich auftaucht.

Er hätte nun lieber einen Drittkaffee, den man natürlich am besten gleich hier unter den Lauben beim Vögele trinken könne. Hannah stimmt sofort zu, sie finden einen freien Tisch und machen es sich gemütlich.

Karl legt die Einkaufstasche so ab, dass er sie nicht nur im Auge behalten, sondern auch mit der linken Hand festhalten kann.

Karl bestellt bei dem freundlichen Ober, der sie wie alte Bekannte begrüßt hatte, zwei Cappuccini. Kaum war der Ober im Lokal verschwunden meint sie »Du, ich hätte gern noch ein Wasser dazu.« Karl lächelt und antwortet »Das bringt er doch ohnehin automatisch mit – wir sind doch in Italien und auch fast in Österreich.« Hannah denkt ‚Manche Sitten und Gebräuche muss ich noch lernen.‘

Dann kommen Cappuccini und Wasser. Karl, wie Hannah meint ‚der größte Zuckertütensammler überhaupt‘ lässt wieder die Zuckerportionen in einer Tasche verschwinden. Sie genießen den Kaffee, den besten Cappuccino in ganz Südtirol, wie Karl stets behauptet.

Plötzlich wird Hannah sanft an ihr Bein geschubst. »Ist was Schatz?« fragt sie Karl, der verneint und »wieso?« fragt. Wieder spürt Hannah einen Schubs an ihrem Unterschenkel. Jetzt schaut sie nach unten und sieht unter dem Tisch etwas, was sie später als ‚Süßes Mädel‘ bezeichnen wird, einen offensichtlich recht jungen Hund, von der Gattung ‚Irgendwas‘, der von unten zu ihr hochschaut. »Schau mal Karl« sagt sie und deutet Karl, dass er unten den Tisch schauen soll. Karl sieht das Hündchen und erklärt Hannah »Da will jemand mit mir anbandeln!« Sie lächelt, schaut irgendwie verliebt zu dem Besucher hinunter.

Der Ober, der gerade vorbeigeht erklärt ihnen »Der ist schon seit über einer Woche hier und bettelt die Leute an. Kein Halsband, keine Marke, ist sicher ein Streuner. Wenn er sie stört, schubsen sie ich einfach fort.« Hannah fühlt sich nicht gestört. Sie lässt den Hund nun an ihrer Hand schnüffeln, was dieser mit kräftigem Schwanzwedeln offensichtlich genießt. Dann inspiziert er Karl, mit dem gleichen Ergebnis, setzt sich wieder und schaut dauerhaft zu Hannah hoch. »Meinst du, der hat Hunger?« fragt sie Karl. »Bestimmt. Einen Streuner, der keinen Appetit hat, den gibt es wohl nicht.« – »Du meinst, er hat keine Familie?« – »Nein. Warte mal.« Karl lockt den Hund zu sich, streichelt ihn am Kopf und schaut dann, ob er eine Tätowierung in den Ohren hat. »Nein, er ist nicht markiert.«

Karl erntet einen Schubser, der Besucher möchte weiter gestreichelt werden. Er gewinnt. Als der Ober wieder vorbeikommt bestellt sich Hannah einen alkoholfreien Bitter und fragt, ob es auch etwas für Hunde geben würde. Der Ober schmunzelt und verspricht, dass der Hund nicht verhungern werde. Noch vor dem Bitter bringt er eine Schale mit Wasser und eine weitere, die Leckerli für Vierbeiner enthält. Die Freude unter dem Tisch ist groß. Und das Trinkgeld für den freundlichen Ober wächst.

Beide waren jetzt von ihrem Besucher abgelenkt und haben die Umgebung nicht weiter beachtet. Als Karl sich nun umschaut, Hannah hat immer noch nur Augen für den Besuch unter dem Tisch, der gerade freudig die Schalen leert, bemerkt er an der gegenüberliegenden Straßenseite jemanden, der, eher wie ein Tourist wirkend, eingehend die Schuhe im Schaufenster des dort beheimateten Geschäfts betrachtet.

Dann dreht dieser sich um, schaut ein wenig traurig, sind doch diese hochwertigen Schuhe nicht gerade günstig und geht in Richtung Obstmarkt. ‚Leitner ist ein begnadeter Schauspieler‘, denkt Karl, der vorsichtig, nicht zu interessiert weiter die Leute vor dem Restaurant beobachtet. Aber, er bemerkt noch nichts Auffälliges. Hannahs neuer Freund, oder ist es eine Freundin, hat es sich mittlerweile auf ihren Füßen gemütlich gemacht und hält wohl ein Verdauungsschläfchen.

Dann sieht Karl ein bekanntes Gesicht vom Obstmarkt in ihre Richtung gehen. Der ihm vom Sehen her bekannte Mafiosi kommt, ein Eis schleckend vom Obstmarkt herunter in ihre

Richtung. Karl signalisiert Hannah, sie solle sitzen bleiben, steht auf, nimmt die Einkaufstüte in die Hand und geht zum Schaufenster des Juweliers gegenüber. Vorgeblich gelangweilt schaut er sich dort die ausgestellten Schmuckstücke an.

Der nicht ganz fremde Mann erreicht ihn und bleibt neben ihm stehen, als ob auch er den Schmuck betrachten möchte. »Haben sie alles?« fragt er Karl. Der nickt. »Gut, sie wissen ja, keine Tricks! Wir tauschen jetzt und ich verschwinde. Sie bleiben noch ein wenig hier stehen.«

Karl wundert sich darüber, dass ein wohl aus Neapel kommender Mafiosi akzentfrei Deutsch spricht. Er nickt, um diesem sein Einverständnis mitzuteilen, nimmt die Einkaufstasche, sie stammt aus dem Bozner Supermarkt, und reicht sie langsam zum Erpresser hinüber.

Der schaut nur kurz von oben hinein, sieht wohl die Geldbündel und einen Zettel, nickt und greift in seine Innentasche. Dort holt er einen zusammengehefteten Bündel Papier hinaus, den er Karl übergibt.

Grußlos wendet er sich ab und will wohl weiter in Richtung Waltherplatz gehen, als er plötzlich am Kragen gefasst und nach hinten gezogen wird. Schnell und sicher hat Kommissar Leitner ihn gepackt, greift unter seine Jacke und zieht dort eine großkalibrige Pistole hinaus, die er sofort selbst einsteckt.

Ein weiterer Mann taucht wie aus dem nichts auf und packt den Mafiosi am Arm. Handschellen sind auf einmal an seinen auf den Rücken gedrehten Handgelenken. Der Festgenommene ist so überrascht, dass er nicht die geringste Gegenwehr leisten kann.

In diesem Moment, Karl schaut zufällig in diese Richtung, greift auf der anderen Seite der Straße, etwas unterhalb des Vögeles vor einem Schreibwarengeschäft ein Unbekannter einen anderen Mann am Arm und wirbelt diesen herum, so dass er auf den Boden fällt.

Eine junge Frau kommt dazu, greift dem Gefallenen in den Hosenbund und zieht dort eine Pistole hinaus, steckt sie ein und legt dem am Boden liegenden Handschellen an. Leitner kommt wieder zu Karl. »Es waren wohl nur die zwei hier.« Er greift in die Einkaufstasche, die Karl dem Mafiosi gegeben hatte, nimmt das Falschgeldbündel heraus und gibt sie Karl zurück. »Ihre Tasche mit dem falschen Vorvertrag. Das angebliche Tagebuch haben sie ja hoffentlich schon.« Karl bejaht die Frage. »Brauchen sie uns noch?« fragt er Leitner. »Nein, ich habe ja amtliche Zeugen genug dabei«, und schmunzelt. »Ich würde mal sagen, sie sind entlassen. Aber sie beide wurden ja offensichtlich auch adoptiert«, meint er und deutet zum immer noch auf Hannahs Füßen schlafenden Hund. »Wenn Sie mögen, nehmen sie ihn ruhig mit. Es ist sicher einer der Streuner, die sich in letzter Zeit in großer Zahl in Bozen herumtreiben. Hier auf den Straßen würde es ihm nicht gut gehen.« Karl lächelt, nun schon wissend, was ihm blüht und verabschiedet sich mit dem Versprechen, dass sie weiter in Kontakt bleiben werden.

Karl geht zurück zu Hannah, wischt sich symbolisch den Schweiß von der Stirn, bemerkt »Erledigt. Hoffentlich!« und setzt sich hin. Sie beugt sich zu ihm vor und küsst ihn. »Wunderbar!« Hannah schaut dann aber gleich nach unten, will wissen, ob sie den Hund gestört hat. Hat sie nicht. Der fühlt sich bei ihr anscheinend sicher und wohl.

Der Ober kommt wieder vorbei, fragt nach ihren Wünschen und schaut auch unter den Tisch. Er lacht und bemerkt »Na, da haben sie aber einen neuen Freund gefunden!« Karl möchte etwas essen, beim Frühstück hatte er sich, wie auch Hannah doch sehr zurückgehalten. Und auch einen Bitter. Hannah studiert die Speisekarte, gibt sie an Karl weiter und nimmt die Weinkarte »Du fährst doch, wie immer?« fragt sie und Karl nickt, wie immer.

Die Wahl fällt beiden nicht schwer. Hannah möchte gern einen Bachsaibling und ein Glas Weißburgunder, auch beim Wein haben beide einen ähnlichen Geschmack. Karl kann dem Cordon bleu vom Truthahn nicht widerstehen. Mit einem weiteren Wasser.

Unterm Tisch ist ihr Gast wieder erholt aufgewacht und, das muss ihm gefallen, schaut Hannah wieder an. Diese lacht und streichelt das Untertischmonster, wie Karl jetzt lachend bemerkt.

Er greift nach unten und hebt das Hündchen hoch. Groß ist es nicht. Ganz klein auch nicht. Mehrfarbig, braun und weiß hauptsächlich. Schlank, fast drahtig, vielleicht etwas zu große Pfoten, fast-Schlappohren und ein allgemein lustiges ‚Geschau', wie Karl bemerkt. Er krault ihm den Bauch, lacht und meint »Na, das ‚ihm' oder ‚er' können wir gleich mal vergessen. Sie ist ein Mäderl.« Hannah ist erstaunt »Du kannst aber gut mit ihr. Kennst du dich etwa mit Hunden aus?« – »Sicher. Hatte schon einiges mit Hunden zu tun und habe auch schon Jagdhunde ausgebildet.« – »Das wird aber kein Jagdhund.« ‚Aha,' denkt Karl, ‚er gehört schon ihr.' »Nein, versprochen.« Dann kommen ihre Gerichte und Karl setzt die Hündin wieder auf den Boden, wo sie sich sofort wieder auf Hannahs Füße legt. »Kalte Füße bekommst du jetzt aber nicht«, stellt Karl fest und Hannah lächelt so, als wüsste sie etwas, was Karl noch nicht weiß.

Eine Stunde später möchten sie nun wieder zurück ins Hotel, ausspannen, ein bisschen schlafen, das ist ihr Plan. Karl bezahlt die Rechnung, der Ober ist ob des Trinkgelds hoch erfreut und Karl ist nun gespannt, was mit ihrer beider neuen Freundin wohl passieren wird.

Sie stehen auf, die Hündin auch. Sie gehen in Richtung Parkhaus, die Hündin geht wie selbstverständlich an Hannahs Seite.

Beim Lift ins Parkhaus ist sie dann ein wenig verunsichert, folgt aber den beiden nachdem ihr Hannah ein Zeichen gegeben hat. Unten angekommen gehen sie zum Auto. Hannah öffnet zunächst die hintere Tür, um ihre Handtasche dort abzustellen. Die Hündin springt, als wäre es das Selbstverständlichste auf der Welt, hinein und macht es sich auf der Rückbank gemütlich. »Okay, Liebling. Uns hat gerade eine Hündin adoptiert. Überleg dir schon mal ihren Namen.«

Hannah freut sich wie ein junges Mädchen über diesen unerwarteten Familienzuwachs. Und Karl nimmt nun nicht den normalen Weg zum Eggental, sondern fährt zunächst in Richtung eines Einkaufspalasts, in dem eine Vielzahl von Geschäften zu finden ist. Dort angekommen meint er nur kurz »Bleibt ihr beide mal im Auto, ich bin sofort wieder da.«

Und verschwindet für einige Zeit. Dann kommt er zurück, mit zwei ziemlich vollen Einkaufstaschen beladen. In eine greift er hinein, zieht eine Decke heraus, die er dann geschickt auf der Rücksitzbank platziert. Die Hündin hat sofort gemerkt, dass dieses nun ihr Platz ist und nimmt die Decke sofort in Beschlag.

Weiter geht es in Eggental, zurück zum Hotel. Beim Aussteigen nimmt Karl ein Halsband mit einer Hundeleine, beides durchaus ansehnlich, aus der Einkaufstasche, reicht es Hannah und sagt »Dann schnall sie mal an. Könnte sonst im Hotel ein Problem geben.« Ja, nicht jedes Hotel ist von frei umherlaufenden Hunden begeistert.

Der Hündin macht es nichts aus, nun an der Leine geführt zu werden. Hannah darf offensichtlich alles mit ihr machen. Karl schaut derweil nach dem AirTag, den einer der Mafiosi am Auto versteckt hatte. Dieser ist jetzt verschwunden. Karl denkt ‚Der Plan geht auf' und schmunzelt. Die drei gehen ins Hotel, Karl bepackt, Hannah als Führungsperson des neuen Familienmitglieds und die Hündin selbstverständlich als bestes Stück in der Familie.

Karl redet kurz mit der Rezeptionistin. Nein, das Hotel hat keine Probleme mit einem Hund auf dem Zimmer. Nur die Speisesäle sind natürlich tabu. Karl bittet noch um die Rechnung für den nächsten Morgen, da sie dann wieder zurückfahren wollen.

Zurück im Zimmer fällt Karl ein, dass er Max noch nicht angerufen hat. Er holt dieses sofort nach, aber Max ist bereits informiert. Leitner wie auch Oberkommissar Schlagintweit hatten ihn bereits angerufen. So verabreden sich für die nächsten Tage.

»Wir müssen ihr noch einen Namen geben. Wir können doch nicht immer ‚Hund' rufen.« Hannah ist nebenbei beschäftigt. Sie hat die Taschen, die Karl aus dem Einkaufszentrum mitgebracht hat und hat eigentlich alles darin gefunden, was ein Hund so braucht. ‚Er kennt sich da doch aus', denkt Sie. »Also, wie soll sie heißen?« fragt sie noch einmal. Karl überlegt. »Paola, also die Kleine. Aber nein, so gut gefällt mir das nicht. Halt. Das war bei uns allen doch Liebe auf den ersten Blick. Ja klar. Giulia. So heißt sie.«

Er nimmt die Hündin hoch, schaut ihr in die Augen und sagt »Burzl, ich taufe dich auf den Namen Giulia.« Verkündet und erledigt. Er setzt sie wieder auf den Boden. Giulia schaut ihn an und, man könnte meinen sie lächelt, bellt kurz, stimmt also zu. Dann inspiziert sie das Zimmer, um schließlich wieder zu Hannah zurückzugehen, um es sich bei ihr bequem zu machen. Hannah, Karl und Giulia machen jetzt eine Pause.

Kurz vor dem Abendessen sollte dann Giulia noch einmal kurz einen Spaziergang machen. Hannah übernimmt die Begleitung gern und Karl will nun mal schauen, wo der gekaperte AirTag denn nun ist. Das findet er schnell heraus. Dieser ist auf dem Weg in den Süden, auf der Autobahn zwischen Bologna und Rom. Es scheint, dass die Gefahr hier vorüber ist. Erstmal. Dann kommen Hannah und ihr Zögling zurück und wieder Leben in die Bude. Giulia macht erneut eine Inspektionsrunde, um es sich dann auf ihrer zweiten neuen Decke gemütlich zu machen. Hannah und Karl machen sich ‚landfein', wie Karl schon wieder zu sagen pflegt, schärfen Giulia ein, dass sie brav sein müsse und gehen zum Abendessen.

Beim Abendessen sind beide doch etwas nervös. Ein neuer, unbekannter Hund, der vielleicht noch nie in einem Zimmer allein war. Ob das gut geht? Aber die Sorgen waren überflüssig. Es ging gut. Giulia hatte wohl geschlafen und erhob sich als Hannah und Karl ins Zimmer kamen immer noch etwas verschlafen von der Decke, um die beiden schwanzwedelnd zu begrüßen. Und anschließend gleich wieder zu ihrem Platz zurückzukehren, sich einzurollen und weiterzuschlafen.

19. Juli

Eigentlich sollte heute ein ruhiger Tag folgen. Giulia hat die ruhige Nacht, beschützt von ihren neuen Eltern, auf der Decke genossen. Auch Hannah und Karl haben gut geschlafen. Hannah packte nun ihre Siebensachen wieder ein, während Karl mit Giulia den notwendigen kleinen Spaziergang absolvierte. Dann ein gemütliches Frühstück, die Rechnung bezahlen, alles im Auto verstauen, nochmal ein kurzer Freilauf für Giulia, die übrigens gern auf einen kurzen Ruf hin zurückkommt. Und nun durch das Eggental und die Tunnel auf die Autobahn in Richtung Brenner. Nichts los.

Kurz vor Sterzing --Giulia hat sich wieder schlafen gelegt. Es scheint, als ob sie Geschwindigkeiten über 60 bis 70 Kilometern pro Stunde lieber verschläft – randaliert Hannahs Handy. Giulia schaut kurz auf, findet das langweilig und döst weiter. Hannah nimmt das Gespräch an und antwortet auf Englisch. Ihr Gesprächspartner hat wohl ein dringendes Anliegen und erklärt dieses ausgiebig. Hannah schaut zwischenzeitlich auch irgendwie hilfesuchend nach oben. Dann verspricht sie dem Anrufer, sich baldmöglichst wieder bei ihm zu melden und beendet das Gespräch.

Sie atmet heftig aus. »Buh. Schon wieder diese Anwaltskanzlei. Ich soll ganz schnell vorbeikommen bei ihnen. Sie müssen mir etwas aushändigen, wissen aber selbst nicht, um was es sich dabei handelt. Ein Umschlag, noch von meiner Oma. Und er muss, so sagen sie, bis nächsten Montag mir übergeben werden. Das wird interessant.« Karl stimmt ihr zu. »Und ich darf den ganzen Samstag unterrichten. Sportlich.« – »Du kommst mit?« – »Bestimmt.« – »Oh nein.« Hannah fällt gerade ein, dass sie Zuwachs bekommen haben, der nicht ohne Probleme in die USA einreisen darf. »Was machen wir dann mit Giulia?« Karl hat schon eine Idee. »Schau Sonja hat Hühner, drei und manchmal auch vier Katzen, einen Hund. Da könnte sich Giulia auch wohl fühlen.« – »Meinst du das Sonja sie aufnimmt?« – »Sicher.« Und Karl ruft sie sofort an, um ihr das Problem zu schildern. Die Antwort war eindeutig »Wenn ihr dann Glück habt, bekommt ihr sie auch zurück.«

Der Rest der Fahrt verläuft wieder ruhig. Giulia schläft weiter, will nur kurz hinter Rosenheim noch einmal kurz hinaus. Hannah ist auch eingeschlafen und Karl fährt gemütlich in Richtung Heimat. Dort angekommen darf Giulia ihr neues Zuhause, nein, ihr Reich in Augenschein nehmen. Es geht über den Parkplatz, ein wenig die Straße hinauf und hinunter, dann schnell wieder zurück ins Haus, auf die Terrasse, in den Garten, die Katze, die sich gerade dort herumtreibt wird schnell verjagt, wieder ins Haus, Treppe rauf, wieder runter. Jetzt reicht's ihr. Auf ihre Decke, ausruhen und schon mal Hannah anschauen. Der Blick sagt eindeutig, dass jetzt Futterzeit ist. Der Befehl kommt an. Karl hat mittlerweile alles ausgeladen und dorthin gebracht, wo es hingehört, es sich auf dem Sofa bequem gemacht und genießt ein Weizen, Hannah sitzt neben ihm und Giulia futtert in der Küche.

Hannah überlegt, man sieht es am nachdenklichen Gesichtsausdruck. »Eigentlich wollte ich jetzt erst einmal Pause machen. Schauen, wie Giulia sich bei uns eingewöhnt. Mir passt das gar nicht, jetzt nach San Antonio zu fliegen.« Karl stimmt ihr zu »Mir auch nicht, ich muss, wie gesagt, am Samstag in die Schule.« Giulia hat ihre Schüssel geleert, kommt zufrieden ins Wohnzimmer und schaut irgendwie bettelnd zu Hannah hinauf. Karl meint »Aha, da will noch jemand auf das Sofa.« Er grinst. »Darf sie? Was meinst du?« Karl stellt fest »Einmal oben, immer oben. Aber mich stört das überhaupt nicht.« Keine zehn Sekunden später hat Hannah die kleine Bettlerin auf das Sofa gehoben. Diese bedankt sich sofort mit einer ausgiebigen Kuschelei.

Karl hat mittlerweile sein Notebook genommen, sucht irgendetwas im Internet und meint dann »Wir könnten am Sonntag fliegen. Über Washington. Dann wären wir abends in San Antonio.« Hannah überlegt immer noch. »Und Giulia?« – »Ruf doch Sonja noch mal an«, meint Karl. Eine halbe Stunde später ist diese über die Neuigkeiten ausreichend informiert und die ‚Pflege' von Giulia geregelt. Karl bucht die Flugtickets und Hannah entschuldigt sich bei Giulia schon einmal mit heftigem Streicheln und Kuscheln.

20. Juli

Eigentlich sollte nun ein fauler Tag folgen. Max besuchen, vielleicht ein wenig Wäsche waschen, Giulia ausführen und das bisschen eingetroffene Post durchschauen. Doch bereits beim Frühstück ruft Kommissar Leitner aus Bozen an. Karl denkt ‚Oh weh, jetzt müssen wir bestimmt noch mal zu ihm fahren, wegen einer Zeugenaussage.'

Doch es kommt anders. Leitner, etwas außer Atem berichtet über die nächtlichen Ereignisse in Bozen. Es gab einen Einbruch in das Gefängnis, in die Abteilung, in der die Untersuchungsgefangenen untergebracht sind. Maskierte unbekannte Täter, Italiener, hatten sich in der letzten Nacht gewaltsam Zugang verschafft, die Wachen gefesselt und haben dann die beiden vorgestern festgenommenen Mafiosi, sie stammten beide aus Neapel, erschossen. Anschließend konnten die Mörder unerkannt fliehen. Zwar läuft eine Fahndung, doch Leitner hat hier keine Hoffnung auf einen Erfolg. »Ja, so haben wir natürlich überhaupt nichts über eventuelle Hintermänner oder Auftraggeber erfahren. Schade. Für Sie hat es aber einen Vorteil: Der Fall ist damit abgeschlossen und sie beide brauchen nicht mehr wegen einer Zeugenaussage bei uns erscheinen. Aber selbstverständlich sind sie hier immer willkommen. Es gibt auch Tag und Nacht guten Kaffee!« ergänzt Leitner.

Karl bedankt sich für die Information und die Einladung, der er gewiss einmal folgen werde. Sie verabschieden sich und die beiden, oh nein, die drei können ihr Frühstück ungestört weiter genießen.

Nach diesem dreht Karl noch eine nicht allzu lange Morgenrunde mit Giulia, die die Gegend, speziell alles links und rechts der Allee, der sie folgen, unter die Lupe nimmt. Sie muss natürlich all die dort gespeicherten, erschnüffelbaren Botschaften der anderen Hunde, die schon auf diesem Weg unterwegs waren, ‚lesen'.

Dann fahren alle drei nach Rabenstein und besuchen Max im Hotel. Dieser ist glücklich, dass die Erpressung nun endlich beendet ist, nimmt auch den gefälschten Teil des Tagebuchs entgegen, den er mit dem Original zusammen verwahren möchte. Die Einladung von Max zum Mittagessen nehmen Hannah und Karl aber nicht an, da sie heute erst sehr spät gefrühstückt hatten und außerdem noch einige Sachen erledigen wollen.

Vorbei am Hotel Zur Linde, das wohl im Moment keine Gäste beherbergt, fahren sie zu Sonja. Diese ist zwar im Moment am Arbeiten, nimmt sich aber wie selbstverständlich Zeit für sie. Giulia hat sofort eine neue Freundin gefunden, lässt sich gern von Sonja streicheln und freut sich auch über ein angebotenes Leckerli. Dann schaut sie sich in Büro und Salon um, trifft eine von Sonjas Katzen, hat aber auch mit dieser keine Probleme. Während Hannah und Karl Sonja ihr Zeitproblem schildern kommt dann auch Lenz, ein großer Deutsch-Drahthaar Rüde, nicht nur Haus- und Hofhund der Familie, sondern auch unentbehrlicher Assistent bei der Jagd, vorbei, um zu schauen, wer denn jetzt auf Besuch gekommen ist. Er begrüßt zunächst Karl, den er schon länger kennt, dann neugierig Hannah. Schließlich widmet er sich Giulia.

Plötzlich sind beide verschwunden, offensichtlich durch die offene Terrassentür in den Garten gewandert. Karl schaut besorgt nach draußen, sieht dann aber die Hunde, wie sie zusammen im Garten herumtollen und wohl viel Spaß dabeihaben. ‚Passt. Die mögen sich.' denkt er und geht beruhigt wieder hinein.

Sonja hätte Giulia am liebsten gleich dabehalten, doch das lassen Hannah und Karl natürlich nicht zu. Sie wollen jetzt die Zeit mit ihr erst einmal ausgiebig genießen. Eine Wanderung durch den heimischen Wald würde allen gefallen, auch Giulia. Doch als sie gerade im Auto sitzen, ruft Max von Pfalz an. »Wo seid ihr denn? – Noch in Rabenstein? Ich hätte da nämlich etwas zu erzählen.« Sie fahren wieder zurück zu Max's Hotel und gehen zielstrebig zu seinem Büro.

Giulia folgt ihnen auf Schritt und Tritt, jetzt auch ohne Leine, da Hannah vergessen hatte, ihr diese anzulegen.

Aufgeregt berichtet Max, kaum dass sie im Büro eingetroffen sind: »Der Schlagintweit, der Oberkommissar aus Deggendorf, hat gerade angerufen. Es muss sich beim Hotel ‚Zur Linde' drüben etwas rühren. Irgendwie gibt es da Probleme mit dem Verkauf, so genau geklärt ist das alles noch nicht. Es könnte auch sein, dass dabei auch die Mafia beteiligt war oder immer noch ist. Er meint, ich solle unbedingt aufpassen, dass bei mir nicht wieder von italienischen Kriminellen versucht wird, das Hotel zu übernehmen.«

Karl runzelt die Stirn und fragt »Hat er denn konkrete Hinweise darauf?«

Max antwortet »Wohl nicht direkt. Er hat halt so eine Befürchtung.«

Karl versucht Max zu beruhigen. »Also noch kein Grund zur Beunruhigung. Aber halte die Augen und Ohren offen. Und: Vorsicht bei italienischen Hotelgästen!« Sie verabschieden sich wieder vom Hotelchef und fahren zurück nach Hause.

Dort angekommen dürfen sie schon wieder mit Reisevorbereitungen beginnen. Die Koffer sind noch nicht aufgeräumt und wollen schon wieder mit frischer Wäsche gefüllt werden. Muss vielleicht noch etwas eingekauft werden. Hannah beruhigt hier den geschäftigen Karl »Es gibt auch in den USA durchaus Geschäfte!« und lacht ihn aus. Giulia ist vom etwas hektischen Treiben der beiden unbeeindruckt in den Garten gegangen und hält dort Wache. Einmal muss sie der Katze der Nachbarn klarmachen, dass sie der Chef ist und die Katze in ihrem Garten nichts verloren hat. Dann genießt sie es wieder einfach sorgenfrei in der Sonne zu liegen und zu dösen.

Endlich ist alles in den Koffern verstaut, die nicht vorhandene Unordnung im Haus darf so bleiben, wie sie ist. Sie gehen noch eine kurze Runde mit Giulia und dann nicht zu spät ins Bett. Sie sind beide schon fast eingeschlafen, da kommt eine Besucherin im Schlafzimmer vorbei, springt auf das Bett und macht es sich bei Karls und Hannahs Füßen bequem. »Darf sie?« Karl antwortet Hannah »Kein Problem« und schläft ein.

Mitten in der Nacht wird Giulia unruhig. Sie geht zu Karl und stupst ihn mit ihrer Nase an bis er aufwacht. Sie ist unruhig, steigt erst auf Karls Beine und springt dann auf das Regal vor dem Fenster, versucht hinaus zu schauen und knurrt. Karl geht zu ihr und öffnet das Fenster um zu schauen, ob im Hof alles in Ordnung ist. Ist es nicht. Er sieht gerade noch, wie ein größeres Tier vom Hof zur Straße und dann in Richtung Wald geht.

Giulia bellt das Tier an, doch dieses interessiert sich nicht für sie, sondern geht einfach weiter. Karl lobt jetzt Giulia »Brave Giulia. Gut gemacht. Toller Wachhund.« Schließt das Fenster und geht mit Giulia zurück ins Bett. Hannah schaut ihnen verwirrt zu. »Was war denn da los? Warum war die Kleine so aufgeregt?« Karl lächelt und meint »Sie hat nur ihren Job gemacht und auf uns aufgepasst.«

Er streichelt Giulia über den Kopf und ergänzt »Da ist ein Luchs über den Hof spaziert, den sie als gefährlich eingestuft hat. Und da muss sie uns ja warnen.« Auch Hannah ist der Meinung, dass Giulia gut gearbeitet hat und am Morgen ein extra Leckerli verdient hat.

21. Juli

Am Morgen lassen alle den Tag ruhig beginnen. Frühstück, dann endlich wieder in Ruhe die Zeitung lesen. Giulia spielt mit einem Tennisball, den ihr Hannah gegeben hatte. Dann meint Karl, er müsste noch mal kurz ‚ins Dorf', wie er die gemütliche Stadt ‚nebenan' nennt. Er fragt, ob er noch etwas einkaufen solle. Hannah meint zunächst nein, besinnt sich dann aber und bestellt Weintrauben und noch neue Leckerli für ‚die Kleine'.

Karl ist recht bald zurück, irgendwie voller Tatendrang und meint, jetzt wäre eine kleine Wanderung recht. Hannah ist nicht abgeneigt und so fahren sie zunächst zu einem Parkplatz am Anfang des Waldes, lassen dort das Auto stehen und gehen los. Der Weg führt weiter in den Wald hinein, stetig bergauf. Giulia ist wahnsinnig interessiert an allem, was links und rechts des Weges ist, doch sie darf das nur angeleint erkunden. Karl meint, dass es hier unzählige Wildtiere gebe und sie einerseits noch nicht wissen, ob Giulia nicht doch einen Jagdtrieb habe, der sie zu einer wilden Verfolgung motiviere. Dabei könne sie sich dann verlaufen und wäre wegen der Größe des Waldgebiets praktisch unauffindbar. Andererseits ist es hier auch schlicht verboten, Hunde unangeleint laufen zu lassen.

Der Weg geht immer weiter bergauf. Teilweise zweigen andere Wege von ihm ab. Karl führt sie zielsicher durch den dichten Wald. Dann weist ein Schild darauf hin, dass hier der Nationalpark Bayerischer Wald beginnt und bestimmte Verhaltensregeln zu beachten sind. Sie gehen zügig weiter. Auch Giulia hält Schritt mit ihnen, ist auch keineswegs gelangweilt. Dann wird der Wald lichter. Sie kreuzen einen Bach und nun stehen nur noch einzelne Bäume um sie herum. Felsen säumen den Weg aufwärts. Schließlich liegt ein felsiger Berggipfel vor ihnen. Dort angekommen gibt es erst einmal einen Schluck Wasser für sie. Nein, Giulia braucht das nicht, sie hatte sich bereits beim weiter unten liegenden Bach bedient. Hannah setzt sich auf den Felsen und genießt die Aussicht vom zweithöchsten Gipfel des Bayerischen Walds.

Dann baut sich plötzlich Karl, etwas nervös wirkend, vor ihr auf, schaut ihr in die Augen. Er wirkt feierlich und Hannah fragt sich, was jetzt folgen werde. Einen kleinen Verdacht hat sie bereits. Karl setzt nun anscheinend zu einer Rede an, wird aber von Hannahs Lächeln wohl aus dem Konzept gebracht. »Bitte keine Rede, Liebster!« sagt sie, weiter sehr freundlich lächelnd. »Danke!« ist Karls Antwort.

Dann spricht er endlich aus, was er schon lange sagen wollte »Möchtest du meine Frau werden, Geliebte?« Hannah springt auf, so ruckartig, dass sie Giulia erschreckt, umarmt Karl und küsst ihn ausdauernd. Dann haucht sie, etwas außer Atem »Ja!«

Sie liegen sich in den Armen bis Giulia vorsichtig kundtut, dass sie auch noch da wäre und jetzt ebenfalls beachtet werden möchte.

Karl nimmt sie auf den Arm und zu dritt freuen sie sich offensichtlich des Lebens.

Dann darf Giulia wieder auf den Boden und Karl sucht etwas in seiner Jackentasche, holt es hervor und steckt Hannah einen Ring an den Ringfinger der linken Hand. Sie freut sich über diesen, wundert sich, wie gut er ihr passt und möchte nun wissen wieso.

Karl lächelt verschmitzt und gibt dann zu, dass er einen ihrer ‚alten‘ Ringe als Muster benutzt hätte. Der Juwelier hätte diesen ausgemessen und das gleiche Maß für den Verlobungsring genutzt. »Schlauberger! Aber an die linke Hand gehört ja eigentlich der Ehering«, meint Hannah.

Karl erklärt ihr: »In Deutschland nicht, da kommt er an die rechte. Aber, du hast natürlich die freie Auswahl. An der linken Hand dürfte er ohnehin besser aufgehoben sein, wird dann nicht so strapaziert, jedenfalls bei Rechtshändern.« Hannah denkt, dass nun Karls Nervosität wieder dem Normalzustand gewichen ist.

Beschwingt gehen sie nun wieder bergab, nehmen den gleichen Weg zurück. Giulia kann wieder ‚den Bach besuchen' und schnüffelnd feststellen, wer diesen Weg in der letzten Zeit ebenfalls benutzt hat. Dann tritt plötzlich wieder einmal ein Reh aus dem Wald auf den Weg. Es schaut sie gelangweilt an, nicht einmal Giulia, die von dem Tier, das größer als sie ist, wohl eingeschüchtert ist, macht einen Eindruck auf die Geiß. Sie geht vor ihnen ruhig den Weg hinunter, schaut sich dann noch mal nach ihnen um und geht zurück in den Wald, wo sie in Sekundenschnelle verschwunden ist.

Zurück am Auto fahren sie nun ein kurzes Stück zurück und dann bleibt Karl vor dem an einem Gutshof angegliederten Gasthaus stehen. »Wie schauts mit dem Hunger aus?« fragt er und Hannah löst ihren Sicherheitsgurt, nickt und meint »Gehen wir.« Auch Giulia darf mit in das Gasthaus. Sie gehen jedoch nicht in die Gaststube, sondern in den Biergarten, um das schöne Wetter zu genießen.

Die Speisekarte wird gebracht und die Kellnerin fragt, was sie trinken möchten. Weizen(bier) mögen beide, Hannah mit und Karl ohne Alkohol. Die Kellnerin bemerkt auch Giulia, die unter dem Tisch sitzt und ihr interessiert zuschaut.

Die Getränke werden geliefert und auch einen Napf mit Wasser »fürs Hunderl« hat die junge Frau dabei. Hannah möchte einen Saibling von der hiesigen Fischzucht und Karl steht der Sinn wieder einmal nach einem Cordon Bleu. Eine gute Stunde später haben sie gespeist und treten zufrieden den Heimweg an.

Dort angekommen machen es sich alle drei gemütlich, selbst Giulia ist rechtschaffen müde, leert nur noch ihren Napf, um es sich dann nicht etwa in ihrem ‚Bett', sondern bei Hannah und Karl auf dem Sofa bequem zu machen und einfach einzuschlafen. Dabei wird sie auch dann nicht gestört, als die frisch Verlobten in den ersten Stock ins Schlafzimmer gehen. Heute wird aber die Tür geschlossen und Giulia hat keine Chance auf einen Besuch.

22. Juli

Es ist früh, zu früh. Karl schleicht sich aus dem Schlafzimmer und geht, unter Überwachung durch eine offensichtlich leicht beleidigte Hündin ins Bad. Dann zumindest die obere Hälfte ‚vernünftig' anziehen, Kaffeemaschine einschalten, Brotzeit herrichten, Giulia mit ihrem Frühstück versorgen und so ihre gute Laune wiederherstellen, selbst etwas essen, viel Kaffee trinken. Dann meldet Giulia das Bedürfnis, draußen mal nach dem Rechten zu sehen, an. Karl leint sie an und geht mit ihr eine kleine Runde. Alles erledigt? Ja. Giulia verzieht sich im Wohnzimmer auf ihre Decke, die eigentlich mehr ein Kuschelpalast ist.

Karl macht sich jetzt nicht auf den Weg zur Schule, sondern holt sich einen weiteren Kaffee und geht ins Büro im ersten Stock. Er hat heute Glück, wie er sagt, und unterrichtet online. Mal schauen, wie die neue Software, vorgestern hat sich nachts ein Update installiert, funktioniert. Bei diesem Hersteller ist Karl stets etwas misstrauisch. Doch heute klappt alles. Die Software läuft, die Schüler sind online und der Unterricht beginnt.

Gegen neun Uhr schaut Hannah kurz durch die halb offene Tür und wirft ihm ein Fernbussi zu. Karl winkt ihr und ist schon wieder beim Unterricht. Der Vormittag vergeht schneller als gedacht. Gegen Mittag schaut Hannah wieder ins Büro und fragt leise, ob etwas dagegen spräche, wenn sie kurz fortfahren würde. Karl, mitten im Vortrag, schüttelt kurz den Kopf und winkt ihr zu. ‚Wo mag sie denn jetzt hinfahren? Wir brauchen eigentlich doch nichts.' denkt er. Dann ist endlich Mittagspause. Lehrer und Schüler können sich jetzt für eine halbe Stunde erholen.

Karl geht die Treppe herunter und schaut auf einen gedeckten Esstisch. Giulia hat ihn kommen gehört und wartet gut gelaunt am Ende der Treppe auf ein paar Streicheleinheiten. Hannah kommt jetzt aus der Küche und sagt »Nun setzt dich schon hin, das Essen wird kalt!« Karl befolgt diesen eindeutigen Befehl gern und Hannah stellt einen heißen Teller vorsichtig vor ihm auf einen Platzteller, geht dann kurz zurück in die Küche und kommt mit einem weiteren zurück, der für sie vorgesehen ist. »Guten Appetit!« Karl schaut zu ihr und lacht »Aha, du warst ‚kochen', wie es ausschaut in der ‚Waldbahn'.« Er freut sich auf den Zwiebelrostbraten, den er ja in diesem Hotel und Restaurant ja schon oft gegessen hat. Die Mittagspause reicht kaum, um die Teller zu leeren. Aber ohne einen Espresso geht Karl dann natürlich nicht ins Büro zurück.

Nach einer halben Stunde hört er durch die leicht geöffnete Bürotür weibliche Stimmen. Hannah unterhält sich angeregt und gut gelaunt mit einer anderen Frau. Die Stimme kommt Karl bekannt vor, ja, das müsste Sonja sein. Mehr bekommt er nicht mit, weil er nun die Tür schließt, um den Unterricht frei von Nebengeräuschen weiter durchführen zu können.

Endlich, um 15.30 Uhr ist Unterrichtsende und Karl trennt die Online-Verbindung, versetzt die Rechner in den Ruhezustand und geht ins Wohnzimmer. Ja, sie ist es. Sonja und Hannah sitzen am Esstisch und unterhalten sich weiterhin angeregt. Giulia muss hier natürlich alles mitbekommen, sitzt neben Sonja am Boden und kommt jetzt zu Karl, um wieder die verdienten Streicheleinheiten einzufordern.

Sonja und Karl begrüßen sich herzlich. Sie fragt gleich, ob sie Giulia schon heute mit »in Pension« nehmen soll. Ihr Hund würde sich über die Spielgefährtin ja sehr freuen und jede Stunde mit ihr sicher genießen. Karl schaut Hannah kurz an, die Sonja dann antwortet »Nein, lass mal. Wir möchten heute noch ein wenig mit ihr spazieren gehen und es reicht ja, wenn wir sie dir morgen Vormittag vorbeibringen dürfen.« Sonja hat damit natürlich kein Problem und schaut kurz auf die Uhr. »Oh, schon so spät. Ich muss los, noch schnell etwas einkaufen und dann kommen meine Kinder mitsamt Anhängen zu uns.« Und schon ist Sonja unterwegs.

Hannah, Karl und Giulia, sie hatte schon darauf gewartet,

machen nun den spätnachmittäglichen Spaziergang. Entlang der Allee gehen sie zum Wald, in dem sie einem gut ausgebauten Weg folgen.

Giulia ist wieder schwer beschäftigt. Sie muss alle Mitteilungen ihrer Artgenossen, die diese am Wegesrand hinterlassen haben, lesen. Hannah überlegt irgendetwas, kommt dabei nicht weiter und fragt dann lieber, bevor sie ins Grübeln kommt. »Sag mal, richtig viel unterrichten tust du ja im Moment nicht. Wir sind ja auch oft unterwegs. Kann man davon eigentlich wirklich so gut leben, wie du es gewohnt bist?«

Karl lächelt ein wenig. Auf diese Frage hatte er bereits gewartet und antwortet bereitwillig »Nein, wirklich nicht. Ich bin nicht auf dieses Zubrot angewiesen, weil ich früher ausreichend vorgesorgt hatte. Oder einfach gesagt, das Unterrichten ist ein Hobby, das Leben sichert das Bankkonto.«

Hannah erwidert »Das habe ich mir schon so gedacht. Was hast du denn früher so Lukratives gemacht, dass du jetzt schon das süße Nichtstun genießen kannst?« – »Ich war zunächst als Soldat und dann als Sicherheitsberater fast weltweit unterwegs, habe Firmen und auch Privatleute vor Schäden durch Fehler oder Probleme in der Informationstechnik bewahrt. Oft auch Angriffe auf Technik und Daten abgewehrt. Das rechnet sich, auch weil die Anzahl von Fachleuten, die objektiv sind und ehrlich bleiben, recht gering ist.« – »Und das lohnt sich?« – »Oh ja. Man bekommt auch für viele Dinge Zusatzprämien. Und ich konnte nie viel davon ausgeben, weil ich oft monatelang nur gearbeitet hatte. Aber ich mag das nicht mehr. Zuviel Stress und zu wenig Lebensqualität.«

Er erntet einen Kuss. Hand in Hand und sicher von Giulia bewacht gehen sie weiter, bis sie später wieder zurück ins Dorf gelangen. Karl weist Hannah auf, wie er sagt ‚lustige' Bauformen einiger Häuser hin.

Endlich wieder zu Hause eingetroffen bereiten sie noch alles für die morgige Abreise und Giulias Pensionsaufenthalt bei Sonja vor, um am nächsten Vormittag Stress zu vermeiden.

23. Juli

Der Sonntag beginnt, wie nicht anders zu erwarten, mit geschäftigem Treiben in und ums Haus. Reisefertig machen, letzte Reste einpacken, Giulia kurz rauslassen, ein kleines Frühstück und schon müssen sie die Koffer und auch Giulias Gepäck im Auto verstauen. Alles dabei? Okay. Haus zusperren und dann zunächst schnell nach Rabenstein. Giulia ist erst einmal beleidigt, als sie merkt, dass sie auf diese Reise nicht mitdarf. Dann kommt Lenz, um vieles größer als Giulia, begrüßt sie und schon sind beide im Garten verschwunden. Hannah und Karl nutzen diese günstige Gelegenheit, verabschieden sich von Sonja und fahren zügig in Richtung Flughafen. Dort stellen sie, wie Karl es immer macht, das Auto in einer von ihm reservierten Garage bei einem früheren Bauern ab, der sie und ihr Gepäck auch sofort zum Flughafen fährt.

Das Einchecken können sie sich hier sparen, da Karl dieses bereits am Vortag online erledigt hatte. Nur das Gepäck muss noch aufgegeben werden. Dann die Sicherheitskontrolle absolvieren und endlich Zeit für einen weiteren Kaffee. Nach einer guten Stunde beginnt endlich das Boarding für ihren Flug. Zu den reservierten Plätzen gehen, Handgepäck verstauen, Handys in den Flugmodus versetzen, anschnallen und wieder etwas warten, bis das Flugzeug rückwärts aus der Parkposition geschoben wird. Kurz drauf laufen die Triebwerke, die Sicherheitsinformationen werden bekanntgegeben, die Maschine rollt zur Startposition und endlich geht es los. Karl dauert dieser ‚Vorlauf' immer zu lange. Aber er meckert nicht, sondern denkt daran, dass dieses alles ihrer Sicherheit dient.

Endlich in der Luft. Nur wenig später erreicht die Maschine dann ihre Reiseflughöhe. Den ersten Drink hatten sie bereits kurz nach dem Start erhalten, jetzt folgt das Mittagessen, begleitet auch von durchaus trinkbarem Rotwein. Da beide das Fliegen auch auf Langstrecken gewohnt sind folgt, lustigerweise synchron, das übliche Procedere: Schauen, welche Filme man anschauen könnte, einen auswählen, Kopfhörer aufsetzen und zurücklehnen. Zwischendurch vielleicht noch ein Glas Wein. Nach dem Film kuschelt sich Hannah an Karl an, beide neigen die Sitzlehnen weiter nach hinten und genießen ein paar Stunden Schlaf. Kurz vor der Landung in Washington bekommen sie, inzwischen aufgewacht noch einen Snack angeboten, den sie gerne annehmen, da es auf dem weiterführenden Flug nach San Antonio wohl keine Speisen geben wird.

Dann fällt Hannah ein, dass Karl ja für die USA ein ESTA-Visum brauchen würde und fragt ihn, ob er dieses eingeholt habe. Karl tut erschrocken und meint »Oh.« – »Das wird dann lustig!« stellt Hannah fest. Aber, Karl lacht jetzt, zieht seinen Reisepass aus der Jackentasche und zeigt Hannah den dort eingelegten Ausdruck der ESTA-Bestätigung, die noch ein Jahr gültig ist.

Dann landet die Maschine, rollt aus und parkt an einem der Terminals. Recht schnell können die Passagiere aussteigen. Hannah und Karl holen zunächst ihr Gepäck. Auch in Washington müssen selbst die Passagiere, die nur umsteigen ihr Gepäck empfangen, damit die Kontrollen passieren und es dann wieder auf die Weiterreise schicken.

Die Passkontrolle geht zügig von statten, Karl wird hierbei, vermutlich wegen seines in der Ausweismappe sichtbaren Reservistenausweises wie ein Bürger der Vereinigten Staaten behandelt. Die Koffer werden, wie beide es schon oft erlebt hatten, wieder nicht kontrolliert, eine Zollkontrolle findet hier offensichtlich nicht statt. Sie können das Gepäck dann nur wenige Meter nach der Passkontrolle wieder zur Weiterreise abgeben.

Hannah hat schon das Gate für den Weiterflug auf der Anzeigetafel gefunden und sie können hier im Sicherheitsbereich mit einer automatischen, kleinen Untergrundbahn sofort zum Abfluggate fahren, dass fast am anderen Ende des Flugplatzes liegt. »Fast wie in Los Angeles, von einem Ende zum anderen.

Aber auf diesem Provinzflughafen dort darf man unter Umständen draußen hinlaufen und dann auch noch einmal eine Sicherheitskontrolle passieren. Fürchterlicher Laden.« Hannah schaut ihn jetzt nicht an, weiß aber irgendwie auch etwas hierzu, was sie aber jetzt Karl nicht sagen möchte. Jedenfalls muss sie ein Grinsen unterdrücken. Und denkt ‚Du wirst dich vielleicht noch wundern Liebling!'

Am Gate angekommen müssen sie noch etwas warten, bis das Boarding für ihren Flug beginnt. Für Wanderungen sind sie beide nun zu müde und so machen sie es sich am Gate gemütlich und warten, bis ihr Flug aufgerufen wird. Dann Boarding, Sitze finden und so weiter, das übliche Programm.

Knapp vier Stunden Flugzeit bis nach Texas und beide setzen ihren unterbrochenen Schlaf fort.

Gegen 19.30 Uhr Ortszeit erreichen sie dann endlich San Antonio. Das Gepäck bekommen sie schnell, eine irgendwie geartete Kontrolle findet bei inneramerikanischen Flügen nicht statt. Karl möchte nun wissen, wie sie weiterkommen. Hannah gibt bekannt »Och, ich mache das genauso wie du, suche mir eine günstige Parkmöglichkeit in der Nähe, an der ich mein Auto deponiere. Bei mir geht das sogar fast kostenlos.«

Karl lässt sich überraschen. Mit einem Taxi fahren sie etwa drei Kilometer, nein Meilen, bis sie in eine Wohngegend, sogar mit vielen Bäumen, wie Karl bemerkt, kommen. Vor einem gepflegten Haus steigen sie aus, nehmen ihr Gepäck. Karl folgt Hannah zur Haustür, die nach dem Klingeln schnell geöffnet wird. »Welcome back Hannah!« wird sie begrüßt und von einer etwa gleichalten Frau umarmt.

Hannah stellt nun Karl vor, auch er bekommt einen ‚Hug'. Dann werden sie eingeladen, doch herein zu kommen, aber Hannah lehnt dieses freundlich dankend ab, da der Flug doch sehr lang war und sie ‚nach Hause' möchten. Korinne, so heißt die freundliche Frau, bedauert dieses, besteht aber darauf, dass beide sie in den nächsten Tagen besuchen werden.

Dann greift sie in einen Schlüsselkasten und holt einen Autoschlüssel heraus den sie Hannah gibt, drückt auf einer Fernbedienung einen Knopf und fragt, ob sie noch Hilfe bräuchten. Hannah verneint, Karl lächelt freundlich und die beiden verabschieden sich von Korinne und gehen zur großen Garage.

In dieser befinden sich zwei Wagen, ein kleinerer japanischer Kombi und ein flacherer, schwarzer Sportwagen. Zielsicher geht Hannah zum Sportwagen, öffnet hinten den Kofferraum und signalisiert Karl, er möge das Gepäck verstauen. »Geht das überhaupt da hinein?« fragt er sie. Hannah lacht ihn an und meint »Und ob. Sonst hätte ich ihn nicht gekauft.« Karl geht zum komplett hochgeklappten Heck, schaut hinein und wundert sich. »Der hat ja fast genauso viel Platz fürs Gepäck wie meiner!« Koffer und Handgepäck sind im Nu verstaut, beide steigen ein und Hannah fährt aus der Garage, die sich wie von Geisterhand hinter ihnen schließt. Korinne, sie hat die Fernbedienung für das Tor noch in einer Hand, winkt von der Haustür aus. Sie winken zurück und Hannah dirigiert den Wagen nach Norden auf den Highway, der sie nach New Braunfels führen wird.

»Du hast gar nicht gesagt, dass du eine Corvette hast.« – »Oh mein Schatz, du musst auch nicht alles wissen. Sollte eine kleine Überraschung sein. Ich werde sie übrigens mit nach Bayern nehmen, Okay, bringen lassen. Dort können dann die 500 Pferde sich vielleicht auch mal austoben.« Karl lacht »Nur gut, dass du immer eine Überraschung für mich auf Lager hast.« – »Na dann pass in Zukunft gut auf!« Karl überlegt, was sie nun noch vorhat, hat aber keine Idee.

Es ist nicht weit bis zu Hannahs Haus. Sie erreichen es bald, laden das Gepäck aus, gehen hinein und sind nun richtig müde. »Hätten wir noch etwas zu essen besorgen sollen?« fragt sie Karl. Der schüttelt den Kopf »Nein, heute nicht mehr. Ich möchte nur noch schlafen.« Hannah auch und so lassen sie das Gepäck einfach stehen, gehen ins Schlafzimmer, öffnen ein Fenster, und gehen ins Bett.

24. Juli

»Guten Morgen!« Hannah ist schon wach, gut gelaunt und gibt Karl einen Kuss. »Willkommen in Deutsch-Texas.«

Karl ist noch verschlafen, reckt sich und erwidert Hannahs Kuss. »Komm du Schlafmütze, ich zeig dir, wo alles ist, damit du nicht Zeit mit Suchen verschwenden musst.« Und schon beginnt sie die Führung durch das Haus. Karl kommt einiges bekannt vor. Die Küchenschränke haben die gleiche Ordnung wie die daheim – nach Hannahs ordnungsschaffender Maßnahme. Auch im Bad alles kein Problem. Aber er hat jetzt dann etwas anderes im Sinn. »Ist denn Kaffee im Haus?«, lautet seine jetzt rhetorische Frage. Hannah stupst ihn an, zeigt auf die Kaffeemaschine, meint »Dann mach mal, du kennst dich ja hier jetzt aus.« Und verschwindet im Bad.

Na ja, der Kaffee ist nicht so, wie Karl es gewohnt ist. Zu Hause gibt es nur österreichischen oder italienischen Kaffee, und da ist der amerikanische doch etwas anderes. Aber, er kennt dieses ja. Immerhin macht er auch wach. Er geht nun auch ins Bad und leistet Hannah dort Gesellschaft.

Nebenbei fragt er sie, wie denn der Plan für den Tag wäre. Sie meint, zuerst wird sie diese Anwaltskanzlei anrufen und einen Termin ausmachen und dann könnten sie vielleicht auch noch bei ihrer alten Arbeitsstelle vorbeischauen, um dort den Papierkram zu erledigen.

Karl nickt und sagt, nicht ganz ernst gemeint, »Dann könnte ich ja eigentlich hierbleiben und weiterschlafen.« Keine gute Idee. Ein Schwall warmes Wasser trifft ihn im Gesicht. Hannah hat die Dusche zur Waffe umfunktioniert und ihn hervorragend getroffen. Sie lacht ihn aus und fragt »Noch Wünsche?« Karl, zuerst überrascht, lacht mit und verneint eindeutig. Und er darf sich wieder mit Rasierschaum ‚einseifen'.

Hannah ruft nun bei der Anwaltskanzlei an, um einen Termin auszumachen, erreicht aber dort noch niemanden. Eine halbe Stunde später gehen dann sie aus dem Haus. Hannah fragt »Frühstück?« – »Hmm, gibt es hier Tim Hortons?« – »Nein, noch nicht. Sie wollen aber demnächst hier eine Filiale eröffnen. Ist das Frühstück bei den Kanadiern so gut?« Karl schwelgt kurz in Erinnerungen. »Auf jeden Fall. Da gibt's eine hervorragende Auswahl. Na ja, Pech gehabt.« Hannah erklärt, dass nun sie sich ums Frühstück kümmern werde. Beide gehen zum Auto und los geht's. »Hast du Lust auf Hähnchen?« – »Ja, warum nicht.« Meint Karl. Kurz drauf hält Hannah bei Chick-fil-A. Sie gehen ins Lokal, suchen sich neben dem obligatorischen Kaffee Sandwiches aus und genießen das amerikanische Frühstück.

Zurück im Auto ruft Hannah nochmals die Kanzlei an. Jetzt erreicht sie eine Mitarbeiterin. »Ja, Sie können gleich vorbeikommen. Schön, dass Sie es hierher geschafft haben.« Hannah und auch Karl sind nun gespannt, was sie bei der Kanzlei erwarten wird. Die Auskünfte, die Hannah bisher bekommen hatte waren eher etwas widersprüchlich als hilfreich. Die Kanzlei liegt in der Innenstadt von San Antonio, so dass sie jetzt eine gute halbe Stunde brauchen, um dorthin zu gelangen. Hannah parkt in einem benachbarten Parkhaus und sie gehen den kurzen Weg zur Kanzlei zu Fuß.

In der Kanzlei werden sie freundlich von der Empfangsdame begrüßt und zu einem Besprechungsraum geführt. »Anwalt Ralph wird gleich bei Ihnen sein, darf ich Ihnen etwas anbieten?« Beide haben keinen Wunsch und so entfernt sich die Mitarbeiterin.

Kurz darauf erscheint ein jüngerer, sportlicher Mann und stellt sich als Don Ralph vor. Er setzt sich zu ihnen und legt einen Stapel Mappen vor sich auf den Tisch. »Gut, dass Sie es rechtzeitig hier sind. Wissen sie, zu Ihrem Erbe, Hannah, gehört auch ein Schließfach bei der Union Bank hier in der Innenstadt. Der Mietvertrag dafür läuft zum genannten Termin aus und nur Sie könnten ihn als Erbin, wenn Sie möchten, verlängern. Wir wären dazu nicht befugt.«

Er holt einen kleineren Umschlag aus dem Stapel und reicht ihn Hannah. »Das wäre die Chipkarte zum Zugang und zum Öffnen des Schließfachs. Schlüssel gibt es ja nicht mehr.«

Hannah bedankt sich, sagt aber erst einmal nicht mehr. Sie ist verblüfft.

Ralph erklärt weiter: »In ihrem ergänzenden Testament hat Ihre Großmutter weiterhin festgelegt, dass Sie dieses Resterbe erst antreten sollten, wenn Sie Nachforschungen zu den von Ihrer Oma sichergestellten Unterlagen angestellt hätten. Nun, ich kenne nicht den Grund für diese Bedingung, aber sie ist, soweit ich das auch aus in der deutschen Presse veröffentlichten Artikeln entnehmen konnte, sicherlich erfüllt. Was ich dort lesen konnte ist ja ziemlich abenteuerlich. Hatten Sie dabei keine Angst?« – »Nein überhaupt nicht,« antwortet sie nicht ganz wahrheitsgemäß. »Mein Verlobter war ja bei mir. Und sie lesen auch deutsche Zeitungen?« Ralph lächelt und sagt »Nun, meine Vorfahren kamen aus der Pfalz hierher und daher interessiere ich mich schon für die ehemalige Heimat. Außerdem habe ich einen Teil meiner Zeit im Jag-Team der Air Force in Ramstein verbracht.« Karl grinst nun und bemerkt »Schade, dass wir uns da nicht mal begegnet sind.« – »Air Force, Sie auch?« Karl nickt und Don Ralph zeigt ihm den Daumen nach oben.

»Sorry, wir sollten weitermachen, ich habe gleich noch weitere Termine. Aber vielleicht treffen wir uns einmal auf einen Drink, luftwaffenmäßig.« Er holt nun noch einen umfangreicheren und größeren Umschlag aus seinem Stapel, den er Hannah reicht. »Das sind Unterlagen, die ich Ihnen nun geben soll. Was der Umschlag wirklich enthält kann ich Ihnen jedoch nicht sagen.«

Hannah nimmt ihn entgegen und fragt »Enthält das weitere Testament noch weitere Verfügungen?« – »Nein«, antwortet Ralph und reicht es ihr. »Es ist Ihr Exemplar. Ich habe für unsere Unterlagen noch eine Kopie. Ja, mehr habe ich nicht für Sie. Wenn Sie mir den Empfang der Keycard und des Umschlags noch kurz quittieren wollen.«

Er reicht Hannah noch einen Vordruck und einen Stift. Sie unterzeichnet das Papier und gibt es zurück. Man merkt, dass sie noch etwas verblüfft und nachdenklich ist.

Der Anwalt ist nun fertig, entschuldigt sich nochmal, dass er nicht mehr Zeit hat und verabschiedet sich wieder. »Sie können, wenn Sie möchten, gern noch ein wenig hierbleiben und den Umschlag öffnen«, meint er noch und verlässt den Raum.

»Uff.« Hannah hat immer noch nicht ihren ‚Normalzustand‘ wieder erreicht. »Sollen wir hineinschauen?« fragt sie Karl.

»Ja. Es könnte ja sein, dass es etwas mit dem Inhalt des Schließfachs zu tun hat.« Antwortet er, greift in die Hosentasche und zieht eines seiner Lieblingsmesser heraus, klappt es auf und reicht es Hannah. Sie schlitzt vorsichtig den Umschlag auf und reicht das Messer zurück.

Im Umschlag befindet sich ein Stapel zumeist älteren, teilweise zusammengehefteten Papiers. Hannah nimmt das obere, neuere Blatt heraus und beginnt zu lesen. Ihr Gesichtsausdruck bleibt weiterhin erstaunt, die Augen weiten sich, dann legt sie das Blatt vor sich auf den Tisch und schaut Karl an. »Das ist der komplette Briefwechsel zwischen Sisi und Johann. Oma hat ihn ebenfalls geerbt und wollte ihn, wenn wir kein Interesse an Sisi und Johann gezeigt hätten, direkt an die Habsburger senden lassen. Sie meint, ich sollte die Briefe lesen und, wenn ich dann möchte, sie vielleicht den Erben entweder von Sisi oder Johann übergeben. Und im Schließfach fände ich dann noch ein persönliches Geschenk für mich, dass ich unbedingt in Ehren verwahren müsste.«

Hannah steckt das Schreiben ihrer Großmutter zurück in den Umschlag, verstaut ihn in ihrer doch größeren Handtasche und nimmt den kleinen Umschlag. Sie öffnet ihn, nimmt die Chipkarte heraus und steckt diese in ihren Kartenclip, der auch wieder in die Handtasche wandert. »Gehen wir?« fragt sie rhetorisch, denn Karl ist bereits wieder aufgestanden.

Beide verlassen die Kanzlei, fahren mit dem Fahrstuhl ins Erdgeschoss und gehen auf die Straße. Hannah nimmt Karls Hand und geht nach links. »Komm. Die Bank ist hier gleich ums Eck.«

Nur einige Minuten später erreichen sie die Bank, gehen hinein und fragen nach den Schließfächern. Ein Mitarbeiter bittet sie kurz zu warten.

Ein paar Minuten später holt eine freundliche Bankerin sie ab und führt sie zu den Fächern im Keller des Hauses. Mit deren und Hannahs Chipkarte können sie eine Zugangstür öffnen.

Dann zeigt ihnen die Bankangestellte das Fach, gibt es mit ihrer Chipkarte frei und sagt, dass sie an der Tür auf sie warten werde. Hannah und auch Karl sind etwas aufgeregt, aber auch neugierig. Hannah nimmt die Karte, hält sie vor den Sensor und das Schloss arbeitet.

Fast gleichzeitig öffnet sich die Tür des Fachs wie von Geisterhand ein wenig. Karl macht nun die Tür ganz auf und die Beiden finden im Fach nur eine lederne Schachtel, weiter nichts. Hannah nimmt diese heraus und zu beider Erstaunen befindet sich auf dem edlen Behältnis auf der Oberseite das Wappen des Hauses Habsburg. Vorsichtig öffnet Hannah die stabile Schachtel und beide können nun den Inhalt sehen. Es ist wohl einer der originalen Sisi-Sterne. Einige Teile dieses Lieblingsschmucks hatte sie wohl verschenkt und genauso könnte auch dieses Exemplar schließlich seinen Weg in eine Bank in Texas gefunden haben. Sie genießen den Anblick nicht allzu lange, dann schließt Hannah die Box wieder und auch diese wandert ich ihre Handtasche.

»Ich hoffe, du hast deinen Revolver dabei«, raunt Karl ihr leise zu. Hannah nickt nur und klopft mit der linken Hand auf ihre Handtasche. Sie gehen zur Tür und verlassen mit der Bankangestellten den Bereich. Hannah gibt ihr nun die Keycard, meint, sie bräuchte diese ja wohl nicht mehr und bedankt sich für den Service.

Beide verlassen die Bank, gehen zügig zum Parkhaus zurück und setzen sich ins Auto. Hannah steigt erstaunlicherweise auf der Beifahrerseite ein und erklärt Karl »Du wolltest ihn doch bestimmt auch mal fahren.« Karl nickt, nimmt auf dem Fahrersitz Platz und denkt ‚Sie ist ganz schön fertig.' Dann fragt er »Wohin?« Hannah antwortet »Nach Hause, äh, zu meinem Haus natürlich. Zur Uni können wir auch später oder morgen fahren.« Karl nickt und fährt zur Ausfahrt. Hannah gibt Karl dort ihre Kreditkarte, mit der sie bereits bei der Ankunft ‚eingecheckt' hatte. Karl hält die Karte auch hier an den Sensor woraufhin sich die Schranke öffnet und sie hinausfahren können.

Hannah geht es während der Fahrt nicht besser. Sie hält ihre Handtasche mit beiden Händen fest auf ihrem Schoß, schaut sich, wenn Karl kurz halten muss um, um mögliche Gefahren zu entdecken, vergewissert sich mehrmals, ob das Auto verriegelt ist und schweigt.

Bald fährt Karl in die Einfahrt von Hannahs Haus. Sie nimmt die Fernbedienung für das Garagentor aus der Mittelkonsole, öffnet es und bittet Karl direkt hineinzufahren. Das Auto ist kaum komplett in der Garage, da fährt sie das Tor schon wieder zu. So nervös kennt Karl sie nicht.

Sie steigen aus und gehen durch die Verbindungstür direkt ins Haus. Hannah schießt ihre Schuh zur Garderobe, stellt die Handtasche nur sehr kurz ab, zieht ihre Jacke aus und geht mit der Handtasche ins Wohnzimmer. Dort lässt sie sich in einen Sessel fallen und atmet laut aus. «Geschafft. Ich hatte gerade so viel Angst, dass uns irgendjemand wegen des Sterns überfällt. Dazu die Ungewissheit, was sich genau in dem Umschlag befindet. Ich bin erst einmal erledigt.« Sie wird ruhiger.

»Ich würde dir gern etwas anbieten, aber wir haben noch nicht eingekauft«, meint Karl. Hannah winkt ab, »Ich mag jetzt bloß ein Wasser. Lass uns das alles noch einmal durchschauen, dann tue ich es in den Safe und schalte die Alarmanlage scharf. Danach können wir noch Einkaufen fahren.«

Hannah öffnet ihre Handtasche, nimmt die Box mit dem Stern heraus und öffnet sie. Den Stern lässt sie darin, schaut ihn nur intensiv an. Ihre Augen glänzen und ihr Gesichtsausdruck ist nun viel entspannter.

Sie reicht die Box Karl. »Schau ihn dir an, er ist wunderschön!« Dann holt sie den Umschlag mit den Papieren aus der Handtasche, legt diese beiseite und geht mit den Papieren zum Esstisch. Dort beginnt sie diese anzuschauen und grob zu sortieren. Karl hat mittlerweile die Box wieder geschlossen und geht zu Hannah. Die Papiere sind eng beschrieben, die mit Heftklammern zusammengehaltenen Seiten gehören offensichtlich zusammen. Auf den ersten Seiten befindet sich jeweils eine kurz gefasste Absenderangabe, nur ein Ort und ein Datum. Dann beginnt der eigentliche Brief mit einer Anrede.

Karl schaut die erste Seite des ersten Stapels genauer an. »Altdeutsche Schreibschrift. Da dürfen wir dann ‚übersetzen', was einige Zeit beanspruchen dürfte. Okay, der Ort, das könnte ‚Neuburg' heißen und das Datum, das geht leichter, das ist der Dezember 1895. Ein genauer Tag fehlt.«

Karl blättert den Stapel bis zur letzten Seite durch – es waren sechs Blätter – und betrachtet die Unterschrift dort genau. »Also, wenn das nicht ‚Johann' ist, die Unterschrift.« Hannah schaut sie ebenfalls genauer an und bestätigt Karls Einschätzung. Sie vergleichen nun die Schrift auf dem ersten Brief mit der auf den weiteren und stellen fest, dass alle von der gleichen Person geschrieben wurde. Die Daten reichen weiter bis ins Jahr 1897, jeweils nur mit einer Monatsangabe ohne die Angabe eines konkreten Tages. »Da dürfen wir dann viel lesen!« meint Hannah. »Und viel schreiben, die ganzen Übersetzungen in eine normale Schrift«, ergänzt Karl.

Hannah beschließt, dass dieses doch warten kann, schließlich wollen sie, zumindest heute, noch kein Buch darüber schreiben. Karl lächelt und findet die Idee mit dem Buch schon einmal gut. Hannah stellt fest: »Nix da. Das kommt jetzt alles in den Safe und dann wird eingekauft.« Gesagt gemacht.

Sie gehen ins Büro, das große Bild von Hannahs Urgroßmutter wird abgehängt. Karl darf die Erbstücke halten während Hannah den modernen, eingemauerten Safe öffnet und dann diese im Tresor verstaut. Hannah verschließt ihn und das Bild wird wieder an seinen Platz gehängt.

Auch Hannah bekommt nun Hunger, und so fahren die beiden ins nächste Einkaufsparadies. Ja, auch die Supermärkte in den kleineren Städten der USA sind, verglichen mit den deutschen durchaus groß und haben ein umfangreiches Angebot. Hannah kennt sich hier aus, so dass sie schnell alles finden, was brauchen.

Karl sieht dann noch ein Paket T-Shirts einer bekannten Marke, die im Sonderangebot gerade einmal so viel kosten, wie ein einzelnes Shirt in Deutschland. Auch dieses darf im Einkaufswagen mit zur Kasse fahren. Kasse? Na, das ist schon anders als das in Mitteleuropa übliche System. Einen Mitarbeiter des

Marktes gibt es hier nicht. Der Kunde scannt die Barcodes am Lesegerät selbst. Wenn nötig ‚darf' er auch dabei gleich die Ware wiegen. Wenn alles gescannt ist wird der ‚fertig-Knopf' gedrückt, die Kreditkarte vor den entsprechenden Sensor gehalten und man kann nun mitsamt der Ware gehen. Natürlich werden die Kunden dabei von einem Mitarbeiter des Marktes überwacht, der sie, falls etwas nicht in Ordnung sein sollte, dann freundlich darauf hinweist.

Hannah und Karl sind kurz darauf wieder im Haus und Karl beschließt, dass er aus der ‚Beute', wie er sagt, etwas Leckeres zaubern wird. Hannah leistet ihm dabei Gesellschaft. Sie schlägt ihm vor, am nächsten Tag dann zur Universität zu fahren und dort Hannahs Arbeitsverhältnis zu beenden und ihr Büro auszuräumen. Dann könnten sie sich auch noch darüber Gedanken machen, was denn aus dem Haus noch mit nach Bayern reisen soll. Karl schaut jetzt etwas sparsam, sieht er doch viel Arbeit auf sich zukommen.
Doch Hannah beruhigt ihn: »Das lass ich alles von einem Umzugsunternehmen erledigen. Die sind zuverlässig und schnell. du wirst sehen, in ein paar Wochen steht dann daheim ein Lastwagen vor der Tür und ein paar freundliche Leute bringen alles dahin, wohin wir es möchten. Zu viel werde ich sowieso nicht mitnehmen. Aber das Auto kommt auf jeden Fall mit.«

Dann ist das Abendessen fertig. Beide genießen es und eine Flasche Wein wird ebenfalls geopfert, zur Feier des Sisi-Sterns sozusagen. Spät wird es bei beiden wieder nicht und sie genießen eine ruhige Nacht.

25. Juli

Hannah ist schon wieder recht früh wach und im Haus unterwegs. Karl lässt sich etwas mehr Zeit. Hannah ruft nach ihm und er antwortet mit einem einfachen »Nein.« Aber, er hat keine Chance. Kurz drauf fliegt ein Kissen auf ihn zu und trifft ihn im Gesicht. »Schlafmütze! Komm, Frühstück ist fertig und wir sollten uns in einer Stunde auf den Weg zur Uni machen.« Wenn man so nett geweckt wird, muss man einfach folgen.

Beim Frühstück erzählt ihm Hannah, dass sie schon mit dem Umzugsunternehmen gesprochen hat und das dieses übermorgen alles, was nach Bayern reisen soll abholen wird. Karl ist etwas überrascht. »Musstest du denn keine Angebote einholen, allein um zu sehen, welche Firma am günstigsten ist? Sind die überhaupt zuverlässig? Und wie kommt das Auto über den großen Teich?«

Hannah lächelt ihn an. »Das ist ein Unternehmen, das eine Art Dauerauftrag von der Universität hat und auch ehemalige Mitarbeiter bekommen da noch einen Sonderrabatt. Ich kenne die schon länger, sie haben auch meinen Umzug hierher durchgeführt. Und zu viel will ich gar nicht mitnehmen. Die Möbel bleiben bis auf wenige Ausnahmen hier.« Karl überlegt. »Ja, willst du die mit dem Haus verkaufen?« – »Oh, Liebling, wer redet denn hier von verkaufen? Dies hier wird unser Ferienhaus!« Ups. Hannah hat gerade einen Volltreffer gelandet. »Und das Auto bringt diese Firma auch zu uns nach Hause. Dann muss ich das wohl in Deutschland anmelden und auch vorne eine Nummer drauf haben, oder?«

Der noch verblüffte Karl antwortet »Ja, aber ich denke, wir können da auch ein auf die Motorhaube aufgeklebtes Nummernschild bekommen. Und, ein paar Kleinigkeiten müssen vielleicht den deutschen Bestimmungen angepasst werden. Ich kann nicht sagen, was da zu tun sein wird, kenne aber notfalls eine zuverlässige Werkstatt, die sich mit der Corvette gut auskennt.« – »Oh gut. Komm, mach dich fertig, ich möchte das mit der Uni hinter mich bringen!«

Nicht viel später machen sie sich auf den Weg. Da die University of Texas fast am Stadtrand liegt und über eine ausgezeichnete verkehrstechnische Anbindung verfügt, sind sie recht schnell am Ziel. Zunächst gehen sie zum Büro der Präsidentin, zu der Hannah stets ein gutes Verhältnis hatte.

Die Verabschiedung hier nimmt dann doch einige Zeit in Anspruch. Schneller können nun die verwaltungstechnischen Angelegenheiten erledigt werden und anschließend erleben die Beiden, als sie Hannahs Sachen in ihrem ehemaligen Büro zusammenräumen noch einen ‚Überfall' durch die Kollegen, die nicht nur Hannah verabschieden, sondern auch den ‚Entführer' Karl kennenlernen wollen.

Das nimmt nun auch wieder einige Zeit in Anspruch, auch, weil Hannah hier sehr beliebt ist. Zwischendurch gibt sie nun Karl die Autoschlüssel, der dieses Zeichen sofort versteht und auf alkoholische Getränke verzichtet. Hannah muss hingegen, ob sie will oder nicht, doch mit allen Besuchern anstoßen. Der kalifornische Sekt scheint nicht auszugehen.

Nach gut zwei Stunden ist die Abschiedsparty dann doch zu Ende. Die nun ehemaligen Kollegen müssen wieder weiterarbeiten, wenngleich vielleicht die ein oder andere Vorlesung nun etwas lustig werden dürfte.

Hannah und Karl überprüfen noch, ob alles eingepackt ist, was mitgenommen werden soll und machen sich dann mit zwei Kisten bepackt auf den Weg zum Auto. »Sag nichts gegen den Kofferraum von meiner Vette!« meint Hannah, als die Kisten problemlos im Heck des Sportwagens verstaut sind. Sie fahren zurück zu Hannahs Haus.

Das Auto kommt wieder in die Garage, die Kisten nehmen sie mit ins Haus. »Ich glaub, ich lass diese so, wie sie sind. Dann können die übermorgen gleich mit auf die Reise gehen.« Hannah möchte sich von der Party etwas ausruhen. Karl hat damit kein Problem, er will ohnehin nun online nach diesen geerbten Briefen von Johann von Pfalz-Neuburg forschen. Vielleicht findet er ja etwas über sie.

Hannah ist auf dem Sofa eingeschlafen und Karl durchkämmt das Internet, findet aber auch bei seiner längeren Suche nichts bezüglich der Briefe. Er beschließt, morgen zu versuchen, den ein oder anderen Brief zu lesen, um sich so ein Bild von dieser Korrespondenz zu machen. Er geht in die Küche und überlegt dort, was er aus den Vorräten kochen könnte. Etwas, auf das er jetzt auch Lust hat. Und er wird fündig. Hähnchenbrüste, Reis, Karotten, Kokosmilch und die passenden, würzenden Ingredienzien, alles da. Er macht sich an die Arbeit und zaubert ein thailändisches Chicken Curry. Ja, er mag Curry, in jeglicher Zusammenstellung.

Nicht viel später verbreitet sich der Duft des Currys auch im Wohnzimmer. Hannah riecht es, auch sie mag es, steht auf und geht in die Küche, um zu schauen, was Karl jetzt wirklich kocht. Er ist bald fertig, sie brauchen nicht zu hungern. Begleitet von einem Weißwein genießen die Beiden nun das leckere Mahl. Der Abend bleibt ruhig. Sie reden noch über ein paar Details zum Umzug. Karl fragt neugierig »Wann fliegen wir nun eigentlich zurück? du wolltest dich doch darum kümmern, weil du hier Sonderkonditionen bei den Flügen bekommst.« – »Alles erledigt mein Schatz. Wir machen uns am 28. auf die Reise.« Karl ist beruhigt und bemerkt nicht das leicht spöttische Grinsen von Hannah.

26. Juli

‚Lazy Day‘ für die beiden. Sie müssen heute nur die Teile im Haus markieren, die mit nach Deutschland reisen sollen. Hannah möchte neben ihren persönlichen Dingen und der Bekleidung nur weniges mitnehmen. Ein paar kleine Möbelstücke und, ja, den Schreibtisch der Großmutter, der auch Karl gefällt.
Er fragt: »Das einzige Problem dürfte sein, dass wir schauen müssen, wo wir ihn daheim unterbringen können. Hast du da schon eine Idee?« Hannah hat. »Ich möchte ihn dorthin stellen, wo jetzt der kleine italienische Schreibtisch steht, für den wir leicht an anderer Stelle einen Platz finden. Dann müssten wir nur noch den Schrank mit den Gläsern etwas nach rechts schieben. Da dürfte er gut hinpassen. Und ich würde, wenn ich später einmal zu Hause arbeiten sollte, auch nicht irgendwo verschwinden.« Karl ergänzt in Gedanken ‚so wie Du.‘ Er findet aber diese Idee gut, kann sich den alten Schreibtisch im Wohnzimmer vorstellen und sagt das auch Hannah.

Hannah markiert nun alles, was die Umzugsfirma mitnehmen soll mit Stickern. Am Schreibtisch nimmt sie Platz, bemerkt noch »Dieser neumodische Stuhl passt überhaupt nicht zum Tisch. Der kann hierbleiben. Ich nehme dann lieber den schönen alten Stuhl von deinen Großeltern, der passt!« Karl freut sich, auch er mag den angesprochenen Stuhl gern, den er einmal vor einem Verkauf gerettet hat.

Hannah durchsucht nun die Schubläden und Fächer im Schreibtisch ohne ein Ziel zu haben, etwas Bestimmtes zu finden. Zunächst fällt ihr auch nichts Besonderes in die Hände. Dann, unter einigen Papieren verborgen findet sie ein paar alte Fotos, die sie interessiert anschaut. »Karl schau mal, uralte Aufnahmen. Das dürfte meine Urahnin sein. Schau dir das Gesicht an, ganz die Oma! Und hier, ein fescher Bursche. Oh, da ist er nochmal, mit einer Frau. Nein. Ist sie das? Schau mal!«

Sie gibt Karl das Foto, er schaut es an und bestätigt Hannahs Vermutung. »Doch, das ist Sisi. Komisch, sie mochte doch nicht fotografiert werden. Und schau dir den Mann einmal genauer an. Der hat doch ein wenig Ähnlichkeit mit dem Max.« Hannah hat das andere Bild des Mannes in der Hand, betrachtet es genau und bestätigt Karl. »Doch genau, der sieht Max richtig ähnlich. Ob das der Johann ist?« Karl ist sich sicher. »Das kriegen wir raus. Wir zeigen die Bilder Max, er hat bestimmt noch weitere alte Fotos seiner Ahnen. Dann haben wir ausreichend viele Vergleichsmöglichkeiten.«

Ein toller Fund. Sie beschließen, die Fotos zusammen mit den Briefen zu verwahren und natürlich selbst mit nach Hause zu nehmen.

Karl holt jetzt die Briefe Johanns aus dem Safe und setzt sich an den Schreibtisch. Diese sind noch in der gleichen Reihenfolge, in der sie sie bekommen hatten. Karl hatte sich schon darauf eingestellt, sie zunächst einmal nach dem auf ihnen vermerkten Datum zu sortieren, braucht er aber nicht, weil sie sich bereits in der von Karl gewünschten Reihenfolge befinden.

Er beginnt nun mit dem ältesten Brief der mit Dezember 1895 datiert ist. Er merkt sogleich, dass das Studieren der Briefe Johanns reichlich Zeit erfordern wird, nicht nur, weil er wohl gern viel geschrieben hat, sondern hauptsächlich, weil er im Gegensatz zu Sisi die bereits bekannte, recht krakelige Schrift hatte. Die zu dieser Zeit übliche Kurrentschrift natürlich, die heutzutage den meisten Menschen Schwierigkeiten beim Entziffern macht. So auch Karl.

Und so ist er mit dem Lesen des ersten Briefs, der immerhin reichlich fünf Seiten umfasst, schon einige Stunden beschäftigt. Gelegentlich macht er sich Notizen, dann liest er wieder weiter. Manchmal hebt der den Kopf, überlegt offensichtlich etwas, um dann sich wieder auf den Brief zu konzentrieren. Hannah ist mittlerweile mit Markieren und Sortieren dessen, was am nächsten Tag abgeholt werden soll, fertig. Sie bringt Karl ein Wasser, lobt ihn, weil er so fleißig die Briefe studiert und meint: »Du, mein bestes Stück, ich besuche nochmal schnell die Nachbarn und informiere sie mal über unsere Pläne. Damit sie sich nicht wundern und auch gelegentlich ein Auge auf das Haus werfen. Nina, das ist die Nachbarin im Haus rechts von uns, gebe ich auch einen Schlüssel. Für den Fall der Fälle.« Karl findet, dass dieses eine gute Idee ist und ist sofort wieder in den Brief versunken.

Als Hannah nach knapp drei Stunden sichtlich gut gelaunt zurück kommt bemerkt sie ein Bier auf dem Schreibtisch. »Aha, das schaut aus, als ob du für heute Feierabend machen möchtest.« Karl bestätigt dies »Oh ja. Diese Krakelschrift ist enorm anstrengend. Ich habe bis jetzt gerade mal den ersten Brief geschafft. Und der war noch nicht soo aufschlussreich. Der gute Johann schreibt hauptsächlich über Ereignisse in Neuburg, die ihm aufgefallen sind oder über Sachen, an denen er beteiligt war. Man merkt zwar deutlich, dass ihm etwas, besser gesagt, etwas mehr an Sisi lag, aber direkt geschrieben hat er das nicht. Ich räum jetzt auf. Sollen wir dann etwas kochen?« Hannah überlegt kurz und stellt dann fest »Oh, da wird uns der Kühlschrank einen Strich durch die Rechnung machen.«

Manchmal ist sie ganz stolz darauf, dass sie auch einige deutsche Sprüche wie selbstverständlich nutzen kann. »Lassen wir uns einfach etwas bringen. Oder hast du Lust, irgendwohin zu gehen?« Das hat Karl auch nicht. »Chinesisch?« fragt Hannah. Karl nickt, schmunzelt und sagt »Gegen eine knusprige Ente hätte ich nichts.« – »Okay, dann bestelle ich mal was für uns. Vielleicht auch wirklich Ente für dich, mal schauen.« Manchmal ist sie doch ein wenig frech, was Karl aber sehr gefällt.

Die Briefe sind wieder sicher im Safe verwahrt und leisten dort dem Sisi-Stern Gesellschaft. Der Bote vom hiesigen China-Restaurant hat Hannahs Bestellung gebracht und die beiden machen es sich am Esstisch gemütlich. »Das ist für dich«, stellt Hannah fest und reicht Karl drei Warmhalteboxen. Dieser ist neugierig, schenkt aber trotzdem erst einen Weißwein ein, bevor er die Boxen untersucht. »Ahh, das schaut gut aus, gebratene Ente, schön kross. Fein.« Er findet auch noch Reis und Gemüse in den beiden anderen Boxen, befördert alles auf einen Teller und nimmt die Stäbchen zur Hand. Hannah hat es ebenfalls so gehandhabt. Sie hat Rindfleisch süß-sauer für sich geordert, dass mit den passenden Beilagen auf ihrem Teller auch ‚eine gute Figur macht'. Beiden schmeckt es.

Sie beschließen nach dem Essen, nun bald zu Bett zu gehen, da am nächsten Morgen die Umzugsfirma recht früh erscheinen dürfte und auch sie noch einige Arbeiten zu erledigen haben werden.

27. Juli

Packtag. Wie befürchtet steht das Fahrzeug der Umzugsfirma bereits um acht Uhr vor der Tür. Und ab jetzt geht es rund im Haus. Kisten werden gefüllt, Hannahs Bekleidung wandert in normale oder auch in Kartons zum hängenden Transport der Sachen. Bücher werden verstaut und auch das ein oder andere Werkzeug zum Kochen. Sehr viele Dekostücke hat Hannah nicht zur Mitnahme ausgesucht, aber durchaus einige Bilder. Stück für Stück, natürlich auch der nun ausgeräumte Schreibtisch – der ehemalige Inhalt ist schon in Kisten verpackt – wandert aus dem Haus. Karl bemerkt, dass die Umzugsspezialisten, wie er es ausdrückt, ‚praktisch arbeiten': Alles, was mit soll, verladen sie nicht in einen einfachen Möbelwagen, sondern in einen mitgebrachten Container. Dort werden die zu transportierenden Sachen auch gleich ‚seefest' verzurrt und gesichert. Dadurch sparen sich die fleißigen Arbeiter das erneute Umladen der Fracht.

Bereits kurz nach Mittag ist alles im Container verladen. Dieser wird verschlossen. Dann bittet einer der Arbeiter um die Wagenschlüssel für die Corvette. Hannah stutzt etwas, doch der Arbeiter klärt sie darüber auf, dass der Anhänger für das Auto noch in der Nebenstraße geparkt ist, weil sonst der Zugang zum Container nicht möglich gewesen wäre. Dann sieht sie, dass die anderen Arbeiter den Anhänger hinter den Lastwagen schieben, diesen ankoppeln und die Auffahrtrampe herunterklappen. Der Arbeiter mit dem Schlüssel fährt nun aus der Garage, bringt das Auto hinter den Anhänger und fährt sehr vorsichtig auf diesen. Zusammen arretieren sie das Auto und klappen die Rampe wieder hoch. Dann kommt einer der Männer noch einmal zu Hannah, lässt sie die Transportpapiere abzeichnen und erhält natürlich auch ein nicht zu geringes Trinkgeld. Dann fährt das Gespann fort.

Hannah ist jetzt erledigt und schaut wehmütig dem Gespann hinterher. Nun ist es soweit, ihr Hausrat und ihr liebstes Auto sind auf dem Weg in die neue Heimat, endgültig. Karl nimmt sie in den Arm, hält sie und sagt jetzt aber nichts.

Dann beginnen beide schon einmal mit dem Einpacken der Sachen, die sie auf dem Flug in Hannahs neue Heimat mitnehmen wollen. Beide sind geübte ‚Packer', so dass sie recht schnell damit fertig werden. Karl meint dann »Wieder Chinesisch? Das war richtig gut gestern.« Hannah lacht ein wenig und ist anderer Meinung. »Nein. du hast ja noch nicht das Original-New-Braunfels genossen. Heute gehen wir fort, zu Fuß!« Kurze Zeit später machen sie sich auf den Weg.

Ihr Ziel ist, davon weiß Karl aber noch nichts, ‚Krause's Cafe'. Als sie dort eintreffen muss Karl heftig lachen. Ein ansprechendes Gebäude, mit einer Terrasse, die mit Biertischen und -bänken bestückt ist, drinnen in einem Glaspalast – wie Karl es ausdrückt

– wieder die gleiche Möblierung, aber auch einige runde Tische mit Stühlen. Einen solchen sucht Hannah aus, »wir wollen es heute nicht übertreiben«, stellt sie dazu fest.

Eine freundliche junge Frau, mit etwas einem Dirndl ähnlichen (so etwas tragen ‚Fremde' auf Volksfesten in Bayern gern) bekleidet, bringt die Speisekarten und fragt nach ihren Getränkewünschen.

Karl stellt erfreut fest, dass es auch Weißbier gibt und kann da natürlich nicht widerstehen. Hannah schließt sich ihm an. Sie hat dieses Bier in Bayern kennen und schätzen gelernt.

Karl findet hier alles ziemlich lustig und ist froh, dass die Drei-Mann-Combo auf der Bühne zum einen nicht so laut, zum anderen doch recht gut Bayerische Volksmusik spielt. Das hat er in Las Vegas schon anders erlebt. Sie bestellen nun. Karl möchte ein Jägerschnitzel probieren und Hannah wählt ‚German Meatball with Spaetzle' aus. »Was immer das sein wird« ist ihr Kommentar dazu.

Nun, es erweist sich als ein riesiger Hackfleischball, der auf einem Bett aus Spätzle in Soße ruht. Das Jägerschnitzel ist zwar paniert, aber dennoch mit einer ansprechenden Pilzsoße dekoriert ist. Dazu gibt es Kartoffeln und Rotkohlsalat. Beide wünschen sich guten Appetit. Sie sind nicht sicher, ob sie diese großen Portionen schaffen werden. »Vielleicht gibt's Doggy-Bags«, bemerkt Karl. Nun, nachdem beide etwa jeweils die Hälfte ihrer Gerichte geschafft haben, wobei die Beilagen teils von ihnen missachtet worden waren, kommt Hannah auf die Idee, sie könnten nun tauschen, damit jeder auch das andere Gericht probieren kann. Karl findet die Idee gut und so wechseln die Gerichte die Seiten. Karl stellt jetzt erstaunt fest, dass der ‚Fleischball' nicht etwa aus Hackfleisch vom Schwein, sondern, ganz im American Style, aus solchem vom Rind besteht, was ihm aber auch gut mundet.

Nun dreht die Kapelle auf, leider nur die Lautstärke. Hannah und Karl haben mittlerweile entgegen den Erwartungen doch die Teller fast geleert. Sie zahlen und begeben sich auf den Heimweg. Schließlich haben sie morgen zwei Flüge vor sich, davon einen Langstreckenflug von neun Stunden, meint jedoch nur Karl.

28. Juli

Statt einem Frühstück gibt es heute für beide nur einen Kaffee, denn der Kühlschrank ist, wie geplant, bereits leer. Dann werden alle Geräte, die in den nächsten Monaten nicht benötigt werden abgeschaltet und vom Stromnetz getrennt. Der Sisi-Stern und die Briefe Johanns wandern in ihre große Handtasche. Zwischendurch hat Hannah schon ein Taxi zum Flughafen bestellt und so können sie frühzeitig die ‚Rückreise' beginnen. Das Taxi ist mittlerweile vorgefahren, sie machen sozusagen den ‚Last-Chance-Check', Hannah verschließt die Haustür während Karl das Gepäck zum Auto bringt. Dann steigen sie ein und die Reise kann beginnen.

Am Flughafen treffen sie zeitig ein. Sie geben das Gepäck auf, das Einchecken hatte Hannah ja bereits am Vortag online erledigt. Auch die Sicherheitskontrolle können sie schnell hinter sich bringen, da der morgendliche Berufsverkehr jetzt bereits Geschichte ist.

Nun haben sie noch die Gelegenheit zu einem Frühstück in einem der Flughafen Cafés. Wieder einmal Kaffee sowie ein Croissant für Hannah und Rühreier mitsamt dem hier unvermeidlichen Sausage gibt es für Karl. Sie haben danach noch Zeit und bummeln. Es gibt einige Geschäfte hier, aber so richtig interessieren sich beide nicht für die angebotenen Dinge.

Hannah ist ein wenig melancholisch, denkt über ihre lange Zeit in San Antonio nach. Sie ist froh, dass sie das von der Großmutter geerbte Haus nicht verkauft hat, weil sie noch nicht bereit ist, alles dort Erlebte endgültig abzuhaken. Sie hält Karls Hand fest umschlossen, braucht diese Stütze im Moment. Dann denkt sie an die nächsten Tage und ihren Plan und schon ist sie wieder bester Laune.

Langsam wird es Zeit zum Boarding. Sie gehen zum Gate und reihen sich in die Schlange der wartenden Passagiere ein. Viele sind es um diese Zeit nicht, so sind sie schnell an Bord der Maschine nach Denver, finden ihre Plätze, verstauen das Handgepäck und machen es sich gemütlich. Für beide ist das alles Routine. Hannah betrachtet das Fliegen so, wie ein normaler Europäer das Busfahren. Karl geht es genauso, ist er doch auch schon unzählige Male an die unterschiedlichsten Orte auf der Erde geflogen. Der rund zweistündige Flug ist, wie viele inneramerikanische Flüge einer mit nur geringem Service für die Passagiere. Es gibt also keine Mahlzeiten oder Snacks. Hannah und Karl nutzen den Flug für eine Ruhepause, Karl ist zwischenzeitlich sogar kurz eingeschlafen.

Pünktlich landet die Maschine in Denver, wo Karl eine Pause von etwa sechs Stunden bevor der Flug nach München abfliegt erwartet. Und so wundert er sich, dass Hannah ihn nach dem Aussteigen an die Hand nimmt und ihn jetzt nicht zur Bahn zu den anderen Terminals führt. Sie geht stattdessen zielsicher nur wenige Gates weiter und nimmt dort Platz. Karl fragt sich, was sie hier vorhat. »Magst du nicht zum Terminal drei, wo unser Flug abgefertigt wird?«

Hannah schaut ihm in die Augen. Dann lacht sie ihn aus. Sie freut sich über seinen verblüfften Gesichtsausdruck und denkt ‚Endlich habe ich dich einmal erwischt'. Karl blickt nun nicht mehr durch. ‚Was hat Hannah heute vor? Warum lacht sie mich aus?' Dann beginnt sie, ihn zu erlösen. Schritt für Schritt, nicht zu schnell.

»Du, Liebster, unser Flug wird hier abgefertigt. An diesem Gate können wir boarden.« – »Magst du hier sechs Stunden rumsitzen?« – »Nein, nein, höchstens noch ein halbes Stündchen.« Karl überlegt. Hat er da einen Flug nach München um diese Zeit übersehen? Er ist aber sicher, dass so etwas ihm nicht passieren würde. »Und was ist das denn für ein Flug, mit welcher Gesellschaft?« fragt er Hannah. Die gibt sich wortkarg »Na unser Flug natürlich.« – »Nach München?« Nun lässt sie ansatzweise die Katze aus dem Sack »Erst mal fliegen wir noch inneramerikanisch. Danach dann weiter nach München.«

Karl ist noch nicht schlauer geworden. Was für ein Spiel treibt Hannah jetzt. Er ist deswegen nicht sauer, nein, nur neugierig. Dann bemerkt er, dass auf der Anzeigetafel am Gate jetzt der Flug angezeigt wird. Ziel Las Vegas, Abflug in 30 Minuten, Boarding 20 Minuten davor. Alles klar, das wird heute nichts mit München. »Magst du heute zwischendurch noch ein Spielchen wagen?«

Hannah lacht und antwortet »Ja, sicher, ein ganz tolles Spiel!« Was das nun bedeutet, ist für Karl wieder ein Rätsel. Doch offensichtlich hat er keine andere Wahl und so muss er dabei wohl mitspielen. Dann aber auch mit Spaß. Er grinst, meint: »War schon lange nicht mehr in Vegas.« Hannah schaut ihn an und fragt: »Wann?« Karl hat irgendwie ihre Neugier blitzartig geweckt. »Vor gut eineinhalb Jahren, im November. Männerausflug, du verstehst.« – »Männerausflug, also spielen, trinken und so?« Karl schüttelt den Kopf »Nein, gar nicht. Irgendwie ein Roadtrip von Vegas über den Grand Canyon, Arches National Park, Mount Rushmore nach Denver. Sightseeing hauptsächlich.« Hannah möchte jetzt eigentlich mehr wissen, wird aber vom Aufruf zum Boarden unterbrochen.

Sie setzen sich in Bewegung, sind jetzt unter den ersten Passagieren, die einsteigen möchten. Hannah hat die Bordkarten auch jetzt wieder in der App der Fluggesellschaft auf ihrem Handy, zeigt sie kurz vor und schon können sie zum Flugzeug gehen. Einsteigen, Handgepäck verstauen, hinsetzen, fertig. »Da habt ihr aber einiges zu sehen bekommen.« Hannahs Neugier ist noch nicht befriedigt. »Ich zeig es dir gern, wenn wir wieder daheim sind. Es gibt ein Video und so etwa 900 Fotos davon.« Karl rächt sich ein wenig für Hannahs Geheimniskrämerei. Ihr ist jetzt klar, dass sie dieses Thema für heute abhaken kann. Also beschließt sie, nicht weiter nachzufragen.

Dafür ist Karl jetzt wieder wissbegierig. »Wo werden wir denn in Vegas bleiben?« Hannah mag nun nicht mehr alles verheimlichen und sagt »Bei einer Freundin von mir. Wir haben während des Studiums zusammen gewohnt und gelernt. Und uns nie aus den Augen verloren. Charly ist sowas wie meine beste Freundin und freut sich auf den Besuch.« Karl erfährt nun noch, dass Charly endlich wieder allein lebt, also frisch geschieden ist, der

Ex-Ehemann ein Fehlgriff war, der ihr, also Hannah, natürlich nie passieren würde, und ein schönes, großes Haus bewohne.

Nicht allzu viel später erreicht das Flugzeug Las Vegas. Sie steigen aus und beginnen den nicht ganz kurzen Weg zur Gepäckausgabe. Karl fällt jetzt ein, dass Hannah unbedingt das Gepäck für sie beide allein aufgeben wollte und ihn wohl deshalb in San Antonio noch gebeten hatte, ihr gleichzeitig ein Wasser zu besorgen. Jetzt wusste er auch warum.

Dann erreichen sie das Gepäckband für ihren Flug. Hannah schaut sich um, entdeckt dann ihre Freundin und rennt zu ihr. Die beiden umarmen sich und geben ihrer Freunde gut vernehmbar Ausdruck. Dann gehen sie zu Karl, der am Band auf die Koffer wartet. Hannah stellt ihm Charly vor, die auch ihn umarmt. »Du bist also der unglaubliche Mann, der Hannah erobert hat.« Karl lächelt, begrüßt sie ebenfalls und denkt ‚Aha, die Social Media haben da schon die ganze Zeit haufenweise Informationen nach Las Vegas gebeamt.‘ Nun muss er sich um die Koffer kümmern, die lustigerweise alle hintereinander vom Band zu ihnen gebracht werden. Mit ihrem Gepäck gehen alle drei nun zum Parkhaus, in dem praktischerweise Charly ihren Wagen unmittelbar vor dem Ausgang des Terminals geparkt hatte.

Kaum sind sie eingestiegen, Karl hat es sich auf der Rückbank bequem gemacht, müssen die Freundinnen natürlich die neuesten Informationen austauschen. Sie sind auch noch nicht fertig damit, als sie an Charlys Haus in einem Vorort eintreffen. Karl denkt, dass es heute ein ruhiger Abend für ihn wird. Und behält Recht. Die weibliche Unterhaltung, sie hatten sich schließlich seit fast zwei Jahren nicht getroffen, nimmt ihren Lauf. ‚Ja, jetzt hab ich kapiert, warum wir erst nach Vegas fliegen mussten.‘ denkt Karl. Und täuscht sich.

Charly hat bereits ein Abendessen vorbereitet, in diesem Fall bestellt, das bereits kurz nachdem Hannah und Karl sich frisch gemacht haben, geliefert wird. Es entpuppt sich als eine Auswahl an handtauglichen Snacks, teils Fleisch, teils auch vegetarisch. Die drei genießen Fingerfood und kalifornischen Rotwein, den

Charly aus der Speis gezaubert hat. Sie fragt jetzt Karl einiges, was sie wohl einfach interessiert. Schließlich muss sie ja auch wissen, mit wem ihre beste Freundin nun nach Bayern zieht. So wird der erste Abend in Las Vegas unterhaltsam für alle.

29. Juli

Hannah war bisher noch nie in Las Vegas. So freut sie sich darüber, dass Charly sie heute als Fremdenführerin mit der Stadt und der Umgebung bekannt machen möchte. »Warst du schon mal in einer künstlerisch gestalteten Wüste?« fragt Charly sie. Hannah schaut sie fragend an. »Na, ich zeig Euch das gleich mal.« Karl schmunzelt, bekommt von Hannah einen Stups, da sie meint, das würde sich jetzt nicht gehören. Karl flüstert ihr ins Ohr »Ich weiß, was da jetzt kommt.« Hannah schaut auch Karl jetzt fragend an. ‚Was wissen die beiden, was ich nicht weiß?' denkt sie. Karl hat ihren Gesichtsausdruck bemerkt und flüstert wieder »Es wird dir gefallen. Ich finde es genial.« ‚Okay, er war schon mal dort.' Hannah hat es erfasst.

Sie fahren los. Charly nutzt eine der breiten Ausfallstraßen, erklärt während der Fahrt ausführlich, was es da und dort zu sehen gibt. Dann, jenseits der Stadtgrenze fahren sie durch die Wüste. Außer einigen Kakteen gibt es hier kaum noch Pflanzen. Man spürt selbst im Auto die Trockenheit und kann auf dem Außenthermometer des Fahrzeugs deutlich erkennen, dass draußen Wüstenklima herrscht. Nach etwa einer halben Stunde können sie bereits die jetzt noch weiter entfernten bunten Felsen sehen. Als sie sie erreichen parkt Charly das SUV und sie steigen aus. Sofort spüren sie die Hitze, die aber extrem trocken ist. Luftfeuchtigkeit ist hier praktisch nicht vorhanden.

»Das sind die Seven Magic Mountains. Ein italienischer Künstler hat sie vor, ich glaube, acht Jahren geschaffen. Eigentlich sollten sie nach einem Jahr wieder abgebaut werden, aber, wie ihr seht, sie stehen noch heute«, erklärt Charly. Hannah und Karl betrachten das Kunstwerk eingehend. Der Künstler hat aus großen, bunt lackierten Felsbrocken, jeder gewiss drei Meter oder auch mehr hoch, sieben Säulen geschaffen, die aus jeweils vier bis fünf aufeinander gestapelten Felsen unterschiedlicher Farbe bestehen. Jede Säule, so schätzt Karl, ist mindestens fünfzehn Meter hoch. Die drei gehen um die Säulen herum, betrachten sie von allen Seiten, da sie je nach Perspektive absolut unterschiedlich aussehen. Ein paar junge Mädchen nutzen die Säulen, um sich jeweils von der Freundin an diesen fotografieren zu lassen. ‚Das gibt jede Menge Posts und Likes bei Facebook und Co.' denkt Karl. Hannah zeigt nun in Richtung einer Bergkette. »Da schau mal, was ist das denn? Ein Sandsturm?« Karl will gerade antwortet, aber Charly kommt ihm zuvor. »Eine Art Rennstrecke auf dem Salzsee. Da kann man probieren, wie schnell das Auto wirklich läuft. Und dabei jede Menge Staub aufwirbeln, wie man sieht.«

Weiter geht's durch die Wüste. Karl sieht nun neben der Straße einen ‚Schießstand', nichts weiter als ein abgesperrtes Gelände vor einer Erhebung, auf dem man in Richtung dieser Erhebung nach Lust und Laune schießen darf. Mit was immer man will. Fast. Charly fährt wieder zurück in Richtung Las Vegas, biegt dann aber beim Erreichen der Vororte der Stadt ab, um sich wiederum von der Stadt zu entfernen. Dann ist ein respektabler See zu sehen.

Charly parkt am Rand eines kleinen Parks und sie steigen aus. »Ihr müsst Euch hier mal die wilden Dickhornschafe anschauen. Sie sind eigentlich Wüstenbewohner, haben aber den Park als vorzügliches Restaurant entdeckt, in dem sie genüsslich frisches Gras verspeisen können.« Und tatsächlich, eine kleine Herde ‚Ruffs', wie Charly sie nennt, grast auf der Wiese und lässt sich auch von neugierigen Touristen nicht dabei stören.

»Kommt, wir fahren weiter. Der See ruft.« Meint Charly und sie steigen ins Auto, dass Charly nun über einen teils unbefestigten Weg in Richtung See steuert. »Dem Lake Mead fehlt reichlich Wasser. Ihr könnt ja da an den Felsen erkennen, wie hoch der normale Wasserstand eigentlich wäre.«

Sie gehen am See entlang, kommen auch an einem Steg mit

unzähligen hier festgemachten Booten vorbei. Hannah gefällt es hier, am See mitten in der Wüste, der von felsigen Bergen eingerahmt ist, sehr gut. Dann fahren sie weiter, bergauf, und erreichen einen Aussichtspunkt, der ihnen einen grandiosen Ausblick bietet. Auch auf Streifenhörnchen, die hier leben und immer wieder auf einen Felsen klettern, wahrscheinlich um ihre Neugier zu befriedigen und natürlich auch nach bedrohlichen Feinden zu schauen.

Weiter geht's. Charly fährt nun bergab in das nächste Tal. Dort können sie auf der rechten Seite die gewaltige Talbrücke des Highways von Las Vegas nach Kingman sehen. Unten im Tal können sie den Hoover Dam erkennen, der den Colorado River zum Lake Mead aufstaut. Auch hier können sie an den Felsen am Ende des Sees sehen, wie hoch er eigentlich sein müsste. Charly fährt über den Damm und parkt dann etwas oberhalb, so dass die Besucher den Ausblick auf das riesige Bauwerk genießen können.

Dann geht es zurück in die Stadt. Ihr Ziel ist jetzt der Las Vegas Boulevard, der ‚Strip'. Le Cirque, Paris, Cesar's Palace, The Mirage, The Venetian, Treasure Island oder Sahara. Sie sehen vom Auto aus die weltberühmten Kasinos. »Möchtet ihr ein paar Dollar riskieren?« fragt Charly. Karl wehrt ab, Hannah erklärt »Nein, wir spielen wirklich nicht.« – »Außer Schafkopf« schränkt Karl ein und lacht. »Ist hier die Mafia immer noch, sagen wir mal engagiert?« möchte Karl wissen. Charly lacht »Nein, aber, wir schauen uns jetzt mal an, wie es früher mit denen war.« Sie biegt nun in eine Seitenstraße ab, fährt kurz drauf auf einen Parkplatz vor einem anscheinend etwas älteren Gebäude. »Aussteigen. Nächste Station Mafia!« erklärt sie nun.

Die drei gehen in das Gebäude und tauchen in die kriminelle Welt der zwanziger, 30er-Jahre ein. Eindrucksvolle Exponate, Waffen, Bekleidung, Fotos und vieles mehr bringen den Besuchern die Geschichte der organisierten Kriminalität in den USA näher.

Als sie das Museum später verlassen, möchte Charly wissen,

ob sie nun Hunger hätten. Sie hat, und Hannah und Karl auch. Sie gehen zum Auto zurück und Charly fährt über den Las Vegas Freeway zurück, biegt dann mehrfach ab und parkt schließlich auf einem Parkplatz an einer Seitenstraße. Karl schaut auf die Uhr und meint »Es schaut so aus, als hätten wir Glück.« – »Wieso meinst du das?« möchte Charly wissen. »Na ja, wir sind rechtzeitig hier. Diese grausame Band hat wahrscheinlich noch nicht aufgedreht.«

Hannah schaut ihn, wie auch Charly fragend an. »Die probieren ‚bayrisch' zu spielen, was sie nicht können. Ist erträglich, aber nur, bis sie am Abend die Lautstärke gewaltig aufdrehen. Das dürfte aber erst in so etwa zwei Stunden passieren.« Hannah schüttelt den Kopf. »Wo warst du eigentlich noch nicht?« Karl lacht und meint »Hier jedenfalls schon zweimal.«

Sie gehen hinein, eine freundliche Dame bringt sie zu ihren Plätzen, wie gewünscht möglichst weit von der Band entfernt. Charly gesteht nun, dass sie heute zum ersten Mal im ‚Hofbräuhaus Las Vegas' ist und meint »Ihr müsst mir ein Gericht empfehlen. Ich habe keine Ahnung, was ich essen sollte.«

Kein Problem für die beiden. Sie erklären Charly abwechselnd, was sich hinter den einzelnen Bezeichnungen für die Speisen verbirgt. Karl berichtet, dass er hier nicht nur mit dem Weißbier, sondern auch mit den Gerichten sehr zufrieden war und wieder – auch wegen des grandiosen Fischs – Räucherlachs mit Reiberdatschi bestellen wird. Charly beschließt, hier müsse sie unbedingt ein Schnitzel probieren, Hannah hat sich mit dem Obatzden samt Breze angefreundet. Das Bier, Charly hat ein alkoholfreies geordert, kommt bald. Die Band hält sich mit der Lautstärke zurück. Wenn bloß nicht wieder ein Musiker versuchen würde, dem Alphorn Töne zu entlocken. Aber das stört die angeregte Unterhaltung der drei nicht. Auch die durchweg leckeren Speisen unterbrechen sie nur kurz.

Dann kommt die Katastrophe. Um 20 Uhr dreht die Band, die Bezeichnung Kapelle verdient sie nicht, die Lautstärke auf Anschlag. Unterhalten ist nur noch schreiend möglich. Karl ordert die Rechnung und zahlt. Sie verlassen das Hofbräuhaus und machen sich auf den Weg zu Charlys Haus. Dort serviert Charly nun ‚anständige' Drinks, sie machen es sich im Wohnzimmer gemütlich und setzen die unterbrochene Unterhaltung fort. Auch Karl versteht sich mit Charly gut und denkt, dass Hannah hier eine tolle Freundschaft über die Jahre gepflegt hat. Irgendwann rufen aber die Betten und sie beenden, nein unterbrechen die angeregten Gespräche.

30. Juli

Oh, nein, wer ruft denn mitten in der Nacht an? Karls Handy randaliert und hört nicht damit auf. Dann, endlich, wird Karl wach und nimmt den Anruf an. Hannah hat sich derweil unter der Decke vergraben. »Karl, hallo, es geht schon wieder los. Ich glaub, da läuft noch eine Erpressung. Ich soll einen dämlichen Vertrag unterschreiben. Da wollen irgendwelche Leute schon wieder mein Hotel, das 'Zur Linde' hätten sie schon, schreiben sie. Was soll ich denn tun?« Karl lässt die Augen geschlossen. »Max, ich schlafe noch. Hier ist's vier Uhr früh. Tue alles, was du gekriegt hast in Plastiktüten. Und Finger weg. Von mir aus ruf den Schlagintweit in Deggendorf an. Ich komm am ersten zurück, melde mich dann bei dir und wir schauen weiter. Und: du unterschreibst nichts. Host mi?« Max bleibt nur noch ein »Ja, klar. Schlaf gut.« Karl sagt noch »Servus« und schläft weiter. Hannah schnauft kurz. Und dann herrscht wieder Ruhe.

Gegen acht Uhr folgt die nächste Störung. Charly ruft sie »Aufstehen, Frühstück ist fertig! Gibt's auch ungeduscht. Aber bitte etwas anziehen.« – »Oh nein« meint Karl und will sich noch einmal rumdrehen. Doch Hannah ist anderer Meinung. »Na komm, du Schlafsack, raus aus den Federn. Der Kaffee riecht schon gut!« Na denn. Hannah, sie hat schon etwas Leichtes angezogen, steht bereits vor dem Bett und muntert ihn weiter auf. »Hopp, hopp. Es ist schönes Wetter draußen. Da bleiben wir nicht liegen.« ‚Ja, schönes Wetter ist hier eigentlich immer. Na gut, fast immer.'

Karl ist noch nicht richtig wach, zieht sich etwas an und schon drängt ihn Hannah zum Frühstückstisch. Sie und Charly sind nicht nur gut gelaunt, sondern auch irgendwie aufgedreht. Karl bemerkt das noch nicht. Aber, auf jeden Fall ist der Kaffee gut. Nach der zweiten Tasse ist Karl dann zwar auch ansprechbar, aber mit Rühreiern und Bagel schwer beschäftigt. Die ‚Mädels' haben wie immer irgendetwas zu bereden, Mode oder so, aber Karl interessiert das jetzt nicht. Aber er bekommt keine Ruhe. Kaum ist er mit seinem Frühstück fertig sprengt ihn Hannah schon ins Bad »Mach dich schön, komm das Bad wartet schon.« Karl nickt nur und tappt dorthin.

Im Bad ist es schön. Keiner stört seine Ruhe – er ist heute noch richtig müde. Nur gelegentlich hört er Geräusche von draußen. Irgendwas fiept, muss ein Handy oder Rechner sein, dann scheint ein Drucker zu arbeiten und ständig hört er auch wieder Hannah und Charly über irgendetwas lachen. ‚Sind die gut gelaunt heute.' denkt er. Jedenfalls hilft ihm die Dusche, endlich wach zu werden. ‚Dusche am Morgen vertreibt Kummer und Sorgen.' Einer von Karls Lieblingssprüchen in der wahrscheinlich zwölften Variante. Dann ist er fertig, zieht sich an, ein Polo und Jeans reichen für heute, es ist ja schön warm draußen.

Kaum hat er das Bad verlassen ist auch Hannah dort drin. Charly scheint auch Ähnliches zu erledigen, ist jedenfalls gerade nicht anwesend. Karl holt sich sein Tablet und schaut nach, was es daheim an Neuigkeiten gibt. Ihm fällt sogleich ein Artikel über das Hotel 'Zur Linde' in die Augen. ‚Schwierigkeiten mit dem Investor? Was wird aus dem Hotel?' Da scheint es irgendwelche Probleme zu geben. Aufschluss darüber kann aber der Artikel nicht geben.

Karl überlegt, ob das irgendetwas mit dem neuerlichen Erpressungsversuch zu tun haben könnte, verschiebt aber die Informationsgewinnung darüber auf die nächsten Tage, auch weil zunächst Charly und dann Hannah wieder auftauchen. Charly ist ziemlich ‚aufgebrezelt', gut geschminkt und sehr chic und gewiss nicht billig gekleidet.

Sie nimmt schnell noch ein Blatt aus dem Drucker, verstaut es in ihrer Handtasche und deutet an, dass sie sich jetzt auf den Weg machen könnten. Karl hat keine Ahnung wohin. Auch Hannah ist heute hervorragend geschminkt, trägt aber die üblichen Sachen, nicht allzu edel, aber doch schön. Die nächste Frage für Karl ‚Was liegt an? Warum sind die beiden so hergerichtet?' Im fällt dazu keine Erklärung ein.

Sie steigen ins Auto und Charly fährt nun in Richtung Innenstadt. Karl möchte nun doch wissen, was die beiden für heute geplant haben. Aber er bekommt nur die Auskunft »Wirst du schon sehen.«

Weiter geht die Fahrt. Charly biegt ein paarmal ab, mal recht, mal links. Karl kann sich diese Fahrt noch immer nicht erklären. Dann hält sie vor einem Geschäft. ‚Oh, es geht wohl um Mode.' denkt Karl jetzt und ist eigentlich bereit, den Frauen den Spaß nicht zu verderben und daher im Auto auf sie zu warten.

Doch keine Chance. Hannah fordert ihn auf, mitzukommen. »Komm mit! du kannst doch heute nicht in diesen Klamotten herumlaufen.« Nächstes Fragezeichen für Karl. Dann fällt ihm ein, im Schaufenster des Geschäfts gerade Brautmoden gesehen zu haben. ‚Nachtigall ich hör dich trapsen…' denkt er, sagt aber nichts.

Im Laden werden sie freundlich von einer sehr gut gekleideten jungen Frau empfangen, mit der Charly sogleich so leise redet, dass es Karl nicht verstehen kann. Er hält Hannahs Hand, sie mögen dieses beide gern, und wartet einfach einmal ab, wohl wissend, dass er gegen die weibliche Übermacht doch chancenlos ist. Nun taucht auch ein Angestellter auf, der Karl bittet, ihm zu folgen.

Der junge Mann vermisst Karl mit seinen Augen, stellt dann fest »Sie haben wohl Größe XL, nicht slim fit, sondern eher in der normalen Weite.« Karl nickt. »Möchten Sie eher etwas Dezentes, oder soll es doch auffälliger sein?« Karl bevorzugt das Dezente, klassische. Mittlerweile kann er sich denken, was Hannah für heute geplant hat. Dann kommt der Mitarbeiter zurück und bringt einen dunkelblauen Smoking sowie ein passendes Hemd dazu mit. »Ihre Kragenweite dürfte auch XL sein, also europäisch wäre das 43.« ‚Der Mann ist gut' denkt Karl und nickt. »Und wenn ich sie so anschaue, mögen sie bestimmt lieber dunkelblau statt schwarz beim Smoking. Karl muss jetzt etwas lachen und meint »Wenn Sie mir jetzt noch sagen, welchen Beruf ich hatte, haben sie übersinnliche Fähigkeiten.« Dieser lacht jetzt auch und antwortet »Ihre jetzige Bekleidung, die Schuhe, der Haarschnitt und ihre Ausdrucksweise – sie waren bei der Air Force!« Volltreffer.

Karl muss lachen und bestätigt die Vermutung seines Gegenübers. Er hat jetzt Spaß an der Anprobe. Smoking und Hemd passen perfekt. Jetzt schaut der junge Mann auf Karls Füße, verschwindet wieder und kommt mit einem Paar eleganter, schwarzer Schuhe zurück. »Diese dürften besser zum Smoking passen als die, die Sie dabei haben.« Karl wird nun klar, dass er diese elegante Kleidung heute noch brauchen wird. Er probiert die wiederum perfekt passenden Schuhe an.

Der junge Mann bringt nun noch die zu diesem Outfit gehörende Fliege und schon ist Karl ein sehr eleganter, fein gekleideter Mann geworden. Charly schaut nun zu ihm und bemerkt »Uih, du schaust aber richtig gut aus. Dann kann es ja losgehen.« Der freundliche Mitarbeiter hat mittlerweile Karls ‚normale Bekleidung in einer Tasche verpackt, reicht ihm noch seine unvermeidliche Kameratasche und wünscht ihm viel Vergnügen.

Karl ist sich zwar noch nicht ganz sicher wobei, er bedankt sich aber bei dem jungen Mann und belohnt die hervorragende Beratung mit einem angemessenen Trinkgeld. Er folgt Charly in den benachbarten Bereich des Geschäfts. Sie meint »Eigentlich müsste ich dir jetzt die Augen verbinden, du dürftest sie jetzt nicht sehen, erst dann, später also. Also, schau sie nicht so genau an, okay?« Karl weiß nun genau, was ihm bevorsteht. Und er findet Hannahs Idee mitsamt der Heimlichtuerei einfach grandios.

Dann sieht er Hannah und ist von ihrem neuen, weißen Kleid mehr als begeistert. Er muss sie jetzt küssen, er kann nicht anders und ihr geht es wohl ebenso. Dann drängelt Charly etwas »Na kommt, ihr Turteltäubchen. Der nächste Termin ruft!« Hannah will noch schnell etwas mit Karl besprechen: »Liebster, wir können uns jetzt aussuchen, ob wir unsere tollen Sachen später wieder zurückgeben oder sie lieber kaufen wollen. Wir könnten uns auch später noch entscheiden. Was meinst Du?«

Karl lächelt und bittet die Mitarbeiterin des Brautmodengeschäfts um die Rechnung für den Kauf.

Hannah ist begeistert, ihr gefällt nicht nur ihr Kleid, sondern auch Karls Smoking und sie möchte beides liebend gern behalten. Karl bezahlt alles, wie üblich mit seiner Smartwatch und dem darauf installierten Bezahldienst. Hannah spendiert noch ein Trinkgeld und dann gehen sie wieder zum Auto. Karl verstaut die Taschen mit ihrer ‚alten' Bekleidung im Kofferraum und dann chauffiert Charly sie zum nächsten Ziel.

Nicht weit entfernt fährt sie auf einen Parkplatz vor einer der vielen, auf Hochzeiten spezialisierten Kapellen in Las Vegas. Karl hat noch etwas Bedenken, ob sie nun wirklich ‚einfach so' heiraten können, doch Hannah beruhigt ihn »Alles erledigt Schatz, die Papiere hatte ich online angefordert, diese und unsere Pässe hat Charly in ihrer Handtasche und alles was wir jetzt noch brauchen ist gute Laune!« Die haben sie.

Karl ist beruhigt. Er reicht Hannah seinen rechten Arm, sie hängt sich dort ein und, gefolgt von Charly, gehen sie jetzt zur Kapelle. Dann treten sie ein und schon erklingt ‚Der Einmarsch der Braut' aus den unauffällig in der Kapelle installierten Lautsprechern. Ein Priester und wohl auch ein Beamter warten auf sie und sie bleiben dann vor diesen stehen. Charly geht zu dem Beamten, gibt ihm die Papiere. Dieser nickt kurz und zaubert hinter dem kleinen Altar eine Mappe hervor, öffnet diese, unterzeichnet dort ein Schriftstück und gibt ihre Papiere mit in diese.

Dann wird es feierlich. Der Priester hält seine Ansprache, fragt beide, ob sie den heiligen Bund der Ehe eingehen wollen. Karl antwortet mit vollster Überzeugung und einem klaren »Ja!«, Hannah, nicht nervös, aber ergriffen haucht nun ein zartes »Ja«. Dann erklärt sie der Priester zu Mann und Frau und erlaubt Karl, die Braut zu küssen. Der Hochzeitsmarsch erklingt und Karl nutzt auch diese Gelegenheit, um Hannah ausgiebig zu küssen. Charly hat Konfetti mitgebracht, dass sie nun ausgiebig in die Luft wirft. Der Priester beglückwünscht sie, wie auch der Beamte, der Karl ihre Hochzeitsmappe überreicht. Der Priester begleitet sie nun noch zur Tür der Kapelle und verabschiedet sich dort. Karl fällt nun ein, dass er eigentlich Hannah den Ehering hätte anstecken müssen, verschiebt aber das ‚Problem' auf später.

‚Vor der Tür wartet noch ein älterer Mann auf sie. Auch dieser spricht seine Glückwünsche zur Vermählung aus, gibt ihnen eine weitere Mappe und erhält im Gegenzug dann von Charly seinen Lohn. Karl wundert sich zunächst, doch dann zeigt ihm Hannah, was die Mappe enthält. Ihre Hochzeitsfotos. Karl war der Fotograf in der Kirche überhaupt nicht aufgefallen. Aber, der Mann versteht offensichtlich sein Handwerk und hat in unvorstellbar kurzer Zeit unbemerkt von ihnen nicht nur perfekte Fotos geschossen, sondern auch die wunderschönen Abzüge für sie erstellt. Karl meint dazu »Sowas gibt es nur in Las Vegas.« Zurück am Auto setzt Hannah sich nun neben Karl auf die Rückbank des Wagens.

Ihr ist nach Schmusen. Karl auch. Glücklich werden sie nun von Charly zu ihrem nächsten, ihnen noch unbekannten Ziel chauffiert.

Und das ist offenbar das ‚Bellagio', eines der weltberühmten Hotelcasinos von Las Vegas.

An der Auffahrt werden sie von einem uniformierten Hotelmitarbeiter freundlichst begrüßt und zu ihrer Hochzeit beglückwünscht. Ein weiterer Hotelangestellter übernimmt das Auto von Charly, um es zu parken und so können die drei nun das Hotel betreten. Zielsicher führt Charly sie nach rechts. Wieder begrüßt sie ein Hotelangestellter, der kurz mit Charly spricht und sie dann zum »The Mayfair Supper Club« leitet. Dort übernimmt offensichtlich der Chef de Rang die drei, bringt sie zum von Charly reservierten Tisch am Fenster. Dort haben sie die zahlreichen Springbrunnen vor dem Hotel direkt im Blickfeld.

Der Chef de Rang wartet bis sie es sich gemütlich gemacht haben, empfiehlt dann eine Speisenfolge, übergibt die Speisekarten und fragt, ob sie einen Aperitif wünschen. Ja, das wünschen sie. Charly will sich, als ‚Chefchaffeurin' des Alkohols enthalten und lieber das Brautpaar irgendwann später wohlbehalten nach Hause bringen. Karl protestiert zwar kurz, ist aber chancenlos. »Du kannst mir dafür später eine Zigarre spendieren«, regt Charly an. Karl lacht und verspricht, dieses zu tun.

Ganz vermeiden kann Charly dann den Alkohol nicht. Denn noch bevor der Aperitif serviert wird, bringt ihnen der für sie heute zuständige Kellner Champagner mit den Glückwünschen des Hauses zu Hannahs und Karls Hochzeit. Natürlich wurde bemerkt, dass die beiden noch immer ihre Hochzeitsbekleidung tragen. Die sie am heutigen Feiertag auch nicht ablegen werden.

Es folgt der Aperitif und dann bestellen sie sich ihre Leckereien. Hier wird hochwertige, exquisite amerikanische Küche gepflegt, die, das wird Karl später feststellen, sich durchaus mit der europäischen messen kann. Hannah wartet, wie fast immer, auf Karls Bestellung, um sich dann etwas anderes auszusuchen. Sie möchte ja die Tradition des ‚Tellertauschs', wie sie es nennt, weiter pflegen. So können Karl und sie mehr verschiedene Gerichte genießen.

Sie suchen sich dabei auch diesmal durchaus Gerichte aus, die sie noch nicht kennen. »Hast du schon einmal Seeteufel gegessen?«, fragt Hannah Karl. Der antwortet »Oh ja. Nimm es unbedingt. Der Fisch ist zwar absolut hässlich, aber er schmeckt grandios!« Und es wird gewählt und geordert. Karl sucht noch den zu ihren Gerichten, lustigerweise hier in den USA zumeist Fisch, passenden kalifornischen Chardonnay aus. Und die drei sind für einige Zeit mit Genießen und dem Austausch ihrer Erfahrungen mit Restaurants beschäftigt. Kurz vor der Nachspeise stellt Karl dann fest »Was immer das kostet, ich bereue nichts. Den ‚Mayfair Supper Club' kann man nur wärmstens empfehlen.«

Dann ist das festliche Mahl geschafft. Charly möchte eigentlich die Rechnung übernehmen, als Hochzeitsgeschenk quasi, hat aber keine Chance. Karl stellt fest: »Erstens hast du uns schon die tollen Fotos von unserer Trauung geschenkt, zweitens sind wir sehr froh, bei dir zu Gast zu sein und drittens gibt es jetzt erst die Zigarre bevor ich zahle. Punkt.« Hannah signalisiert erfreut ihre Zustimmung und fragt »Soll sie arme Charly denn allein rauchen müssen?« – »Nein,« antwortet Karl. »Ich rauche zwar seit Urzeiten nicht mehr, aber heute ist ein besonderer Tag und da gibt es natürlich Zigarren für alle.« Sagt es, signalisiert dem Ober einen Wunsch und ordert drei Brasil-Zigarren, die dann auch sogleich gepafft werden.

Überhaupt ist Karl nun wieder gewohnt unternehmenslustig. »Kommt, wir gehen jetzt vorn ins Casino und verspielen ein paar Dollar«, beschließt er. Und die beiden Frauen folgen ihm bereitwillig. Sie gehen zunächst einmal durch die, man entschuldige den Ausdruck, Spielhallen. An vielen Tischen wird gepokert, Baccarat, Blackjack oder auch Roulette gespielt. Hannah und Karl wundern sich über die teilweise riesigen Einsätze, die hier getätigt werden. »Magst du etwas spielen, wenn wir schon hier sind?« fragt Hannah Karl, doch der bleibt dabei »Nein, es gibt hier keinen Schafkopf und schon gar nicht mit dem Einsatz ‚Zehnerl und Fuggerl'. Was anderes ist auch hier nicht mein Ding.« ‚Wie kann man nur so vernünftig sein?' fragt sich Hannah.

Sie kommen nun in den Saal mit den Slot-Machines. Diese sind einfach typisch für Las Vegas. Hannah fühlt sich irgendwie von einer solchen angezogen und beschließt, doch einmal ihr Glück zu versuchen. An einem Tag wie heute sollte man eigentlich auch weiterhin nur gewinnen. Also sucht sie sich eine Slot-Machine aus, macht es sich vor dieser gemütlich und beginnt zu spielen. Zunächst scheint es so, dass das Gerät hauptsächlich ‚Geld frisst'. Dann, nach einigen Runden, gewinnt Hannah eine kleine Summe. Sie bekundet, den Gewinn wieder zu investieren. Charly verfolgt alles mit Interesse, Karl bleibt eher skeptisch. Dann, kurz bevor Hannah auch den vorher erzielten Gewinn komplett ‚investiert' hat, beginnt die Maschine etwas, was man als Freudentanz bezeichnen könnte. Am Ende zeigt sie Hannahs Gewinn an: 10 352 $.

Unfassbar überrascht schauen die drei auf die Anzeige. Eigentlich glaubt keiner von ihnen, dass dieses real ist. Doch am Ende darf Hannah diese Summe, in Form eines Schecks, die in den USA noch weit verbreitet genutzt werden, in ihrer Handtasche verstauen. Es ist halt ihr Glückstag.

Sie machen sich auf den Weg. Charlys Auto wird vorgefahren, sie steigen ein und Charly fährt sie sicher nach Hause. »So, meine Lieben, jetzt bekomme ich auch mein Glas Wein!«, stellt sie fest. Und bekommt auch Gesellschaft beim Leeren der Flasche. Dann möchte Karl endlich die Hochzeitsnacht genießen und das junge Ehepaar verschwindet in seinem Schlafzimmer.

31. Juli

Auch nach der ersten Nacht als Ehepaar ist Hannah vor Karl wach, lässt ihn aber weiterschlafen. Ihr Flug startet erst am Nachmittag und sie wird jetzt gleich für alle Flüge einchecken, so dass sie auch nicht übermäßig früh am Flughafen sein müssen. Ihr fällt ein, dass sie noch einmal kurz zur hiesigen Filiale ihrer Bank gehen muss, um den Scheck vom Spielcasino dort dem Konto gutschreiben zu lassen, da dieses in Deutschland wohl kaum möglich sein dürfte.

Aber zuerst einmal Kaffee und ein Morgenratsch mit Charly. Sie ist immer noch glücklich, dass sie Charly nach vielen Jahren endlich wieder einmal getroffen hat. Sie ist und bleibt wohl ihre beste Freundin. ‚Oh, Korrektur', denkt sie nun. ‚Eine von meinen zwei besten Freundinnen.' Fast hätte sie Sonja vergessen.

Lang schläft Karl nicht mehr. Er will, noch sind seine Augen geschlossen, Hannah aufwecken, merkt dann aber, dass sie bereits aufgestanden ist. ‚Dann gibt's jetzt auch für mich erst mal einen guten Kaffee.' überlegt er und kriecht aus dem Bett, zieht sich etwas an und geht ins Esszimmer. Dort trifft er nicht nur Hannah, sondern auch Charly. Beide sind in einem anscheinend sehr wichtigen Gespräch vertieft.

»Guten Morgen«, wünscht Karl ihnen, geht zur Kaffeemaschine und lässt diese ihre Arbeit verrichten. Mit einer Tasse Kaffee ausgestattet setzt er sich zu den Mädels, die ihn sofort in ihr Gespräch einbinden. Hannah berichtet ihm, dass sie für die Langstrecke wieder die besten Plätze, die in der ersten Reihe mit der riesigen Beinfreiheit ergattern konnte und dass sie noch unbedingt hier zur Bank müsste. Charly macht sich Sorgen darüber, wie Hannah Brautkleid und Smoking noch in die Koffer bringen kann. Aber Hannah kann sie beruhigen »Einer von den Koffern sind noch leer. Den habe ich extra hierfür mitgebracht.« Und Karl lacht innerlich darüber, wie Hannah ihn doch ganz schön hinters Licht geführt hat.

Dann fällt Hannah ein Problem ein: Sie hat ja, wie gewohnt, ihren Revolver dabei, geladen und in der Handtasche. »Im Flugzeug ist das ja kein Problem, ich bin bei United auch für unsere beiden Flüge als Sky Marshall angemeldet. Aber was mach ich dann nach der Ankunft in München? Da gelten ja ganz andere Vorschriften.« Karl überlegt kurz, lächelt und meint »Da tauschen wir dann. Ich habe ja gewiss meinen Waffenschein dabei, da ich ja immer zu faul bin, meine Brieftasche irgendwie umzuräumen. Also darf ich dann eine Waffe, sogar geladen, tragen.« Hannah hat eine Sorge weniger.

Dann fällt Karl wieder ein, dass sie gestern bei ihrer Hochzeit gar keine Ringe getauscht hatten, ja nicht einmal welche vorher gekauft hatten. Aber Hannah hatte auch dieses berücksichtigt. »Du, die Ringe, die man hier kaufen kann, na ja, die sind - höflich ausgedrückt - nicht mein Ding. Ich möchte nicht mit so minderwertigem Zeug rumlaufen. Und gute, ja, da gibt es ein oder zwei Juweliere, die durchaus so etwas führen. Aber die betreiben, so hat mir Charly das berichtet, unbezahlbare Nobelschuppen.« Karl schaut sie fragend an – Dackelblick. Hannah tröstet »Ja, in Zwiesel, an der Straße, die bei der Glaspyramide vorbeigeht, da ist vorher ein kleiner Juwelier. Der hat im Schaufenster wunderschöne Eheringe und da gehen wir in den nächsten Tagen einfach hin.« Dackelblick beendet, Karl lächelt sie verliebt an. Und Charly hat mittlerweile das Frühstück auf den Tisch gezaubert.

Der Rest des Vormittags verläuft ruhig. Sie fahren noch kurz zur Bank, wo Hannah den Scheck auf ihrem Konto gutschreiben lässt, begleiten Charly bei ihrem Einkauf, bei dem Karl auch noch einige T-Shirts erbeutet und fahren dann wieder zurück. Hannah packt die Koffer wobei Karl, wie immer, das Helfen von ihr untersagt wird »Dafür hast du kein Talent, Liebling, du verschenkst zu viel Platz im Gepäck.«

Schließlich darf Karl die Koffer und das Handgepäck im Auto verstauen. Charly hat noch eine Idee »Jetzt besuchen wir auf dem Weg noch einen Fast-Food-Schuppen, der erst vor ein paar Wochen eröffnet wurde. Da gibt es die bessere Variante von Burgern und so.« Was die drei nach ihrem Besuch dort absolut bestätigen konnten.

Am Flughafen angekommen verabschieden sie sich von Charly, was besonders Hannah schwerfällt. Sie muss ihr versprechen, bis zum nächsten Besuch nicht noch einmal so lange Zeit verstreichen zu lassen.

Karl meint dazu: »Charly, du musst uns aber auch einmal besuchen kommen. Bayern ist toll und wir können dir vieles zeigen. Ach ja, und du kannst dort jede Menge leckere Sachen probieren!« Sie verspricht, die Einladung bald anzunehmen und mit ihnen das für sie gänzlich unbekannte Land zu erkunden.

Da Hannah sie bereits online eingecheckt hatte müssen sie nur noch ihr Gepäck abgeben und können dann direkt durch die Sicherheitskontrolle gehen. Hannahs ID, die sie als Sky Marshall ausweist, erspart ihnen beiden die intensive Kontrolle. Sie gehen weiter zu ihrem Gate, sind aber noch zu früh dort. Das Boarding beginnt erst später. Karl will so noch ein wenig shoppen. Er erbeutet die Sonderausgabe einer hiesigen Fotozeitschrift, in der die besten Natur- und Landschaftsaufnahmen aus den letzten 30 Jahren enthalten sein sollen, und zwei Kaffee, die ihnen beiden helfen werden, die Wartezeit zu überbrücken.

Hannah und Karl dürfen, zusammen mit behinderten Personen und Soldaten zuerst boarden, da Hannah ja bei diesem, wie auch beim anschließenden Flug ‚im Dienst' ist.

Inneramerikanische Flüge, zumal solche relativ kurzen wie der von Las Vegas nach Denver, sind stets irgendwie langweilig. Es fehlt einfach die Abwechselung durch Speisen und Getränke. Einen der auch hier verfügbaren Filme anzuschauen ist auch nicht sinnvoll, da diese meist länger sind als die Zeit zwischen Start und Landung. Hannah und Karl kuscheln sich daher ein wenig aneinander und dösen.

Dann ist plötzlich Hektik in der Kabine. Einige Reihen vor ihnen schreit ein Passagier wild gestikulierend um sich. Die zu ihm geeilte Stewardess kann ihn nicht beruhigen. Im Gegenteil, er scheint durch ihre Versuche zu deeskalieren noch wütender zu werden.

Dann springt er plötzlich auf, angeschnallt war er wohl nicht, stößt die Stewardess beiseite, die auf einen Passagier auf dem gegenüberliegenden Sitz fällt und rennt in Richtung Flugzeugheck.

Hannah hat bereits ihren Revolver schussbereit in der Hand, will ihn jedoch jetzt noch nicht nutzen. Als der Wildgewordene an ihnen vorbeirennen will, fällt er plötzlich hin. Karl hatte geistesgegenwärtig sich etwas zum Gang hin gedreht, als er das Theater weiter vorne bemerkte und konnte so sein Bein schnell in den Gang ausstrecken, um den ausgerasteten Passagier, der dieses in seiner Hektik nicht bemerkte, zu Fall zu bringen.

Karl springt auf, kniet nun auf dem Mann, um ihn zu arretieren. Hannah macht ihm eindeutig auch mit ihrer Waffe deutlich, dass ‚die Show' nun vorbei ist. Eine weitere Stewardess bringt nun, ja das gibt es auch an Bord, Handschellen, die Karl dem Mann anlegt. Gemeinsam helfen sie ihm auf und bringen ihn zu einem Platz in einer freien Reihe weiter hinten im Flugzeug. Hannah und Karl ziehen jetzt in die gleiche Reihe, aber auf die andere Seite des Gangs um, damit sie ihn im Blick behalten können.

Nach dieser Aufregung verläuft der kurze Rest des Fluges störungsfrei. In Denver angekommen, bleiben die beiden noch solange auf den Plätzen bis Polizeibeamte den Störer abführen. Dann nehmen auch sie ihr Handgepäck und gehen nach vorne.

Die Flugbegleiterinnen bedanken sich noch bei ihnen für die tatkräftige Unterstützung als, gerade als die beiden das Flugzeug verlassen wollen, sich die Tür zum Cockpit öffnet und der Kapitän der Maschine herausschaut. Er und Karl müssen plötzlich lachen und können sich nicht mehr beruhigen. Sie umarmen sich und reden durcheinander. Dann stellt Karl Hannah den Flugkapitän vor »Meine Liebe, das ist mein alter Freund Tripp, mein langjähriger Büronachbar, Begleiter auf denkwürdigen Ausflügen und gern gesehener Gast bei mir daheim. – Tripp, ich darf dir mir meine seit gestern angetraute liebste Ehefrau Hannah vorstellen.« Tripp, der genauso von dem unerwarteten Treffen mit Karl überrascht war, begrüßt Hannah und beglückwünscht sie zur Hochzeit. »Da hat Karl aber Glück gehabt, eine so tolle Frau zu finden«, bemerkt er. Leider bleibt ihnen keine Zeit mehr für eine längere Unterhaltung.

Tripp muss nur wenig später zum Weiterflug starten und die beiden haben auch nur eine kurze Pause bis zum Boarding für den Flug nach München. Tripp bedankt sich bei ihnen noch für die Unterstützung an Bord und ermahnt sie, sich bei ihm zu melden, wenn sie wieder ‚einmal in der Gegend' sein sollten.

Hannah und Karl machen sich jetzt auf den Weg zum Terminal drei. Runter in den ‚Keller' mit der U-Bahn zur übernächsten Station fahren.

Karl bedauert hier, dass der früher übliche ‚Sound' in der Bahn, der eine Dampflokomotive aus dem Wilden Westen imitierte, nicht mehr genutzt wird. Kurz drauf erreichen sie den Terminal, wieder geht es mit Rolltreppen bequem nach oben. Sie erreichen das Gate und setzen sich kurz auf die bequemen Sessel.

Karl schaut einmal nach, wo sich ihre Koffer gerade befinden. Er hatte sie alle mit AirTags ausgestattet, kann sie also so fast weltweit verfolgen. Eine Bekannte von ihm hatte einen solchen ebenfalls in ihrem Koffer verstaut und täglich auf Facebook berichtet, wo sich ihr Koffer im Rahmen einer mehrwöchigen ‚Irrfahrt' oder besser eines ‚Irrflugs' quer durch Europa denn gerade befand, bis er endlich am Ziel, dem Stuttgarter Flughafen eintraf und sie ihn in Empfang nehmen konnte. Nun, ihre Koffer waren alle in Denver eingetroffen.

Karl wundert sich nur, dass sie sich doch in einiger Entfernung zu ihrem Gate befinden. Eigentlich müssten sie doch fast unter ihnen, im Erdgeschoss sein. Gerade will er Hannah darüber ins Bild setzen, da merkt er, dass die Anzeige auf der Tafel des Gates geändert wurde. Ihr Flug wird nun an einem anderen Gate abgefertigt. Aha! Die Koffer sind schon da, denkt Karl, informiert Hannah darüber und geht mit ihr und dem Handgepäck zum neuen Gate.

An diesem angekommen, lohnt es sich nicht mehr, sich zu setzen. Die Abfertigung der ‚Priority Passengers' hat bereits begonnen. Ein Mitarbeiter der Airline sieht sie kommen, fragt sogleich nach ihren Namen, vergleicht diese mit einer Eintragung auf seinem Tablet und bittet sie, sich sogleich zu einer weiteren Mitarbeiterin am ‚Desk' zu begeben. Diese begrüßt sie herzlich und teilt ihnen mit, dass sie umgebucht wurden. Hannah erschrickt, will nach dem Grund fragen, ist aber zu langsam.

Die Dame teilt ihnen mit, dass sie durch die örtliche Leitung der Airline ein Upgrade erhalten hätten und daher nicht auf ihren gebuchten Plätzen in der ‚Premium Plus', sondern in der ‚Polaris Business' sitzen werden. Sie fügt hinzu, dass es sich hierbei um ein Dankeschön für ihre Unterstützung beim vorigen Flug handele.

Die beiden bedanken sich und dürfen jetzt ins Flugzeug gehen. Ja, Business-Fliegen ist doch noch viel komfortabler als die ebenfalls recht bequeme Premium-Class, stellen sie fest. Karl kannte diese Klasse bereits von einigen beruflich bedingten Flügen in die USA, muss aber feststellen, dass der Komfort in dieser offensichtlich fast fabrikneuen Maschine doch noch besser ist.

Sie haben gerade das Handgepäck verstaut und sich auf ihren Plätzen eingerichtet, da wird bereits ein Willkommens-Drink serviert. Kalifornischer Sekt, stellt Hannah fest. Recht bald werden die Triebwerke gestartet und das Flugzeug zurückgeschoben.

Dann beginnt der Flug, der etwa neun Stunden dauern soll. Menükarten werden verteilt, Getränkewünsche erfüllt und, in Vorbereitung auf die lange Nacht, Care-Pakete an die Passagiere in dieser Klasse verteilt, die sogar eine Art Hausschuhe enthalten.

Das folgende Abendessen genießen beide. Besonders Karl wundert sich, wie die Airline es schafft, hier an Bord, mit der beschränkten Kücheneinrichtung ein dermaßen gutes Steak zu servieren.

Sie gönnen sich nach dem Essen noch ein Glas Rotwein, Hannah kuschelt sich, trotz der breiten Sitze und Armlehnen schafft sie das, an Karl. Irgendetwas scheint sie noch zu beunruhigen. Schließlich rückt sie mit der Sprache raus. »Liebster, gilt jetzt unsere Heirat in Las Vegas auch in Deutschland?« Karl lächelt und erklärt »Selbstverständlich, sie ist ja auch von dem, in Deutschland sagt man ‚Standesbeamten' beurkundet. Und dieses Papier haben wir ja dabei. Wir dürfen nur noch einen Haufen Papier schwarz machen. Das geht mit deiner Anmeldung bei der Gemeinde los. Dann wird unsere Hochzeit in das örtliche Standesregister, oder wie das genau heißt, eingetragen. du wirst dann wahrscheinlich befragt, welchen Nachnamen du nach unserer Hochzeit führen möchtest.« Hannah unterbricht ihn kurz »Welche Auswahl habe ich denn da?« Karl führt weiter aus »Nun, du kannst deinen bisherigen weiterhin behalten, du kannst unsere beiden Nachnamen kombinieren oder meinen übernehmen, oder ich deinen.« – »Oh Gott, was ein Zirkus!« – »Ja, meine Liebe, deutsche Bürokratie.« – »Ich möchte schon deinen übernehmen, aber dann muss ich ja meine ganzen Papiere umändern lassen.« Karl erklärt den bürkratischen Wahnsinn weiter. »Na ja, das musst du sowieso. du brauchst erst einmal einen neuen Reisepass, dann ein Dauervisum für Deutschland und damit die ganze Europäische Union, dann in den nächsten sechs Monaten einen deutschen Führerschein und noch Papiere für deinen Revolver und und und. Aber, wir haben ja nichts zu tun.«

Hannah schnauft ein wenig. Karl beruhigt »Das hört sich alles schlimmer an, als es ist. Ein Besuch bei der Gemeinde, einer beim amerikanischen Generalkonsulat in München, da könnte ich mir auch noch das Ehegattenvisum für die USA eintragen lassen, und einer beim Landratsamt und es ist fast alles erledigt.«

Kurze Zeit später fällt ihr noch etwas ein. »Karl, wir haben ja den Sisi-Stern dabei. Müssen wir den beim Zoll anmelden? Ich habe da erst gelesen, dass der Arnie Schwarzenegger mit einer Uhr fürchterlich Schwierigkeiten in München bekommen hatte.« – »Ja, ich denke, das müssen wir.« Karl überlegt noch kurz und fährt dann fort. »Na ja, vielleicht ist er als Erbstück von deiner Oma und als historisches Relikt ja etwas günstiger beim Zoll. Schmuggeln würde ich nicht versuchen, dann könnten die beim Zoll schon recht ärgerlich werden. Und unter die Freigrenze fällt er auch nicht. Keiner würde glauben, dass der Stern gerade mal 430 Euro oder gar weniger wert ist.« – »Okay, dann melden wir ihn an«, beschließt Hannah. Beide haben nun keine Lust auf einen Film, legen lieber die Sitze flach und genießen den Flug weiter im Schlaf.

1. August

Stunden später werden beide langsam wach. In der Kabine verteilt die Crew zunächst Flaschen mit frischem Wasser und die Karten mit den Angeboten für das Frühstück. Beide entscheiden sich für die amerikanische Variante, es ist vielleicht die letzte Chance auf ein solches in der nächsten Zeit.

Hannah geht sich frisch machen, Karl verschiebt dieses auf die Zeit nach dem Frühstück. Was sagt die Uhr? Karl schaut auf seine, die neben der Ortszeit, jetzt noch ‚Denver', auch die Münchner Zeit anzeigt. Und dort ist es schon Mittag, sie haben also nur noch zwei Stunden Flug vor sich. Hannah kommt frisch und aufgestylt zuruck.

Das Frühstück folgt kurz darauf. Noch einmal gibt es Scrambled Eggs, Sausages und vieles mehr. Wobei Hannah überlegt, ob sie nicht Karl zumindest gelegentlich zu einem amerikanischen Tag überreden kann, an dem sie ‚ihre' Favoriten in der Küche zaubern könnte.

Nach dem Frühstück besucht auch Karl den Waschraum. Dann wird es noch heller in der Kabine. Die meisten Passagiere schalten die bislang aktive Verdunkelung der Fenster ab und die zuvor nur als eine Art größerer Stern oder Scheinwerfer wirkende Sonne kann nun ungehindert hineinscheinen. Es dauert auch nicht mehr allzu lange bis sie zum Anlegen der Sicherheitsgurte aufgefordert werden.

Aus dem Cockpit erhalten sie nun den kurzen Wetterbericht

für München – die Sonne scheint und es soll angenehm warm sein. Karl übernimmt jetzt den Revolver von Hannah, steckt ihn in seine Umhängetasche.

Wenig später setzt die Maschine in München sanft auf, rollt dann zum Gate am Terminal 2 und die Passagiere dürfen sie verlassen. Der Irrweg führt zunächst treppauf in den obersten Stock, zur Passkontrolle, die sich kaum für Hannah und Karl interessiert, da wohl verliebte Pärchen nur selten streng kontrolliert werden müssen.

Dann dürfen sie wieder herunter in das Erdgeschoss, wo sich die Gepäckbänder befinden. Und nun auch noch das richtige Band finden. Es ist das letzte, am anderen Ende der Halle.

Nun heißt es warten. Karl prüft mit dem Handy die Position der Koffer, alle vier sind hier in München und befinden sich wohl auf dem Weg zu ihnen. Wo sie schließlich ankommen. Hannah und Karl sind froh darüber, dass sie recht farbenfrohe Koffer nutzen, die auf dem Band sehr leicht und schnell zu erkennen sind.

Endlich sind alle bei ihnen angekommen und bepackt mit Koffern und Handgepäck machen sie sich auf den Weg zum Ausgang. Zunächst geht es wieder zurück, denn dieser befindet sich in der Mitte der Halle. Hannah folgt Karl nun zur Zollabfertigung, die hinter einer Tür mit roter Aufschrift liegt. Sie haben Glück, es ist niemand vor ihnen.

Sie gehen zu einem wohl etwas gelangweilten Beamten und erklären, sie hätten einen Sisi-Stern dabei, den sie hier beim Zoll wohl anmelden müssten. Karl führt, wie geplant, noch aus, dass es sich hierbei um ein Erbstück seiner Frau handelt, dass wohl hauptsächlich von historischem Interesse sein dürfte.

Der Beamte bittet darum, ihm den Stern einmal zu zeigen. Hannah gibt ihm die Box. Er nimmt den Stern hinaus, betrachtet ihn von allen Seiten und legt ihn zurück. »Da kann ich sie wohl beruhigen. Dieser Stern fällt sicher unter die Freigrenze. Keine Punzierung, keine Herstellermarke. Das ist bestimmt kein Edelmetall und es sind auch keine Edelsteine. Ist gewiss Glas. Der ist damit zollfrei, sofern sie mit allen Einkäufen drüben nicht über die 430 Euro pro Person für unbenutzte Neuwaren kommen.« Hannah und Karl verneinen dies. Der Beamte reicht Hannah die Box mit dem Stern zurück, die sie wieder verstaut und beide passieren die Kontrolle.

Karl raunt Hannah zu, sie möge jetzt nichts sagen bis sie im Auto sind, ruft kurz beim Parkservice an, der verspricht sie in fünf Minuten abzuholen, und verlässt mit Hannah den Terminal. Fünf Minuten später sitzen sie im Bus des Parkservices, weitere zehn Minuten später kommen sie bei diesem an, verstauen ihr Gepäck im Auto und fahren Richtung Bayrischer Wald. Hannah bläst etwas. »Der Zöllner hatte wohl keine Ahnung. Auch dieser Stern ist sicher aus edlem Metall und Glas ist da mit Sicherheit auch keines dran. Das Einzige was an diesem unklar erscheint ist, dass er offiziell wohl gar nicht existierte. Denn die bekannten Sterne waren alle von den Hofjuwelieren gepunzt. Aber wir kriegen noch raus, was es mit diesem auf sich hat.«

Sie erreichen nun die Autobahn nach Deggendorf und Karl lässt das Auto laufen. Endlich kann er wieder seinen Woid sehen, der bereits einige Kilometer vor Deggendorf am Horizont erscheint. Schnell geht's durch die Stadt und auf die Bergstrecke über den Rusel und weiter an Regen vorbei.

Kurz drauf dann noch einmal abbiegen, ein paar Kilometer durch den Wald und schon sind sie zu Hause. Auto abstellen, Gepäck ausräumen und die Post aus dem Briefkasten holen. Fertig. Sie sind eben Reiseprofis und schnell. »Machen wir heute noch was?« fragt Karl und erhält ein eindeutiges »Nein!« als Antwort. Revolver und Stern wandern noch in den Safe, die Koffer in die Ankleide und zwei Weizen aus dem Kühlschrank in die Gläser. Feierabend!

2. August

Daheim schläft man doch am besten! Beide werden jedoch recht früh wach. Ob es an der Zeitverschiebung liegt, wissen sie nicht. Karl meint ‚nein', er habe da noch nie ein Problem gehabt. Jedenfalls schmeckt ihnen beiden der Meinl-Kaffee nun erheblich besser, als alle Kaffees, die sie unterwegs getrunken hatten. Bald machen sie sich dann auf den Weg, denn heute haben sie Einiges zu erledigen.

Zuerst fahren sie nach Rabenstein, aber noch nicht zu Max, der darf noch ein bisserl warten. Nein, zuerst muss ja unbedingt Giulia abgeholt werden.

Sonja lobt ihren Pensionsgast in den höchsten Tönen. Brav, freundlich, verschmust und folgsam war Giulia, also ein idealer Haus- und Hofhund. Sie dürfte gern ganz bei ihr bleiben, meint sie, hat aber Pech, denn Hannah lehnt dieses entschieden ab. Sie hat Giulia auf dem Arm und diese kriegt nicht genug Kuschelkontakt zu ihrem ‚Frauchen'.

Karl ist da noch ein wenig abgeschrieben. Hannah fragt dann Sonja, welchen Nachnamen sie wählen würde. Diese ist baff. »Ach was, habt ihr etwa heimlich geheiratet? Wann denn, wo, war's schön, gibt's Fotos?« muss sie am besten sofort wissen.

Hannah vertröstet sie ein wenig, gibt ihr kurz ein paar Informationen und lädt sie zum Foto- und Neuigkeiten-Meeting ein. Sonja sagt natürlich zu und sie vereinbaren, sich dazu kurzfristig miteinander telefonisch zu verabreden.

Wieder im Auto muss Giulia erst einmal noch Karl begrüßen – das Waschen seines Gesichts hätte er sich heute früh ersparen können, Giulia erledigt das nun noch einmal äußerst gründlich. Dann ist sie der Meinung, dass sie ihre familiären Diener ausreichend begrüßt hat, springt auf die Rückbank und muss dringend nach draußen schauen. Ihre Devise ist auch heute: Nur nichts verpassen. Karl fragt Hannah, ob sie jetzt bereits zu Max fahren, oder lieber erst die Einkäufe erledigen sollten. Hannah will einkaufen, der Juwelier ist die erste Station, beschließt sie.

»Wie Gnädigste wünschen!« meint Karl, lächelt sie an und lässt dann das Auto zurück in die Stadt fahren. Kurz drauf, es sind ja nur wenige Kilometer, hält er direkt vor dem von Hannah ausgewählten Juwelier.

Giulia muss an die Leine, darf aber mitkommen. Hannah schaut nochmals die im Schaufenster ausgestellten Eheringe an. »Schau, Liebster, so etwa sollten unsere ausschauen.« Karl findet diese aus Weiß- und Gelbgold gearbeiteten Ringe auch sehr schön und führt Hannah und Giulia ins Geschäft. Ein jüngerer Mann, später stellt sich heraus, dass er der Sohn des Inhabers ist, begrüßt sie, vergisst Giulia dabei nicht und erklärt ihnen, noch bevor sie fragen können, dass Giulia natürlich im Geschäft auch willkommen ist. Hannah, Einkaufen ist halt auch ‚ihr Ding', erklärt dem jungen Mann ihre Wünsche. Der beglückwünscht sie zu ihrer Wahl, holt die Ringe aus dem Schaufenster, so dass Hannah und Karl sie genauer begutachten können. »Die sind unsere.« Karl ist sofort entschlossen. Hannah bestätigt ihn und fragt, ob ihre Größen vorrätig wären.

Nun werden die Ringgrößen gemessen, auf Karls Bemerkung hin, dass sie einerseits ‚amerikanisch verheiratet' sind und man dort ja traditionell Eheringe an der linken Hand trägt. Außerdem würden diese an der rechten, da sie ja beide Rechtshänder sind, mehr beansprucht werden, als an der gewünschten Linken. Hannah nickt Karl bestätigend zu und freut sich, dass er mal wieder die gleiche Idee wie sie hatte. Nun, die Größen sind vorrätig und können probiert werden.

Beiden passen die Ringe perfekt. Auf die Frage nach der gewünschten Gravur geben sie ihre Vornamen und das Datum ihrer Hochzeit an. »Oh, dann darf ich sie ja schon beglückwünschen!« stellt der Juwelier fest. Er fragt, ob sie die gravierten Ringe noch am Vormittag abholen möchten, was Hannah sofort bestätigt. »Wenn Sie in einer Stunde etwa wieder vorbeikommen, habe ich sie fertig gemacht«, erklärt er dann. Fein, denkt Hannah und sie bedanken sich und sagen zu, nach ihren Einkäufen wieder bei ihm zu erscheinen.

Nun, ganz so schnell waren sie dann doch nicht. Supermarkt, Bäcker und Metzger erforderten dann doch etwas mehr Zeit, diesmal zum Leidwesen von Giulia, die die ganze Zeit im Auto warten musste.

Dann, nach eineinhalb Stunden erreichen sie wieder den Juwelier, der ihnen ihre Ringe in einer feinen Schatulle überreicht.

Karl will sogleich die Rechnung begleichen, darf dieses aber nicht, da Hannah diese aus ihren ‚Inbounds im Casino' begleichen will. Nun, da ist zumindest ein Teil ihres Gewinns sinnvoll angelegt.

Wieder im Auto hält sie es nicht mehr aus, sie reicht Karl die Schatulle und fordert ihn auf, ihren Ring dahin zu bringen, wo er hingehört. Karl gehorcht und steckt ihr den Ring an den linken Ringfinger und gibt ihr die Schatulle zurück. Sie ziert nun Karls Ringfinger mit seinem Ring und küsst ihn ausgiebig. Was auch vorbeigehenden Passanten auffällt, die freundlich zu ihnen schauen.

»Jetzt schnell mal zu Max?«, fragt Karl. Hannah nickt und meint »Aber bitte nicht allzu lange. Giulia mag auch heim und ich sollte einige Sachen unbedingt aus den Koffern befreien. Ach ja, du könntest dann ja zwischenzeitlich kochen, oder?« Karl sagt dieses zu und fährt wieder nach Rabenstein, diesmal zum Hotel von Max.

Dieser ist erleichtert, dass sie endlich wieder da sind, bittet sie in sein Büro, nicht ohne einem seiner Mitarbeiter aufzutragen, Cappuccino für alle und eine Schale Wasser für Giulia zu bringen. Er berichtet nun von der neuerlichen Erpressung, zeigt ihnen ein Foto des Erpresserschreibens, dass er gemacht hat, bevor es für Oberkommissar Schlagintweit abgeholt wurde.

Karl bittet ihn, das Foto an ihn weiterzuleiten und ist, wie übrigens der Oberkommissar auch, der Meinung, dass hier andere Erpresser als beim vorigen Fall am Werk sind. Er ermahnt Max zu Stillschweigen und bittet ihn auch ruhig zu bleiben, das werde schon geklärt werden.

Sie verabschieden sich wieder von Max und fahren nach Hause. Giulia inspiziert sofort Haus und Hof. Sie muss ja feststellen, ob da ‚jemand' sich unbefugt herumgetrieben hatte während sie im Urlaub war. Offensichtlich findet sie keinen Grund zur Beunruhigung und macht es sich sofort in ihrer Ecke auf dem Sofa bequem. Aber irgendwie hören ihre beiden Sklaven nicht auf sie und kommen nicht ebenfalls aufs Sofa.

Denn die gehen zunächst in den ersten Stock hinauf, Hannah zu den Koffern und Karl ins Büro, um das Erpresserschreiben auf dem großen Bildschirm anzuschauen. Giulia bleibt also jetzt nichts anderes übrig, als ihnen zu folgen. Und da es bei Hannah im Ankleide- und Gästezimmer auf der dortigen Bettcouch am bequemsten sein dürfte, leistet sie dort nun Hannah beim Auspacken Gesellschaft, die gerade ihr Brautkleid sorgsam auf einem Kleiderbügel befestigt, dann in einen Kleidersack befördert und diesen in den Schrank hängt.

Giulia findet das wahrscheinlich ungeheuer interessant, sie folgt jeder von Hannahs Bewegungen und neigt auch des Öfteren ihren Kopf, als ob sie etwas überlegen müsste.

Karl studiert derweil das Erpresserschreiben. ‚Komisches Deutsch' denkt er. Es macht auf ihn den Eindruck, als ob es ein italienisch sprachiger ohne eingehende Deutschkenntnisse verfasst hat. ‚Machen du was ich geschrieben, sonst Ärger.' In diesem Stil ist das ganze Schreiben gehalten.

Die Forderung ist, dass Max das Hotel an den gleichen Investor verkaufen soll, der bereits das benachbarte Hotel 'Zur Linde' erworben hat. Sollte er dieses nicht tun, würden ‚spezielle Gäste' in seinem Hotel dafür sorgen, dass keine normalen, zahlenden Gäste mehr zu ihm kommen würden. Interessant, diese Art, Druck auf einen Hotelbesitzer auszuüben.

Karl beschließt, morgen, es ist ja jetzt schon bestimmt Feierabend bei der Kripo, Schlagintweit anzurufen, um mit ihm über dieses Schreiben zu reden.

Da fällt ihm ein, dass er Poldi in Wien noch wegen des Sterns kontaktieren wollte. Ein Versuch ist es wert, denn Poldi ist ja jemand, der gerne etwas länger schläft, später ins Büro geht und dafür dann länger arbeitet. Karl versucht, ihn zu erreichen und tatsächlich, Poldi ist noch am Arbeitsplatz.

»Servus Karl, was gibt's in Bayern?« – »Viel Poldi, richtig viel.« Dann erzählt er Poldi, dass er Hannah geheiratet hat. »Na, nicht etwa sie dich?« möchte Poldi wissen und lacht. »Nein, in dem Fall wir uns. Obwohl das alles etwas überraschend kam.« Poldi lacht und weiß, dass er recht hatte. »Was kann ich denn für dich tun, außer heute Abend ein Viertel auf euer Wohl zu leeren?«

Dann erzählt ihm Karl, dass Hannah noch einige Dinge von ihrer Großmutter hinterlassen bekommen hat. Neben einigen Briefen auch einen Sisi-Stern. »Hast du von einem weiteren Stern etwas erfahren, er ist jedoch nicht punziert, Material und Hersteller sind unbekannt.«

Poldi überlegt kurz und sagt dann »Nein, zwar sind nicht alle Sisi-Sterne hier noch vorhanden. Einer wurde vor Jahren mal gestohlen, aber den haben wir wieder. Und ein zusätzlicher ohne Punzierung und Markierungen der Hofjuweliere, nein, da gab es keinen. Ist es denn ein, wie soll ich sagen Replika, oder einfach nur, na ja Spielzeug?« Karl überlegt kurz und meint »Eigentlich weder noch. Er ist den originalen Sternen nachempfunden, ist praktisch eine gute Kopie und ich denke, dass auch dieser aus Edelmetall besteht. Die Diamanten und die Perle in der Mitte sind wohl ebenfalls echt.« Poldi überlegt wohl wieder und bittet dann Karl um etwas Geduld. Er möchte noch ein paar Unterlagen zu den Sternen durchschauen. Danach wird er sich bei Karl melden. »Danke Poldi, das ist sehr nett von Dir. Wir hören und sehen uns!« sagt Karl und beendet das Gespräch.

Karl schaut nach Hannah, die immer noch mit dem Auspacken des letzten Koffers und Ausräumen des Inhalts beschäftigt ist. Unter Aufsicht der Chefin im Haus, Giulia. Karl setzt sich zu dieser auf das Bettsofa und schon ‚darf' er Giulia streicheln und kraulen. ‚Bitte nicht damit aufhören' ist ihre Meinung dazu, die sie nötigenfalls auch kundtun kann. Karl erzählt quasi nebenbei Hannah von seinen neuesten Erkenntnissen. Ihre Meinung entspricht wie so oft der seinen. Dann ist Hannah mit ihrer Arbeit fertig, hebt Giulia hoch, die etwas Unmut darüber äußert, setzt sich neben Karl und platziert dann Giulia auf ihrem Schoß, um sie dort weiter zu verwöhnen. »Hast du Lust, jetzt noch zu kochen?« fragt sie Karl. »Hmmm, eigentlich nicht. Biergarten?« Hannah hält das offensichtlich für eine gute Idee, setzt Giulia auf den Boden, steht auf und fordert »Pack ma's!« Karl lacht, steht ebenfalls auf und stellt fest »Na, des mit'm Boarischn werd a scho.« Auf geht's. Giulia muss an die Leine und schon gehen die drei ins Dorf, um dort im Biergarten beim Brunner etwas Leckeres zu verspeisen.

3. August

Am nächsten Morgen ist einmal Karl der ‚Frühaufsteher'. Er schleicht sich, von Giulia verfolgt, aus dem Schlafzimmer. Geht zunächst in die Küche, um die Kaffeemaschine aufzuwecken. Giulia meldet, dass sie einmal den Garten besuchen möchte und so lässt Karl sie hinaus. Es ist, wie immer, ruhig im Dorf. Und, wie sie gestern im Biergarten erfahren hatten, gibt es auch nichts Neues.

Giulia hat ihre Gartenvisite beendet, kommt wieder herein und bemerkt erfreut, dass ihr Frühstück von Karl schon serviert wurde.

Karl holt die Zeitung, scannt schnell die Überschriften und verschiebt das Studium der einzelnen Meldungen und der für ihn auch mal belustigenden Leserbriefe auf später. Er sollte mal die Briefe Johanns lesen, denkt er. Nun, wenn nicht jetzt, wann dann. Karl schließt die Terrassentür, geht nach oben zum Safe und holt die Briefe.

Am Esstisch, mit ausreichend Kaffee, lässt sich das anstrengende Lesen der mit Johanns krakeliger Kurrentschrift verfassten Briefe ertragen. Vollkommen in diese Lektüre vertieft merkt er nicht, dass auch Hannah nun heruntergekommen ist. Sie lächelt wissend, geht leise unbemerkt von Karl in die Küche und lässt die Maschine eine Tasse Kaffee zaubern. Karl erschrickt, als diese das Mahlen der Bohnen lautstark beginnt und wird mit einem Morgenkuss von Hannah getröstet.

»Oh, dieser Johann«, berichtet er beim nächsten Kaffee, »der war wohl schwer verliebt in Sisi, obwohl sie doch schon um einiges älter war als er. Die Briefe sind voll von versteckten Liebeserklärungen.« – »Hast du schon etwas über den Stern gefunden?« möchte Hannah wissen. »Nein, so weit bin ich noch nicht. An die Kurrentschrift habe ich mich ja mittlerweile gewöhnt, aber diese Krakelklaue von Johann ist schlimm.« – »Lese mal ruhig weiter, ich mach das Frühstück fertig, aber kein amerikanisches!« spricht Hannah und verschwindet in der Küche, dicht gefolgt von einer ‚armen, hungrigen Hündin'.

Das Telefon unterbricht Karls Studium der Briefe. Oberkommissar Schlagintweit möchte sich mit Karl über den neuerlichen Erpressungsversuch unterhalten. »Eine neue Masche, zumindest hier in Bayern, die da versucht wird. Und das Ganze macht den Eindruck, dass auch hier wieder das italienische organisierte Verbrechen dahintersteckt. Wahrscheinlich auf der Suche nach einer weiteren Möglichkeit zur effektiven Geldwäsche«, erklärt er. Karl stimmt ihm zu. »Da könnte diesmal wohl die Camorra dahinterstecken. Unter Umständen auch mit dem Hintergedanken einer Rache für den ermordeten Luigi.«

Schlagintweit teilt diese Vermutung und ergänzt »Was diese aber noch nicht wissen ist, dass der – so wie ich das sehe – Strohmann, der für sie das ‚Zur Linde' kaufen soll, damit vielleicht keinen Erfolg haben wird. Ich habe mir den Vorvertrag dazu geben lassen und denke, dass er nicht deutschem Recht und Gesetz entspricht. Die Prüfung durch unsere Fachleute läuft zwar noch, aber ich bin optimistisch, dass wir diesen Verkauf verhindern können. Im Sinne der jetzigen Besitzer, die gerne das Hotel nun doch weiterführen möchten.« Karl meint, dass dieses eine gute Neuigkeit ist und ergänzt »Vielleicht können Max und ich die Leute bei ihren Bemühungen ein wenig unterstützen. Ich rede später mal mit ihm.« Der Oberkommissar freut sich über die Hilfe und verabredet mit Karl, weiter in Kontakt zu bleiben.

Hannah schafft mittlerweile Platz auf dem Esstisch und holt dann, von Karl unterstützt, alles, was ein gutes, bayrisches Frühstück ausmacht aus der Küche. »Was ist denn mit unserer Primaballerina heute los? So ruhig, wieselt nicht um uns herum, sondern legt ein Schläfchen ein. Eigentlich wäre jetzt doch eine Betteleinlage dran.« Hannah schmunzelt und erklärt Karl »Och, da ist jemand sowas von satt.« – »Aha, schon vollgefuttert! Mit einer zweiten Ration.« Hannah ergänzt »Ich habe schon gedacht, sie hat seit Tagen nichts mehr zu fressen bekommen, so hat sie zugeschlagen. Aber sie ist ja bei Sonja sicher verwöhnt geworden.« Nein, Giulia merkt nicht einmal, dass die beiden über sie reden. Normalerweise entgeht ihr das nicht, aber heute hat der Verdauungsschlaf wohl Vorrang.

Nachdem die beiden Jungverheirateten beim Frühstück einen Plan für den Tag und auch ein wenig darüber hinaus gemacht haben, der Tisch abgeräumt ist und die Spülmaschine Arbeit bekommen hat, liest Karl weiter Johanns Briefe.

Hannah will noch ein wenig Wäsche waschen und dann etwas über die Stellen ‚ermitteln', die sie in den nächsten Tagen aufsuchen sollte.

Gegen Mittag ist Karl mit dem Lesen fertig. Er streckt sich, wundert sich, dass Giulia immer noch schläft und geht dann zu Hannah ins Büro, wo diese am Rechner im Internet Informationsseiten für Neubürger durchforscht. »Das ist ein fürchterlicher Wust an Vorschriften, die man hier beachten muss. Grausam! Und was für eine Rennerei da auf mich zukommt. Nicht schön.«

Karl schaut ihr über die Schulter und beruhigt sie. »Du bist da aber bei den Regelungen für, ich sag es mal so, eingereiste komplett Fremde. Das meiste dürfte da nicht für dich relevant sein. Schau, du hast hier einen festen Wohnsitz, eine Arbeitsstelle und einen Ehemann. Da bleibt nicht mehr allzu viel Action für dich. Morgen früh, würde ich sagen, besuchen wir das Einwohnermeldeamt und auch gleich das Standesamt. Dann hast du hier offiziell deinen ersten Wohnsitz und bist auch in Deutschland als verheiratet registriert. Wenn wir das erledigt haben, lassen wir, ach nein, das können wir auch heute Nachmittag erledigen, Passbilder machen. Anschließend schicken wir mit diesen Kopien von allen relevanten Papieren ans US-Generalkonsulat in München, damit die dort deinen neuen Pass vorbereiten können. Den holen wir dann ab, machen noch einen Bummel durch die Stadt und besuchen später einmal das hiesige Landratsamt. Dort bekommst du ohne weiteres deine Daueraufenthaltsgenehmigung und, wenn nichts dazwischen kommt, auch einen Waffenschein. Fertig.«

Hannah hebt fast hilflos ihre Hände und meint »Wenn's denn so einfach geht?«

Karl sagt nur: »Geht!«

Giulia war Karl nach oben gefolgt, hatte Karls Erklärungen interessiert zugesehen und ist nun der Meinung, dass sie jetzt wieder an der Reihe wäre. Sie stupst Karl mit der Schnauze an, gibt ein kurzes ‚Wuff' von sich, um ihm klar zu machen, dass sie bitte Gassi gehen möchte. Karl meint dazu: »Zu Befehl!«, und zieht sich etwas über. Hannah hält das für eine gute Idee und folgt ihnen. Sie gehen die bekannte Allee zum Wald hinauf. Giulia kann sich, die Leine ist lang, austoben und all die Nachrichten ihrer Artgenossen am Wegesrand lesen.

Karl gibt derweil Hannah eine Zusammenfassung von Johanns Briefen. »Also der ‚Schmalz' ging weiter. Dann muss beim Brief vom Dezember 1896 der Stern beigelegt gewesen sein. ‚Eigens für Dich, meine Liebe, vom Hofjuwelier Faller in Neuburg aus edelsten Materialien angefertigt.' Sisi wollte diesen aber wohl nicht und hatte ihm das offensichtlich auch mitgeteilt, denn im nächsten Werk hat Johann ihr, eindeutig ziemlich beleidigt, geschrieben, sie solle doch mit dem Stern machen, was sie wolle, auch verschenken wäre recht. Es ist dann nur noch ein kurzer, ebenfalls beleidigter Brief dabei, in dem er weinerlich beklagt, dass sie ihn am Karerpass nicht empfangen wollte.«

Hannah hat interessiert zugehört. Sie meint dann »Und Sisi hat dann den Stern an meine Vorfahrin gegeben. Damit gehört er ja eindeutig mir. Und ich möchte ihn auch behalten.« Karl nickt. »Mal schauen, dass wir einen schönen Platz für ihn finden, damit er nicht dauerhaft im Dunkeln des Safes rumliegen muss.«

Nach dem Spaziergang darf es noch ein kleiner Snack für beide sein. Nein, Giulia bekommt nichts, hat aber unterwegs ordentlich Durst bekommen. Dann machen sie sich auf den Weg zu Max, um die Neuigkeiten zu besprechen. Dieser ist erfreut, dass die ‚Nachbarn' vom Hotel ‘Zur Linde’ wohl ihren Betrieb behalten und weiterführen können. Er verabredet mit Karl, diese am Abend einmal zu besuchen und ihnen dabei auch Hilfe anzubieten. Beunruhigen tut ihn allerdings, dass er es jetzt wohl mit der Camorra zu tun hat, da diese ja über ‚unerwünschte Fähigkeiten und Mittel' verfügen sollen. Hannah und Karl versuchen ihn zu beruhigen und versprechen, ihn auch bei diesem Problem nicht allein zu lassen.

Dann fahren die drei wieder zurück, stoppen aber kurz in der Stadt und gehen ins örtliche Fotostudio. Recht schnell ist das Passbild ‚geschossen' und dank der vorhandenen Technik dauert es auch nur Minuten bis Hannah ihre neuen Passbilder mitnehmen kann. Hannah schaut sich beim Hinausgehen noch interessiert im angegliederten Haushaltswarengeschäft um. Karl drängt sie jedoch zum Gehen und bemerkt »Da schauen wir erst einmal ins Lager auf dem Dachboden, bevor wir hier etwas kaufen. Wahrscheinlich haben wir eh schon alles.«

Wieder daheim lassen alle drei den Tag gemütlich ausklingen. Karl fällt nur noch kurz etwas ein: »Magst du hier auch ein Bankkonto einrichten, als bequeme deutsche Filiale deines Kontos drüben und auch, damit du dir künftig dein Gehalt dahin überweisen lassen kannst. Alles andere wäre da nämlich zu teuer.« Hannah wundert sich kurz. In den USA ist es immer noch bei vielen Arbeitgebern üblich, den Mitarbeitern das Gehalt per Scheck auszuzahlen, findet die Idee mit dem Konto aber prima. »Das kommt dann für morgen auch auf die Arbeitsliste«, beschließt sie. Aber nun ist Feierabend. Hannah hat Fingerfood vorbereitet und Karl holt passende Getränke. Sie machen es sich auf dem Sofa bequem, Giulia springt ebenfalls hinauf, wäscht dann erst mal wieder Karls Gesicht mit ihrer Zunge und findet dann einen ihr genehmen Platz auf (!) Hannah.

4. August

Papierkrieg-Tag. Nach dem Frühstück, ja, sicher, auch Giulia hat gespeist, starten sie die erste Etappe. Sie beginnen im Rathaus, bei Kathrin. Die begrüßt sie beide herzlich, freut sich, Hannah wiederzusehen und ist sofort in Giulia verliebt. Als sie hört, was Hannah bei ihr möchte, freut sie sich, wie sie es ausdrückt, ‚unbandig'. Da sie heute auch das Standesamt mitbetreut, kann nun alles in einem Rutsch erledigt werden.

Die erforderlichen Papiere aus den USA haben die beiden bereits mitgebracht, so dass keine Probleme entstehen. Nun fragt Kathrin »Welchen Familiennamen möchtet ihr dann führen?« Sie erklärt Hannah kurz die bestehenden Möglichkeiten.

Karl wird nicht gefragt, Hannah entscheidet sofort »Wir nehmen Karls Nachnamen, keine Doppelnamen und so bitte.« Kathrin nickt, benötigt noch Hannahs Pass, scannt diesen wie auch die anderen Dokumente und gibt einiges am Rechner ein.

Dann druckt sie unzählige Seiten aus. Hannah muss ein paar Unterschriften leisten, schließlich ist alles erledigt. Karl bittet Kathrin noch, von ein paar Dokumenten Kopien für sie zu erstellen, was kein Problem ist.

Dann verabschieden sich die beiden und gehen die wenigen Meter zur Sparkasse. Auf dem Weg befördert Karl die Kopien in einen Briefumschlag. Es sind die Papiere für das amerikanische Generalkonsulat.

In der Sparkasse gibt es, wie immer, ebenfalls wieder keinerlei Probleme. Karl ist ein guter Kunde und natürlich ist auch seine Frau hier herzlich willkommen. Verbunden mit einer freundlichen Unterhaltung sind auch hier gleich die unvermeidlichen Papiere ausgefüllt und unterschrieben. Alles weitere, auch die Bankkarten für ihr neues und für Karls Konto, werden Hannah per Post zugesandt. Dann gehen sie hinaus, Hannah sieht den Geldautomaten »Aha, hier ist der ATM«, bemerkt sie. Karl nickt und erklärt ihr, dass der Kontoauszugsdrucker ebenfalls hier sei. Hannah schüttelt aber den Kopf, denn so etwas kannte sie einerseits noch nicht und möchte es wohl auch nie benutzen. »Macht sowieso alles unsere Banksoftware«, bestätigt sie Karl. Dann schnell zur Tankstelle, die auch die Postfiliale beheimatet, und den Brief mit den Unterlagen an das Generalkonsulat absenden. Alles erledigt. Hannah wundert sich, dass so ein Haufen

Papierkram doch so schnell und einfach erledigt werden kann. Karl erklärt »Na klar, wir sind hier in einem Dorf. Da hilft jeder jedem.« Sie fahren zurück nach Hause, ein weiterer Kaffee wäre jetzt recht.

Und nachdem sie diesen getrunken haben meldet Giulia, dass nun ihr täglicher Spaziergang fällig wäre. Hannah möchte jetzt aber lieber mit dem amerikanischen Generalkonsulat in München telefonieren, dieses von der Notwendigkeit eines neuen Passes für sie informieren und auch das weitere Prozedere besprechen. Kein Problem, Karl nimmt Giulias Leine, die jetzt ein wenig beleidigt zu Hannah schaut und wohl der Meinung ist, dass Hannah mitzugehen habe. Daraus wird nichts. Giulia muss mit Karl vorlieb nehmen.

Nach einer knappen Stunde sind die beiden zurück. Noch während Karl seine Jacke an der Garderobe aufhängt sprintet Giulia die Treppe hinauf ins Büro zu Hannah, um dieser mitzuteilen, dass sie wieder da ist und jetzt unbedingt ein paar Streicheleinheiten verdient hat, weil sie ja schließlich heute beim Gassigehen auf Hannah verzichten musste. Diese hat mittlerweile alles mit dem Generalkonsulat geklärt und teilt Karl mit, dass sie ihren neuen Pass bereits in der nächsten Woche abholen können. Karl, so haben die amerikanischen Beamten bemerkt, möchte seinen Reisepass auch mitbringen, damit sie ihm ein Dauervisum für die USA erteilen könnten. Er habe ja nun nicht nur eine US-Bürgerin als Ehefrau, sondern auch einen Wohnsitz in den USA. »Prima, also nächste Woche Familienausflug nach München«, stellt Karl fest. »Und dann a bisserl shoppen, Augustinerbräu und so weiter. Liegt alles irgendwie am Weg.« Hannah ist nicht abgeneigt und Giulia wohl auch nicht, so interessiert wie sie die Unterhaltung verfolgt hat.

Sie folgt Hannah sofort nach unten, wo Hannah zuerst kurz Giulia verwöhnen und dann mal schauen möchte, was sie aus den Vorräten für das Dinner zaubern könnte. Die beiden essen ja fast immer ‚amerikanisch‘, also morgens ein kräftiges Frühstück, mittags, wenn überhaupt, nur wenig und dann gegen Abend die tägliche, warme Hauptmahlzeit. Karl will derweil mit der Inhaberin des Hotels ‘Zur Linde’ sprechen und dieser seine Unterstützung anbieten. Lisa Räuber, so heißt sie, ist bereits von Oberkommissar Schlagintweit informiert worden, dass der Vorvertrag zum Verkauf des Hotels an einen ‚Investor‘ wohl ungültig sein. Sie habe aber heute, so berichtet sie Karl, einen komischen Brief erhalten, der ähnliche Drohungen enthalte, wie der an Max von Pfalz, von denen ihr dieser bereits erzählt hat. Auch habe er ihr empfohlen, sich bei solchen Problemen zusätzlich an Karl zu wenden, der bereits ihm einige Male sehr geholfen hätte.

Karl bestätigt die Aussagen von Max. Aus einem Bauchgefühl heraus rät er Frau Räuber, doch einmal ihre Rechner und das ganze Netzwerk auf Schadsoftware überprüfen zu lassen, da diese zumeist nicht ausreichend geschützte Schwachstelle oft für Spionage und auch Sabotage von zweifelhaften Individuen benutzt würde. Auf die Frage, wen er damit beauftragen würde antwortet er gern mit »Mich selbst.«

Sie vereinbaren, dass Karl am nächsten Vormittag bei ihr vorbeikommen und die Rechner und das Netzwerk unter die Lupe nehmen wird.

Was folgt ist ein ausgiebiges Dinner; Hannah ist im Kühlschrank fündig geworden und hat heute wieder ‚amerikanisch‘ gezaubert. Den Tag beschließt später ein gemütlicher, ungestörter Sofaabend zu dritt.

5. August

Nach dem Frühstück macht sich Karl mit seiner Notfallausrüstung auf den Weg zum ‘Zur Linde’. Hannah will ihn dabei heute nicht begleiten, sondern lieber mit Giulia einen ausgiebigen Spaziergang durch den Wald machen, die neue Heimat weiter erkunden. Karl wünscht viel Spaß und ermahnt Giulia noch, sie solle die ‚armen‘ Rehe und Hirsche im Wald in Ruhe lassen.

Im ‘Zur Linde’ angekommen wird Karl von Lisa Räuber begrüßt, die ihn gleich bittet, sie, wie hier ohnehin üblich, mit Lisa anzusprechen. »Im Vertrauen, Karl, meinen Nachnamen mag ich nicht so besonders.« Dann stellt sie in der Küche Karl ihren

Mann vor, »noch so ein Räuber«. Der fragt Karl sofort »Hast Lust auch ein gescheites Frühstück?« Leider nein, Karl ist noch satt. Mit Lisa geht er ins Büro. Dort befindet sich neben Lisas Computer auch der Router und ein Netzwerkserver. »Wir haben sonst nur noch zwei Rechner, einen an der Rezeption und den von Rüdiger im Küchen-Office«, teilt sie ihm mit. Karl will im Büro anfangen und Lisa entsperrt die Maschinen für ihn.

Karl beginnt, die Geräte von außen nach innen zu überprüfen, startet also mit dem Router. Gleich hier findet er schnell die ersten Probleme. ‚Oh weh, da fehlt's ja schon', denkt er. Das Passwort für den Zugang entspricht dem Lieblingspasswort der Deutschen vom vergangenen Jahr, ist also ‚12345678'. Der nächste Schritt ist die Überprüfung der Firewall, der eingebauten ‚Brandschutzmauer', die nicht erlaubte Zugänge zum Netz des Hotels verhindern soll. Auch hier findet Karl eine Lücke. Und in der Liste der im Netz befindlichen Geräte ist auch eines enthalten, dass ihm verdächtig vorkommt.

Jetzt noch das WLAN kontrollieren. Auch dort sind unzählige Geräte angemeldet, die sicherlich nicht Geräte des Hotels sind. Karl geht nun zu Lisa an der Rezeption und erkundigt sich, wie das WLAN für die Gäste des Hotels eingerichtet ist. »Na ja, die loggen sich einfach bei uns mit ein. Ein extra WLAN nur für die Gäste haben wir nicht.« Karl erklärt ihr, dass er nun im WLAN eine Art Notmaßnahme durchführen wird, also die Hotelgäste in ein vom normalen Netz getrenntes Gast-WLAN überführen muss.

Allerdings muss baldmöglichst ein weiteres Gerät, dass nicht mit dem internen Netzwerk verbunden sein darf, besorgt und installiert werden. »Die Sicherheit geht hier vor. Und allzu teuer wird das auch nicht.« Eine Stunde später hat er die Notmaßnahmen erledigt. Neue Passwörter in allen Bereichen des Routers, die Firewall ist abgedichtet und das Gäste-WLAN vom internen Netz notdürftig getrennt.

Gestärkt von einem exzellenten Cappuccino schaut sich Karl nun den Netzwerkserver näher an. Natürlich besteht auch hier das Passwortproblem. Zudem sind die Zugangsbeschränkungen zu lasch und Karl findet zudem in einer Log-Datei Zugriffe, die sich weder einem Hotelbediensteten noch einem der hier vorhandenen Rechner zuordnen lassen. Karl kommt die ‚ID' des Geräts jedoch irgendwie bekannt vor. Er durchsucht noch einmal die Liste der Geräte, die er in das Gäste-WLAN überführt hat und tatsächlich, das Gerät ist hier enthalten und offensichtlich auch jetzt aktiv. Karl überlegt, ob und wie er feststellen kann, wo sich das Gerät gerade jetzt befindet, hat aber noch keine Idee. Er ist sich aber sicher, dass es im Hotel ist, da es sonst aufgrund der WLAN-Reichweite nicht erreich- oder sichtbar wäre. Karl will zuerst in dieser Richtung forschen, lässt also die Zugangsregelungen für den Server erst einmal unverändert.

Nächstes ‚Opfer' wird der Bürorechner von Lisa. Außer dem Passwort findet Karl hier zunächst nichts, was er ändern müsste. Er fährt daher den Rechner herunter, um ihn anschließend mit Hilfe eines mitgebrachten USB-Sticks mit dem Betriebssystem Linux neu zu starten.

Dann dürfen die beiden auf dem Stick befindlichen Diagnoseprogramme ihre Arbeit erledigen und Schadsoftware suchen und falls sie fündig werden, diese auch entfernen. Das dürfte einige Zeit in Anspruch nehmen. Karl – er hat stets eine Auswahl an diesen USB-Sticks in seinem Notfallkoffer – geht nun mit weiteren Sticks zu den anderen Rechnern im Netzwerk, um auch dort die Überprüfung zu starten. An der Rezeption löst das keine Begeisterung aus, da hier der Rechner ein praktisch unentbehrliches Werkzeug darstellt. Aber keine Chance auf ein Verschieben der Tests. Wenn Karl prüft, dann richtig.

Zwischenzeitlich macht er sich auf die Suche nach dem ihm verdächtig vorkommenden Gerät. Er beginnt in der Lobby des Hauses, startet ein spezielles Programm auf seinem Handy, dass es ihm erlaubt, Töne auf anderen Computern im WLAN abzuspielen. Er gibt die im Netzwerk und auf dem Server gefundene Adresse des Geräts ein und startet die Tonwiedergabe auf diesem. Sinnigerweise überträgt er die Titelmelodie aus ‚Spiel mir das Lied vom Tod'.

Die Suche dauert nicht lang. In einer Ecke der Lobby ertönt die Melodie. Karl geht dorthin und sucht nach einem Computer oder ähnlichem. Die Musik scheint aus einer Wandverkleidung zu kommen. Karl überlegt, wie er diese öffnen könnte, bekommt nun Unterstützung von Rüdiger, den Lisa wohl hergebeten hat. Dieser greift kurz in eine Lücke zwischen zwei Tafeln und kann so problemlos eine von ihnen herausnehmen.

Und genau dort spielt ein Handy, sogar mit Kabel und Netzgerät an eine hier befindliche Steckdose angeschlossen, das Lied vom Tod.

Karl nimmt es mitsamt dem angeschlossenen Zubehör heraus und bedankt sich bei Rüdiger, der nun die Wandverkleidung wieder einhängt, für die Unterstützung. Zurück im Büro beginnt er das Handy zu untersuchen. Ein Markengerät, Android als Betriebssystem, nicht allzu alt.

Dann bemerkt er eine dort installierte Software, die eigentlich auf einem Handy nicht üblich ist, aber anscheinend trotzdem funktioniert. »Aha, nettes Spielzeug« murmelt er. Diese Software sendet und empfängt Daten über das WLAN und ist in der Lage, diese über das Mobilfunknetz weiterzuleiten. Karl kann die Zieladresse nun zwar ermitteln, ist aber nicht in der Lage, weiteres über dieses Ziel festzustellen. Leider wird das durch die EU-Vorschriften ja blockiert. Ein Fall für die Kripo und so ruft Karl Schlagintweit in Deggendorf an, um ihm die neuen Erkenntnisse zu übermitteln.

Dieser verspricht, sich um diese Zieladresse zu kümmern, wundert sich aber über den hier beim 'Zur Linde' getriebenen Aufwand.

Der Virenscan beim Rechner in der Küche ist nun beendet. Eine Schadsoftware ist nicht auf diesem Rechner, der nun ja auch keine wirklich interessanten Daten haben sollte. Bevor Karl nun auch auf dem Server diese Inspektion durchführt, korrigiert er schnell die Zugangsberechtigungen. Mittlerweile ist auch die Inspektion des Computers in der Rezeption beendet, der ebenfalls frei von Schadsoftware ist.

Auf Lisas Rechner dauert die Prüfung noch an. Hier ist offensichtlich etwas gefunden worden. Karl prüft die Bildschirmausgabe der Testsoftware und muss feststellen, dass diese hier eine Art Spionageprogramm gefunden hat, mit dessen Hilfe man gezielt Inhalte durchsuchen und auch weiterleiten kann. Leider ist es nicht möglich, festzustellen, was denn nun hiermit verarbeitet wurde. Aber immerhin, nach einer weiteren halben Stunde ist auch dieses Problem gelöst.

Der Netzwerkserver ist ebenfalls komplett überprüft und enthält wohl keine schädliche Software. Geschafft. Es ist jetzt bereits 15 Uhr. Karl sammelt seine Werkzeuge ein und geht zur Rezeption, ermahnt nochmals Lisa und auch Rüdiger, in Zukunft vorsichtiger mit ihrem Netzwerk und den Rechnern zu sein.

Dann ab ins Auto und nichts wie ab nach Hause. Jetzt dann erst einmal ein Weizen und dann etwas Leckeres essen. Das ist Karls Plan für den Rest des Tages. Durch Zwiesel, am Samstagnachmittag ist hier nicht viel Verkehr und dann schnell durch den Wald nach Hause. Karl biegt von der Straße in den Hof ein und – was zum Teufel macht Giulia vor der Haustür? Mit Leine aber ohne Hannah?

Karl merkt sofort, dass hier etwas nicht stimmt. Schnell parkt er das Auto.

Giulia kommt zu ihm gerannt, bellt und ist aufgeregt. Sie will ihm etwas mitteilen, kann sich aber nicht anders äußern.

Er nimmt sie auf den Arm und geht zur Haustür. Sie ist verschlossen, so wie immer ist der Schlüssel zweimal rumgedreht. Im Haus scheint alles normal zu sein.

Nur Hannah fehlt. ‚Unfall?‘ ist Karls erster Gedanke. Dann hätte aber bestimmt irgendjemand etwas mitbekommen und wahrscheinlich auch hier angerufen. Er probiert jetzt Hannah anzurufen, die ohne Handy nirgendwohin geht. Ausgeschaltet. Oder vielleicht ein Funkloch? Nein, eher nicht. Die Abdeckung hier ist gut und in den kleinen Lücken ist man über das tschechische Netz trotzdem erreichbar. Was ist da, verdammt nochmal los?

Giulia, ziemlich erschöpft, hat sich jetzt neben ihm auf das Sofa gelegt und muss dort erst einmal schlafen. Hier fühlt sie sich eben sicher. Karl überlegt. Polizei? Er schaut aus dem Fenster zum Nachbarn hinüber, der aber nicht da zu sein scheint. ‚Vielleicht ist er im Dienst,' denkt Karl und versucht ihn auf der Wache zu erreichen. Mit Erfolg. Aber er hat nichts gemeldet bekommen, was irgendwie mit Hannah in Beziehung stehen könnte. Sicherheitshalber spricht er über die Direktverbindung noch mit dem Rettungsdienst, aber auch dieser hat keine relevanten Informationen. Er empfiehlt Karl ruhig zu bleiben. Wenn sich Hannah bis zum Abend nicht gemeldet hätte oder aufgetaucht wäre, würde er eine Vermisstensuche starten.

Kurz nach 18 Uhr läutet das Telefon. Karl, mittlerweile ziemlich erschlagen und noch aufgeregter als vorher, geht ran. »Du hören zu! Nix Policia, verstanden? Wir deine Frau haben, geht ihr noch gut. Willst du sie wiederhaben, machst du Folgendes. Morgen gehst du zu Hotels 'Zur Linde' und ‚Pfalz'. Regele, dass die Besitzer an uns verkaufen, pronto! Dann kommt Frau zurück.«

Karl versucht sich zwanghaft zu beruhigen. »Ich möchte ein Lebenszeichen von ihr!« bellt er ins Telefon. Nach einer kurzen Pause spricht Hannah »Schatz, es geht mir soweit gut. Ich hatte mich schon sehr gefürchtet, dieser Riesenbaum hat mir Angst gemacht. Und dann diese dreckige Hütte…« Sie wird unterbrochen, die vorige Stimme ist wieder am Apparat »Hast verstanden? Ich rufe morgen um diese Zeit wieder an.« Und legt auf.

Verdammt. Entführt. Am Apparat war wohl ein Italiener. Wenn das die Camorra ist, dann ist das bitterer Ernst. Er überlegt. Telefonnummer des Anrufers? Karl schaut nach, Nummer unterdrückt. Das bedeutet auch, dass hier wohl kaum eine Ortung des Handys möglich sein wird.

Er ruft nun Schlagintweit an, den er noch im Büro erreicht, und berichtet ihm von Hannahs Verschwinden und dem Anruf. Der Oberkommissar rät ihm, bis morgen erst einmal nichts zu unternehmen. »Es ist schlicht unmöglich die wohl irgendwo im Wald befindlichen Entführer nachts zu finden. Morgen früh schauen wir weiter.« Karl versteht das und sie verabreden, sich am frühen Morgen wieder zu kontaktieren.

Stillsitzen ist jetzt nicht Karls Ding. Er wandert, stets von Giulia überwacht, in der Wohnung umher. Er überlegt. Dann denkt er nochmal über Hannahs Äußerungen nach. Halt, Moment! Sie wollte ihm etwas mitteilen. Etwas verklausuliert, damit es den Entführern nicht auffällt.

Okay. Erstens ‚Schatz', ein Wort, dass sie ihm gegenüber noch nie benutzt hat. Das heißt bei ihr normalerweise ‚Liebster'. Okay, das könnte ein Hinweis darauf sein, dass anschließend etwas verklausuliertes folgt. Aber was? ‚Riesenbaum'? Moment, Karl hat es kapiert, hier folgt eine Ortsbeschreibung. Mit Riesenbaum kann sie nur die ‚Dicke Tanne' im Hans-Watzlik-Hain meinen, die sie ja vor einigen Tagen schon einmal gesehen hatte.

Und ‚dreckige Hütte' weist eindeutig auf eine der hier in fast jedem Waldstück befindlichen, teilweise aufgelassenen Holzarbeiterhütten sein, die oft weder aufgeräumt noch sauber sind. Also muss das Versteck mitten im Wald zwischen Zwieslerwaldhaus und Schwellhäusel sein.

Karl nimmt das Tablet und startet Google Maps, navigiert damit in diesen Bereich und versucht, auf dem Satellitenbild eine Hütte zu finden. Leider erfolglos. Entweder sind dort gefällte Bäume oder dichter, undurchsichtiger Urwald zu sehen.

Karl überlegt. Er selbst war vor einiger Zeit in der Gegend unterwegs, hatte aber dort keine Hütte bemerkt. Einfach die ganze, in Frage kommende Gegend abzulaufen dürfte genauso sinnlos sein wie das ‚Standardverfahren', also von einer großen Anzahl an Polizisten das Waldgebiet absuchen zu lassen. Was zudem die Wahrscheinlichkeit, dass Hannah etwas zustoßen könnte, wesentlich erhöhen würde. ‚Blöd, wenn ich noch beim Bund wäre, hätte ich schon eine Lösung.' denkt er. Noch mit dieser Überlegung beschäftigt, schaut er im Internet nach ‚seinem' alten Verband. Und dort, auf der offiziellen Webseite des Geschwaders lacht ihn ein bekanntes Gesicht an.

Karl kennt dieses, das ist Claus, dessen plötzliche Karriere er teilweise verfolgt hatte, nachdem er zusammen mit dem damals viel jüngeren Piloten einige Weiterbildungsseminare besucht hatte.

Ob der noch die gleiche Handynummer hat? Karl probiert

es. Nach kurzem Läuten meldet sich eine Karl bekannte Stimme mit einem kurzen »Ja.« – »Hallo Claus!« – »Ne, der Karl. Freut mich, dich zu hören, was treibst du so?« Karl erklärt ihm kurz die aktuelle missliche Lage. »Und kann ich dir da helfen?« – »Schon. Ich hätte da eine Idee. Habt ihr immer noch diese famosen Infrarotkameras im Flieger?« – »Nein, wir haben mittlerweile ganz erhebliche bessere Systeme. Wäre bei dir ein Scan hilfreich?« – »Ja schon. Man kann halt nicht normal von oben durch die Bäume schauen, aber es könnte sein, dass mit einem Infrarotscanner zumindest feststellen könnte, wo sich, ich sag mal Leben befindet.« Claus lacht leise »Besser. Es lassen sich sogar die Umrisse der Ziele bestimmen und, wenn die Bedingungen nicht allzu schlecht sind, eine Temperatur dieser feststellen.« – »Oh, das wäre hilfreich. Ginge das vielleicht morgen?« – »Warte mal Karl, ich check mal was.« Karl wartet. »So, such mir bitte schnell die Koordinaten vom Zielgebiet raus. du hast wahnsinniges Glück, ich habe gerade in deiner Gegend eine Übung laufen und eine der Drohnen könnte durchaus einmal den Wald überprüfen.«

Karl hat die Koordinaten von der ‚Dicken Tanne' auf einer Webseite für Wanderer bereits gefunden und gibt sie Claus durch. »Die Drohne ist ganz in der Nähe. Ich gib dir bald Bescheid, was dort gerade los ist. deine Nummer sehe ich ja im Display.« Karl hat noch eine Frage »Meinst du, dass die Entführer die Drohne bemerken könnten?« Claus beruhigt ihn »Nein, sie werden nichts mitbekommen. Das Gerät fliegt schon sehr hoch und ist auch schön leise. Bis gleich.«

Karl wird etwas ruhiger. Giulia merkt das und kuschelt sich eng an ihn.

Karl versucht noch einmal auf einem der verfügbaren Satellitenbilder in der Nähe der Tanne etwas zu finden, bleibt aber erfolglos.

Nach einer guten halben Stunde ruft Claus ihn an. »So. Wir haben da etwas gefunden, wenn ich mir das so anschaue, steht da ein Auto und es sind wohl im Moment drei Menschen dort.« Karl fragt staunend »Sind die im Freien?« – »Nein, Karl, wir können bei diesen windigen Gebäuden auch hinein schauen. Hast du immer noch deine traditionelle eMail-Adresse?« – »Ja klar. Die hab ich noch.« – »Okay, mein Lieber, du kriegst jetzt gleich eine Mail. Aber natürlich hast du die nie bekommen und ich weiß natürlich von nichts!« – »Danke Claus! Könnte leicht sein, dass du so Hannah das Leben gerettet hast.« – »Pass bloß auf, das kostet Euch dann mal was, wenn wir uns wieder treffen. Mindestens ein opulentes bayerisches Essen.« – »Versprochen!«

Und nur Sekunden nachdem beide aufgelegt haben meldet das Notebook eine neue eMail. Karl öffnet diese sofort und findet fünf angehängte Bilder. Wieder nervöser öffnet er das erste. Was er sieht führt ihn zum erstaunten Ausruf »Wahnsinn!« Giulia schreckt auf und schaut ihn an.

Auf dem Foto kann Karl unter den dichten Baukronen die eigentlich so nicht sichtbaren Infrarotziele deutlich erkennen. Dort ist das Auto und schwächer, aber doch erkennbar sind auch die Umrisse von offensichtlich drei Menschen zu sehen. Die weiteren Fotos zeigen das Gleiche, nur immer mehr aus der Bildmitte verschoben. Karl kann einen wohl gut ausgebauten, etwas breiteren Weg sehen, der von links nach rechts durch das Bild verläuft. ‚Könnte der zum Schwellhäusel sein. Dann ist da ja die ‚Dicke Tanne' und da zweigt ein schmaler Weg in die Richtung zu der Hütte ab.' Er wird nun etwas ruhiger.

Hannah ist wohl geortet, nun kann er am nächsten Morgen zu ihr. Er überlegt, wie man sie am sichersten befreien könnte, ohne dass ihr irgend etwas passiert und schläft auf dem Sofa ein.

6. August

Gegen fünf Uhr morgens wird Karl wieder wach. Giulia auch, die sogleich in den Garten gehen möchte. Karl öffnet ihr die Terrassentür, gähnt, streckt sich und schaltet erst einmal die Kaffeemaschine ein.

Die erste Tasse ist schnell verdampft, die nächste wird gebrüht. Dann füllt Karl Giulias Wasser- und Futternäpfe und setzt sich wieder auf das Sofa. Er prüft eMails und die neuesten Nachrichten im Internet. Nichts für ihn Wichtiges dabei.

Gegen sechs Uhr läutet das Telefon. Schlagintweit möchte wissen, ob sich im ‚Fall Hannah' etwas Neues ergeben hat. Karl schmunzelt trotz der ernsten Lage etwas und erklärt ihm: »Na ja, da gab es noch so etwas wie eine Amtshilfe gestern Abend. Ich kann ziemlich sicher sagen, wo sich das gesuchte Versteck befindet.« Schlagintweit stutzt kurz. »Und ich sollte vielleicht nicht fragen, wie es dazu kam.« – »Genau. Zur Sache: Das Versteck, eine Hütte, ist etwa dreihundert Meter nördlich der ‚Dicken Tanne'. Es scheint auch ein schmaler Weg dorthin zu führen, der nach der Tanne vom Wanderweg von Zwieslerwaldhaus zum Schwellhäusel abzweigt. Schwieriges Gelände, oder genauer gesagt: Urwald.«

Der Oberkommissar überlegt und stellt fest »Da verbietet sich ein Großeinsatz. Haben sie eine Idee?« Karl ist damit noch nicht fertig. »Ich denke darüber nach. Eigentlich möchte ich zunächst mal allein dorthin gehen, vielleicht nicht unbedingt direkt auf dem Weg, um die Lage zu sondieren.« Dann könnten wir weiter überlegen.«

Schlagintweit findet diese Idee gut. »Sie kennen sich ja im Wald besser aus als ich. Aber schutzlos sollten sie da nicht hin!« – »Oh, Herr Oberkommissar, ich habe sowohl Jagd- als auch Waffenschein.« Der Polizist ist nicht erstaunt. »Klar, eine Pistole oder einen Revolver werden sie dann mitnehmen.« – »Und einen handlichen Halbautomaten«, ergänzt Karl. »Keine Pumpgun?« – »Die streut zu breit, zu gefährlich für Hannah.« Sie verabreden sich nun für acht Uhr, Treffpunkt am Wanderparkplatz Brechhäuslau hinter Zwieslerwaldhaus.

Karl macht sich fertig. Recht froh ist er nun, dass er vor einiger Zeit in den USA bei einem Ausstatter für ‚taktische Bekleidung' eine jetzt nützliche ‚geräuscharme' Hose mit vielen Taschen und eine passende olivgrüne Jacke gekauft hatte. Beider legt er jetzt an, setzt sich den alten tarnfarbenen Schlapphut auf und geht zum Safe.

Die Magnum, sein Lieblingsrevolver, wandert in das passende Holster und die handliche Mini-Rifle eines amerikanischen Herstellers wird umgehängt. Aus dem anderen Schrank holt er dann die dazugehörige Munition und steckt auch sein Jagdmesser ein. ‚Sicher ist sicher' denkt er.

Dann geht er zur Tür, Giulia folgt ihm sofort, weicht nicht von seiner Seite. Karl hat keine Chance, sie muss mit. »Aber du bleibst im Auto!« sagt er sehr bestimmt zu ihr. Sie fahren dann zum vereinbarten Treffpunkt mit Schlagintweit.

Entgegen Giulias üblichem Verhaltensmuster bei Autofahrten verschwindet sie heute nicht bei Geschwindigkeiten über etwa 60 Stundenkilometern im Fußraum, um dort ein Schläfchen zu halten, sondern bleibt aufgeregt auf dem Rücksitz, stellt sich teilweise auf, um herauszuschauen.

Dann erreichen sie den Parkplatz. Ein unauffälliger Audi parkt dort schon, es ist Schlagintweits Dienstwagen. Als Karl aussteigt, Giulia bleibt natürlich nicht im Auto, kommt der Oberkommissar zu ihm und begrüßt ihn freundlich.

Karl zeigt ihm die ausgedruckten Fotos, die er eingehend studiert. »Ist schon der Wahnsinn, was man da sehen kann«, bemerkt er und gibt Karl die Bilder zurück, der diese im Auto verstaut. »Und, haben sie alles dabei?« Karl lächelt und hebt kurz die Jacke, so dass er den Revolver sieht, geht dann zum Kofferraum und holt aus einem Futteral das Gewehr heraus, greift in die Vortasche, nimmt von dort zwei gefüllte Magazine, von denen er eines in eine Hosentasche steckt und das andere in das Gewehr einführt.

»Ich komme dann mit ihnen. In der Nähe, schon im Wald, ist noch das SEK. Und ein paar zivile Beamte sind auf den Straßen unterwegs.« Karl nickt und zeigt zum hier beginnenden Wanderweg.

Sie gehen los. Wie selbstverständlich geht Giulia, auf die Karl zunächst nicht geachtet hatte, an seiner Seite. Direkt neben Karls linken Fuß folgt sie wie ein ausgebildeter, treuer Jagdhund. Nach etwa 20 Minuten erreichen sie die ‚Dicke Tanne'. Kurz nachdem sie diese passiert haben zweigt der auf den Aufnahmen erkennbare schmale Weg, der sich in einem schlechten Zustand befindet, ab. Schlagintweit signalisiert Karl, dass er zunächst hier im Unterholz wartet, bis Karl nach der Observation der Hütte zurückkommt. Der geht nun zunächst auf dem Weg. Giulia hat offenbar eine Witterung aufgenommen. Sie bleibt zwar neben Karl, hat aber ihre Nase dauernd zum Boden gesenkt.

Dann geht Karl ins Unterholz, um dort, mehr oder weniger unsichtbar, weiter in Richtung zur Hütte zu gehen. Giulia schaut ihn vorwurfsvoll an, will offensichtlich dem Weg weiter folgen. Doch Karl signalisiert ihr mit einem leichten Schlag der linken Hand auf sein linkes Bein, dass sie ihm folgen soll. Giulia ist zunächst nicht begeistert, kommt aber doch zu Karl und folgt ihm.

Das Gehen im Unterholz ist nicht bequem, Karl muss sich vorsichtig bewegen, um Geräusche möglichst zu vermeiden. Giulia hat dabei keine Probleme. Dann kann man schon etwas durch den Urwald wahrnehmen, der Umriss einer Hütte wird sichtbar.

Das auf den Bildern der Drohne sichtbare Auto ist nicht da. Also ist mindestens ein Entführer nicht anwesend. Karl geht vorsichtig weiter. Es ist hier, an der Rückseite der Hütte niemand zu sehen. Karl signalisiert Giulia, sich hier abzulegen. Er wundert sich, weil sie sofort den Befehl befolgt.

Dann schaut er wieder zur Hütte. Hier an der Rückseite befindet sich kein Fenster und auch keine Tür. Er tritt nun aus dem Unterholz auf die kleine Lichtung und geht gebückt, das entsicherte Gewehr im Anschlag, zur Hütte.

Dort angekommen schaut er um die linke Ecke. In der Mitte der Wand sieht er ein kleines Fenster. Sichernd geht er zurück, will auch um die rechte Ecke schauen. Doch das ist nicht so recht möglich, denn teilweise reicht hier das Unterholz bis zur Seitenwand der Hütte, im vorderen Bereich grenzt sie sogar direkt an einen Felsen.

Karl geht zurück. Ein Blick zu Giulia zeigt, dass sie noch immer brav dort liegt, wo er sie abgelegt hat. Er bedeutet ihr, weiter liegen zu bleiben und geht an der Seitenwand entlang zum einzigen Fenster. Dort verlässt er seine leicht gebückte Haltung, richtet sich soweit auf, dass er über die Unterkante des Fensters hinweg in den einzigen Raum der Hütte schauen kann. Er sieht dort Hannah auf dem Bett liegen, die offenbar versucht, ihre Fesseln zu lösen. Weitere Personen befinden sich nicht im Raum. Wo sind die oder der Entführer?

Karl ist jetzt nicht mehr zu bremsen, er muss jetzt etwas unternehmen. Langsam schleicht er wieder gebückt, die Waffe im Anschlag, weiter zur Ecke an der Vorderseite des Bauwerks. Unbemerkt kommt er dort an. Dann schaut er langsam um diese Ecke zum Bereich vor der Hütte. Dort befindet sich nur ein Entführer, der sich gerade streckt, dann wieder an seiner Zigarette zieht und nun gelangweilt in den Wald schaut.

Schnell tritt Karl nun auf den Platz vor der Hütte, hebt das Gewehr, zielt auf den Verbrecher und brüllt ihn an: »Waffe weg! Hände hoch!« und nochmal »Put down your weapon! Hands up!« Der dreht sich, für seine etwas dickliche Figur doch sehr schnell, zu Karl um, zieht gleichzeitig seine großkalibrige Pistole aus einem Gürtelholster und will auf Karl zielen. Das gelingt ihm jedoch nicht mehr, denn, der Entführer ist noch nicht mit der Drehung fertig, da fällt ein Schuss.

Der Wachposten lässt seine Pistole fallen, schaut entsetzt Karl an, der seine Waffe noch im Anschlag hält und fasst sich an die rechte Schulter.

Karl, er schaut fast wie ein ‚Krieger' aus einem Film amerikanischer Produktion aus, bedeutet ihm, die Pistole mit dem Fuß zu ihm zu schießen und erklärt ihm unmissverständlich: »Beim nächsten Mal ziele ich dann auf ihren Kopf!« und »Next target will be your head!«

Nun hebt der Mann seine linke Hand in die Höhe, sein rechter Arm hängt, wohl aufgrund Karls Schuss, schlaff herunter. Giulia ist mittlerweile um die Ecke gesprintet und verschwindet durch die offene Tür in der Hütte.

Dann hört man ein leichtes Keuchen vom Weg her und Schlagintweit rennt mit erheblicher Geschwindigkeit auf den Platz vor der Hütte. »Alles okay?«, mehr bekommt er gerade nicht heraus. »Aber klar. Die Luft ist rein. Könnten Sie?«, fragt Karl und deutet mit dem Gewehr zum Verletzten. »Klar«, meint der Gefragte und geht zu diesem.

Karl wartet jetzt nicht weiter, sondern greift schnell die Waffe des Verbrechers, steckt diese in eine der vielen Hosentaschen und rennt in die Hütte.

Hannah, sichtlich erlöst, liegt noch gefesselt auf dem Bett, nun aber schon behütet, bewacht und gewärmt von Giulia, die auf ihr sitzt. Karl lächelt erleichtert, geht zu ihr und küsst sie. Dann, der Kuss dauerte schon ein wenig, zückt er sein Jagdmesser und Sekunden später sind alle Fesseln zerschnitten und Hannah ist befreit.

Sie verlassen, nun ja wieder vereint, die Hütte.

Schlagintweit hatte schon dem Entführer an der unverletzten Hand eine Handschelle angelegt, deren andere Seite an einem Baum befestigt ist. Gerade hat er ein Gespräch über Funk beendet und meint nun, an Karl gerichtet: »So hatten wir das aber nicht vereinbart. Aber trotzdem, ich muss sagen: gut gemacht!« Und an Hannah gewandt ergänzt er: »Gut, Sie wohlbehalten wieder zu sehen!«

An Karl gewandt berichtet er: »Das SEK ist da, einige kommen jetzt hier her, andere sind unterwegs zum Schwellhäusl. In Richtung Zwieslerwaldhaus war ja nichts los.« Karl hat sich das wieder gesicherte Gewehr umgehängt, gibt dem Oberkommissar jetzt die Pistole des Verbrechers und hält Hannah dann fest im Arm.

Sie wird natürlich auch von Giulia beschützt, die wachsam in alle Richtungen schaut. Und dann zum Waldweg starrt und warnend knurrt.

Dort kommen nun einige Beamte des SEK in ihrer Einsatzbekleidung aus dem Wald hinaus auf die Lichtung. Sie grüßen Schlagintweit, nicken Hannah und Karl zu und hören interessiert den Bericht des Kripobeamten.

Dann übernehmen sie den Entführer, erklären, dass ein Krankenwagen bereits unterwegs sei, aber hier zur Hütte nicht fahren könne, weil er einfach zu breit für den schmalen Weg sei. Zwei

Beamte bringen den Festgenommenen daher zum breiten Wanderweg zurück. Weitere werden an der Hütte bleiben, falls noch ein Verbrecher hierher zurückkehren würde und werden außerdem die Hütte nach verwertbaren Beweisen durchsuchen.

Schlagintweit meint: »Sie und ich, wir können jetzt gehen. Ich denke, sie sollten schnell nach Hause fahren und sich dort erst mal erholen. Alles weitere hat leicht Zeit bis morgen. Ich denke, ich werde sie dann einfach besuchen, um ihre Aussagen aufzunehmen. Schließlich kann ich dann einfach nebenher auch diese wunderschöne Gegend genießen.« Zu dritt, unter Bewachung durch Giulia, die nun Hannah nicht von der Seite weicht und immer noch nicht angeleint ist, gehen sie langsam zuerst zum Wanderweg, dann zu ihren Autos zurück.

Dort angekommen erzählt ihnen Schlagintweit, der über einen Knopf im Ohr den Funkverkehr des SEK mithört, dass drei weitere Entführer am Schwellhäusl, wo sie offenbar gefrühstückt hatten, vom SEK überrascht worden seien. Zwei konnten festgenommen werden, der dritte ist leider mit ihrem, in Italien zugelassenen Auto geflohen. Hannah erzählt Schlagintweit, dass es ihren Beobachtungen zufolge vier Entführer waren, die untereinander nur italienisch gesprochen hätten. Schlagintweit will sich nun mit den drei Festgenommenen ‚beschäftigen', verabschiedet sich und fährt zurück nach Deggendorf.

Hannah, von Karl geführt, da sie doch noch schwach ist, steigt ins Auto, gefolgt von Giulia, die besitzergreifend und gleichzeitig beschützend auf Hannahs Beinen Platz nimmt. Karl fährt seine beiden ‚Mädchen' mit durchaus hoher Geschwindigkeit nach Hause.

Dort angekommen ist für sie alle ‚Feierabend' Hannah geht erst einmal ins Bad, duschen und dann frische Sachen anziehen. Karl verstaut die Waffen nachdem der das benutzte Gewehr noch schnell gereinigt hat. Entledigt sich dann seines ‚Kampfanzugs' und folgt dann Hannah ins Bad. Giulia hingegen leert nun beruhigt, ihre Versorger endlich wieder komplett zu Hause zu haben, ihre Näpfe.

Dann folgt sie Hannah aufs Sofa während Karl Getränke und Snacks für eine schnelle Mahlzeit auf dem Sofa vorbereitet.

»Heute nicht mehr, ich mag jetzt noch nicht über den Mafia-Schmarrn reden. Stört dich das, Liebster?« fragt Hannah.

Karl serviert gerade das späte Frühstück, schüttelt den Kopf und meint »Nicht im Geringsten. Ein bisserl Essen und Trinken, entspannen und vielleicht dann gleich ins Bett. Ich habe vermutlich die letzte Nacht genauso wenig geschlafen wie Du.«

Giulia schaut ihn kritisch an, die Sache mit dem Bett scheint ihr nicht so zu gefallen. Aber es nutzt ihr nichts. Es kommt genauso, wie es Karl vorschlug. Einen kleinen Ausgleich für die geschlossene Schlafzimmertür gab es dann für Giulia doch: Karl hat für sie den Fernseher eingeschaltet und ein Programm mit vielen Tierfilmen angewählt. So konnte auch sie – auf dem Sofa – den Rest des Tages genießen.

7. August

Montag. Der Tag, an dem fast alle endlich wieder ihrem Beruf nachgehen dürfen. Hannah und Karl jedoch nicht. Sie frühstücken gemütlich auf der Terrasse. Hannah hat sich vom Stress der vergangenen Tage wieder halbwegs erholt und steht nun, wie so oft, unter Beobachtung. Giulia sitzt neben ihr auf dem von der Sonne erwärmten Terrassenboden und lässt die ‚Mami' nicht aus den Augen. Sie könnte ja sonst verpassen, dass Hannah ihr, obwohl sie das noch nie gemacht hat, etwas Leckeres vom Frühstücktisch anbietet. Oberkommissar Schlagintweit hat sich bereits für zehn Uhr bei ihnen angekündigt, aber bis dahin haben sie noch genügend Zeit für Frühstück und Zeitung.

Karl beginnt das Studium der neuesten Nachrichten dort heute nicht, wie sonst immer, auf der letzten Seite, sondern blättert zunächst der Lokalteil kurz durch.

»Glück gehabt,« bemerkt er dann, »von deiner Entführung steht nichts im Blatt. Hoffentlich bleibt's so. Wir sollten das vielleicht mit Schlagintweit nachher besprechen.« Hannah stimmt ihm zu, sie möchte ihre schlimmen Erfahrungen nicht durch eine

Sensationsmeldung in der Presse dokumentiert haben. Es reicht schon die anstehende Aussage gegenüber dem Kripo-Beamten.

Nach Frühstück und Zeitung räumen sie den Tisch ab und gehen ins Wohnzimmer. Sie möchten nicht im Freien, vielleicht für den ein oder anderen Nachbarn hörbar, über die Entführung reden. Die hauseigene Alarmanlage, sie hört auf den Namen Giulia, hat nun bereits ein Geräusch geortet, knurrt kurz und macht sich an der Tür zum Flur bereit, entweder einen Besucher zu begrüßen oder, falls nötig, diesen durch Bellen zu verjagen. Es dürfte jetzt die freundliche Begrüßung anstehen, denn nachdem jemand an der Haustür geläutet hat und sie an der Haustür bereits Schlagintweit, den sie ja kennt und offensichtlich nicht als ‚böse' einstuft, wittert.

Karl begrüßt dort den Oberkommissar und bittet ihn herein. Dieser grüßt dann Hannah und setzt sich zu ihr und Karl an den Esstisch. Er holt aus seiner Aktentasche einige Unterlagen heraus und fragt dann, ob es den beiden recht wäre, wenn er ihre Aussagen der Einfachheit halber aufzeichnen würde. Beide haben damit kein Problem.

Dann beginnt er, die beiden zunächst über die letzten Entwicklungen zu informieren. Der noch flüchtige, letzte Entführer konnte am Sonntag zwar trotz einer eingeleiteten Großfahndung noch über die Grenze nach Süden entkommen, wurde da aber schon mit einem europäischen Haftbefehl auch bei den Nachbarn gesucht. Schließlich gelang es, diesen bei Bozen zu entdecken und festzunehmen. Kommissar Leitner von der dortigen Kripo hatte ihn vor etwa einer Stunde darüber informiert. Leitner habe auch weitere Informationen für ihn gehabt. So wurde das von den Entführern genutzte Auto bereits vor einiger Zeit in der Umgebung Neapels gestohlen und war auch mit gefälschten Kennzeichen versehen worden. Der bei Bozen Festgenommene sei, so Leitner, ein Mitglied der Neapler Mafia, also der Camorra, und als Spezialist für die Durchsetzung derer Interessen bekannt. Von einem Informanten hätte er zudem erfahren, dass die Führung der Camorra wohl nicht sehr begeistert von den Bemühungen der Erpresser und Entführer ist und nun definitiv nach anderen Möglichkeiten sucht, ihre Einnahmen zu waschen, also legal erscheinen zu lassen. Sie haben hierfür anscheinend eher an Geschäfte im östlichen EU-Bereich gedacht.

»Das wird die Besitzer der Hotels in Rabenstein sicher beruhigen. Werden sie es ihnen mitteilen?« fragt Karl. »Mir wäre es lieb, wenn Sie das übernehmen könnten. Eine sozusagen offizielle Erklärung ist hier nicht angebracht. Ich bin zwar überzeugt, dass Leitner mir hier nur gesicherte Erkenntnisse mitgeteilt hat, aber es ist halt rechtlich doch noch ein Gerücht und liegt nicht schriftlich vor. Bürokratie halt.« Karl wird das gern übernehmen.

Dann wendet Schlagintweit sich Hannah zu. »Können wir?« Hannah nickt, die Aufzeichnung wird gestartet und sie beginnt, zu berichten. Sie war vorgestern mit Giulia in Richtung des Trinkwasserspeichers gegangen, als plötzlich, kurz vor dem Wanderparkplatz am Ende der ausgebauten Straße ein Pkw an ihr vorbeifuhr. Dieser bremste dann heftig, hielt an und drei Männer sprangen heraus, die sie mit Pistolen bedrohten. Vor Schreck ließ sie die Leine des Hundes los und wollte davonrennen, was ihr aber nicht gelang, da in dem Moment zwei der Männer mit ihren Waffen auf sie zielten und der dritte ihr erklärte, dass sie stehenbleiben sollte, wenn ihr ihr Leben lieb wäre.

Sie habe sich dann nicht mehr von der Stelle gerührt und der dritte Mann habe ihr die Hände auf den Rücken gebunden und sie gezwungen, in das Auto zu steigen.

Giulia war nicht mehr zu sehen, hatte sich wohl gleich zu Beginn des Überfalls im Unterholz verkrochen. Nachdem sie zwischen Entführern im Auto saß, fuhren diese dann schweigend mit hoher Geschwindigkeit durch einige ihr unbekannte Dörfer in das Waldgebiet, wo sie dann die riesige Tanne, die ihr Karl schon einmal gezeigt hatte, erkannte, und bogen dann in den schmalen Weg zur Hütte ab.

Dort führten sie sie in die Hütte, wo sie sich auf das dreckige Bett legen musste und an diesem angebunden wurde. Die Entführer sprachen nun nur noch italienisch, ignorierten sie weitgehend und boten ihr lediglich ab und zu etwas Wasser an. Von Telefonaten außer dem Anruf bei Karl hatte sie nichts mitbekommen, diese müssten wohl außerhalb der Hütte geführt worden sein. Geschlafen hatte sie während der ganzen Zeit nicht, es erschien ihr zu gefährlich.

Am Morgen hätten dann drei der Entführer, die nachts abwechselnd in den anderen Betten geschlafen hatten, die Hütte verlassen. Sie hörte dann das Auto fortfahren und sah einige Zeit später Karl vorsichtig durchs Fenster schauen.

Dann hörte sie einen Schuss, erschrak heftig, da sie nicht meinte, dass Karl der Schütze war und war erst beruhigt, als Giulia in die Hütte sauste und Karl kurz darauf hereinkam und sie von den Fesseln befreite. An Karl gewandt ergänzte sie dann »Na und du hast gestern wirklich ausgeschaut wie ein wilder Kämpfer im Urwald. So einer wie in den Actionfilmen mit Schwarzenegger und Co.«

Karl bedankt sich für dieses Lob, lächelt und ergänzt: »Dem kann ich nur wenig hinzufügen. Von dem Anruf hatte ich Ihnen ja bereits gestern berichtet. Nachdem wir uns am Wanderweg getrennt hatten bin ich sicherheitshalber quer durch den Wald in Richtung Hütte gegangen. Dort blieb ich in Deckung und sondierte die Lage um die Hütte herum. Hinter und neben der Hütte befand sich niemand. Dann bin ich zur Hütte geschlichen und konnte in der Hütte nur Hannah sehen und so habe ich vorsichtig vor die Hütte geschaut. Da war nur einer der Verbrecher, den ich aufgeforderte, seine Waffe wegzuwerfen. Tat er jedoch nicht, sondern zog seine Waffe aus dem Holster, drehte sich zu mir um und wollte auf mich schießen. Ich war aber schneller und habe ihm gezielt ins rechte Schultergelenk geschossen. Er konnte dadurch die Waffe nicht mehr halten und ergab sich. Den Rest kennen sie dann ja.«

Schlagintweit nickt und stoppt die Aufzeichnung. »Ihr seid schon eine Familie mit der man sich nicht unbedingt anlegen sollte!« meint er und lacht. Weitere Fragen hat er zumindest im Moment nicht, packt seine Sachen wieder ein und verabschiedet sich. Im Gehen bemerkt er, er müsse jetzt ja noch den Ort der Entführung nach Spuren absuchen und lächelt. Karl empfiehlt ihm, dann auch noch den Weg zum Trinkwasserspeicher zu überprüfen und dabei auch diese Abkürzung am zunächst neben dem Weg verlaufenden Triftkanal entlang nicht zu vergessen. Er müsse dort nur auf die Hinterlassenschaften der in dieser Gegend lebenden zahlreichen Hirsche aufpassen, um eine unnötigen Schuhreinigung zu vermeiden. Der Polizist bedankt sich und meint, er werde dieser Empfehlung folgen.

Hannah ist nun froh, mit ‚dieser Geschichte' mehr oder weniger abschließen zu können. Sie verkündet, dass sie sich ein Glas Prosecco gönnen wird und sonst überhaupt nichts vorhat. Karl will erst einmal sowohl Max als auch Lisa kurz telefonisch darüber informieren, dass die Erpressung nun beendet ist und die Verbrecher gefasst wären. Auch wenn deren Auftraggeber sicherlich nicht belangt werden könne.

Er nimmt das Telefon, dass in diesem Moment einen Anruf meldet. Karl überlegt, wer der Anrufer mit der Münchner Nummer sein könnte, hat dazu aber keine Idee und nimmt das Gespräch an.

Es meldet sich eine freundliche, weibliche Stimme, die sich als eine Mitarbeiterin des amerikanischen Generalkonsulats in München vorstellt. Hannahs neuer Pass, so informiert sie Karl, ist bereits fertig und könne abgeholt werden. Dafür müsste Hannah jedoch persönlich beim Konsulat erscheinen. Auch Karl solle bitte mitkommen und seinen Reisepass mitbringen, damit sie ihm das ‚korrekte' Visum erteilen könnten. Er bedankt sich für die Information und fragt Hannah »Lust auf einen Ausflug? Vielleicht auch mit ein wenig Shopping in München?« Sie antwortet »Aber bitte erst morgen. Denk auch dran, deine Kreditkarten mitzunehmen!« und lacht. Karl freut sich, endlich ist Hannah wieder sie selbst.

Dann überbringt er die guten Nachrichten an Lisa und Max, die nun hoffentlich ihre Hotels ohne Druck von irgendwelchen kriminellen Elementen erfolgreich weiter betreiben können. Karl überlegt nun noch, ob er nicht Volker Material zu einem Artikel über diese ganze Geschichte zukommen lassen sollte, verwirft die Idee jedoch schnell wieder, da er befürchtet, dass eine Veröffentlichung darüber Hannah wieder stark belasten könnte.

Karl ‚nimmt nun Kontakt mit seinem Magen auf' und stellt fest, dass dieser heute, vielleicht zur Feier des Tages, bereits wieder einen leichten Appetit verspürt. So fragt er Hannah, ob sie vielleicht – ausnahmsweise – heute Lust auf ein Mittagessen hätte.

Sie ist nicht abgeneigt. Auch Giulia macht sich bemerkbar. Sie hat irgendwie etwas von ‚Essen' gehört und da hat sich auch bei ihr automatisch der Hungerreflex ausgebildet. Ein vorwurfsvoller Hundeblick zu Karl und schon ist dieser informiert. Und da Giulia ihre Familie ja gut dressiert hat, bekommt sie nun ihre Mahlzeit als erste.

Dann rumort es etwas in der Küche. Der Dunstabzug lärmt nun kräftig. Hannah, die es sich mittlerweile auf dem Sofa gemütlich gemacht hat denkt ‚Aha, das Zwiebelschäl-Drama läuft' und ist gespannt, ob Karl gleich wieder weinen muss. Jetzt meldet sich Karls Lieblingsgerät, dieses Ding, dass fast alles kochen kann, zerkleinert etwas.

Dann ist es kurz wieder ruhig in der Küche. Hannah kann nicht zuschauen, was gerade passiert. Dazu müsste sie das Sofa verlassen, was gerade nicht in Frage kommt. Auch weil die gesättigte Giulia ihr mittlerweile Gesellschaft leistet, ihren Kopf auf Hannahs Beine gelegt hat und ihr Mittagsschläfchen hält. Jetzt lärmt die Maschine wieder kurz, dann wird wohl der Deckel geöffnet, irgendwas wird gearbeitet. Dann wird etwas in den ‚Topf' geschüttet und der Deckel wieder geschlossen. Die Maschine rührt nun. Eine Weinflasche wird entkorkt. Nun wandert wohl Wein in den Topf und wieder rührt die Maschine.

Hannah kann jetzt auch schon einen appetitanregenden Geruch wahrnehmen. Auch ihr Magen meldet sich mit einem mittleren Hungergefühl. Wieder öffnet Karl den Topf, etwas geräuschmäßig Undefinierbares wandert in ihn, dann schüttet Karl offenbar noch Flüssigkeit dazu. Das Gerät darf weiterarbeiten und rührt gleichmäßig.

Jetzt kommt Karl, dekoriert mit seiner Lieblingsschürze, mit zwei gefüllten Gläsern Weißwein ins Wohnzimmer. »Zwanzig Minuten Pause für mich«, meldet er, gibt Hannah ein Glas und stößt mit ihr an. »Gibt es heute etwa Risotto?« fragt sie. »Sicher. Mit Steinpilzen aus dem hiesigen Wald« Hannah liebt dieses Gericht. Karl ebenso.

Nach zwanzig Minuten verschwindet Karl wieder – der ‚automatische Koch' hat ihn gerufen – gibt nun Butter und geriebenen Parmigiano in den Risotto, lässt es noch kurz durchmengen und deckt in der Zwischenzeit den Tisch. Jetzt ist genießen angesagt. Beide lieben Risotto und Karl kann – aufgrund reichhaltiger Erfahrung damit – die unterschiedlichsten Risotti stets lecker zubereiten.

Nach dem Essen möchte Hannah sich heute nur noch ausruhen, Sofa, ein Buch und noch einen Schluck Wein lautet ihr Plan für den Rest des Tages. Karl pflichtet ihr bei. Er möchte, wenn es Hannah nicht stört, jetzt erst endlich wieder ein wenig Klavier üben und dann ebenfalls einfach entspannen. Giulia scheint begeistert vom Plan, meldet aber zunächst noch einen kurzen Gassigang an. Karl nickt kurz und geht mir ihr eine Runde. Zu lang will die wahre Chefin des Hauses heute nicht herumlaufen, es gibt wohl auch nicht genug ‚zu lesen' – schnüffeln – für sie. Und so sind sie bald zurück, wo die von dem kurzen Spaziergang rechtschaffen müde Giulia wieder zu Hannah aufs Sofa springt, um dort zu ruhen. Karl kann endlich Klavier üben. Hannah hört ihm gern zu, weil er eigentlich besser spielt, als er selbst meint und auch weil auch sie gern Blues und Boogie-Woogie hört.

8. August

München. Hannah und Karl sind nicht allzu früh losgefahren, um so den morgendlichen Staus zu entgehen und sind nach knapp zwei Stunden beim Generalkonsulat eingetroffen. Dort können sie auf dem Parkplatz des Konsulats das Auto abstellen und werden freundlich aufgenommen, sogar der Generalkonsul selbst begrüßt sie. »Schön, dass sie diese unsägliche Entführung gut überstanden haben«, sagt er zu Hannah, die ihn nun erstaunt anschaut und überlegt, woher er denn diese Information hat.

»Aber, sie hatten ja doch einen erfahrenen und erfolgreichen Kämpfer dabei, der sie beschützt.« Auch Karl weiß gerade nicht, was das jetzt sein soll. Der Konsul bemerkt natürlich die erstaunten Gesichter und erklärt ihnen »Wundern Sie sich nicht. Wir haben auch ein gewisses Interesse an diesen Camorra-Mitgliedern und hatten da ein paar Nachforschungen laufen. Daher wissen wir recht gut, was Ihnen widerfahren ist.« Dann verabschiedet er sich, wünscht den beiden alles Gute, streichelt noch kurz Giulia und überlässt alles weitere einer Mitarbeiterin.

Diese führt nun die beiden in ihr Büro, wo sie alle Platz nehmen können.

Hannah erhält ihren neuen Pass, der ihr ausnehmend gut gefällt. Tolles Bild von mir und ach ja, der neue Nachname bereitet ihr auch Freude. Dann trägt die freundliche Dame ein neues Visum für die Vereinigten Staaten in Karls Pass ein, gibt ihn ihm zurück und fragt, ob es so passen würde.

Karl schaut es sich an und stellt erstaunt fest, dass es sich hier um ein unbefristetes Visum handelt, dass auch bei Ehepartnern üblicherweise nicht erteilt wird. Die Mitarbeiterin bemerkt den Blick Karls und erklärt ihm, dass die USA, auch aufgrund seiner beruflichen Qualifikation ein großes Interesse daran hätten, ihn zumindest öfter als Besucher zu Gast zu haben. Dann verabschiedet sie die beiden, die auf Nachfrage von ihr gesagt bekommen, dass sie natürlich ihr Auto noch bis zur Rückfahrt nach Hause auf dem Parkplatz des Generalkonsulats stehen lassen dürfen.

Sie gehen nun durch den Hofgarten in Richtung Innenstadt. Hannah schüttelt den Kopf »Was meinst du dazu? Wie kommen die hier an diese Informationen?«

Karl kann es ihr auch nicht erklären und meint »Es könnte sein, dass diese Mafiosi beschattet worden sind. Es scheint dann aber so, dass sie diese zwischenzeitlich auf mal aus den Augen verloren hatten. Sonst hätten die dich nicht entführen können.« Hannah nickt und meint dann: »Ich glaub, ich brauch jetzt erst mal eine Ablenkung. Wo ist das nächste Kaufhaus?« Karl lacht und führt sie an Dom und Polizeipräsidium vorbei zum ‚Oberpollinger' in der Fußgängerzone.

Die nächsten zwei Stunden wandern sie durch das Kaufhaus. Karl verweigert die Abteilung für Herrenmode mit dem Hinweis, er habe bereits so viel zum Anziehen, dass er nicht wüsste, wo er weitere Sachen unterbringen solle. So bleibt es zunächst bei den Abteilungen für Damenmode und Beauty. Karl darf nun doch ein paar Taschen mit Hannahs Beute tragen, macht das aber gern, auch weil er bemerkt hat, dass sie Freude bei diesem Kaufhausbesuch hat.

Dann bekommt Hannah Hunger, vielleicht, weil sie hier auch ein Café und eine Bar erspäht hat. Karl hat eine bessere Idee. Sie verlassen das Kaufhaus, gehen ein wenig durch die Fußgängerzone und betreten dann das ‚Augustiner'. Altmünchner Gemütlichkeit gepaart mit gutem Bier und leckeren Speisen verspricht Karl Hannah.

Und genau so ist es. Nur, dass Karl sich mit einem alkoholfreien Bier begnügen muss. Und ‚Zamperl' dürfen hier auch zu Gast sein. Giulia bekommt daher ein Wasser serviert, was sie gerne annimmt.

Nach dieser späten Mittagspause machen sie sich wieder auf den Weg zurück zum Generalkonsulat und ihrem Auto, um dann zügig vor dem einsetzenden Berufsverkehr am späten Nachmittag aus der Großstadt zu fliehen. Noch kommen sie ohne Stau voran und erreichen schnell die Autobahn zurück in den Woid. Dann klingelt Hannahs Handy. Der deutsche Kooperationspartner ihres Umzugsunternehmen teilt ihr mit, dass morgen bereits ihr komplettes Umzugsgut und auch ihr Auto zu ihrem neuen Heim gebracht werden wird. Für Hannah eine gute Nachricht, hat sie doch ihre Corvette schon vermisst.

Karl meint nach ihrem Gespräch: »Na, dann geht uns die Arbeit erst mal nicht aus. du brauchst jetzt erst mal einen deutschen Mobilfunkanschluss, die Gespräche mit deinem US-Anschluss werden einfach zu teuer sein. Dann braucht die Corvette eine TÜV-Plakette und eine deutsche Zulassung und du auch noch eine dauerhafte Aufenthaltsgenehmigung.«

Hannah ist von dieser Aussicht auf viele Termine nicht unbedingt begeistert. »Ach ja, ein deutscher Führerschein wäre auch nicht verkehrt.« Es macht den Eindruck, als ob Karl sie ein wenig aufziehen will.

Aber, jetzt beruhigt er sie »Das mit dem Mobilfunk erledige ich gleich nachher. du bekommst einfach eine zusätzliche Nummer unter meinem Vertrag, was auch am günstigsten sein dürfte. Mit dem TÜV, da rede ich dann einfach mal mit meinem Freund, der dort tätig ist. Und alles weitere können wir dann innerhalb von ein paar Stunden bei unserem Landratsamt erledigen. Dort solltest du auch gleich noch Papiere für deinen Revolver beantragen.« – »Geht das wirklich so schnell?« – »Ja Hannah, kein Problem, das kriegen wir hin.«

Und tatsächlich, innerhalb von wenigen Minuten hat Karl dann kurz nach der Ankunft daheim einen zusätzlichen Mobilfunkanschluss für Hannah beantragt. »Die SIM-Karte müsste übermorgen mit der Post kommen.« Und den erforderlichen Termin zur Untersuchung der Corvette beim Technischen Überwachungsverein hat Karl ebenfalls besorgt.

Dann beruhigt er Hannah weiter, erklärt ihr, dass sie dann nach diesem Termin ‚die paar Meter' zum Landratsamt fahren und das Auto zulassen, für Hannahs Führerschein eine Umschreibung auf einen deutschen, die Aufenthaltsgenehmigung und das andere ‚Zeug' beantragen werden.

9. August

Die drei sind gerade fertig mit ihrem Frühstück, da klingelt es bereits und die Umzugsfirma steht vor der Tür. Der Vorarbeiter erkundigt sich bei Karl, wo denn was hingebracht werden soll. Der erklärt, dass die mit »C« markierten Kisten in die Ankleide im ersten Stock gebracht, die mit »K« gekennzeichneten in die Küche und der Schreibtisch ins Wohnzimmer gebracht werden sollen.

Der Umzugsspezialist nickt kurz, bemerkt, dass es ja ohnehin nicht soviel wäre und möchte dann noch wissen, wo das Auto geparkt werden solle. Karl meint, er würde die Corvette selbst vom Trailer herunterfahren und parken und bekommt den Schlüssel ausgehändigt. Hannah übernimmt nun die Regie im Haus während Karl die Arretierungen am Auto löst und, ein weiterer Mitarbeiter der Umzugsfirma hat bereits die Schienen zum Herunterfahren vom Anhänger befestigt, die Corvette startet. Hannah hört dieses, schaut aus dem Fenster und muss schmunzeln. ‚Der V8-Fan lässt sich auch nichts entgehen.' denkt sie.

Karl ist nun auf die Straße gefahren und dreht erst einmal eine Runde ‚um den Block', um, wie er es Hannah später erklärt, die Batterie ein wenig aufzuladen.

Eine knappe Stunde später ist alles ausgeladen und ins Haus gebracht. Der Schreibtisch steht an seinem neuen Platz und Hannah quittiert den Empfang und belohnt die fleißigen Arbeiter auch mit einem Trinkgeld. Die verabschieden sich.

Karl meint, dass er nun seinen BMW neben der Garage parken und die Corvette in der einzig vorhandenen Garage abstellen wird.

Wieder muss Hannah lächeln. »Mach du nur. Aber wenn du damit fertig bist, kannst du dann den ‚alten' Schreibtisch nach oben bringen.«

Karl verschwindet, geht zur Garage und fährt sein Auto auf den Abstellplatz neben der Garage. Dann hört Hannah, dass der V8-Motor der Corvette wieder sonor blubbert. Aber, Karl und Auto sind erst nicht zu sehen und dann auch nicht mehr zu hören. Erst nach zehn Minuten kann Hannah durch das Küchenfenster beobachten, wie ein Autodach sich in die Garage bewegt. Ja, ihr Auto ist eben ein flach gebauter Sportwagen.

Die wenigen Kartons in der Küche sind bereits geleert. Hannah ist schnell und hat auch alles schon verstaut. Karl kommt wieder ins Wohnzimmer, holt noch schnell ein paar Dinge aus dem kleinen, italienischen Schreibtisch heraus und macht sich nun gleich mit dem handlichen Möbel auf den Weg nach oben. Kurz drauf bringt er auch die leeren Kartons hinauf und schon scheint es so, als ob Hannahs Umzug gar nicht stattgefunden hätte. Hannah setzt sich nun an den Schreibtisch und fragt Karl, wie lang der Weg von der Straße in die Garage eigentlich gewesen sei. Karl lacht und meint: »Na, so etwa zwölf Kilometer waren das heute schon. Weißt du, der Sprit hätte ja nicht mehr bis in die Garage gereicht und die Reifen liefen wegen der langen Standzeit auch nicht so richtig rund.«

Hannah bekommt einen Lachanfall. Dann schaut sie sich die Dinge, die Karl aus dem kleinen Schreibtisch befreit hat an, nickt kurz und beginnt diese in ihrem Schreibtisch zu verstauen. »Wo ist denn eigentlich die Kiste mit dem Schreibtischinhalt gelandet?« fragt sie Karl.

Der geht schnell die Treppe herauf, um in der Ankleide nach dieser zu schauen, findet sie auch und bringt sie herunter. »Die hatte sich wohl verlaufen«, erklärt er Hannah. Sie lacht und beginnt, die Kiste zu leeren und damit den Schreibtisch zu füllen.

Eine Schublade an diesem klemmt, lässt sich nur schwer und nicht komplett öffnen. »Das hatte ich noch nie bemerkt. Okay, ich habe da auch nichts herein getan. Karl kannst du mir da mal helfen.« Er kann.

Mit einigem Rechts- und Linksbewegungen der störrischen Schublade lässt sie sich dann auch herausziehen. Und weil Karl recht kräftig an ihr gezogen hat, ist sie dann komplett draußen.

Karl nutzt die Gelegenheit und betrachtet die Schublade nun von allen Seiten, um vielleicht die Ursache für die Schwergängigkeit zu finden. Er entdeckt dabei an der Unterseite einen dort angeklebten, nicht allzu großen Umschlag, den er Hannah gibt.

Er scheint recht alt zu sein, ist aber unbeschädigt und hat daher wohl nichts mit der Schwergängigkeit der Schublade zu tun. Neugierig öffnet Hannah den nicht verklebten Umschlag.

In ihm befindet sich nur ein Foto, ein offenbar sehr altes, schwarzweißes Foto. Es zeigt eine Frau mittleren Alters, im Stil der zweiten Hälfte des 19. Jahrhunderts gekleidet vor, ja das kennen sie beide doch, vor dem Grand Hotel Karerpass. Hannah dreht das Foto jetzt um und sieht dort eine kurze Notiz: ‚Vor dem Hotel, 14. July 1897'.

»Karl, das ist die Uroma! Schau diese Ähnlichkeit mit der Oma. Bestimmt hat jemand aus der Familie das Foto da deponiert. Die Oma war das wohl nicht, sie hätte mir davon erzählt. Aber der Schreibtisch ist ja schon seit Ewigkeiten in der Familie.«

Karl gefällt das und er betrachtet das Foto ausgiebig. »Du solltest das Bild hier auf dem Schreibtisch gerahmt aufstellen.« schlägt er vor.

Hannah ist einverstanden und räumt ihre restlichen Dinge ein. Karl hat jetzt auch den Grund für die Schwergängigkeit gefunden. Ein hervorstehender kräftiger Splitter hatte sie wohl verursacht. Das Problem ist schnell gelöst und auch der Schreibtisch ist damit ‚einsatzklar'.

»Jetzt erst einmal einen Kaffee!« beschließt Karl, geht in die Küche und schaltet den Kaffeeautomaten ein. Während er darauf wartet, dass dieser die Betriebstemperatur erreicht, bemerkt er einen Kleintransporter, der hineinfährt und vor der Haustür parkt.

Aus diesem steigen nun eine Frau und ein Mann aus, augenscheinlich Köche, die Karl auch bekannt vorkommen. Dann beginnen diese, zwei Servierwagen aus dem Auto zu holen und sie zu beladen. Warmhaltebehälter, Getränkekisten und einiges mehr sieht Karl. ‚Mal schauen, was das wird' denkt er und ruft Hannah zu »Du, schau hier mal.« Sie schaut sich das Treiben vor ihrer Haustür ebenfalls an und meint »Die haben sich sicher mit der Adresse vertan. Wir haben doch nichts bestellt.«

Dann kommen plötzlich Lisa und Max von links, reden kurz mit den Köchen und läuten. Karl, Hannah und Giulia, die sich beim Eintreffen der Umzugsfirma in den Garten verdrückt hatte, jetzt aber neugierig wird, gehen zur Haustür.

Karl öffnet.

Max verkündet nun »Kleine Dankeschön-Überraschungsparty! Dürfen wir hereinkommen?« Er wartet aber nicht auf eine Antwort, sondern begrüßt Hannah, Karl und auch Giulia und drängelt sich an ihnen vorbei ins Haus.

Lisa hat irgendwoher einen Blumenstrauß gezaubert, den nun Hannah bekommt. Jetzt gehen alle ins Wohnzimmer. Auch die Köche folgen ihnen mit den Servierwägen.

Max sagt ihnen: »Danke, den Rest mache ich schon« und sie verabschieden sich.

Als diese herausgehen nutzen zwei weitere Personen die noch geöffnete Tür. Sonja und der Oberkommissar Schlagintweit, die sich beim Parken ihrer Autos getroffen hatten, stoßen zur kleinen Gesellschaft. Max und Lisa bekennen sich schuldig. »Wir wollten uns bei Euch für die Unterstützung bei der Lösung unserer Probleme bedanken. Daher haben wir auch etwas Leckeres mitgebracht.«

Sonja bemerkt, sie wäre nur rein zufällig gerade vorbeigekommen und würde sie jetzt wieder allein feiern lassen, wird aber einhellig dazu verurteilt, an der Party teilzunehmen.

Lisa hat währenddessen einige Flaschen Sekt und Wein aus den Kartons befreit und schaut sich nach Gläsern suchend um. Hannah hilft ihr sogleich und holt aus dem alten Schrank neben ihrem Schreibtisch die passenden Gläser.

Max war ebenfalls nicht untätig und hat aus einem anderen Schrank, der rundum ‚Fenster' hat, bereits Geschirr geholt und auf dem Tisch verteilt.

»Besteck?« fragt er Karl, der unverzüglich in der Küche das ‚Werkzeug' holt. Einige Servierutensilien hat er ebenfalls mitgebracht, so dass Max nun alle zu Tisch bitten und mit dem Servieren der mitgebrachten Leckereien beginnen kann.

Es dauert nicht lange, da sind alle dabei, die mitgebrachten Dinge zu genießen und auch zu loben.

Zunächst nebenher, nach dem Essen dann hauptsächlich unterhalten sie sich über die Geschehnisse der letzten Wochen. Alle sind froh, dass es noch gut gegangen ist. Schlagintweit kann noch berichten, dass die Entführer allesamt auch in Italien mit Haftbefehl gesucht würden und der zuvor geflohene daher erst einmal in Italien vor Gericht gestellt würde.

Bei den anderen würde die Staatsanwaltschaft noch das weitere Vorgehen mit den italienischen Behörden abstimmen. »Vielleicht müssen wir dann ja noch mal über die Alpen fahren.« meint Hannah lächelnd. Sie hätte wohl nichts dagegen einzuwenden.

Gegen Abend beschließt Max, dass die ‚junge Familie' jetzt wieder Ruhe bräuchte. Die mitgebrachten Behältnisse hatte er bereits vorher auf den Servierwagen verstaut, die er nun hinausfährt. Er meint dazu nur: »Ich schnippe dann mal kurz mit dem Finger und dann sind sie wieder im Hotel.«

Und tatsächlich, als Hannah und Karl die Gäste hinausbegleiten ist alles verschwunden. Der Abschied, und wenn es meist doch nur einer für wenige Tage sein wird, zieht sich dann doch ein wenig.

Als alle in ihre Fahrzeuge gestiegen sind, kommt auch Giulia die Straße heruntergelaufen. Hannah schaut Karl fragend an, der mit den Schultern zuckt. »Sie ist wohl mit den Gästen herausgegangen und meinte dann, dass sie zumindest noch einen kurzen Spaziergang machen müsste«, meint er.

Dann gehen alle drei wieder hinein. Karl räumt die letzten Gläser noch in die Spülmaschine.

Hannah sitzt, mit Giulia auf dem Schoß, wieder auf Karls altem Stuhl vor dem Schreibtisch, über den sie streicht. Dabei sagt sie leise: »Jetzt bin ich angekommen.«

FSC
www.fsc.org
MIX
Papier aus verantwortungsvollen Quellen
Paper from responsible sources
FSC® C105338